페테르부르크의 대가

THE MASTER OF PETERSBERG
by J. M. Coetzee

Copyright ⓒ J. M. Coetzee, 1994
By arrangement with Peter Lampack Agency, Inc.
350 Fifth Avenue, Suite 5300
New York, NY 10118 USA

Korean Translation Copyright ⓒ MUNHAKDONGNE Publishing Corp., 2018
Korean translation rights arranged with Peter Lampack Agency, Inc.
through EYA(Eric Yang Agency).
All rights reserved.

이 도서의 국립중앙도서관 출판예정도서목록(CIP)은
서지정보유통지원시스템 홈페이지(http://seoji.nl.go.kr)와
국가자료공동목록시스템(http://www.nl.go.kr/kolisnet)에서 이용하실 수 있습니다.
(CIP제어번호: CIP2017019691)

페테르부르크의 대가

J. M. 쿳시 장편소설

왕은철 옮김

문학동네

차례

일러두기

1. 주석은 모두 옮긴이주다.
2. 본문 중 고딕체는 원서에서 이탤릭체로 강조한 부분이다.
3. 장편소설과 기타 단행본은 『 』, 연속간행물과 곡명 등은 〈 〉로 구분했다.

1
페테르부르크

1869년 10월. 마차 한 대가 상트페테르부르크의 센나야 광장 구역에 있는 거리를 천천히 내려간다. 마부가 커다란 아파트 앞에서 말을 멈춘다.

승객은 그 건물이 맞는지 미심쩍은 눈치다. "여기가 맞소?"

"스베치노이가 63번지라고 하셨잖습니까."

승객이 내린다. 중년 후반의 남자다. 수염을 기른 그는 몸이 구부정한데다 이마가 넓고 눈썹이 짙어 자기 생각에 몰두해 있는 듯한 인상을 풍긴다. 그는 유행에 뒤떨어진 검은 양복을 입고 있다.

"여기서 기다리시오." 그가 마부에게 말한다.

센나야 광장의 낡은 집들은 칠이 벗겨지고 이곳저곳 흠이 있는 외관 밑으로 우아한 옛 모습을 여전히 간직하고 있다. 그러나 대부분 점원, 학생, 노동자 들을 위한 하숙집으로 바뀐 지 오래다. 그 건물들 사이사이에 찌그러질 듯 허름한 이삼층짜리 목조 건물들이 있다. 때때로 건물 벽이 서로 붙어 있기도 하다. 좁은 방들이 다닥다닥 붙어 있는 그 건물들에는 아주 가난한 사람들이 산다.

그중에서도 오래된 축에 속하는 63번지 건물은 양쪽이 이런 종류의 건물들과 맞닿아 있다. 실제로 그 건물 정면 중간층 높이에 양옆 건물의 대들보와 기둥 들이 엉켜 있어서 다른 집들에 둘러싸인 것처럼 보인다. 구석진 곳에는 새들이 둥지를 틀어서 새똥으로 범벅이 되어 있다.

아이들 한 무리가 기둥을 타고 올라가 도로의 고인 물에 돌을 던지고, 다시 돌을 주우려고 뛰어내려가다가, 낯선 사람을 보려고 놀이를 멈춘다. 가장 어린 셋은 사내아이들이고 대장인 것처럼 보이는 네번째 아이는 금발에 유난히 눈이 검은 여자아이다.

"안녕, 애들아." 방문객이 큰 소리로 묻는다. "너희 중에 혹시 안나 세르게예브나 콜렌키나가 어디 사는지 아는 사람 있니?"

사내아이들은 그를 빤히 쳐다보며 아무런 반응도 하지 않는다. 하지만 잠시 후, 여자아이가 돌을 내려놓으며 말한다. "따라오세요."

63번지 삼층의 다닥다닥 붙은 방들은 계단 위 층계참과 서로 연결되어 있다. 그는 소녀를 따라 양배추와 삶은 쇠고기 냄새가 나는 갈고리 모양의 어두운 복도를 걸어간다. 열려 있는 세면실을 지나, 소녀가 회색 페인트칠이 된 문을 밀어서 연다.

머리 높이에 나 있는 하나뿐인 창으로 빛이 들어오는 길쭉하고 낮은 방이다. 어두컴컴한 방이 긴 벽에 붙은 두툼한 브로케이드 때문에 더 어둡다. 검은 옷을 입은 여자가 일어나 그를 맞는다. 여자는 삼십대 중반으로 보인다. 여자 역시 소녀와 마찬가지로 눈동자가 검고 눈썹은 다듬은 듯한 모양이지만, 머리칼은 검다.

"연락도 없이 찾아와서 미안하오. 내 이름은……" 그가 머뭇거린다. "내 아들이 여기서 하숙을 했던 것 같소."

그는 손가방에서 뭔가를 꺼내 그것을 싼 하얀 손수건을 벗겨낸다. 한 청년을 찍은 은판사진*으로, 은색 액자에 들어 있다. "이 아이를 알아보시겠소?" 그러나 사진을 그녀의 손에 넘겨주지는 않는다.

"엄마, 파벨 알렉산드로비치예요." 아이가 속삭인다.

"네, 우리집에서 살았죠." 여자가 말한다. "참 애석한 일이에요." 어색한 침묵이 감돈다. 그녀가 다시 말을 잇는다. "4월부터

---

* 매끈하게 연마한 은판을 사용해 현상한 사진. 1837년 프랑스의 화가 다게르가 발명해 다게레오타입이라고도 불린다.

여기서 하숙을 했었죠. 묵던 방은 예전 그대로예요. 경찰이 가져간 몇 가지를 제외하면 소지품도 그대로 다 있어요. 보시겠어요?"

"좋소. 밀린 집세가 있다면 물론 내가 지불하겠소." 그가 탁한 목소리로 말한다.

아들의 방은 칸막이로 막아 분리한 공간에 지나지 않지만 길쪽으로 창문이 나 있고 출입구도 따로 있다. 침대는 말끔하게 정돈되어 있고 그 외에는 서랍장, 램프가 놓인 작은 책상, 의자가 있다. 침대 발치에는 이름의 첫 글자 P. A. I.가 새겨진 여행가방이 있다. 그는 그 가방을 알아본다. 그가 파벨에게 선물로 주었던 것이다.

그는 방을 가로질러 창문 쪽으로 가서 밖을 내다본다. 아직 마차가 기다리고 있다. 그가 소녀에게 묻는다. "부탁 좀 해도 될까? 마부에게 이 돈을 주고 이제 가도 된다고 말해주겠니?"

아이는 돈을 가지고 아래층으로 내려간다.

"실례가 되지 않는다면 잠깐 혼자 있고 싶소만." 그가 여자에게 말한다.

그녀가 방을 나가자 그가 처음 한 일은 침대 커버를 젖혀보는 것이었다. 시트는 깨끗하다. 그는 무릎을 꿇고 베개에 코를 묻은 채 냄새를 맡는다. 하지만 비누와 햇볕 냄새 말고는 아무 냄새도 나지 않는다. 그는 서랍장을 연다. 텅 비어 있다.

그는 여행가방을 침대에 올려놓는다. 가방을 열자 하얀 양복 한 벌이 맨 위에 말끔하게 개여 있다. 그는 거기에 이마를 대고 얼굴을 묻는다. 희미하게 아들의 냄새가 난다. 그는 거듭해서 숨을 깊이 들이마시며 이렇게 생각한다. 그애 영혼이 나에게 들어오는구나.

그는 의자를 창가로 가져가 앉아 밖을 내다본다. 땅거미가 점점 짙게 깔린다. 거리는 텅 비었다. 시간이 흐른다. 그의 생각은 움직이지 않는다. 숙고. 그래, 바로 이거다. 이 무거운 머리와 이 무거운 두 눈이 영혼 속으로 가라앉는다.

그 여자 안나 세르게예브나와 그녀의 딸이 램프가 놓인 식탁에 마주앉아 저녁을 먹고 있다. 그가 들어가자 그들은 조용해진다.

"내가 누군지 알고 있소?" 그가 묻는다.

그녀는 그를 찬찬히 바라보며 다음 말을 기다린다.

"내 말은, 내가 이사예프가 아니라는 걸 알지 않느냐는 말이오."

"네, 알아요. 우리는 파벨의 사연에 대해 압니다."

"식사하는데 방해하고 싶지는 않소. 다만 내 여행가방을 당분간 여기 두어도 괜찮을지 궁금하오. 말일까지의 방세는 지불하겠소. 아니, 11월 것까지 내겠소. 다른 사람이 예약한 것이 아니라면 내가 저 방을 쓰고 싶소."

그가 그녀에게 돈을, 20루블을 준다.

"가끔 오후에 들러도 되겠소? 낮 동안 집에 누가 있소?"

그녀는 머뭇거린다. 그녀와 아이가 눈길을 주고받는다. 그는 그녀가 벌써 다른 생각을 하고 있지는 않은지 의심한다. 여행가 방을 가지고 나가 다시는 돌아오지 않는 편이 더 좋을 것이다. 그러면 죽은 하숙인의 이야기가 끝나고 그 방은 자유로워질 수 있을 것이다. 그녀는 슬픔에 젖은 이 남자가 자기집에 머물며 그를 둘러싼 어둠을 드리우는 걸 원치 않는다. 그러나 너무 늦었다. 이미 돈을 받았다.

그녀가 조용히 말한다. "오후에는 마트료나가 집에 있어요. 열쇠를 드릴게요. 출입하실 때는 묵는 방 쪽에 난 문을 이용해주시겠어요? 하숙방과 이 방 사이에 난 문이 잠겨 있지는 않지만 보통 그 문을 사용하지는 않거든요."

"미안하오. 몰랐소."

마트료나.

그는 한 시간 동안 센나야 광장 구역의 낯익은 거리들을 돌아다닌다. 그런 다음 코쿠슈킨 다리를 건너 그날 아침 일찍 이사예프라는 이름으로 방을 잡아둔 여관으로 돌아간다.

배는 고프지 않다. 옷을 다 입은 채로 팔베개를 하고 누워 잠을 청해본다. 그러나 그의 마음은 63번지 건물의 아들 방으로 향한다. 커튼이 열려 있다. 침대로 달빛이 떨어진다. 그는 그 방에 있다. 문 옆에 서서, 거의 숨도 쉬지 않은 채 구석에 있는 의자를 바라보며, 어둠이 짙어져 다른 종류의 어둠으로 바뀌기를, 존재의 어둠으로 바뀌기를 기다린다. 그는 입술을 소리 없이 움직여 아들의 이름을 서너 번 부른다.

그는 마법을 걸어보려 한다. 하지만 누구에게? 영혼에게? 아니면 자신에게? 그는 한 발짝씩 뒤로 물러서며, 죽은 여인의 이름을 불러 지옥의 뱃속으로부터 불러내는 오르페우스를 떠올린다. 수의를 입고서 몽유병자처럼 맥빠진 손을 앞으로 내밀고 앞이 보이지 않는 죽은 눈으로 그를 따르는 부인을 생각한다. 플루트도 없고 리라도 없이, 오직 이름만 계속해서 부를 뿐이다. 죽음이 모든 끈을 끊어버려도 이름은 여전히 남는다. 세례, 영원 속으로 가지고 들어갈 이름과 영혼의 결합. 그는 가까스로 숨을 쉬며 음절을 끼워맞춰 부른다. 파벨.

현기증이 나기 시작한다. "이제 난 가야 해." 그는 속삭인다. 아니, 자기가 속삭인다고 생각한다. "다시 오마."

다시 오마. 아들이 학교에 입학하던 날, 그가 아들을 학교에 데려다주면서 했던 약속이다. 널 버리지 않으마. 그리고 그는 그를 버렸다.

그는 잠이 들고 있다. 그는 자신이 긴 폭포 아래로 뛰어들어 물속으로 떨어지는 상상을 한다. 그리고 몸을 날려 뛰어든다.

2

공동묘지

그들은 나루터에서 만난다. 마트료나가 가져온 꽃을 보자 그
의 신경이 곤두선다. 꽃은 작고 하얗고 수수하다. 파벨이 좋아하
는 꽃이 있었는지는 모르지만, 10월의 장밋값이 얼마든, 피처럼
새빨간 장미는 아들에게 전혀 어울릴 것 같지 않다.

여자가 그의 생각을 읽고 말한다. "이걸 심을 수 있을 것 같아
서, 모종삽도 가져왔어요. 벌노랑이예요. 꽃이 늦게 피거든요."
그가 이제 축축한 천으로 싸인 뿌리를 본다.

그들은 작은 나룻배를 타고 그가 몇 년 동안 가보지 못했던 옐
라긴섬으로 향한다. 그러나 검은 옷차림의 나이든 두 여자에게
그들은 그저 승객일 뿐이다. 춥고 안개가 낀 날이다. 그들이 다
가가자 말라빠진 회색 개가 열심히 낑낑거리며 부두 이쪽저쪽을

뛰어다니기 시작한다. 사공이 개에게 갈고리가 달린 장대를 던지자 개는 안전하게 거리를 두며 물러선다. 개들의 섬. 나무 사이에 몰래 숨어 문상객들이 떠나기를 기다렸다가 무덤을 파헤치는 개들도 있지 않을까? 그는 이런 생각을 한다.

문지기 오두막에서 길을 묻는 건 그가 여전히 하숙집 주인으로 여기고 있는 안나 세르게예브나다. 그동안 그는 밖에서 기다린다. 그러고 나서 그들은 죽은 자들의 거리를 걷는다. 그가 울기 시작한다. 왜 지금 이러는 거야? 그는 이런 자신에게 짜증이 난다. 그러나 자신과 세상 사이에 부드러운 무지의 베일을 드리우는 눈물이 나름대로 반갑기도 하다.

"엄마, 여기야!" 마트료나가 소리친다.

그들은 여러 무덤들 중 하나 앞에 선다. 무덤들마다 페인트로 숫자가 적힌 판자가 달린 십자가 모양 나무막대가 꽂혀 있다. 그는 그 번호, 그의 번호를 보지 않으려 한다. 하지만 이미 7과 4를 보고 말았다. 이제 다시는 7에 돈을 걸 수 없겠구나.

이제 그가 무덤 위로 쓰러져야 하는 순간이다. 그러나 그 모든 게 너무 갑작스럽고, 흙으로 만든 무덤이 너무나 낯설어서, 그러고 싶은 마음이 들지 않는다. 또한 그는 드레스덴에 있을 때 아무것도 모른 채 아들의 몸을 스쳤을 냉담한 손들을 불신한다. 그는 기억 속에 아직 살아 있는 어린 아들로부터 사망증명서의 이름을 거쳐 나무막대 위의 번호로 이어지는 파국을 받아들일 준비가 되지 않았다. 잠정적인 거야, 그는 생각한다. 최종적인 번호란 없다. 모든 것이 잠정적이다. 그렇지 않다면 게임은 끝나버릴 것이다. 곧 바퀴가 돌아가고 번호가 움직이기 시작하고 모든 것이 다시 잘될 것이다.

봉분의 부피는 물론 형태까지도 그 속에 누운 몸과 같다. 사실 이것은 키가 큰 젊은 남자가 안치된 목관의 부피와 형태에 따라 파낸 흙의 양에 지나지 않는다. 그러나 그 안에는 뭔가 생각하기조차 힘든 것이 있다. 그는 그것을 마음속에서 떨쳐낸다. 여기 페테르부르크에서 시체를 보관하고 번호를 매기고 관에 넣고 운반하고 땅에 묻는 일이 진행되는 동안, 자신이 드레스덴에서 무슨 일을 하고 있었는지 떠올리니 괴로워진다. 어째서 드레스덴의 공기에서는 불길한 예감이 조금도 느껴지지 않았을까? 하늘은 수없이 많은 사람들이 죽어 없어져야 흔들린단 말인가?

레르헨슈트라세에 있는 아파트 욕실에서 거울을 보며 수염을 다듬던 자신의 모습이 자꾸 떠오른다. 세면대의 황동색 수도꼭지가 반짝인다. 면도를 하느라 여념이 없는 거울 속 얼굴은 과거에 살았던 이방인의 얼굴이다. 그는 생각한다. 나는 이미 늙었어. 선고가 내려졌어. 그 선고문이 이 사람 저 사람을 거쳐 내게 다가오고 있었던 거야. 나만 그걸 몰랐을 뿐. 좋은 시절은 끝났다.

그것이 선고 내용이었다.

하숙집 주인이 무덤 아래쪽에 작은 구멍을 파고 있다. "제가 좀." 그가 그렇게 말하며 몸짓을 한다. 그녀가 옆으로 비켜선다.

그는 코트와 재킷의 단추를 풀고 무릎을 꿇는다. 그리고 무덤 위로 납작하게 엎드린 자세가 될 때까지 어색하게 몸을 앞으로 숙인 채 머리 너머로 팔을 뻗는다. 그는 하염없이 운다. 콧물이 줄줄 흐른다. 그는 얼굴을 젖은 땅에 문지르며 파고든다.

그가 일어서자 수염과 머리와 눈썹에 온통 흙이 묻어 있다. 그의 안중에 없었던 아이가 놀란 눈으로 쳐다본다. 그는 얼굴을 닦고 코를 풀고 재킷 단추를 채운다. 참으로 유대인 같은 행동이로다! 그는 생각한다. 볼 테면 보라지! 사람이 돌로 만들어진 게 아니라는 걸 저 아이도 볼 테면 보라지! 한계가 없다는 것을 저 아이도 볼 테면 보라지!

무엇인가가 그의 눈에서 아이를 향해 번쩍인다. 아이가 당황하며 돌아서서 어머니에게 달라붙는다. 둥지로 돌아갔군! 끔찍한 악의가 그에게서 흘러나와 살아 있는 사람, 특히 살아 있는 아이들을 향한다. 이 순간 새로 태어난 아기가 있다면 그는 아기를 어머니 품에서 떼어내 바위에 던져버릴 것이다. 그는 헤롯을 생각한다. 이제야 헤롯을 이해할 수 있게 되었군! 아이를 기르지 못하게 하라!

그가 그들에게 등을 돌리고 걷는다. 곧 새로운 무덤들이 있는 곳을 지나 오래된 비석들 사이를, 오래전에 죽은 자들 사이를 배회한다.

그가 다시 돌아왔을 때는 무덤가에 벌노랑이가 심겨 있었다.

"저걸 누가 돌보죠?" 그는 우울하게 묻는다.

그녀가 어깨를 으쓱한다. 대답을 바라는 질문은 아니다. 이제 그의 차례다. 그가 이렇게 말할 차례다. 내가 매일 그걸 돌보러 올 거요. 혹은, 하느님이 돌보실 거요. 아니면 이렇게 말할 수도 있다. 아무도 돌보지 않을 거고, 그럼 그건 죽을 거요. 그냥 죽게 놔두시오.

작고 하얀 꽃들이 산들바람에 기분좋게 나부낀다.

그가 여자의 어깨를 잡는다. "그애는 여기 없소. 그애는 죽지 않았소." 그의 목소리가 갈라진다.

"그럼요. 물론 죽지 않았어요, 표도르 미하일로비치." 그녀가 덤덤하게 그를 안심시킨다. 아니, 그 이상이다. 지금 이 순간, 그녀는 그녀의 딸뿐 아니라 파벨에게도 모성을 발휘한다.

그녀의 손은 작고 손가락은 어린애처럼 가늘다. 그러나 그녀의 몸매는 풍만하다. 말도 안 되는 생각이지만 그녀의 가슴에 얼굴을 묻고 그의 머리를 쓰다듬는 그녀의 손가락을 느끼고 싶다.

늘 새로워지는 손의 순수함. 어둠 속에서 닿던 손의 감촉, 그 기억이 그에게 되살아난다. 하지만 누구의 손이었지? 수치심이나 기억도 없이 동물처럼 햇빛 속으로 나타나는 손들.

"번호를 적어둬야겠군." 그가 그녀의 눈을 피하며 말한다.

"번호는 제가 알아요."

그의 욕망은 어디서 나오는가? 예리하고 격렬한 욕망이다. 그는 이 여자의 팔을 잡고 문지기의 오두막 뒤로 끌고 가서 치마를 걷어올리고 몸을 섞고 싶다.

그는 조문객들이 밤새 마구 먹고 마셔대는 걸 생각한다. 거기에는 일종의 의기양양함이 있다. 죽음의 면전에 대고 이렇게 떠벌리는 득의만만함이 있다. 네가 우리는 못 잡았지!

그들은 나루터로 돌아와 있다. 회색 개가 그들을 향해 살금살금 다가온다. 마트료나는 그 개를 쓰다듬고 싶어한다. 그러나 그녀의 어머니가 말린다. 개한테 뭔가 잘못된 게 있다. 꼬리가 시작되는 곳부터 등까지 아물지 않고 덧난 종기들이 보인다. 회색 개는 계속 부드럽게 낑낑대다가 갑자기 주저앉더니 종기 부위를 이빨로 물어댄다.

내일 다시 오마. 그는 이렇게 약속한다. 혼자 오마, 그리고 너와 이야기를 나누마. 이곳에 돌아와 강을 건너고 아들이 누워 있는 곳을 찾아 아들과 안개 속에 단둘이 있을 걸 생각하니, 은밀한 모험을 약속한 듯한 느낌이 든다.

3
파벨

그는 아들의 하얀 양복을 무릎 위에 놓고 아들 방에 앉아 부드럽게 숨을 내쉬며 생각에 잠겨, 아직 그곳에서 떠나지 않고 있을 영혼을 부르려 한다.

시간이 흐른다. 칸막이를 통해 옆방에서 여자와 아이의 나지막한 목소리와 음식 차리는 소리가 들린다. 그는 옷을 치우고 문을 두드린다. 목소리가 갑자기 그친다. 그가 안으로 들어간다. "이제 가보겠소." 그가 말한다.

"보시다시피 저녁을 먹으려고 하는데, 같이 드세요."

그녀가 차려주는 음식은 간단하다. 수프, 소금과 버터를 바른 감자.

"내 아들이 어떻게 당신 집에서 하숙을 하게 되었소?" 그가 어느 시점에선가 묻는다. 아직도 그는 아들을 내 아들이라고 부르려 애쓴다. 그 이름을 꺼낸다면 그는 흔들리기 시작할 것이다.

그녀가 머뭇거린다. 그리고 그는 그 이유를 이해한다. 그녀는 이렇게 말할 수 있을 것이다. 그는 좋은 젊은이였어요. 우린 그를 좋아했어요. 하지만 였어요라는 말이 문제다. 발에 채는 돌맹이 같은 것이다. 그녀는 너무 가혹한 그 말을 우회할 방법이 있을 때까지, 그 앞에서 그 말을 꺼내지 않을 것이다.

"전에 하숙을 했던 사람이 추천했어요." 마침내 그녀가 말한다. 하지만 다를 것은 없다.

그녀는 건조하다는, 나비의 날개처럼 건조하다는 인상을 준다. 그녀의 피부와 페티코트 사이, 그녀의 피부와 그녀가 틀림없이 신고 있을 검은 스타킹 사이에 곱고 하얀 가루로 된 얇은 막이 있어서 어깨만 벗기면 유도하지 않아도 그녀의 옷이 전부 마룻바닥으로 흘러내릴 것 같다.

그는 청춘의 막바지에 있는 이 여인의 벌거벗은 모습을 보고 싶다.

교육을 받았다고 할 만한 여자는 아니다. 그러나 그녀보다 더 아름답게 러시아어를 구사할 수 있는 사람이 또 어디 있을까? 그녀의 혀는 입속에서 새처럼 파닥인다. 부드러운 깃털과 부드러운 날갯짓으로.

그러나 딸에게서는 어머니와 같은 부드러운 건조함을 전혀 찾을 수 없다. 반대로 그 아이에게는 물기 같은 것이 있다. 상대방을 믿으면서도 여전히 긴장한 상태로, 목을 앞으로 빼면서도 달아날 준비를 하고서 낯선 사람의 손을 킁킁거리는 어린 암사슴같은 분위기가 풍긴다. 이 거무스름한 여자가 어떻게 이런 아름다운 아이를 낳았을까? 하지만 아직 완성되지 않은 것 같은 작은 손가락들, 비잔틴 성자들의 눈처럼 빛나는 검은 눈동자, 다듬은 듯 섬세한 눈썹 선, 심지어 우울한 분위기까지, 숨길 수 없는 공통점들도 있다.

아이의 용모는 완벽한 데 비해 어머니는 그렇지 않으니 이상하다!

소녀가 순간 눈을 치키더니 자신을 뜯어보고 있는 그와 눈이 마주치자 당황해 고개를 돌린다. 그는 울컥 화가 치민다. 아이의 팔을 움켜쥐고 흔들고 싶다. 얘야, 날 봐라! 날 보고 깨달아라! 그는 이렇게 말하고 싶다.

그의 나이프가 마루에 떨어진다. 그는 다행이다 싶어 그것을 더듬어 찾는다. 얼굴 피부가 벗겨진 것 같다. 그러고 싶은 생각이 없는데도 피가 흐르는 끔찍한 가면을 두 사람에게 자꾸만 들이밀고 있는 것 같다.

여자가 다시 말을 잇는다. "마트료나와 파벨 알렉산드로비치는 좋은 친구였어요." 단호하고 조심스러운 말투다. 그리고 이번에는 아이에게 말한다. "너한테 레슨을 해줬잖아, 그렇지?"

"프랑스어와 독일어를 가르쳐줬어요. 주로 프랑스어를요."

마트료나, 아이에게 어울리는 이름은 아니다. 얼굴이 말린 자두 같은 나이든 여자에게나 맞는 이름이다.

"그애 물건 중 하나를 너한테 주고 싶구나. 그애를 추억하는 뜻에서." 그가 말한다.

아이는 다시 한번 당황한 표정으로 고개를 든다. 개가 낯선 사람을 쳐다볼 때처럼, 그가 하는 말을 알아듣지 못하겠다는 듯이. 무슨 일이지? 답이 분명해진다. 이 아이는 나를 파벨의 아버지라고 생각하지 못하는구나. 나에게서 파벨의 모습을 찾아보려 하지만 그럴 수 없는 거야. 그는 또 생각한다. 이 아이에게는 파벨이 아직 죽지 않은 것이야. 가슴속 어딘가에 내 아들이 따뜻하고 달콤한 젊음의 숨을 내쉬며 살아 있어. 나는 얼굴이 시꺼멓고 수염이 더부룩한데다 뼈만 앙상하게 남아 틀림없이 저승사자처럼 혐오스럽게 보일 것이다. 걸을 때마다 앙상한 엉덩이와 길쭉한 치아, 덜거덕거리는 발목이 드러나는 저승사자.

그는 아들에 대해 이야기하고 싶지 않다. 그래, 다른 사람이 이야기하는 것은 별수없겠지만, 그 자신이 먼저 아들에 관한 얘기를 꺼내고 싶은 생각은 없다. 오늘은 파벨이 죽은 지 열흘째

되는 날이다. 가을 단풍잎들처럼 여전히 떠다니고 있을지 모를 아들에 대한 기억들이 하루하루가 지나면서, 밟혀서 진흙 속에 묻히거나 바람에 날려 보이지 않는 하늘 속으로 올라가고 있다. 오직 그만이 그런 기억들을 긁어모아 간직하고자 한다. 다른 사람들은 죽음의 법칙을 따라 슬퍼하고 망각한다. 사람들은 우리에게 망각이 없다면 머지않아 세상은 거대한 도서관이 될 것이라고 말한다. 그러나 그는 파벨이 잊힌다는 생각만 해도, 신경이 곤두서고 눈이 이글거리고 위협적인 늙은 황소로 돌변해버린다.

그는 아들에 관한 얘기들을 듣고 싶다. 그리고 기적적으로, 아이가 무슨 이야기를 하려고 한다. "파벨 알렉산드로비치는……" 소녀는 이렇게 말을 꺼내다가 죽은 사람의 이름을 불러도 되는 건지 확인하기 위해 어머니를 쳐다본다. "페테르부르크에 조금만 더 머물다가 프랑스로 갈 거라고 했어요."

소녀는 말을 멈춘다. 그는 아이가 계속 이야기하기를 초조하게 기다린다.

"왜 프랑스에 가고 싶어했을까요?" 소녀가 묻는다. 이제 그녀는 혼자 알아서 그와 이야기하고 있다. "프랑스에 뭐가 있나요?"

프랑스라고? "그애는 프랑스로 가고 싶어한 게 아니야. 그저 러시아를 떠나고 싶었던 거지." 그가 대답한다. "젊을 때는 주위의 모든 것이 못마땅한 법이란다. 조국도 못마땅하게 여기지. 낡고 썩은 것처럼 보이니까. 새로운 풍경과 새로운 생각들을 원했을 거야. 이렇게 따분한 조국에서는 찾을 수 없는 것을 프랑스나 독일, 영국에 가면 찾을 수 있다고 생각했겠지."

아이는 얼굴을 찡그린다. 그가 프랑스와 조국에 대해 말했지만 그 말에 숨어 있는 다른 무언가를, 그 말 속에 도사린 적의를 알아챈 것이다.

이제 그는 아이가 아니라 아이 어머니를 향해 말한다. "아들은 학교를 여러 군데 다녔소. 내가 그애 학교를 이곳저곳으로 옮겨줘야만 했다오. 이유는 간단했소. 아침에 일어나지 않으려 했기 때문이지. 도저히 아침에 그 아이를 깨울 방도가 없었소. 내가 너무 강조하는 것일 수도 있소. 하지만 학교에 나가지 않으면 대학 입학 허가를 받을 수 없으니 어쩔 수 없었지."

지금 같은 때 내가 무슨 이상한 소리를 하는 거지! 하지만 그는 여자아이를 바라보며 말을 계속한다. "그애는 프랑스어 실력이 아주 형편없었단다. 틀림없이 너도 그걸 알아챘겠지. 어쩌면 그게 그애가 프랑스에 가고 싶어했던 이유였는지도 모르겠구나. 프랑스어 실력을 쌓으려고 말이다."

"그는 책을 많이 읽었어요." 아이의 엄마가 말한다. "때로는 밤새도록 램프를 켜놓고 책을 읽었어요." 그녀의 목소리는 낮고 고르다. "하지만 우리는 상관하지 않았어요. 그는 언제나 배려심이 깊은 젊은이였어요. 우리는 파벨 알렉산드로비치를 아주 좋아했답니다. 얘야, 그렇지 않니?" 그녀는 아이에게 포옹하는 듯한 미소를 지어 보인다.

였어요. 결국 그녀는 였어요를 쓰고 말았다.

그녀가 얼굴을 찡그린다. "제가 지금도 이해할 수 없는 것은……"

어색한 침묵이 깃든다. 그는 그것을 풀려고 하지 않는다. 반대로, 새끼를 지키는 늑대처럼 털을 곤두세운다. 그는 생각한다. 입 조심해! 내 아들에 대해 한마디라도 잘못했다간 가만두지 않겠다! 나는 그애의 어미이자 아비다! 그 아이에게 난 모든 것, 아니 그 이상이다! 그것에 맞서고 소리도 치고 싶다. 하지만 그것이 무엇인가? 그가 도전하고자 하는 적은 누구일까?

목구멍 깊숙한 곳에서 더이상 억제할 수 없는 신음이 터져나온다. 그는 손으로 얼굴을 가린다. 눈물이 손가락 사이로 흐른다.

그는 여자가 의자에서 일어나는 소리를 듣는다. 아이도 물러나기를 기다리지만 아이는 그러지 않는다.

잠시 후 그가 눈물을 닦고 코를 푼다. "미안하구나." 빈 접시위에 고개를 숙인 채 아직도 그 자리에 있는 아이에게 그가 나지막이 말한다.

그는 파벨이 쓰던 방으로 들어가 문을 닫는다. 미안하다고? 아니다. 사실대로 말하자면 그는 미안하지 않다. 전혀 그렇지 않다. 그는 자기 자식은 죽었는데 다른 사람들은 모두 살아 있다는 사실에 분노하고 있다. 특히 그 분노는 이 여자아이를 향해 있다. 그는 이 온순한 여자애의 사지를 찢어버리고 싶다.

그는 자신을 장악해가는 악마를 쫓아내려는 듯 양팔로 가슴을 감싸고 가쁘게 숨을 내쉬며 침대에 눕는다. 그는 자신이 지금 늘어진 송장이나 다름없다는 것을, 그가 악마라 부르는 것이 날개를 퍼덕이는 자신의 영혼일 뿐이라는 사실을 안다. 하지만, 이 순간, 살아 있다는 것은 일종의 역겨움이다. 그는 죽고 싶다. 아니 그 이상이다. 사라지고 싶고, 소멸되고 싶다.

그는 저세상에서의 삶을 믿지 않는다. 결코 오지 않을 배를 기다리는 다른 죽은 영혼들 무리와 함께 영원히 강둑에서 살게 될 것 같다. 공기는 차고 축축할 것이다. 시커먼 물이 강둑에 부딪쳐 찰랑대고 옷은 등 위에서 썩어 발아래로 떨어질 것이다. 그리고 다시는 아들을 보지 못할 것이다.

그는 가슴에 포갠 차가운 손가락으로 다시 날짜를 센다. 열흘이다. 이것이 열흘이 지난 지금 느끼는 감정이다.

시詩가 아들을 다시 데려올 수 있을지 모른다. 그는 어떤 시가 필요한지, 어떤 음악이 필요한지 안다. 그러나 그는 시인이 아니다. 오히려 이곳저곳 땅을 파헤치며 잃어버린 뼈다귀를 찾는 개에 더 가깝다.

그는 문틈으로 새어드는 불빛이 사라질 때까지 기다린다. 그리고 조용히 아파트를 나와 자신의 숙소로 돌아간다.

그날 밤 그는 꿈을 꾼다. 그는 물속에서 헤엄을 치고 있다. 푸르고 희미한 빛이 감돈다. 그는 유연하고 우아하게 몸을 저으며 미끄러진다. 모자는 없어진 것 같다. 하지만 검은 옷을 입은 자신이 거북 같다고 느낀다. 제자리를 찾아가는 커다란 늙은 거북. 그의 주위로 잔물결이 일지만 바닥의 물은 고요하다. 그는 물풀 사이를 지난다. 물풀의 느슨한 손가락들, 아니 그렇게 느껴지는 것들이 그의 지느러미를 스친다.

그는 자신이 무엇을 찾고 있는지 안다. 헤엄을 치면서 때때로 입을 벌려 소리를 치거나 누군가를 부른다. 그럴 때마다 입안으로 물이 들어온다. 음절 하나하나가 물의 음절 하나하나로 바뀐다. 갈비뼈가 강바닥 진흙에 스칠 때까지 몸이 점점 더 무거워진다.

파벨이 누워 있다. 눈은 감겨 있다. 물결에 감싸인 머리칼이 아기 머리칼처럼 부드럽다.

거북 같은 목구멍에서 마지막 절규가 나온다. 그 소리가 그에게는 짖어대는 소리처럼 들린다. 그는 아들을 향해 돌진한다. 그는 그 얼굴에 입을 맞추려 한다. 그러나 딱딱한 입술을 갖다대는 순간, 자신이 그 얼굴을 깨물고 있는 것은 아닌지 분간할 수 없다.

이때 꿈에서 깬다.

오래된 습관대로, 그는 방에 있는 작은 책상에서 아침 시간을 보낸다. 청소부가 방을 치우러 오자 그는 손을 저어 그녀를 내보낸다. 그러나 그는 한 단어도 쓰지 않는다. 마비된 것은 아니다. 심장은 계속 뛰고 있고 정신은 맑다. 어느 때라도 펜을 들어 종이 위에 글을 쓸 준비가 충분히 되어 있다. 그러나 그는 자신이 글을 쓰기 시작하면 미친 사람처럼 걷잡을 수 없이 천하고 야비한 글을 쓰지는 않을까 두렵다. 그는 오른쪽 팔 동맥에서 시작된 광기가 손가락 끝을 지나 펜과 종이로까지 흐를 거라고 생각한다. 그것은 시내가 되어 흐른다. 펜에 잉크를 한 번도 묻힐 필요가 없다. 종이 위에 흐르는 것은 피도 아니고 잉크도 아니다. 빛을 비추면 불쾌한 녹색 광택을 내는 검은 산酸이다. 그것은 종이 위에서 마르지 않는다. 만약 거기에 손가락을 스치면 액체와 전기 두 가지 느낌을 모두 경험할 수 있다. 맹인들도 읽을 수 있는 글이다.

오후에 그는 스베치노이가에 있는 파벨의 방으로 돌아간다. 아파트로 연결된 문을 닫고 거기에 의자를 받쳐둔다. 그리고 하얀 양복을 꺼내 침대에 놓는다. 낮에 보니 소맷부리가 몹시 더럽다. 겨드랑이 부분의 냄새를 맡아본다. 선명한 냄새가 난다. 어린아이의 냄새가 아니라 성인 남자의 냄새다. 그는 그 냄새를 거듭 들이마신다. 얼마나 맡으면 희미해질까? 이 양복을 유리 상자에 넣어 보관하면 그 냄새까지 보존될까?

그는 자신의 옷을 벗어 하얀 양복 위에 겹쳐놓는다. 재킷은 헐렁하고 바지는 너무 길지만 우스꽝스럽다는 느낌은 들지 않는다.

그는 누워서 팔짱을 낀다. 몸짓은 부자연스럽지만, 그는 충동이 이끄는 대로 어디든 따라갈 준비가 되어 있다. 동시에 그는 그런 충동을 전혀 믿지 않는다.

그는 무정한 별들 아래 넓고 낮게 펼쳐진 페테르부르크를 그려본다. 하늘을 가로지르는 두루마리에 히브리어 단어 하나가 씌어 있다. 읽을 수는 없지만 그 단어가 비난과 저주를 의미한다는 것을 그는 안다.

아들의 등뒤로 문이 닫혔다. 일곱 겹으로 된 철문이다. 그 문을 여는 게 그에게 내려진 과업이다.

생각, 느낌, 상상 들. 그는 이것들을 믿는가? 이것들은 그의 마음 가장 깊은 곳에서 나온다. 하지만 이성보다 가슴을 신뢰해야 할 이유는 더이상 없다.

그는 생각한다. 나는 어딘가에서 어딘가로 후퇴해 있어. 그 후

퇴가 끝나면 나한테 남는 것은 뭘까?

그는 자신이 알 속으로, 적어도 부드럽고 서늘하고 회색인 어떤 것 속으로 돌아간다고 생각해본다. 어쩌면 그것은 단순한 알이 아닐지도 모른다. 영혼일지도 모른다. 그게 바로 영혼의 모양일 수도 있다.

침대 밑에서 바스락거리는 소리가 난다. 쥐가 돌아다니나? 그는 상관하지 않는다. 그는 몸을 돌려 흰 재킷을 얼굴에 두르고 냄새를 들이마신다.

아들이 죽었다는 소식을 들은 뒤로, 견고하다고 생각했던 그의 몸밖으로 무엇인가가 빠져나가고 있다. 그는 생각한다. 죽은 건 나야. 나는 죽었지만 내 죽음은 도착하지 않았어. 그는 자기 몸이 강하고 튼튼하며 스스로를 포기하지 않을 거라고 생각한다. 그의 가슴은 튼튼한 나무판으로 만든 통 같다. 그의 심장은 오랫동안 계속 뛸 것이다. 그럼에도 불구하고 그는 인간의 시간 밖으로 끌려나왔다. 그를 나르는 물살은 여전히 앞으로 움직이고 있으며, 방향도 있고 목적도 있다. 그러나 그 목적은 더이상 삶이 아니다. 그는 죽은 물, 죽은 물살에 실려가고 있다.

그는 잠이 든다. 깨어나자 주위는 어둡고 온 세상이 고요하다. 성냥을 켜고 오락가락하는 정신을 추스르려 한다. 자정이 넘었다. 그는 어디에 있었던가?

그는 침대 시트 아래로 들어가 자다 깨다 한다. 아침에 냄새나고 헝클어진 모습으로 세면실로 가다가 안나 세르게예브나와 마주친다. 머리에 수건을 두르고 커다란 장화를 신은 그녀는 평범한 장사꾼 같아 보인다. 그녀는 그를 보고 깜짝 놀란다. "깜빡 잠이 들어버렸지 뭡니까. 아주 피곤했었거든요." 그가 설명한다. 그러나 그게 문제가 아니다. 여자가 놀란 것은 그가 그때까지도 입고 있던 하얀 양복 때문이다.

그는 계속해서 말한다. "괜찮다면, 떠날 때까지 파벨의 방에서 지내고 싶소. 며칠밖에 안 될 거요."

"지금은 얘기할 시간이 없어요. 좀 바빠서요." 그녀가 대답한다. 그녀는 그의 생각을 달갑게 여기지 않는 게 분명하다. 허락을 하지도 않았다. 하지만 그는 집세를 냈고, 그녀도 어쩔 도리가 없다.

그는 오전 내내 아들 방에 있는 책상에 앉아 머리를 손으로 감싸고 있다. 글을 쓰는 척할 수도 없다. 그의 마음은 파벨이 죽는 순간으로 달려간다. 그가 견딜 수 없는 점은, 추락하던 마지막 순간에 파벨이 자신을 구해줄 수 있는 게 아무것도 없다는 사실을 알았을 거라는 것과 이제는 그가 죽고 없다는 것이다. 그는 파벨이 소멸 그 자체보다 더 끔찍한 그 확신을 하지 않았을 거라 믿고 싶다. 급박하고 혼란스러운 추락의 상황과 도저히 감당할 수 없는 거대한 무언가에 맞서기 위해 마음이 스스로 무감각해져 그런 확신을 할 수 없었을 거라고, 온 마음으로 믿고 싶다. 동시에, 파벨이 추락하면서 모든 것을 알고 있었다는 사실을 받아들이지 않으려고, 자신이 그렇게 믿으려 애쓴다는 사실도 안다.

이러한 순간에 그는 자신과 파벨을 분간할 수 없다. 그들은 같은 사람이다. 그 사람은 다름아니라 생각, 즉 그의 안에서 그것을 생각하는 파벨과 파벨 안에서 그것을 생각하는 그에 지나지 않는다. 그 생각이 파벨의 추락을 정지시키고 그를 살아 있게 만든다.

자신이 죽었다는 사실을 아들이 깨닫지 못하게 하고 싶다. 그는 생각한다. 내 목숨이 붙어 있는 한, 그걸 알고 있는 사람은 나 하나여야 해! 어떻게 해서든 나는 공중으로 뛰어드는 생각하는 동물이고 싶어.

그는 책상에 앉아 눈을 감고 주먹을 움켜쥐고 파벨이 죽음에 대해 알지 못하도록 가로막는다. 그는 자신이 수정 분수를 샘솟게 하는 조개를 입술에 물고 있는, 로마 바르베리니 광장의 트리톤이라고 상상해본다. 그는 밤낮으로 분수에 생명을 불어넣는다. 그러느라, 목의 힘줄이 청동빛을 띠며 팽팽하게 긴장되어 있다.

4
하얀 양복

11월이 되고 첫눈이 내렸다. 하늘은 남쪽으로 날아가는 철새들로 가득하다.

그는 파벨의 방으로 이사했고 얼마 지나지 않아 건물에 사는 사람들 중 일부가 되었다. 그가 지나가면 아이들은 여전히 목소리를 낮추지만 놀이를 중단하지는 않는다. 그들은 그가 누구인지 안다. 그는 누구인가? 그는 불행이고, 불행의 아버지다.

그는 날마다 옐라긴섬으로, 무덤으로 돌아가야 한다고 생각한다. 그러나 그는 가지 않는다.

그는 드레스덴에 있는 아내에게 편지를 쓴다. 아내를 안심시키는 편지이기는 하지만 그 안에는 감정이 없다.

그는 아침을 방에서 보낸다. 완전히 텅 빈 상태로 음흉하고 끔찍한 쾌락을 채우러 오는 아침을. 오후에는 거리로 나가 산보를 즐긴다. 그를 알아보는 사람이 있을지 모르는 메샨스카야가와 보즈네센스키 대로는 피한다. 늘 똑같은 찻집에 들러 한 시간 정도 시간을 보낸다.

드레스덴에 있을 때는 가끔 러시아 신문들을 읽곤 했다. 그러나 이제 바깥 세계엔 관심이 없다. 그의 세계는 오그라들어 이제 그의 가슴 안에 있다.

그는 안나 세르게예브나를 배려하느라 땅거미가 지고 나서야 아파트로 돌아온다. 그리고 저녁식사를 하라고 부를 때까지 그의 방이기도 하고 아니기도 한 방에 조용히 머문다.

그는 하얀 양복을 무릎에 올려놓고 침대에 앉아 있다. 보는 사람은 아무도 없다. 아무것도 바뀌지 않았다. 그는 사랑의 끈이 가슴에서 나와 아들에게 연결되는 것을 느낀다. 마치 밧줄처럼 물리적이다. 그리고 그 밧줄이 꼬이면서 가슴을 쥐어짜는 걸 느낀다. 그가 크게 신음 소리를 낸다. "좋아!" 그는 고통을 받아들이며 속삭인다. 그리고 몸을 뻗어 다시 한번 밧줄을 비튼다.

뒤에서 문이 열린다. 그는 깜짝 놀라 몸을 돌린다. 구부정하고 추한 몰골에 눈은 눈물로 가득하고 손에는 양복이 들려 있다.

"지금 식사하시겠어요?" 아이가 묻는다.

"고맙지만, 오늘 저녁은 혼자 있고 싶구나."

조금 있다 아이가 다시 온다. "차를 드시겠어요? 제가 갖다드릴 수 있어요."

아이가 찻주전자와 설탕 통, 컵을 쟁반에 담아 가져온다.

"그거 파벨 알렉산드로비치의 양복인가요?"

그는 옷을 옆으로 치우며 고개를 끄덕인다.

소녀는 팔을 뻗으면 닿을 곳에 서서 그가 차 마시는 모습을 본다. 또다시 아이의 관자놀이와 광대뼈의 고운 선, 검고 촉촉한 두 눈과 검은 눈썹, 옥수수수염처럼 고운 금발이 그의 마음을 흔든다. 맞부딪치는 두 파도처럼 상반된 감정이 몰려온다. 소녀를 보호해주고 싶은 충동과 소녀가 살아 있다는 사실 때문에 소녀에게 매질을 하고 싶은 상반된 충동.

그는 생각한다. 내가 갇혀 있는 것은 잘된 일이다. 나는 지금 이 상태로는 인간세계에 맞지 않다.

그는 소녀가 무슨 말을 하기를 기다린다. 아이가 무슨 말을 하면 좋겠다. 어린아이에게 그런 걸 요구한다는 게 터무니없지만, 여하튼 그래줬으면 좋겠다. 그는 눈을 치켜뜨고 아이를 바라본다. 아무것도 감춰지지 않는다. 그는 벌거벗었다고밖에 할 수 없는 눈으로 소녀를 응시한다.

소녀의 눈이 잠시 그의 눈과 마주친다. 그러자 아이가 눈길을 돌린 채 머뭇머뭇 뒷걸음질친다. 그리고 이상하고 어색한 자세로 무릎을 굽혀 인사를 한 뒤 방에서 달아난다.

그는 그런 일이 일어나는 순간에도, 자신이 이 대목을 잊지 않고 있다가 어느 날 작품에 써먹으리라는 걸 알고 있다. 수치심이 그를 훑고 지나간다. 그러나 그것은 피상적이고 일시적인 느낌일 뿐이다. 처음에는 글에서, 지금은 그의 인생에서, 수치심이 그 힘을 잃어버리고 도덕관념도 없이 텅 빈, 끝없이 수축하는 수동성이 그 자리를 차지해버린 것 같다. 이건 마치 폭풍우를 동반한 채 무서운 속도로 다가오는 구름을 곁눈질로 쳐다보는 것과 같다. 그 길에 서 있는 것은 무엇이든 휩쓸려갈 것이다. 그는 두렵고 흥분된 마음으로 폭풍우가 지나가기를 기다린다.

손목시계가 열한시를 가리키자, 그는 조용히 방에서 나온다. 마트료나와 그녀의 어머니가 자는 침실에 커튼이 쳐져 있다. 하지만 안나 세르게예브나는 식탁 앞에 앉아 램프 불 아래서 바느질을 하고 있다. 그는 방을 가로질러 그녀의 맞은편에 앉는다.

그녀의 손가락은 민첩하고 동작에는 절도가 있다. 그는 시베리아에서 바느질을 배웠다. 필요해서 배운 것이었다. 그러나 그녀처럼 부드럽고 우아하게 하지는 못한다. 그의 손가락에서 바늘은 신기한 물건일 뿐이다. 릴리펏*에서 날아온 화살이라고나

---

* 『걸리버 여행기』에 나오는 가상의 소인국.

할까.

"그렇게 섬세한 바느질을 하기에는 불빛이 너무 침침하군." 그가 속삭인다.

그녀가 고개를 숙인다. 마치 이렇게 말하는 것 같다. 그 말은 맞지만 그렇다고 나더러 어쩌란 말인가요?

"마트료나 말고는 아이가 없소?"

그녀가 그를 똑바로 쳐다본다. 그는 그 눈길이 마음에 든다. 부드러움이라고는 눈곱만큼도 없는 그녀의 눈이 좋다.

"아들이 있었지요. 아주 어렸을 때 죽었지만 말이에요."

"그래서 당신은 아는군."

"아뇨, 나는 몰라요."

그게 무슨 의미일까? 갓난아이의 죽음은 받아들이기 더 쉽다는 말인가? 그녀는 설명하지 않는다.

"허락해준다면 내가 더 좋은 램프를 사주고 싶소. 눈이 그렇게 일찍 나빠진다는 건 애석한 일이니까."

그녀가 생각은 고맙지만 약속을 지키라고 강요는 안 하겠다는 듯 머리를 숙인다.

그렇게 일찍이라니, 그는 무슨 의미로 그 말을 한 걸까?

그는 일단 말이 입 밖으로 줄줄이 쏟아지면 자신이 그걸 멈추지 않을 것이라는 걸 알고 있다. 그가 말한다. "나는 아들에 대해 얘기하고 싶어 죽을 지경이오. 그렇지만 다른 사람들이 아들에 대해 얘기하는 걸 듣고 싶은 마음이 더 크지."

"훌륭한 젊은이였어요. 그를 알고 지낸 기간이 그렇게 짧았다는 게 애석할 정도로요." 그러고는 이것으로 충분하지 않다는 걸 깨닫기라도 한 것처럼 이렇게 덧붙인다. "잘 시간이 되면 마트료나에게 책을 읽어주곤 했죠. 딸애는 하루종일 그 시간을 기다렸어요. 두 사람은 서로를 정말 좋아했답니다."

"무슨 책을 읽었소?"

"『금계金鷄』와 크릴로프의 책을 읽던 게 생각나네요. 제 딸에게 프랑스 시를 가르쳐주기도 했어요. 딸아이는 지금도 시 한두 편 정도 암송할 수 있답니다."

"집에 책이 있다는 건 좋은 일이지." 그는 책이 이삼십 권쯤 꽂혀 있는 책장을 몸짓으로 가리키며 말한다. "그러니까, 자라는 아이에게 좋다는 말이오."

"제 남편은 인쇄공이었어요. 인쇄소에서 일했죠. 그이는 책을 많이 읽었어요. 그게 취미였으니까요. 이건 일부일 뿐이에요. 그가 살아 있을 적에는 아파트 전체가 책으로 꽉 채워질 때도 가끔 있었어요. 그 책들을 전부 놓을 공간이 부족했어요." 그녀는 여기서 머뭇거린다. "당신이 쓴 『가난한 사람들』도 있어요. 남편이 가장 좋아했던 책 중 하나였죠."

침묵이 깃든다. 램프가 깜빡거리기 시작한다. 그녀는 불을 줄이고 바느질하던 것을 옆으로 치운다. 방의 저쪽 구석이 어둠에 잠긴다.

"파벨 알렉산드로비치에게 저녁에는 친구들을 데려오지 말라고 했던 게, 지금은 후회돼요. 친구들과 밤늦게까지 술을 마시고 떠들면서 우리를 잠들지 못하게 해서 그렇게 말했었거든요. 좀 거친 친구들이 있었어요."

"그렇소, 그애는 사람을 사귀는 데 참 소탈했소. 평범한 사람들과 그들이 중요하게 생각하는 것에 관해 얘기할 줄 알았지. 평범한 사람들은 의견이나 사상에 몹시 굶주려 있거든. 그애는 그들을 절대 깔보지 않았소."

"마트료나에게도 그랬어요."

불빛이 더욱 희미해진다. 심지에서 연기가 나기 시작한다. 아픈 곳에 바르는 연고 같은 말이군, 그는 이렇게 생각한다. 그런데 나는 낫기를 원하는가?

"그애는 나이는 어렸지만 생각은 진지했다오." 그가 계속 밀어붙인다. "그애는 러시아를 생각했고, 우리 삶의 조건에 대해 생각했소. 평범한 사람들과 관련된 일들에 관심이 많았지."

한참 동안 아무도 말이 없다. 칭찬, 그는 생각한다. 어설프고 때늦은 감이 있기는 하지만, 여하튼 나는 그애를 칭찬하려 애쓰고 있고 그녀 또한 그렇게 해주기를 바라고 있어. 그러지 말란 법은 없지!

"지난번에 하신 말씀에 대해 생각해봤어요." 그녀가 생각에 잠긴 듯 말한다. "파벨이 늦잠을 잤다는 얘기를 저에게 왜 하신 거죠?"

"왜 했냐고? 지금은 중요하지 않게 보일지 모르지만 그게 그 애 인생을 망쳤기 때문이오. 그애가 늦잠을 자는 바람에 내가 그 애를 이 학교 저 학교로 전학시켜야 했소. 그것이 그애가 대학 입학 허가를 받지 못한 이유였소. 그래서 그애는 결국 학생 사회 의 변두리이자 자신과 아무 상관도 없고 자신이 속한 곳도 아닌 페테르부르크까지 와서 학교를 다녔던 거요. 그건 단순한 게으름이 아니었소. 어떤 방법으로도 그애를 깨울 수 없었소. 소리치고 흔들고 위협하고 애원해도 말이오. 겨울잠을 자는 곰을 깨우려는 거나 마찬가지였소."

"저도 그건 이해해요. 학교생활에 잘 적응하지 못하는 아이들이 있죠. 하지만 저는 그걸 물어본 게 아니에요. 이런 얘기 하는 걸 용서하세요. 하지만 당신 이야기를 들을 때, 당신이 아직도 아들에게 화가 많이 나 있는 것 같다는 생각이 들었어요."

"당연히 화가 나 있었소! 당신도 알고 있겠지만, 그애가 열다 섯 살 때 아이 엄마가 죽었소. 혼자서 그애를 키우는 건 쉬운 일이 아니었소. 할일도 많은데 그렇게 다 큰 애를 깨우려고 애걸복걸하자니 분통이 안 터졌겠소? 만약 파벨이 다른 애들처럼 학교를 마쳤다면 이런 일은 일어나지 않았을 거요."

"이런 일이라뇨?"

그가 아파트와 페테르부르크와 그들 위에 드리운 거대한 어둠을 물리치려는 듯, 안달하며 팔을 젓는다.

그녀는 묵묵히 그리고 찬찬히 그를 바라본다. 그녀의 눈길을 받고서야 그는 비로소 자신이 무슨 말을 했는지 실감한다. 오른손이 떨리기 시작하더니 온몸으로 번진다. 그는 자리에서 일어나 뒷짐을 지고 방안을 거닌다. 무엇인가가, 그가 이름을 피하려하고 있는 그 무엇인가가 오고 있다. 그는 말을 하려 하지만 목소리가 나오다 끊겨버린다. 내가 책 속에 나오는 인물처럼 행동하고 있구나, 그가 생각한다. 그러나 스스로를 조롱하는 것도 도움이 되지 않는다. 어깨가 들썩인다. 그가 소리 없이 울기 시작한다.

책 속에서는 여자가 슬퍼하는 남자에게 넘치는 동정심을 보인다. 그러나 이 여자는 그렇게 하지 않는다. 그녀는 고개를 돌리고 바느질감을 무릎에 놓은 채로 깜빡거리는 불빛을 받으며 식탁 앞에 앉아 있다. 늦은 시간이고, 보는 사람도 없으며, 아이는 자고 있다.

염병할 마음 같으니라고! 그는 생각한다. 염병할 감정 같으니라고! 시금석은 마음이 아니고 마음이 느끼는 방식도 아니다. 그것은 죽음과 죽은 아이가 느끼는 방식이다!

순간, 선명한 환영이 떠오른다. 파벨이 그를 향해, 그의 까다로움과 눈물과 과장된 행동 그리고 그런 과장된 행동 뒤에 숨어 있는 것을 향해 웃는 모습이 너무나 선명하게 떠오른다. 그 웃음은 조롱 섞인 웃음이 아니라 친밀감과 용서가 섞인 웃음이다. 그는 알고 있다! 그가 생각한다. 그는 알고 있지만 마음에 두지 않는다! 감사와 기쁨과 사랑의 물결이 그를 훑고 지나간다. 이제 틀림없이 발작을 하겠구나! 그는 이렇게 생각하지만 개의치 않는다. 그는 더이상 눈물을 참지 않고 식탁으로 돌아가 팔에 얼굴을 묻은 채 소리 내어 운다.

아무도 그의 머리를 쓰다듬지 않고 아무도 그의 귀에 위로의 말을 속삭여주지 않는다. 그러나 그가 손수건을 찾아 더듬거리며 고개를 들자, 마트료나가 앞에 서서 그를 골똘히 쳐다보는 게 보인다. 소녀는 하얀 잠옷을 입고 있다. 아이의 머리칼이 어깨 위로 치렁치렁하다. 그는 아이의 봉긋 솟은 젖가슴을 보지 않을 수 없다. 아이를 향해 미소를 지어보지만 아이의 표정은 변하지 않는다. 이 아이도 알고 있어, 그가 생각한다. 이 아이도 무엇이 거짓이고, 무엇이 진실인지 안다. 그게 아니라면 오래 쳐다본다는 것은 알고 싶다는 의미다.

그는 정신을 가다듬는다. 마지막 눈물 속에서 그의 시선과 아이의 시선이 엉킨다. 그 순간, 무엇인가가 그들 사이를 스치고 지나간다. 그는 벌겋게 달군 철사에 찔린 것처럼 몸을 움찔한다. 그때 소녀의 어머니가 팔로 소녀를 감싸안고 뭐라고 속삭인다. 아이는 침대로 돌아간다.

5

막시모프

"안녕하시오. 아들 물건을 (그는 자신의 목소리가 전혀 흐트러지지 않는 것에 놀란다) 찾으러 왔소. 내 아들이 지난달 발생한 사건에 연루되어 경찰이 소지품을 보관하고 있다고 들었소."

그는 보관증을 펴서 접수대 너머로 건넨다. 보관증에 적힌 날짜가 파벨이 죽은 다음날인지 아니면 당일인지 여부는 파벨의 사망 시점이 자정 전이냐 후이냐에 달렸다. 보관증에는 단순히 '편지와 다른 서류들'이라고만 적혀 있다.

경사가 그 보관증을 의심스럽게 살펴본다. "10월 12일이면 한 달도 채 되지 않았군요. 그 사건은 아직 종결되지 않았을 겁니다."

"종결되려면 얼마나 걸리겠소?"

"두 달이 걸릴 수도 있고, 석 달이 걸릴 수도 있고, 일 년이 걸릴 수도 있습니다. 정황에 따라 다르지요."

"정황이라는 건 없소. 범죄와 연관이 있는 것도 아니니 말이오."

경사가 보관증을 멀찍이 들고 방을 나선다. 다시 돌아왔을 때의 말투는 더 퉁명스럽다. "성함이……?"

"이사예프요. 아비 되는 사람이오."

"예, 이사예프 씨. 앉아 계시면 곧 담당자가 나올 겁니다."

가슴이 철렁 내려앉는다. 그는 그저 파벨의 물건을 건네받고 이곳에서 나가기를 기대했었다. 경찰이 그에게 관심을 돌리게 해서는 안 된다.

"시간이 별로 없소." 그가 애써 쾌활하게 말한다.

"예, 담당 수사관이 곧 선생을 만나러 올 겁니다. 앉아서 편히 계세요."

그는 손목시계를 들여다보고 의자에 앉아 짐짓 급한 체하며 주위를 둘러본다. 이른 시간이다. 대기실에는 한 사람이 더 있을 뿐이다. 얼룩이 묻은 페인트공 작업복 차림의 젊은이다. 꼿꼿하게 몸을 세우고 앉아 있는데, 잠든 것 같다. 눈은 감겨 있고 턱이 늘어지고, 목구멍 안쪽에서 부드럽게 가르랑거리는 소리가 난다.

이사예프. 아직 혼란스러운 마음이 정리되지 않은 상태다. 일이 꼬이기 전에 이사예프 행세를 당장 그만둬야 하지 않을까? 하지만 어떻게 설명할 수 있을까? "경사, 약간의 착오가 있었소.

상황이 겉보기와는 다르오. 어떤 의미에서 나는 이사예프가 아니오. 나는 몇 년 전에 죽은 이사예프라는 사람의 이름을 사용하고 있소. 지금 여기서 그 이유를 설명하지는 못하지만 그래야 할 아주 충분한 이유가 있소. 여하간, 나는 파벨 이사예프를 내 아들로 키웠고 내 자식처럼 사랑했소. 그래서 내가 그와 똑같은 이름을 쓴 것이고, 또 그래야만 하오. 그가 남긴 서류들은 내게 아주 소중한 것들이오. 그래서 내가 여기 온 거요." 그들이 아무것도 의심하지 않을 때, 시키지도 않은 이런 고백을 해버리면 어떨까? 그들이 그에게 서류를 넘겨주려다 갑자기 멈추고 이렇게 말하면 어떻게 될까? "어라, 이게 뭐지? 이 사건에 겉보기와 다르게 뭔가가 더 있는 건가?"

앉아 있는 동안 그는 사실대로 다 밝히고 싶은 마음과 계속 남의 이름을 사칭하고 싶은 마음 사이에서 갈등한다. 한쪽 구석에서 난로가 타고 있는 이 답답한 방에서, 일에 쫓기는 비즈니스맨처럼 보이려고 시계를 꺼내 흘깃흘깃 들여다보면서, 그는 발작이 다가오는 걸 예감한다. 그리고 동시에 그 발작이 이곳에서 벗어나기 위한 수단 혹은 그런 수단들 중 가장 유치한 것이 될 거라는 사실을 깨닫는다. 그러는 와중에 한쪽에서는 끈질긴 기억의 그림자가 내려온다. 틀림없이 그는 전에 바로 이 대기실 혹은 이것과 비슷한 대기실에 와본 적이 있고, 거기서 발작을 했거나 졸도한 적이 있었다! 하지만 그때의 일이 이토록 희미하게 떠오르는 이유는 뭘까? 그리고 그 기억은 갓 칠한 페인트 냄새와 무슨 관련이 있는가?

"이건 너무하잖소!"

그의 고함소리가 대기실에 울린다. 졸고 있던 페인트공이 몸을 움찔거리고, 책상에 앉아 있던 경사도 깜짝 놀라 고개를 든다. 그는 자신이 당황하고 있다는 사실을 감추려 애쓴다. "그러니까," 그가 목소리를 깔고 말한다. "난 더이상 기다릴 수 없소. 말했다시피 약속이 있단 말이오."

그는 이미 자리에서 일어나 코트까지 몸에 걸친 상태다. 그때 경사가 그를 불러세운다. "막시모프 고문관께서 지금 만나시겠답니다."

그가 안내를 받고 들어간 사무실에는 높은 의자가 없다. 모조 가죽으로 된 커다란 소파를 제외하면 보잘것없는 정부 보급품뿐이다. 파벨의 사건을 수사하는 막시모프 고문관은 대머리에다 소작농 여인처럼 땅딸막하다. 막시모프는 계속 야단법석을 떨다가 그가 자리에 편히 앉고 나서야 책상 위에 있는 두툼한 서류철을 펴고서 그걸 꼼꼼히 읽으며 혼자 중얼거리다가 때때로 고개를 젓는다. "애석한 일이로군…… 애석한 일이야……"

마침내 그가 고개를 든다. "이사예프 씨, 심심한 위로의 말씀을 드립니다."

이사예프. 결정을 내릴 시간이다!

"고맙소. 난 아들의 서류를 돌려받기 위해 왔소. 사건이 종결되지 않은 것은 알지만, 개인적인 서류들이 당신 사무실이나 수사에 무슨 관련이 있는지 모르겠소."

"네, 물론이죠, 물론입니다! 선생 말씀대로, 개인적인 서류들이지요. 그런데 하나만 말씀해주시죠. 방금 서류라고 하셨는데 그게 정확히 무슨 의미인가요? 어떤 서류들이지요?"

그 남자의 눈이 연하게 번득인다. 속눈썹이 고양이 속눈썹처럼 옅다.

"내가 그걸 어떻게 알겠소? 당신들이 내 아들 방에서 그걸 가져갔고 난 아직 그걸 보지 못했는데. 편지, 서류……"

"선생은 본 적도 없으면서 그것이 우리한테 중요하지 않다고 믿고 있습니다. 이해할 수 있습니다. 아버지가 아들의 서류를 개인적인 것이거나 가족에 관한 문제일 거라고 생각하는 건 이해할 수 있습니다. 예, 정말로요. 그러나 수사가 진행중입니다. 어쩌면 단순히 형식적인 것일 수도 있지만 법을 집행하자면 손가락을 튕기거나 손을 젓는 방법으로 문제를 일축할 수는 없지요. 서류는 수사의 일부이니까요. 그래서……"

손가락 끝을 모은 채 고개를 숙인 그는 깊은 생각에 잠긴 것처럼 보인다. 다시 고개를 들었을 때는 더이상 웃고 있지 않다. 얼굴에 굳은 결심이 어려 있다. "제 생각에," 그가 말한다. "네, 제 생각에, 양쪽 모두를 만족시킬 수 있는 방안이 있긴 합니다. 사건이 종결되지 않았기 때문에, 아니 실제로 사건에 대한 수사가 제대로 착수되지도 못한 상태이기 때문에 그 서류들을 돌려드릴 수는 없습니다. 하지만 그 서류들을 열람할 수 있게 해드리겠습니다. 이렇게 슬픈 일을 당했는데, 가족이 그것을 볼 수 없다는 건 부당하기, 정말 부당하기 때문입니다."

그는 카드 게임을 하던 사람이 모든 걸 이기는 패를 가졌을 때처럼, 갑작스럽고 놀라운 몸짓으로 서류철에서 종이 한 장을 쓱 빼서 앞에 놓는다.

로마자로 쓴 러시아인 이름 목록이다. 모두 알파벳 A로 시작한다.

"착오가 있소. 이건 내 아들 필체가 아니오."

"아들의 필체가 아니라고요? 흠." 막시모프가 종이를 도로 가져가더니 자세히 들여다본다. "이사예프 씨, 그렇다면 이게 누구의 필체인지 짐작되는 사람은 없습니까?"

"누구 것인지는 모르겠지만, 여하간 내 아들의 필체는 아니오."

막시모프가 서류철 맨 밑에서 다른 종이를 골라 책상 위에 놓는다. "그럼, 이것은 어떻습니까?"

그건 읽을 필요도 없다. 얼마나 어리석은 짓인가! 그는 생각한다. 눈앞이 캄캄해진다. 자신의 목소리가 멀리서 들려오는 것 같다. "그건 내가 쓴 편지오. 나는 이사예프가 아니오. 그저 그 이름을 차용해……"

막시모프는 파리를 쫓아내듯 손을 저어, 그의 말을 몰아내고 침묵을 불러들인다. 하지만 그는 현기증을 이겨내며 시작한 말을 끝낸다.

"나는 문제를 복잡하지 않게 하려고 그 이름을 차용했을 뿐이오. 다른 이유는 없소. 파벨 알렉산드로비치 이사예프는 내 의붓아들이고, 죽은 아내의 외아들이오. 하지만 내게 그는 친아들이나 마찬가지오. 그 아이에게 가족이라고는 이 세상에 나밖에 없으니까."

막시모프는 느슨하게 편지를 쥐고 있는 그에게서 편지를 가져다가 그걸 다시 자세히 들여다본다. 그가 드레스덴에서 마지막으로 썼던 편지다. 그는 그 편지에서 돈을 너무 많이 쓴다며 파벨을 혼냈다. 낯선 사람이 그걸 읽는 걸 보며 앉아 있으려니 굴욕감이 든다! 그걸 썼다는 것 자체가 굴욕적이다! 하지만 사람이 어떻게, 사람이 어떻게, 그날이 마지막이 되리라는 걸 알 수 있을까?

"사랑하는 너의 아버지, 표도르 미하일로비치 도스토옙스키." 고문관이 이렇게 읽으며 고개를 든다. "확실히 해둡시다. 선생은 이사예프가 아니라 도스토옙스키라는 말이죠?"

"그렇소. 속임수였소. 어리석기는 하지만 남에게 해가 되는 일은 아니오. 후회하고 있소."

"이해할 수 있습니다. 하지만 당신은 어떤 목적을 갖고 여기 왔습니다. 우리가 이렇게 지저분한 말을 사용할 필요가 있을까 싶습니다만 대체할 다른 말이 없으니, 당분간은 신중하게 그 말을 사용하기로 합시다. 당신은 죽은 파벨 알렉산드로비치의 아버지를 사칭해 그의 물건을 당신한테 내달라고 신청하려고 여기 왔습니다. 실제로는 그의 아버지가 아닌데도 말입니다. 좀 이상해 보이는데, 어떻게 생각하십니까?"

"말씀드렸다시피 그건 실수였소. 나는 지금 몹시 후회하고 있소. 그러나 죽은 사람은 분명 내 아들이오. 내가 정식으로 지정된 그애의 후견인이고 말이오."

"흠, 여기 보니 사망 당시 그는 꽉 찬 스물한 살, 그러니까 거의 스물두 살이었군요. 엄격하게 말하자면 후견인 역할은 끝났습니다. 스물한 살이면 성인 아닙니까? 법적으로 자유인이죠."

이렇게 조롱을 당하자 결국 분노가 치민다. 그가 자리에서 일어나 목소리를 높인다. "나는 내 아들 문제를 낯선 사람들과 상의하기 위해 여기 온 게 아니오. 만약 그애 서류를 갖고 있어야 한다고 주장할 셈이면 그렇다고 말하시오. 그러면 나도 다른 방법을 취할 테니."

"서류를 갖고 있겠다고 주장한다고요? 물론 그건 아닙니다! 앉으세요! 나는 당신이 당신을 위해서나 우리를 위해서나 이 서류들을 살펴봐주셨으면 합니다. 우리에게 길을 안내해주시면 정말 고마울 것 같아요. 우선, 이것부터 시작해보시지요." 그는 양면에 이름들이 쓰인 종이 여섯 장을 앞에 놓는다. 이미 A자로 시작하는 첫 페이지는 본 상태다. "당신 아들의 필체가 아니라고요?"

"그렇소."

"그래요, 우리도 그건 압니다. 그렇다면 누구의 필체인지 아시겠습니까?"

"모르오."

"현재 외국에 거주하고 있는 젊은 여자의 필체입니다. 그녀의 이름이 무엇인지는 우리가 상관할 바가 아니지요. 하지만 내가 그 이름을 말하면 놀라실 겁니다. 그녀는 세르게이 게나데비치 네차예프의 친구이자 동료입니다. 그 이름이 당신과 무슨 관련이 있나요?"

"나는 네차예프를 개인적으로 알지 못하오. 내 아들도 그를 알았을 것 같지는 않고. 네차예프는 내가 가장 싫어하는 음모자이자 폭도요."

"당신 말처럼 당신은 그를 개인적으로 알지 못합니다. 그러나 그와 접촉한 적은 있지요."

"아니오, 나는 그와 접촉한 적 없소. 스위스 제네바에서 열린 공식 모임에 참석했는데, 네차예프는 거기서 연설을 한 많은 사람들 중 한 명이었을 뿐이오. 그와 나는 같은 회의실에 있었고, 그게 내가 그를 아는 것의 전부요."

"그게 언제였나요?"

"1867년 가을이었소. '평화와 자유연맹'이라고 불리는 단체가 조직한 모임이었소. 나는 나라를 사랑하는 사람으로서, 러시아에 대한 다양한 견해를 듣기 위해 공개적으로 그 모임에 참석했소. 내가 네차예프라는 젊은이의 발언을 들었다고 해서 그를 지지한다고 생각하지는 마시오. 그것과 반대니까. 거듭 말하지만, 나는 그의 모든 주장을 거부하오. 공식적인 자리에서나 개인적인 자리에서 그런 입장을 여러 차례 밝힌 바 있소."

"민중의 복지에 관련된 것도 말입니까? 네차예프는 민중의 복지를 지지하는 입장 아닙니까? 그것이 그가 성취하고자 하는 것 아닙니까?"

"왜 나에게 이런 질문을 하는지 모르겠소. 네차예프는 모든 사람에게 똑같은 행복 혹은 똑같은 불행이라는 허울좋은 평등의 원칙 아래, 모든 사회제도를 폭력으로 전복하려고 하는 자요. 그가 정당화하려는 것은 원칙이 아니오. 사실 그는 그런 정당화를 시간 낭비이자 무익한 관념으로 여기며 경멸하지."

"아주 좋습니다. 그런 비난에 동의해요. 그래도 조금 놀랍긴 하군요. 한마디 덧붙이자면 나는 당신이 원칙을 지키는 까다로운 사람이라고 생각하지는 않았습니다. 하지만 본론으로 돌아갑시다. 앞에 있는 명단에 아는 이름이 있습니까?"

"몇 명은 알고 있소. 아주 극소수지만."

"이건 신호가 떨어지자마자 '민중의 복수'라는 이름으로 암살될 사람들의 명단입니다. 아시다시피, 그것은 네차예프가 결성한 비밀 조직입니다. 총체적인 반란을 촉발시키고 정부 전복까지 나아가기 위한 암살이지요. 맨 끝을 보면 부록이 있습니다. 전복 후에 즉결 처형될 사람들의 명단이지요. 거기에는 고위 재판관과 경찰간부, 대위 이상의 비밀경찰 들까지 포함되어 있습니다. 이 명단이 당신 아들의 서류에서 발견되었습니다."

그 말을 마친 막시모프는 의자에 깊숙이 기대앉아 유쾌하게 웃는다.

"그래서 내 아들이 암살범이란 말이오?"

"물론 그건 아닙니다! 암살당한 사람이 없는데 어떻게 암살범이 되겠습니까? 앞에 놓인 명단은 불완전한 초안인 셈입니다. 사실 나는 그것이 사회에 불만이 있는 젊은이가 어느 날 오후 자기한테 생사를 좌우하는 힘이 있다는 사실을 과시하기 위해, 그 말을 받아 적는 젊은 여자에게 그걸 과시하려고 만든 목록에 지나지 않는다고 생각합니다. 하지만 암살이나 암살 음모, 관료주의에 대한 위협은 심각한 문제입니다. 그렇지 않습니까?"

"심각하다마다요. 당신이 해야 할 일은 분명하오. 내 충고는 필요하지 않소. 네차예프가 자기 조국으로 돌아오면 그를 당장 체포해야 하오. 내 아들은 어떻게 할 셈이오? 그애도 체포할 셈이오?"

"하하! 표도르 미하일로비치, 농담도 잘하시는군요! 아닙니다, 체포하고 싶어도 할 수 없지요. 아드님은 더 좋은 곳으로 갔으니 말입니다. 하지만 그는 뒤에 뭔가를 남기고 떠났습니다. 바로 이 서류입니다. 자존심 강한 음모자가 남길 법한 것 이상의 서류를 남겼어요. 질문도 남기고 갔지요. 이런 질문 말입니다. 왜 자살을 했을까? 당신에게 묻고 싶군요. 당신 생각엔 그가 왜 자살했을 것 같습니까?"

방이 눈앞에서 빙글빙글 돈다. 고문관의 얼굴이 거대한 분홍색 풍선처럼 커진다. "그애는 스스로 목숨을 끊은 게 아니오." 그가 나지막이 말한다. "당신은 그 아이에 대해 아무것도 이해하지 못하고 있소."

"물론 그렇지요! 나는 당신 아들의 삶을 조금도 이해할 수 없을 뿐 아니라, 이해하는 척도 하고 싶지 않습니다. 수사상 내가 알고 싶은 것은 무엇이 그를 죽음으로 내몰았느냐 하는 것입니다. 이를테면, 협박을 당했던 걸까요? 동료 중 한 사람이 정체를 폭로하겠다고 협박한 걸까요? 그렇게 될 것이 두려운 나머지 스스로 목숨을 끊었을까요? 아니면 스스로 목숨을 끊은 게 아닐 수도 있지 않을까요? 아직 그 이유는 모르지만, 그가 '민중의 복수'를 배반했다는 낙인이 찍혀 유쾌하지 못한 방식으로 살해당한 건 아닐까요? 이런 것들이 내 머릿속을 스쳐가는 질문들입니다. 표도르 미하일로비치, 당신과 얘기할 기회를 갖게 된 것은 행운입니다. 그의 의붓아버지이자, 친부모가 없는 상황에서 오랫동안 그의 보호자였던 당신이 그를 모른다면 누가 알겠습니까?

아, 그리고 음주 문제가 있습니다. 그가 평소에 술을 많이 마셨나요? 아니면 음모와 관계된 일로 심리적 부담을 받아 최근에 술을 마시기 시작한 건가요?"

"모르겠소. 우리가 왜 음주 얘기를 하는 거요?"

"왜냐하면 그날 밤 그가 술을 많이 마셨으니까요. 모르고 계셨나요?"

그가 말없이 고개를 흔든다.

"표도르 미하일로비치, 당신은 아들에 대해 모르는 게 너무 많군요. 자, 솔직하게 얘기하지요. 당신이 의붓아들의 서류를 찾기 위해 직접 호랑이굴로 들어왔다는 보고를 받자마자, 난 이미 당신이 이런 성가신 일이 있으리라고는 전혀 의심하지 않고 왔다는 걸 확신했습니다. 만약 당신 의붓아들과 네차예프의 범죄 단체와의 관계를 알았다면 분명 이곳에 오지 않았겠죠. 설령 왔다 하더라도 당신이 찾아가고자 하는 것이 다른 게 아니라 의붓아들과 주고받은 편지들이라는 점을 처음부터 분명히 했을 거고요. 제 말 알아듣겠습니까?"

"예……"

"아들이 보낸 편지들은 이미 갖고 있으니, 당신이 아들에게 보낸 편지들만 돌려받길 원했겠지요. 하지만 왜……"

"나는 편지는 물론이고 다른 사적인 것들까지 모두 돌려받기를 원하오. 그런데 지금 이렇게 그애를 몰아붙이는 이유가 무엇이란 말이오?"

"이유라……! 너무 비극적이군요…… 서류 문제로 되돌아갑시다. 당신은 '사적인 것'이라는 표현을 쓰고 있습니다. 지금과 같은 상황에서, 이제 더이상 어떤 것이 '사적인 것'인지 분간하기 어렵습니다. 물론 우리는 망자를 존중해야 하고 그의 권리를 옹호해야 합니다. 하지만 당신 의붓아들은 사생활의 자유를 변호할 위치에 있지 않습니다. 죽은 뒤 낯선 사람이 나타나 소지품을 뒤지고, 서랍을 열고, 봉인을 뜯고, 사적인 편지를 읽는다고 생각하면 우린 모두 틀림없이 고통스러울 것입니다. 한편으로는 낯선 사람이 나타나서 추하지만 꼭 해야만 하는 이런 일을 대신

해줬으면 하는 마음이 들 수도 있겠지요. 아직 감정이 누그러들지 않은 상태로 아무것도 모르고 있는 부인이나 딸, 누이에게 우리의 은밀한 일들이 노출된다고 생각하면 마음이 편할까요? 어떤 면에서 보면 우리와 아무런 관련이 없기 때문에 기분이 상하지도 않을 사람이 그 일을 하는 게 더 나을 수도 있습니다. 직업 특성상 아무렇지도 않게 그런 일을 처리할 사람 말입니다.

물론 어떤 의미에서 이것은 한가한 얘기일 뿐입니다. 왜냐하면 결국 결정은 상속법에 의해 내려지니까요. 개인적인 서류들을 비롯해 모든 것이 상속인의 소유입니다. 상속인을 지명하지 않고 사망하는 경우에는 친족법에 의해 결정되고요.

그래서 가족들 간에 오간 편지들이 개인적인 것이고 그것들을 신중하게 다뤄야 한다는 데에는 동의합니다. 하지만 외국에서 온 편지들이나 암살할 사람들의 명단이 적힌 선동적인 내용의 편지들은 절대 개인적인 서류라고 할 수 없습니다. 한 가지 흥미로운 사례가 있습니다."

그는 서류를 뒤적이다가 신경에 거슬리게 손톱으로 책상을 두드린다. "한 가지 흥미로운 사례가 있어요. 한 가지 흥미로운 사례가 있어요." 그가 낮은 목소리로 같은 말을 되풀이한다. 그러더니 갑자기 이렇게 말한다. "이야기는, 이야기에 대해서는 어떻게 말해야 하죠? 소설 말입니다. 소설도 사적인 것인가요?"

"사적인 일이오. 완전히 사적인 일이오. 세상에 내놓기 전까지는 작가의 사적인 일이지."

막시모프는 이상한 눈으로 그를 한 번 쳐다보고 자기가 읽던 것을 책상 위로 건넨다. 줄이 그어진 아동용 노트다. 그는 고리와 획이 붙어다니는 필기체를 단번에 알아본다. 고아의 글씨체, 그가 생각한다. 좋아하도록 노력해야겠어. 그는 감싸듯 종이에 손을 댄다.

"읽어보세요." 상대가 부드럽게 말한다.

읽으려 해보지만 그는 집중할 수가 없다. 노력하면 할수록 글씨체만 눈에 들어온다. 눈물 때문에 시야가 흐리다. 그는 눈물이 떨어져 종이 위에 번지지 않도록 소매로 눈을 누른다. '끝없는 눈의 불모지'라는 글이 눈에 들어온다. 너무 상투적인 그 표현을 고치고 싶다. 광활한 곳에 있는 사람이나 추위에 관한 어떤 것을 지칭할 것이다. 그는 고개를 저으며 노트를 덮는다.

막시모프가 손을 뻗어 그것을 살짝 끌어당기고 자신이 원하는 것을 찾을 때까지 한 장 한 장 넘긴다. 그리고 그것을 다시 건넨다. "이 부분을 읽어보세요. 한두 페이지만요. 주인공은 반역 음모죄로 시베리아 유배형에 처해진 젊은 남자입니다. 그는 감옥에서 탈출해 지주의 집으로 갑니다. 식모인 시골 소녀가 그를 숨겨주고 먹을 것을 가져다주지요. 젊은 두 사람 사이에 낭만적인 감정이 싹트고요. 어느 날 저녁, 추잡한 색골로 묘사되는 지주가 그 소녀에게 눈독을 들입니다. 이 부분을 한번 읽어보세요."

그는 또다시 고개를 젓는다.

막시모프가 도로 노트를 가져간다. "젊은이는 더이상 참지 못 해요. 숨어 있던 곳에서 나와 둘 사이에 끼어듭니다." 그가 큰 소리로 읽기 시작한다. "카람진은—이 사람이 지주예요—그를 향해 씩씩거렸다. '네 놈은 누구냐? 여기서 뭘 하고 있는 거야?' 그리고 너덜너덜해진 회색 제복과 부서진 족쇄를 알아보았다. '아하, 그런 놈들 중 하나군!' 그는 소리쳤다. '곧 너를 처리해주마!' 그는 돌아서서 방 밖으로 쿵쿵 걸어나가기 시작했다—여기서 쿵쿵 걸어나간다는 말이 사용되는데, 난 이 표현이 마음에 듭니다. 지주는 귀에 털이 나고 땅딸막한 키에 불독같이 생긴 야수로 묘사되어 있습니다. 못생긴 늙은이가 아름다운 처녀에게 달려들다니! 젊은 주인공이 화가 날 만도 하지요. 그는 난로 옆에 있는 손도끼를 집어듭니다—온 힘을 다해, 바로 그 순간에도 몸을 떨면서, 그는 지주의 창백한 두개골 위로 도끼를 내려쳤다. 카람진의 무릎이 꺾였다. 그는 짐승처럼 크게 콧김을 내뿜고 팔을 넓게 편 채로 손가락을 씰룩거리며 잘 닦인 부엌 마루 위로 떨어졌다. 세르게이는—남자 주인공 이름이에요—자기가 한 일을 믿지 못하겠다는 듯 피 묻은 도끼를 든 채 못박힌 듯 그 자리에 서 있었다. 그러나 마르파는—이건 여자 주인공 이름이고요—의외로 침착하게 피가 번지지 않도록 죽은 사람의 머리 밑으로 젖은 걸레를 밀어넣었다—사실적인 표현이 좋지 않습니까?

나머지 얘기는 스케치 형식으로 되어 있어서 더 읽지는 않겠습니다. 어쩌면 음탕한 카람진을 처치한 후 작가의 영감이 약해졌는지도 모르지요. 세르게이와 마르파는 시체를 끌어다 사용하지 않는 우물에 던져버립니다. 그런 다음 그들은 결의에 차—여기 표현이 그래요—함께 어둠 속으로 떠납니다. 그들이 도망을 가려는 것인지는 분명하지 않습니다. 하지만 나는 마지막 한 가지 세부사항에 대해 언급하고 싶군요. 세르게이는 살인에 사용한 무기를 남겨두고 가지 않습니다. 그것을 가지고 갑니다. 그러자 마르파가 왜 그러느냐고 묻습니다. 그의 대답을 인용해보지요. '이것이 러시아 민중의 무기이며, 방어의 수단이자 복수의 수단이기 때문이지요.' 피 묻은 도끼와 민중의 복수, 이보다 더 확실한 암시가 어디 있겠습니까?"

그는 믿기지 않는다는 눈으로 막시모프를 응시한다. "내 귀를 믿을 수 없군." 그가 나지막한 목소리로 말한다. "정말 이것을 내 아들에게 불리한 증거로 해석할 작정이오? 방에서 혼자 쓴 공상을 가지고?"

"이런, 아닙니다, 표도르 미하일로비치. 오해입니다!" 막시모프는 뒤로 물러나 앉으며 괴로운 듯 머리를 흔든다. "당신 의붓 아들을 몰아붙일 생각은 전혀 없습니다(당신의 표현대로 하자 면요). 핵심적인 측면만 보면 그의 사건은 종결되었습니다. 단 지 당신이 공상이라고 부르고 싶어하는 얘기를 당신에게 읽어준 것뿐입니다. 그가 네차예프파에게서 얼마나 깊은 영향을 받았으 며, 네차예프파가 감수성 예민하고 불안정한 페테르부르크의 젊 은이들을 어떻게 나쁜 길로 가게 만들었는지 보여주려고 말이지 요. 그들 중 상당수는 좋은 가문 출신입니다. 네차예프주의는 전 염병이라고 부를 만하지요. 유행이라고 할 수도 있겠고요."

"유행이 아니오. 당신이 네차예프주의라고 부르는 것은 이름 만 때때로 달라질 뿐, 러시아에 늘 있어왔던 것이오. 네차예프주 의는 산적질만큼이나 러시아적이지. 하지만 나는 네차예프파에 대해 얘기하려고 여기 온 것이 아니오. 내가 여기 온 이유는 단 순하오. 내 아들의 서류를 찾아가려고 온 것이오. 그걸 내게 넘 겨주시겠소? 그럴 수 없다면, 이제 가도 되겠소?"

"가셔도 되지요. 당신에게는 돌아갈 자유가 있으니까요. 당신 은 외국에 거주하다가 다른 이름으로 러시아에 돌아왔습니다. 어떤 여권을 갖고 다니는지는 묻지 않겠습니다. 하지만 당신에 게는 돌아갈 자유가 있습니다. 만약 당신이 페테르부르크에 있 다는 걸 빚쟁이들이 알게 되면 그들에게도 하고 싶은 대로 할 자유가 있겠지요. 그건 내가 관여할 문제가 아닙니다. 당신과 그들 사이의 문제니까요. 다시 말씀드리지만 당신에게는 돌아갈 자유가 있습니다. 하지만 경고 드리는데, 제가 당신의 속임수에 공모해줄 수는 없습니다. 이해하셨을 거라 생각합니다."

"지금 나한테 돈 따위는 중요하지 않소. 옛날에 진 빚 때문에 고통을 겪게 된다면 하는 수 없고 말이오."

"당신은 아들을 잃고 상심한 상태입니다. 그래서 그런 식으로 나오시는 거지요. 완전히 이해합니다. 하지만 당신에게 의지하고 있는 부인과 자식을 기억하십시오. 그들을 위한다면 스스로를 운명에 맡길 수는 없을 겁니다. 요청한 이 서류들은 유감스럽게도 아직 당신에게 넘겨줄 수 없습니다. 이 서류들은 당신 의붓아들이 관여된 네차예프파에 대한 것으로 경찰의 소관입니다."

"좋소. 하지만 이곳을 떠나기 전에 네차예프파에 대해 마지막으로 한마디해도 되겠소? 적어도 나는 직접 네차예프를 보고 그의 말을 들었던 사람이오. 당신보다는 그 사람에 대해 잘 알지. 내 말이 틀리다면 말씀해보시오."

막시모프가 미심쩍은 듯 고개를 치켜든다. "계속하시지요."

"네차예프는 경찰의 소관이 아니오. 궁극적으로 당국의 소관도 전혀 아니고, 적어도 당국의 세속적인 소관 사항은 아니란 말이오."

"계속하세요."

"세르게이 네차예프를 추적해서 감옥에 가둘 수는 있을 거요. 하지만 그렇다고 해서 네차예프주의가 근절되지는 않소."

"동의합니다. 전적으로 동의합니다. 이 땅에서 네차예프주의는 이국적인 관념이죠. 네차예프 자신도 네차예프주의의 화신일 뿐이고요. 네차예프주의는 시대가 바뀌기 전까지는 없어지지 않을 것입니다. 따라서 우리의 목표는 더 조심스럽고 더 실제적인 것이어야 합니다. 이 관념이 어디까지 퍼져 있는지 확인하고, 이미 그 관념이 퍼진 곳에서는 그것이 행동으로 바뀌는 걸 막는 것이 목표여야 합니다."

"아직도 내 말을 잘못 해석하고 있군. 네차예프주의는 관념이 아니오. 관념을 경멸하며 관념 바깥에 있는 것입니다. 그것은 영혼이오. 네차예프는 그것의 화신이 아니라 그것의 주인이고. 아니, 그가 그것에 사로잡혀 있다고 할 수도 있겠지."

막시모프의 표정은 알 길이 없다. 그는 다시 시도한다.

"제네바에서 처음 세르게이 네차예프를 만났을 때, 그가 매력 없고 우울하며 지적으로 보이지도 않는데다 평범하기 그지없는 젊은이라는 인상을 받았소. 그 첫인상이 잘못된 것이었다고는 생각하지 않소. 전혀 어울리지 않는 몸속으로 그의 영혼이 들어간 거요. 그 영혼에도 특이할 것은 없소. 적의와 살의를 띤 음울한 영혼이오. 왜 그 영혼이 굳이 이 젊은이의 몸을 선택해 들어가게 되었는지, 나는 모르오. 어쩌면 그 몸이 드나들기 쉬웠기 때문인지도 모르지. 하지만 사람들이 네차예프를 따르는 것은 그 안에 있는 그 영혼 때문이오. 그들은 사람이 아니라 영혼을 따르는 것이오."

"그 영혼을 뭐라고 부르죠, 표도르 미하일로비치?"

그는 세르게이 네차예프의 모습을 떠올리려 노력한다. 하지만 머릿속에 떠오르는 것은 소의 머리와 반짝이는 눈, 늘어진 혀, 도살업자의 도끼에 쪼개진 두개골뿐이다. 그 주위에 파리떼가 들끓고 있다. 그의 머릿속에 이름 하나가 떠오르고, 동시에 그 이름을 입 밖에 낸다. "바알*이오."

"재미있군요. 비유겠지요. 잘은 모르겠지만 염두에 둘 가치는 있겠어요. 바알이라. 하지만 영혼이나 영혼에 사로잡힌 상태에 대해 이야기하는 게 얼마나 현실적일지는 자문하지 않을 수 없군요. 관념이 팔다리라도 달린 것처럼 온 나라를 돌아다닌다고 얘기하는 게 얼마나 현실적인가요? 그런 얘기가 우리 일에 무슨 도움이 되겠어요? 그런 게 러시아에 도움이 되겠습니까? 당신은

---

* 고대 시리아, 팔레스타인 지역의 풍요의 신. 구약성경에서 대표적인 우상 신으로 등장한다.

네차예프한테 악령이 씌었기 때문에 그를 감옥에 가둬서는 안 된다고 얘기했습니다(일단 악령이라고 부를까요? 내 생각에 영혼이라는 말은 잘못된 것 같습니다). 그렇다면 우리는 뭘 해야 합니까? 어쨌거나 우리는 명상을 하는 단체가 아니라 조사기관입니다."

침묵이 깃든다.

"그렇다고 당신이 하는 말을 일축하려는 건 아닙니다." 막시모프가 계속 이야기한다. "당신이 재능 있는 사람이고 특별한 통찰력을 갖고 있는 사람이라는 건 당신을 만나기 전부터 알고 있었습니다. 이 애송이 음모가들은 분명 전임자들과 다릅니다. 그들은 자기들이 불멸의 존재라고 믿고 있어요. 그런 의미에서는 악령과 싸우는 것이나 마찬가지겠지요. 또한 그들은 무자비합니다. 말하자면 그들의 피에는 우리 세대가 병들기 바라는 마음이 흐르고 있습니다. 그들은 그것을 타고났습니다. 아비 노릇은 쉬운 일이 아니에요, 안 그렇습니까? 제게도 자식이 있는데, 다행히 모두 딸이지요. 나는 이런 시대에는 아들을 두고 싶지 않습니다. 그나저나 당신의 아버지에게도…… 당신 아버지에게도 좋지 않은 일이 좀 있지 않았던가요? 아니면 내 기억이 잘못된 건가요?"

막시모프는 하얀 속눈썹 뒤에 숨어 그를 지긋이 들여다보고는 대답을 기다리지도 않고 하던 말을 계속한다.

"결국 네차예프 현상은 당신 말처럼 영혼의 탈선인지도 모릅니다. 늘 그래왔듯이 그저 해묵은 부자간의 문제인지도 모릅니다. 다만 이 세대들이 더 치명적이고 더 큰 앙심을 품고 있다는 게 다른 점인지도 모릅니다. 그런 경우라면 아마 어쩌면 늘 가장 단순한 게 가장 현명한 길이겠지요. 그들 사이에 파고들어 그들보다 오래 살면서 그들이 자라기를 기다리는 겁니다. 결국 우리들에게도 12월 데카브리스트*들과 49년도 사람들**이 있었습니다. 12월 데카브리스트들 중 아직 생존해 있는 사람들은 이제 노인이 되었죠. 그들에게 어떤 악령이 들었건 간에 그 악령은 오래전에 도망쳐버렸습니다. 페트라솁스키***와 그의 친구들에 대해서는 어떻게 생각하십니까? 페트라솁스키와 그의 친구들도 악령이 들었던가요?"

페트라솁스키! 그가 페트라솁스키 얘기를 꺼내는 이유가 무엇일까?

---

* 1825년 군사 반란을 주도한 러시아의 젊은 장교들.

** 1848년, 폴란드를 비롯한 유럽 전역에 반란이 일어났다. 당시 러시아는 그 반란을 잔인하게 진압했는데, 여기서 '49년도 사람들'이란 1849년에 니콜라스 1세에 의해 처형된 진보주의자들을 의미한다.

*** 러시아의 공상적 사회주의자. 도스토옙스키는 그의 혁명 모임에 참석하면서 공상적 사회주의를 접했다.

"내 생각은 다르오. 당신이 네차예프 현상이라고 부르는 것에는 나름의 색깔이 있소. 네차예프는 격정적인 사람이오. 당신이 말한 사람들은 이상주의자들이었지. 다행히 그들은 제대로 된 음모를 꾸미지도 못했고, 그렇다고 격정적인 사람들도 못 됐소. 페트라솁스키에 대해 말을 꺼내니 하는 말이지만, 그는 목적을 위해 수단을 가리지 않는 예수회주의를 처음부터 거부했던 사람이오. 네차예프는 예수회 수사예요. 자기 추종자들의 힘을 악용하는 걸 정당화하려고, 목적을 달성하기 위해 수단과 방법을 가리지 않아도 된다는 원리를 아주 공개적으로 받아들인 세속적 예수회 수사란 말이오."

"그렇다면 이해가 되지 않는 부분이 있습니다. 다시 설명을 좀 해주십시오. 몽상가나 시인, 당신 의붓아들처럼 지적인 젊은이들이 네차예프 같은 악당들에게 끌리는 이유는 뭡니까? 당신 설명에 따르자면, 네차예프는 그저 교육을 조금밖에 받지 못한 악당 아닙니까?"

"모르겠소. 어쩌면 젊은 사람들에게 아직 잠들지 않은 무언가가 있어서, 네차예프 속에 있는 영혼이 그걸 불러내기 때문인지도 모르지. 어쩌면 그것은 우리 모두에게 있을지도 모르지. 우리는 그것이 죽은 지 몇백 년은 됐다고 생각하지만 잠자고 있었을 뿐이오. 거듭 말하지만 나는 모르오. 내 아들과 네차예프의 관계에 대해 해줄 얘기가 없소. 나도 깜짝 놀랐으니 말이오. 나는 파벨의 서류를 찾으러 여기 온 것뿐이오. 당신은 이해하지 못하겠지만 그건 나에게 소중한 것들이오. 내가 원하는 것은 서류뿐이고, 다른 건 필요하지 않소. 다시 묻겠는데, 그걸 나한테 돌려줄 거요? 당신에게는 필요 없는 것들이지 않소. 그 서류들이라고 해서 지적인 젊은이들이 악당들의 손아귀에 잡혀 있는 이유를 설명해주지는 못할 거요. 그걸 어떻게 읽어야 할지 모르기 때문에 당신은 아무리 읽어도 무슨 말인지 이해하지 못할 거란 말이오. 당신은 내 아들의 이야기를 읽는 동안 비웃음이라는 방어벽을 세운 채 적당히 거리를 두고 떨어져 있었소. 종이 속에서 말들이 튀어나와 당신 목을 조르기라도 할 것처럼 말이오."

이야기를 하는 동안 그의 안에 있는 무언가가 불타기 시작했다. 그는 그것이 마음에 든다. 그는 의자 팔걸이를 움켜쥐고 앞으로 몸을 기울인다.

"막시모프 고문관, 당신이 두려워하는 게 뭐요? 카람진이든 카라마조프든, 이름이 뭐든 간에, 당신이 어떤 사람에 관해, 혹은 카람진의 두개골이 계란처럼 쪼개지며 벌어지는 상황에 관해 읽는다고 해봅시다. 그럴 경우 진실은 무엇이오? 당신은 그 인물과 함께 고통스러워하오? 아니면 도끼를 휘두르는 팔 밑에서 은밀하게 그것을 즐기고 있소? 대답을 못하는군. 그렇다면 내가 당

70

신에게 말해보겠소. 독서 행위는 그 팔이 되고, 그 도끼가 되고, 그 두개골이 되는 것이오. 거리를 두고 비아냥거리는 게 아니라 자기를 단념하는 것이란 말이오. 내가 당신한테 어떻게 할 거냐고 물으면, 당신은 네차예프를 붙잡아 적법한 절차에 따라 기소하고 재판해서 볕이 잘 드는 깨끗한 감옥에 평생 가둬놓을 거라고 대답하겠지. 하지만 당신 스스로를 잘 들여다볼 필요가 있소. 당신이 원하는 게 정말 그것이오? 당신이 정말로 원하는 것은 그의 목을 자르고 그의 피를 짓밟는 것 아니오?"

그가 얼굴이 벌게져 뒤로 물러나 앉는다.

"표도르 미하일로비치, 당신은 대단히 영리한 사람입니다. 그런데 마치 독서 행위가 악마에 사로잡히는 것인 양 이야기하시는군요. 그 잣대로 보자면 나는 둔하고 세속적이고 형편없는 독자겠지요. 그런데 혹시 열이 나지 않으세요? 거울을 보면 제가 무슨 말을 하는지 아실 겁니다. 그리고 너무 오랫동안 얘기를 했네요. 재미있었지만 너무 길었습니다. 저도 할일이 많은 사람이라서요."

"당신이 그렇게 붙들고 있는 서류들은 당신에게 아랍어로 쓰인 거나 마찬가지요. 나한테 그걸 돌려주시오!"

막시모프는 껄껄 웃는다. "그렇게 강하게 말씀하시니 당신을 위해서라도 그 요청은 들어드릴 수 없겠군요. 표도르 미하일로비치, 지금의 당신 마음 상태라면 네차예프의 영혼이 종이 속에서 뛰쳐나와 당신을 완전히 사로잡을 것 같군요. 그런데 읽는 방법을 안다고 하셨죠. 언제 내게 네차예프의 서류들을 모두 읽어주겠습니까? 이것은 극히 일부에 불과하거든요."

"당신한테 읽어달란 말이오?"

"네. 저한테 읽어주세요."

"왜죠?"

"제가 읽을 줄 모른다고 하셨잖습니까. 읽는 시범을 보여주시죠. 가르쳐주세요. 관념이 아닌 이 관념들을 설명해주십시오."

드레스덴에서 전보를 받은 이래 처음으로, 그가 웃는다. 굳어 있던 뺨이 풀리는 것 같다. 즐거움이라고는 없는 사나운 웃음이다. 그가 말한다. "나는 늘 경찰은 사회의 눈과 귀라는 말을 들으며 살아왔소. 그런데 지금 당신이 나한테 도움을 요청하다니! 싫소. 나는 당신에게 어떤 것도 읽어줄 수 없소."

막시모프는 두 손을 맞잡아 무릎 위에 올린 채 눈을 감고 있다. 성별도 없고 나이도 알 수 없는 붓다 같다. 그가 고개를 끄덕이며 중얼거린다. "고맙습니다. 이제 가실 때가 된 것 같군요."

그는 사람들로 북적거리는 대기실로 나온다. 막시모프와 얼마나 오랫동안 있었던 것일까? 한 시간? 그보다 더 오래? 의자는 사람들로 꽉 차 있다. 벽에 기대고 있는 사람들, 새로 칠한 페인트 냄새로 숨이 막히는 복도에 서 있는 사람들. 사람들이 하던 이야기를 멈추고 그를 무심히 쳐다본다. 저마다 할 이야기가 있는, 억울한 사람들이 저렇게 많다니!

정오가 다 됐다. 방으로 되돌아간다고 생각하니 견딜 수가 없다. 그는 사도바야가를 따라 동쪽으로 걸어간다. 하늘이 우중충하고 찬바람이 분다. 땅은 얼어서 미끄럽다. 우울한 날이다. 그는 머리를 숙이고 터벅터벅 걷는다. 그러나 지나가는 사람들을 끊임없이 눈으로 좇으며 그들에게서 죽은 아들의 어깨와 걸음걸이를 찾는 걸 멈출 수가 없다. 걷는 모습만으로도 아들을 알아볼 것이다. 걸음걸이가 먼저고 생김새는 그다음이다.

그는 파벨의 얼굴을 떠올리려 한다. 그러나 다른 얼굴이 놀라울 정도로 생생하게 떠오른다. 이 년 전 평화의회에서 바쿠닌* 뒤의 단상에 앉아 있던, 짙은 눈썹에 턱수염이 듬성듬성하고 얇은 입술을 굳게 다물고 있던 젊은 남자다. 상처가 많은 그의 피부가 추운 날씨 때문에 검푸른 색을 띠고 있다. "꺼져버려!" 그는 그 형상을 쫓아버리려고 한다. 하지만 그것은 사라지지 않는다. "파벨!" 나직한 목소리로 아들을 불러내려 하지만 소용이 없다.

---

* 러시아의 무정부주의 혁명가(1814~76).

6
안나 세르게예브나

그는 그 가게에 가본 적이 없다. 가게는 생각보다 작고 어둡고 낮으며, 도로보다 약간 아래에 있다. '야코블레프 식품점'이라는 간판이 붙어 있다. 그가 문을 열자 종소리가 울린다. 어두운 실내에 눈이 익숙해지는 데 시간이 걸린다.

그가 유일한 손님이다. 계산대 뒤에 더러워진 하얀색 앞치마를 두른 노인이 서 있다. 그는 메밀이 든 자루, 밀가루, 말린 콩, 말먹이 등을 살펴보는 척하며 계산대로 다가간다. "설탕 좀 주시오." 그가 말한다.

"뭐라고요?" 노인이 목청을 가다듬으며 묻는다. 안경 때문에 그의 눈이 단추처럼 작아 보인다.

"설탕 좀 사려 하오."

그녀가 가게 뒤쪽의 커튼으로 가려진 문에서 나온다. 그를 보고 놀랐을지도 모르지만 내색하지 않는다. "제가 할게요, 아브람 다비도비치." 그녀가 조용히 말한다. 노인이 옆으로 비켜선다.

"설탕을 사러 왔소." 그가 다시 말한다.

"설탕이요?" 그녀의 입술에 희미한 미소가 어린다.

"5코페이카어치만 주시오."

그녀가 종이를 원뿔형으로 말고 아래를 조이더니 백설탕을 담고 무게를 잰 뒤 위를 여민다. 손놀림이 능숙하다.

"방금 경찰서에 다녀왔소. 파벨의 서류들을 돌려받으려고 갔지."

"그러셨어요?"

"예상치 않게 상황이 복잡하다오."

"돌려받을 수 있을 거예요. 시간이 걸리겠지만 말이에요. 모든 것은 다 시간이 걸리는 법이죠."

그렇게 할 이유가 있는 것도 아닌데, 그는 이 말에서 이중적 의미를 읽는다. 만약 노인이 그녀 뒤에서 서성이고 있지 않았다면 카운터 위로 손을 뻗어 그녀의 손을 잡았을 것이다.

"얼마요?"

"5코페이카예요."

그는 설탕을 받는다. 그의 손가락과 그녀의 손가락이 스친다. "당신 덕분에 마음이 가벼워졌소." 그가 이렇게 속삭인다. 너무 부드럽게 속삭여서 그녀가 듣지 못했을 수도 있다. 그는 아브람 다비도비치에게 목례를 한다.

상상일까? 도로 저쪽에서 얼쩡거리며 벽돌을 내리는 인부들을 지켜보다 지금은 그처럼 스베치노이가 쪽으로 몸을 돌린 이 사람을, 양가죽 코트를 입고 모자를 쓴 이 사람을 전에 어디서 본 적이 있었던가?

그리고 설탕. 왜 하고 많은 것들 중에 하필 설탕을 달라고 했을까?

그는 아폴론 마이코프에게 짤막한 편지를 쓴다. "나는 페테르부르크에 있네. 무덤에도 다녀왔고. 모든 일을 잘 처리해준 것에 대해 고맙게 생각하고 있다네. 몇 년 동안 P에게 친절하게 대해준 것도 고맙네. 자네에게 끝없이 빚을 지고 있군그래." 그는 편지에 'D'라고 서명을 한다.

조심스럽게 그와 만날 약속을 잡기란 쉬운 일일 것이다. 하지만 그는 옛친구에게 누를 끼치고 싶지는 않다. 마음씨 좋은 마이코프는 이해해줄 것이다. 나는 상중喪中이고, 상중인 이들은 사람 만나는 걸 피하는 법이다.

그것은 괜찮은 구실이지만 거짓말이다. 그는 상중이 아니다. 그는 자기 아들에게 작별 인사를 하지도 않았고 단념하지도 않왔다. 오히려 아들이 다시 살아나기를 바란다.

그는 아내에게도 편지를 쓴다. "그애는 아직 그의 방에 있소. 겁에 질린 채 말이오. 그애는 이 세상에 있을 권리를 잃어버렸다오. 하지만 사후세계는 별들 사이에 펼쳐진 공간만큼이나 춥고 환영받지 못하는 곳이라오." 그는 편지를 다 쓰자마자 찢어버린다. 말도 안 되는 소리다. 그와 아들 사이에 남아 있는 것에 대한 배반이다.

아들은 그의 안에 있다. 죽은 아이는 얼어붙은 땅속 금속상자 안에 담겨 있다. 그는 아이를 어떻게 살려내야 할지 모른다. 결과는 똑같겠지만 그럴 의지도 부족하다. 그는 마비상태다. 거리를 걷는 동안에도 자신이 마비되어 있다고 생각한다. 모든 손동작이 얼어붙은 사람처럼 느리다. 그에게는 의지가 없다. 아니, 그의 의지가 육중한 무게로 그를 한껏 짓눌러 고요와 침묵 속으로 밀어넣는 단단한 돌덩이로 변해버렸다고 말하는 편이 더 맞다.

그는 슬픔이 무엇인지 안다. 이것은 슬픔이 아니다. 이것은 죽음이다. 때가 되기 전에 찾아온 죽음이다. 그를 압도하고 집어삼키기 위해서가 아니라 단지 그와 같이 있기 위해 찾아온 죽음이다. 이 죽음은 그와 함께 사는 커다란 회색 개, 눈멀고 귀먹고 우둔하고 움직일 줄 모르는 개와 같다. 그가 자면 개도 자고 그가 일어나면 개도 일어난다. 그가 집을 나서면 개도 어기적거리며 그의 뒤를 따른다.

그는 느릿느릿하지만 지속적으로 안나 세르게예브나를 생각한다. 그녀를 생각할 때면 동전을 세는 민첩한 손가락이 떠오른다. 동전과 바느질, 그것은 무엇을 의미할까?

그는 언젠가 트베리에 있는 성 안나* 수녀원 정문에서 보았던 시골 여자를 떠올린다. 그녀는 죽은 아이를 가슴에 안고 앉아 있었다. 자신에게서 아이의 시체를 떼어내려는 사람들을 밀쳐내며 성 안나의 웃음처럼 행복한 웃음을 짓고 있었다.

연기처럼 피어나는 기억들. 인적이 끊긴 곳에 세워진 부서질 듯한 회색 갈대 울타리, 납작 엎드린 채 갈대 사이를 스르륵 미끄러지듯 지나가는 가냘픈 사람, 하얀 옷을 입은 소년의 모습. 시내와 두세 그루의 나무, 목에 방울이 달린 암소 한 마리와 하늘로 피어오르는 연기 한줄기가 보이는 초원 위의 작은 마을. 저 너머 뒤쪽, 세상의 끝. 변화가 정지된 모습으로, 연옥의 형태로, 갈대 사이를 앞뒤로 오고가는 소년.

빠르고 덧없이 오가는 환영들. 그는 자신에 대한 통제력을 잃고 있다. 조심스럽게 종이와 펜을 탁자 끝으로 밀어두고 손으로 머리를 감싼다. 까무러치려면 내 방에서 까무러치자.

---

* 성모마리아의 어머니.

또다른 환영. 우물가에서 냄비를 입술에 가져다대는 사람의 모습, 막 떠나려 하는 여행자. 벌써 다른 곳에 가 있는, 안경 너머의 눈. 손과 손의 스침. 다정한 감촉. "잘 가, 친구!" 그리고 작별.

왜 유령의 소문, 소문의 유령을 따라 이렇게 터벅터벅 텅 빈 땅을 가로지르는 것일까?

내가 그이기 때문에. 그가 나이기 때문에. 내가 붙잡으려고 하는 어떤 것, 아직 피가 돌고 심장이 뛰는 소멸 이전의 순간. 심장, 물방아를 돌리는 성실한 암소, 도끼를 치켜들어도 당황한 눈빛이라고는 없이 고스란히 그걸 맞고서 무릎을 꺾고 죽는 암소. 망각이 아니라 망각 이전의 순간. 내가 숨을 헐떡이며 우물가에 도착하면 마지막으로 서로를 바라보며 살아 있음을 확인하고, 그 하나의 삶을, 그 유일한 삶을 공유하는 순간. 내가 붙잡도록 남겨진 모든 것—모든 말다툼과 애원을 넘어선, 그 눈길과 인사와 작별의 순간. "안녕, 친구. 잘 가게, 친구." 말라버린 눈. 수정으로 바뀐 눈물.

내가 손으로 네 머리를 잡는다. 네 이마에 입을 맞춘다. 네 입술에 입을 맞춘다.

규칙은 이것이다. 한 번만 쳐다보기, 딱 한 번만 쳐다볼 것, 뒤돌아보지 않기. 하지만 나는 되돌아본다.

너는 머리카락을 흩날리며 우물가에 서 있다. 영혼이 아니라,

수정 눈으로 나를 바라보며 황금 입술로 웃고 있는 첫째, 둘째, 셋째, 넷째, 다섯째의 실재로 들어올려진 정화된 육체로서.

나는 영원히 뒤돌아본다. 나는 영원히 너의 눈길 속에 빠져 있다. 춤추고 윙크하는 수정 점들로 이루어진 들판과 그중 하나인 나. 하늘의 별들과 그들에게 화답하는 평원 위의 불빛들. 서로에게 신호를 보내는 두 영역.

그는 책상에 엎드린 채 오후 내내 잠을 잔다. 저녁 시간이 되어 마트료나가 문을 두드리지만 그는 깨지 않는다. 그들은 그 없이 저녁을 먹는다.

아이가 잠자리에 들 시간이 한참 지난 뒤, 그가 외출복을 입고 나타난다. 등을 돌리고 앉아 있던 안나 세르게예브나가 몸을 돌리며 말한다. "나가시려고요? 가시기 전에 차 드실래요?"

그녀에게서 예민함이 느껴진다. 그러나 그에게 찻잔을 건네는 그녀의 손은 차분하다.

그에게 앉으라고 권하지는 않는다. 그는 그녀 앞에 서서 말없이 차를 마신다.

말하고 싶은 게 있지만 그 말을 꺼내지 못할 것 같아서, 그녀 앞에서 또 무너져내릴까봐 두렵다. 그는 자신을 통제하지 못한다.

그가 빈 잔을 내려놓고 그녀의 어깨에 손을 얹는다. "안 돼요." 그녀가 그의 손을 밀치며 말한다. "이건 제 방식이 아니에요."

그녀의 머리는 묵직한 에나멜 머리핀으로 올려 고정되어 있다. 그가 머리핀을 풀어 탁자 위에 놓는다. 이제 그녀는 저항하지 않고 뒤로 올렸던 머리가 풀어지도록 고개를 흔든다.

"모든 게 자연스럽게 따라올 거요, 장담하지." 그가 말한다. 그는 자기 나이를 생각한다. 그의 목소리에서 옛날에 여자들이 반응하던 에로틱한 느낌은 흔적도 찾을 수 없다. 대신 거기에는 그가 뭐라 이름을 붙이고 싶지 않은 무언가가 있다. 망가진 악기, 두번째 변성기를 겪어낸 목소리. 그는 같은 말을 반복한다. "모든 게 말이오."

그녀는 진지하고 골똘한 그의 얼굴을 탐색하고 있다. 그리고 뜨개질감을 옆으로 치우고, 그의 손에서 빠져나가 커튼이 드리워진 구석방으로 사라진다.

그는 확신 없이 기다린다. 아무 일도 일어나지 않는다. 그가 그녀를 따라가서 커튼을 젖힌다.

마트료나가 입을 벌리고 고운 머리칼을 원광圓光처럼 베개 위에 늘어뜨린 채 깊이 잠들어 있다. 안나 세르게예브나는 원피스 단추 중 절반을 풀어놓은 상태다. 그녀는 못마땅한 듯하면서도 즐거운 표정으로 손을 내저어 그를 내쫓는다.

그는 앉아서 기다린다. 그녀가 맨발에 원피스 속옷 차림으로 나온다. 발등에 푸른색 정맥이 불거져나와 있다. 그녀는 젊지도 않고, 자기 몸을 내맡길 만큼 순진한 여자도 아니다. 하지만 그의 손길이 닿자 그녀의 차가운 손이 떨린다. 그의 시선을 피하며 그녀가 속삭인다. "표도르 미하일로비치, 제가 전에는 이런 적이 없다는 걸 아셨으면 좋겠어요."

그녀는 은목걸이를 하고 있다. 그는 조그만 십자가가 만져질 때까지 손가락으로 목걸이를 더듬는다. 그리고 십자가를 그녀의 입술까지 들어올린다. 그러자 그녀가 망설이지 않고 십자가에 부드럽게 입을 맞춘다. 하지만 그가 그녀에게 입을 맞추려 하자 그녀가 고개를 돌리며 속삭인다. "여기서는 안 돼요."

그의 아들 방에서 그들은 함께 밤을 보낸다. 그들 사이에 일어나는 일은 처음부터 끝까지 어둠 속에서 벌어진다. 사랑을 나누면서 그는 무엇보다 그녀의 몸이 뜨겁다는 데 놀란다. 전혀 기대하지 않았던 일이다. 마치 그녀의 중심에 불이 붙은 것 같다. 그것이 그를 몹시 흥분시키고, 옆방에서 아이가 자는데 그렇게 뜨겁고 위험한 일을 한다는 사실 또한 그를 흥분하게 만든다.

그는 잠이 든다. 그러다 한밤중에 잠에서 깨어난다. 여자가 비좁은 침대에 그와 함께 누워 있다. 그는 지쳐 있지만 그녀의 몸을 달구려 한다. 그녀는 반응하지 않는다. 그가 강제로 그녀에게 몸을 부리자 그녀는 죽은 사람처럼 그의 팔에 안긴다.

그 행위에는 그가 쾌락이나 감각이라고 부를 만한 게 아무것도 없다. 마치 그의 슬픔으로 이루어진 너덜너덜한 회색 시트 속에서 사랑을 나누는 것 같다. 절정의 순간에 그는 호수 속으로 몸을 던지듯 잠 속으로 빠져든다. 그가 가라앉자 파벨이 그를 만나려고 떠오른다. 아들은 절망감으로 찡그린 표정이다. 아들의 허파는 터지기 직전이다. 그는 자신이 죽어가고 있다는 것을, 더 이상 희망이 없다는 것을 알고 있다. 그가 아버지를 부른다. 그것만이 이 세상에서 그가 할 수 있는 최후의 것이기 때문이다. 아들이 숨가쁘게 말들을 쏟아낸다. 이것은 극한의 환상이다. 환상이 어둠의 소용돌이에서 튀어나와 그에게 몰려온다. 아들이 옆에 누운 여자의 몸속으로 흘러들어가는 환상이 그를 덮치고, 사로잡고, 질주한다.

다시 눈을 뜨자 낮이다. 아파트는 텅 비어 있다.

그는 매우 조급해하며 하루를 보낸다. 그는 그녀를 생각하며 젊은이처럼 욕망에 몸을 떤다. 그러나 그를 사로잡은 것은 이십 년 전에 목이 메게 하던 달콤함이 아니다. 그것보다는 오히려 회오리치는 힘에 사로잡힌 채 바람에 쓸려서 하늘 높이 솟구치다가 바다 너머로 실려가는 나뭇잎이나 씨앗 같은 느낌이다.

저녁식사 내내 안나 세르게예브나에게 그는 안중에도 없다. 그녀는 학교에서 있었던 일을 두서없이 이야기하는 딸에게만 신경을 쏟고 있다. 그에게 이야기할 때 그녀는 공손하지만 냉랭하다. 그녀의 이런 냉랭함은 그를 더욱 자극한다. 그가 그녀의 목과 입술과 팔을 탐욕스럽게 훔쳐보는 것을 아이가 모를까?

그는 마트료나가 잠들어 조용해지기만을 기다린다. 아홉시쯤 옆방의 불이 꺼진다. 그는 반시간을 기다린다. 그리고 또 반시간을 기다린다. 그런 다음 가리개가 있는 촛불을 들고 양말만 신은 발로 살금살금 나간다. 촛불이 깐닥거리는 커다란 그림자를 드리운다. 그는 마루 위에 촛불을 놓고 구석방으로 들어간다.

침침한 불빛 속으로 그는 침대 저쪽에 있는 안나 세르게예브나를 알아본다. 그에게 등을 보인 채, 댄서처럼 우아하게 두 팔을 머리 위로 들어올리자 검은 머리카락이 흘러내린다. 마트료나는 엄지손가락을 입에 넣고 한쪽 팔을 엄마에게 살짝 얹은 채 자고 있다. 문득 잠에서 깬 마트료나가 그를 보며 자기 어머니를 지키고 있을 것만 같은 생각이 든다. 하지만 아이 위로 몸을 굽혀보니 깊고 고른 숨소리가 들린다.

그가 여자의 이름을 속삭인다. "안나!" 하지만 그녀는 미동도 하지 않는다.

그는 방으로 돌아와 침착해지려 애쓴다. 그녀가 오늘밤 혼자 있기 원하는 충분한 이유가 있을 거다. 하지만 아무리 자신을 설득해봐도 소용이 없다.

두번째로 그 방에 갔을 때는 발꿈치를 들고 걷는다. 두 사람은 꼼짝도 하지 않는다. 또다시 마트료나가 자신을 지켜보고 있는 듯한 기이한 느낌이 든다. 그는 더 가까이 다가가 몸을 구부린다.

그가 틀린 게 아니다. 그는 깜빡이지도 않고 커다랗게 뜨고 있는 눈과 마주친다. 갑자기 오싹해진다. 눈을 뜬 채 자고 있어, 그가 생각한다. 하지만 그것은 사실이 아니다. 아이는 깨어 있다. 내내 깨어 있었다. 손가락을 입에 넣고 끊임없이 경계하며 그의 동작 하나하나를 지켜보고 있었다. 그가 숨을 참고 바라보는데, 소녀의 입꼬리가 희미하게 위로 올라가며 박쥐처럼 의기양양한 웃음을 띠는 것 같다. 어머니한테 살짝 얹은 팔은 물론 박쥐 날개처럼 보인다.

그들은 하룻밤을 더 같이 보낸다. 그녀가 밤늦게 예고도 없이 그의 방으로 불쑥 찾아온다. 그는 다시 한번 그녀를 통해 어둠 속으로, 물에 빠져 죽은 사람들 사이를 떠다니는 아들이 있는 물속으로 들어간다. '두려워하지 마라.' 그는 이렇게 속삭이고 싶다. '내가 너와 함께 있을 거다. 너의 고통을 나누어 가질 거야.'

그는 그녀 위에 아무렇게나 몸을 뻗고 그녀의 귀에 입술을 댄 상태로 깨어난다.

"내가 어디 갔다 왔는지 아시오?" 그가 속삭인다.

그녀가 그의 몸 아래에서 빠져나온다.

"당신이 나를 어디로 데려갔는지 아시오?" 그가 속삭인다.

그는 그녀에게 아들 자랑을 하고 싶다. 청춘의 힘과 반짝이는 눈, 깨끗한 턱과 잘생긴 입을 보여주고 싶다. 다시 한번 아들에게 하얀 양복을 입히고 싶다. 아들의 가슴에서 울려퍼지는 깨끗하고 깊은 목소리를 다시 한번 듣고 싶다. '어떤 보물이 이 세상에서 사라졌는지 보시오!' 그는 이렇게 소리치고 싶다. '우리가 잃어버린 게 뭔지 보라고!'

그녀가 그에게 등을 돌린다. 그가 그녀의 기다란 허벅지를 위아래로 다급하게 쓰다듬자 그녀가 그를 제지한다. "가야 돼요." 그녀는 그렇게 말하며 일어선다.

다음날 밤, 그녀는 오지 않고 딸과 함께 잔다. 그는 편지를 써서 식탁 위에 놓는다. 아침에 일어나보니 아파트는 텅 비어 있고 편지는 개봉되지 않은 채 아직 그 자리에 놓여 있다.

가게로 찾아간다. 그녀가 계산대에 있다. 그러나 그녀는 그를 보자마자 야코블레프 노인에게 그를 맡기고 뒷방으로 들어가버린다.

저녁때 그는 거리에서 기다리고 있다가 노상강도처럼 그녀를 따라간다. 그리고 집 앞에서 그녀를 따라잡는다.

"왜 나를 피하는 거요?"

"피하는 거 아니에요."

그가 그녀의 팔을 잡는다. 어둡다. 그녀는 바구니를 들고 있어서 팔을 뺄 수가 없다. 그는 몸을 밀착시키고 그녀의 머리에서 나는 호두 냄새를 들이마신다. 입을 맞추려 하지만 그녀가 몸을 돌리는 바람에 입술이 그녀의 귀를 스치고 만다. 그녀의 몸은 전혀 반응하지 않는다. 치욕적이야, 그가 생각한다. 사람이 이렇게 해서 치욕을 당하는 거야.

그는 옆으로 비켜선다. 그러나 계단에서 그녀를 다시 따라잡는다. "한마디만 더 합시다. 왜 그러는 거요?"

그녀가 그를 향해 몸을 돌린다. "뻔하지 않아요? 꼭 말로 해야 하나요?"

"무엇이 뻔하다는 거요? 뻔한 건 아무것도 없소."

"당신은 괴로워하고 있었어요, 당신은 애원하고 있었어요."

그가 뒤로 물러선다. "그건 사실이 아니오!"

"당신은 절박했어요. 그 점을 부끄러워하실 건 없어요. 하지만 이제 끝났어요. 계속 이러는 건 당신한테 좋은 일이 아니에요. 그리고 이런 식으로 이용당하는 것은 저한테도 좋은 일이 아니고요."

"이용한다고? 나는 당신을 이용하지 않소! 그런 생각을 한 적이 없단 말이오!"

"당신은 다른 누군가에게 접근하기 위해 나를 이용하고 있어요. 화내지 마세요. 당신을 비난하는 게 아니라 제 입장을 설명하는 거니까. 하지만 더이상 끌려다니고 싶지 않아요. 당신 부인이 있잖아요. 당신은 부인과 같이 있게 될 때까지 기다리셔야 해요."

당신 부인이라. 그녀는 왜 아내를 끌어들이는 걸까? 내 아내는 나한테 너무 젊소! 그는 이렇게 말하고 싶다. 지금의 나한테는 너무 젊단 말이오! 하지만 어떻게 그 말을 할 수 있을까?

하지만 그녀의 말은 진실이다. 그녀가 알고 있는 것 이상으로 진실이다. 그가 드레스덴으로 돌아가 아내를 품에 안으면, 아내는 분명 달라질 것이다. 그의 몸에 남아 있을, 섬세하고 관능적인 과부의 흔적이 아내에게 스밀 것이다. 이 여자를 통해 다른 누군가에게 다가가는 것처럼, 아내를 통해 이 여자에게 다가가게 되는 걸까?

그의 속마음이 밖으로 내비쳤던 것일까? 여자가 갑자기 소맷부리를 잡고 있던 그의 손을 뿌리치고, 뒤돌아 계단을 오른다.

그는 따라 올라가 방에 들어가서는 문을 닫고 마음을 진정시키려 애쓴다. 심장박동이 느려지기 시작한다. 파벨! 그는 주문을 외듯 계속해서 그 이름을 속삭인다. 그러나 그의 앞에 나타나는 건 파벨이 아니라 세르게이 네차예프의 모습이다.

그는 더이상 부인할 수 없다. 그 자신과 죽은 아들 사이의 틈이 점점 더 벌어지고 있다는 사실을. 그는 파벨에게 화가 나 있다. 배신당했다는 사실에 화가 나 있다. 파벨이 급진적인 사람들과 만났고, 편지에서 그 일에 대해 한마디도 언급하지 않았다는 것은 놀랍지 않다. 하지만 네차예프는 다른 문제다. 네차예프는 성질 급한 학생도 아니고 젊은 허무주의자도 아니다. 허무주의자 중에서도 최고의 허무주의자가 아시아의 황무지로 떠난 후, 러시아인의 머릿속에 남겨진 몽골인의 모습이 바로 그자다. 그리고 무엇보다 파벨은 네차예프 군대의 보병이다!

바쿠닌이 썼다고 알려졌지만 영감이나 어휘 선택은 네차예프의 것임이 틀림없는, 제네바에 돌아다니던 '혁명주의자의 교리문답'이라는 제목의 팸플릿이 떠오른다. "혁명주의자는 운명이 결정된 자다." 그것은 이렇게 시작된다. "그에게는 감흥도 없고, 감정도 없고, 애착도 없고, 심지어 이름도 없다. 그의 모든 것은 하나의 완전한 정열, 즉 혁명에 바쳐진다. 그는 존재의 깊숙한 곳에서 문명의 질서, 법, 도덕과의 모든 연결 고리를 끊는다. 그는 오직 그것을 파괴하기 위해 사회 속에 존재한다." 그 뒤는 이런 내용이다. "그는 최소한의 관용도 기대하지 않는다. 그는 매일매일 죽을 준비가 되어 있다."

그는 죽을 준비가 되어 있다. 그는 관용을 기대하지 않는다. 말은 쉽지만 어떤 아이가 그 의미를 전부 이해할 수 있을까? 파벨은 그럴 수 없다. 사랑받지 못하고 사랑스럽지도 않은 젊은이 네차예프조차 그 뜻을 온전히 이해하지 못했을지 모른다.

제네바의 연회장 구석에 혼자 서서 눈을 부라리며 게걸스럽게 음식을 먹던 네차예프의 모습이 다시 떠오른다. 그는 고개를 저으며 그 기억을 떨쳐내려 한다. "파벨! 파벨!" 그가 이곳에 없는 사람을 부른다.

문을 두드리는 소리가 들린다. "저녁식사 하세요!" 마트료나의 목소리다.

그는 즐겁게 식사하려 애쓴다. 내일은 일요일이다. 그가 페트롭스키섬에 가자고 제안한다. 오후에 장도 서고 악대도 올 것이다. 마트료나는 가고 싶어한다. 놀랍게도 안나 세르게예브나가 허락해준다.

그들은 미사가 끝난 후에 만나기로 한다. 그는 아침에 집을 나서다가 건물 앞에서 무언가에 걸려 넘어진다. 곰팡이 냄새가 나는 낡은 담요를 둘러쓴 채 자고 있는 부랑자다. 그가 욕을 하자 부랑자가 투덜거리며 일어나 앉는다.

그는 미사가 끝나기 전에 성 그레고리 교회에 도착한다. 현관에서 기다리고 있는데 흐리멍덩한 눈에 고약한 냄새가 나는 그 부랑자가 나타난다. 그가 부랑자를 향해 돌아서서 묻는다. "당신, 나를 미행하는 거요?"

그들 사이 거리가 15센티미터도 되지 않는데, 떠돌이는 듣지도 보지도 못한 척한다. 그는 화가 나서 같은 질문을 반복한다. 쏟아져나오는 신도들이 두 사람을 호기심 어린 눈으로 바라본다.

남자가 옆걸음질로 그에게서 멀어진다. 그러고는 반 블록쯤 떨어진 곳에서 걸음을 멈추고 벽에 기대 하품하는 시늉을 한다. 그는 장갑이 없어서 담요를 공처럼 말아 토시처럼 사용한다.

안나 세르게예브나와 그녀의 딸이 나타난다. 보즈네센스키 대로를 따라 바실렙스키섬 기슭을 가로질러 공원으로 가는 길은 멀다. 공원에 도착하기도 전에 그는 자신이 어리석은 실수를 했음을 깨닫는다. 연주대는 텅 비어 있다. 스케이트를 타는 연못 주변의 들에도 갈매기들을 제외하면 아무것도 없다.

그가 안나 세르게예브나에게 사과하자 그녀가 쾌활하게 대답한다. "시간은 많아요. 아직 정오도 안 되었어요. 산책이나 할까요?"

그는 그녀의 기분이 좋다는 데 놀라고, 그녀가 자기 팔을 잡자 훨씬 더 놀란다. 마트료나는 그녀의 다른 팔을 붙잡고 있다. 그들은 들판을 가로지른다. 그는 생각한다. 가족. 네번째 사람만 한 명 더 있으면 완전한 가족이다. 그의 생각을 읽기라도 한 듯 안나 세르게예브나가 그의 팔을 꼭 잡는다.

그들은 갈대숲에 모여 있는 양떼를 지나친다. 마트료나가 풀 한줌을 들고 다가가자 양들이 산산이 흩어진다. 막대기를 든 시골 소년이 숲에서 나타나더니 마트료나를 노려본다. 일순간 한 바탕 말다툼이라도 벌일 태세다. 그런데 소년이 마음을 고쳐먹고, 마트료나는 그들이 있는 곳으로 돌아온다.

이리저리 뛰어다니는 바람에 아이의 볼이 빨갛게 익어 있다. 마트료나는 미인이 될 것이다. 그는 생각한다. 숱한 남자들을 울릴 것이다.

그는 아내가 어떻게 생각할지 궁금하다. 그가 지금까지 해왔던 무분별한 행동에는 늘 후회가 뒤따랐고, 그 후회가 끝나갈 즈음에는 고백하고 싶은 욕구가 일었다. 얼굴은 고통으로 일그러져 있으나 세부적인 것에 대해서는 애매하기 그지없는 그런 고백들은 아내를 혼란스럽고 화나게 만들었다. 그것은 여러 번의 간통 그 자체보다 결혼생활을 훨씬 더 괴롭게 만들었다.

그러나 지금 그는 죄의식을 느끼지 않는다. 오히려 어떻게 하든 자신이 옳다는 느낌이 든다. 이처럼 자신이 옳다는 느낌에 무엇이 숨겨져 있는지 궁금하다. 하지만 진심으로 알고 싶지는 않다. 현재 그의 가슴에는 기쁨과 비슷한 무엇인가가 있다. 파벨, 날 용서하렴, 그가 속으로 중얼거린다. 그러나 진심이 아니다.

인생을 다시 살 수 있다면! 그가 생각한다. 젊어질 수만 있다면! 그리고 어쩌면 이런 생각도 한다. 파벨이 내버린 삶, 그 젊음을 쓸 수만 있다면!

옆에 있는 여자는 어떨까? 그녀는 충동적으로 그에게 몸을 맡긴 것을 후회하고 있을까? 그런 일이 없었다면 오늘의 외출은 적절한 구애의 시작일 수도 있을 것이다. 왜냐하면 구애를 받고 설득당해 못 이기는 척 넘어가는 것이 여자가 원하는 것이니까! 여자는 항복할 때조차, 너무 곧이곧대로보다는 저항하는 듯 마는 듯한 감미롭고 혼란스러운 분위기 속에서 자신을 내어주고 싶어한다. 추락, 돌이킬 수 없는 추락. 추락하고, 다시 추락에서 되돌아오고, 다시 만들어지고, 처녀가 되고, 다시 구애를 받고, 다시 추락하고. 죽음과의 유희, 부활의 유희.

그가 무슨 생각을 하고 있는지 알면 그녀는 어떻게 반응할까? 다시 화를 낼까? 그것도 유희의 일부분일까?

그는 그녀를 훔쳐본다. 순간 이 여자를 사랑할 수 있겠구나, 싶은 생각이 든다. 그는 그녀에게 몸이 끌리는 것 이상으로 일종의 동질감이라고 할 수밖에 없는 감정을 느낀다. 그와 그녀는 같은 부류에 같은 세대다. 갑자기 세대가 확실히 구분이 된다. 파벨과 마트료나, 그의 부인 안나가 같은 세대이고, 그와 안나 세르게예브나가 같은 세대이다. 아이들 대 아이들이 아닌 자들, 사랑의 행위 속에서 죽음을 처음으로 미리 맛볼 정도로 충분히 나이를 먹은 자들. 그가 그날 밤에 느꼈던 절박함과 열기. 불길 속의 잔 다르크처럼 그의 팔에 안겨 있던 그녀, 육체가 타서 없어지는 동안 육체와 연결된 끈에 맞서 몸부림치던 영혼. 시간에 맞서는 것. 어린아이는 결코 이해하지 못하는 어떤 것.

"파벨은 당신이 시베리아에 있었다고 말했어요."

"십 년 동안 거기에 있었소. 거기서 파벨의 어머니를 만났소. 그녀의 남편은 세미팔라틴스크의 세관에 근무했는데 파벨이 일곱 살 때 죽었소. 몇 년 전에 그녀도 죽었고, 파벨이 그 일도 얘기해줬겠지요."

"그런 다음 당신은 다시 결혼했고요."

"그래요, 파벨이 그것에 대해서는 뭐라고 얘기했소?"

"당신 부인이 젊다고만 얘기했어요."

"아내와 파벨의 나이가 얼추 비슷하오. 우리 셋은 얼마 동안 메슈찬스카야가에 있는 아파트에서 함께 살았소. 파벨에게는 행복한 시간이 아니었지. 내 아내에게 일종의 라이벌 의식을 느꼈으니까. 실제로 내가 그녀와 약혼했다고 얘기하자, 그녀에게 찾아가서 내가 그녀에 비해 너무 나이가 많다며 아주 심각하게 경고하기도 했다오. 그후에는 자기를 고아라고 했소. '고아에게 토스트 한 조각 더 주세요.' '고아에게 돈이 떨어졌어요' 같은 식으로 말이오. 우리는 그애가 농담을 한 것처럼 굴었지만 사실은 그게 아니었소. 그건 집안에 문제가 있었기 때문에 한 말이었지."

"상상이 가요. 하지만 그가 측은하기도 해요. 틀림없이 당신을

94

잃고 있다고 생각했을 거예요."

"어떻게 그애가 나를 잃는단 말이오? 나는 그애 아버지가 된 날부터 한 번도 아이의 기대를 저버린 적이 없었소. 내가 지금 기대를 저버리고 있소?"

"물론 그렇지 않아요, 표도르 미하일로비치. 하지만 아이들은 소유욕이 강하지요. 질투를 할 때가 있어요, 우리들처럼요. 우리도 질투가 나면 마구 얘기를 꾸며내고 자기 감정을 부추기고는 흠칫 놀라잖아요."

그녀의 말은 프리즘처럼 방향을 약간만 틀어도 전혀 다른 의미를 띤다. 그게 그녀가 원하는 것일까?

그가 마트료나를 바라본다. 소녀는 가장자리에 솜털이 달린 새 양가죽 장화를 신고 있다. 아이는 구두 뒤축으로 축축한 잔디를 밟아 선명한 발자국을 남기며 걷는다. 집중하느라 눈썹까지 찌푸리고 있다.

"당신이 그에게 심부름을 시켰다는 이야기도 했죠."

찌르는 듯한 고통이 그의 몸을 관통한다. 파벨이 그걸 기억하고 있었다는 말이구나!

"그렇소, 사실이오. 결혼하기 전 그녀의 영명축일에 선물을 갖다주라는 심부름을 시킨 적이 있소. 실수였지. 나중에 굉장히 뉘우쳤소. 변명의 여지가 없는 것이었으니까. 생각이 짧았던 거요.

그게 최악의 것이었소?"

"최악이요?"

"파벨이 당신에게 그것보다 더 나쁜 것도 이야기했느냔 말이오. 알고 싶소. 용서를 구할 때 내가 무슨 잘못을 저질렀는지는 알아야 하지 않소."

그녀가 그를 이상하게 쳐다본다. "그건 적절한 질문이 아니군요, 표도르 미하일로비치. 파벨은 늘 외로워했어요. 그가 얘기하고 나는 줄곧 듣기만 했지요. 이야기가 줄줄 흘러나왔어요. 늘 좋은 이야기만 있었던 건 아니지만 오히려 그래서 더 좋았는지도 몰라요. 일단 과거를 드러내고 나면 더이상 그것에 대해 곰곰이 생각할 필요가 없으니까."

"마트료나!" 그가 아이에게 묻는다. "파벨이 너한테 무슨 말을 했니?"

하지만 안나 세르게예브나가 그를 가로막으며 말한다. "파벨은 그러지 않았을 거예요." 그러고는 그를 향해 부드럽지만 화난 어조로 말한다. "아이한테 그런 질문을 하면 안 돼요."

그들은 헐벗은 들판 위에 멈춰 서서 서로를 바라본다. 마트료나가 얼굴을 찌푸리고 입을 꼭 다문 채 고개를 돌린다. 안나 세르게예브나가 그를 노려본다.

"추워지네요." 그녀가 말한다. "돌아갈까요?"

7
마트료나

그는 두 사람과 함께 집으로 가지 않고 선술집에서 저녁을 먹는다. 뒷방에서는 카드놀이가 한창이다. 그는 술을 마시며 잠깐 구경하지만 카드놀이는 하지 않는다. 어두컴컴한 아파트의 텅 빈 방으로 돌아왔을 때는 꽤 늦은 시간이다.

그것 자체로 불쾌한 것은 아니지만, 혼자 외롭게 있자니, 시샘하듯 그의 사생활을 지켜주고 그의 습관에 맞춰 가족의 일상을 짜는 아내가 있는 드레스덴에서의 편안하고 규칙적인 삶이 너무 그립다.

63번지에서 편안함을 느끼지 못하고 있으며 앞으로도 그럴 것이다. 그는 자신에게도 다른 사람 눈에도 그저 잠깐 머무는 투숙객일 뿐이다. 그뿐 아니다. 변덕스러운 성격의 여자와 여차하면 그의 존재를 못마땅하게 여길 어린아이와 가까이 지내는 데 스트레스를 받고 있다. 마트료나와 같이 있을 때면 그는 자기 옷에서 냄새가 나고 피부가 건조해져 허물이 벗어지기 시작하며, 이야기를 할 때면 틀니 부딪히는 소리가 난다는 사실을 뚜렷이 의식한다. 치질 역시 끝없이 그를 불편하게 만든다. 시베리아에서 그를 지탱해주던 강철 같은 몸은 망가지고 있다. 청결에 대해 몹시 까다로운 아이에게는 이렇게 쇠약해져가는 모습이 더 불쾌하게 느껴질 것이다. 그가 신 같은 힘과 아름다움을 지닌 존재를 밀어내고 그 자리를 차지한 사람처럼 보일 것이다. 장례식에 온 사람이 이제 그만 소지품을 챙겨서 가지 않고 있는 이유가 뭐냐고 친구들이 물으면 아이는 뭐라고 대답할까, 그는 궁금하다

당신은 애원하고 있었어요. 그는 안나 세르게예브나의 말을 떠올리고서 주춤한다. 줄곧 그녀에게 동정의 대상이었다니! 그는 무릎을 꿇은 채 침대에 이마를 댄다. 그리고 옐라긴섬과 차가운 무덤 속에 있는 파벨에게 가는 길을 찾으려 애쓴다. 적어도 파벨은 그를 공격하지는 않을 것이다. 파벨에게는 기댈 수 있다. 파벨과 파벨의 냉담한 사랑에.

아버지, 아들의 빛바랜 복사판. 어떻게 한창때의 아들을 만났던 여자가 자신에게 호감을 가질 거라 기대하겠는가?

그는 시베리아에 있을 때 동료 죄수가 했던 말을 떠올린다. "형

제들이여, 우리가 왜 늙는지 압니까? 우리가 다시 작아지도록, 바늘구멍으로 기어나갈 수 있을 만큼 작아지도록 하기 위한 거랍니다." 농부의 지혜.

그는 무릎을 꿇고 또 꿇는다. 하지만 파벨은 오지 않는다. 결국 그는 한숨을 내쉬며 침대로 기어오른다.

그는 깜짝 놀라 잠에서 깬다. 밖은 아직도 어둡지만 일주일 밤을 푹 쉰 듯한 기분이다. 상쾌하고 힘이 솟는다. 뇌세포 하나하나가 말끔히 씻긴 것 같다. 스스로를 주체할 수가 없다. 마치 부활절 아침에 너무 흥분한 나머지 집안 사람들을 다 깨워 자신의 기쁨을 같이 나누고 싶어하는 아이 같다. 그는 그녀를 깨워 둘이 함께 춤을 추고 싶다. "예수님이 부활하셨소!" 하고 그가 소리치면, 그녀가 "예수님이 부활하셨어요!" 하고 화답하며 자기 달걀과 그의 달걀을 맞부딪치는 모습을 보고 싶다. 그들 두 사람은 색칠한 달걀을 들고 빙빙 돌며 춤을 추고, 잠옷 차림의 마트료나도 졸린 눈을 하고서 그들의 다리 사이에서 행복해하고, 큰 발로 엉거주춤하게 선 채로 웃고 있는 또다른 사람의 영혼이 그들 사이를 누비는 모습도 보고 싶다. 아이들이 무덤에서 나와 새로 태어나는 것도 보고 싶다. 새벽이 밝아오고, 뜰에 있는 수탉들이 새로운 날을 맞아 우는 소리도 듣고 싶다.

새벽처럼 기쁨이 밝아온다! 그러나 순간일 뿐이다. 이 새롭고 빛나는 하늘을 가로지르기 시작하는 것은 구름만이 아니다. 찬란한 태양이 모습을 드러내는 순간에 또다른 태양, 즉 그림자 태양이자 반反태양이 찬란한 태양 앞으로 미끄러져나온다. 전조前兆라는 단어가 어둡고 불길한 무게로 그의 마음속을 가로지른다. 새벽녘의 태양은 그냥 뜨는 게 아니라 일식을 거치기 위해 뜬다. 기쁨은 오직 기쁨의 소멸이 어떤 것인지 보여주기 위해 빛날 뿐이다.

그는 날렵한 동작으로 한 번에 침대에서 빠져나온다. 앞으로 몇 분이 그가 잰걸음으로 빠져나와야 할 어두운 통로인 듯 펼쳐진다. 치욕스러운 발작이 일어나기 전에 옷을 입고 아파트 밖으로 나가야 한다. 그가 그 일을 최대한 잘 처리할 수 있는, 사람들 눈에 띄지 않고 사람들의 귀에 들리지도 않는 곳을 찾아야 한다.

그는 밖으로 나간다. 복도가 칠흑같이 어둡다. 그는 맹인처럼 팔을 앞으로 뻗고 난간을 찾는다. 그리고 난간을 붙잡고 층계를 하나씩 내려가기 시작한다. 이층 층계참에서 두려움의 물결이 그를 사로잡는다. 그 두려움에는 대상이 없다. 그는 구석에 앉아 머리를 감싼다. 그의 손에 닿았던 어떤 것 때문에 손에서 냄새가 난다. 하지만 그것을 닦아내지 않는다. 절망에 찬 그는 생각한다. 올 테면 와라. 내가 할 수 있는 일은 다 했다.

계단 아래에서 울음소리가 울린다. 너무나 크고 소름 끼치는 소리에 놀란 사람들이 잠에서 깬다. 그러나 그는 아무 소리도 듣지 못한다. 그는 정신을 잃었다. 더이상 시간 개념도 없다.

그는 깨어나면서 짙은 어둠이 안구를 짓누르는 듯한 느낌을 받는다. 그는 자신이 어디에 있는지, 누구인지 모른다. 깨어 있다는 것, 의식이 있다는 것, 그게 전부다. 마치 일 분 전에, 지독한 밤의 세계에 태어난 것 같다.

침착해, 의식이 고통을 진정시키려 애쓰며 스스로에게 말한다. 너는 전에 여기 와본 적이 있다. 기다려라. 무언가가 돌아올 것이다.

그의 내부에 있는 공간에서 육체가 수직으로 떨어진다. 그는 그 육체다. 그곳엔 한줄기 세찬 바람이 있다. 그는 그 바람을 느끼는 사람이다. 그리고 두려움으로 숨이 막힐 듯한 목구멍이 있다. 그건 그의 목구멍이다.

죽게 내버려둬! 그가 생각한다. 죽게 내버려두라고!

팔을 움직이려 해보지만 팔이 몸에 눌려 움직이지 않는다. 어리석게도 그는 그것을 잡아당겨 빼내려 한다. 지독한 냄새가 난다. 옷이 축축하다. 물 표면에 얼음이 얼듯 마침내 기억이 굳어지기 시작한다. 자신이 누구이고 어디에 있는지. 그 기억과 함께 이렇게 치욕스러운 상태로 발각되기 전에 이곳을 떠나야 한다는 절박한 욕구가 생긴다.

이 발작은 그가 어딜 가든 지고 다니는 짐이다. 그는 자신이 발작의 징후를 감지하기 위해 얼마나 많은 시간을 보내는지 누구에게도 말한 적이 없다. 나는 왜 저주를 받았을까? 그는 지팡이로 땅을 치며, 바위에게 큰 소리로 대답해보라고 명령한다. 그러나 그는 모세가 아니다. 바위는 갈라지지 않는다. 혼수상태가 깨달음을 주는 건 아니다. 그것은 천벌도 아니다. 그런 것과는 거리가 멀다. 그것은 무無이다. 어둠의 기억조차 남기지 않는 소용돌이처럼 그에게서 생명을 한입 가득 빨아내는 무이다.

그가 일어서서 더듬거리며 마지막 계단을 내려간다. 몸이 떨리고 온몸이 얼음장처럼 차다. 밖으로 나와보니 동이 트고 있다. 눈이 내린다. 쌓인 눈 위로 주홍색 실안개가 희부옇다. 내린 눈이 그 색이 아니라, 그의 눈에 그렇게 보이는 것이다. 그는 그것을 없애지 못한다. 한쪽 눈꺼풀이 짜증날 정도로 떨려서 차가운 손으로 눈두덩을 때린다. 머릿속에서 주먹이 쥐어졌다 펴졌다 하는 것처럼 머리가 아프다. 층계 어딘가에서 모자도 잃어버리고 없다.

그는 머리에는 아무것도 쓰지 않고 옷은 더러워진 채, 터벅터벅 눈 속을 걸어 카메니 다리 근처에 있는 작은 구세주 교회로 간다. 거기서 마트료나와 그애의 어머니가 외출했다는 확신이 들 때까지 머문다. 그런 다음 아파트로 돌아와 물을 데우고 옷을 벗고 몸을 씻는다. 속옷도 빨아서 세면실에 널어둔다. 그는 생각한다. 파벨은 간질에 걸리지 않았으니 다행이다! 나에게서 태어나지 않아 다행이다! 그러나 그 생각에 담긴 아이러니가 엄습해와 이를 악문다. 머리가 몹시 아프다. 아직도 모든 것이 붉게 보인다. 그는 잠옷을 입은 채로 누워 몸을 뒤척이며 잠을 청한다.

한 시간 후 그는 잠에서 깬다. 화가 치밀고 짜증이 난다. 통증이 눈에서 머리로 옮겨간 것 같다. 피부가 종잇장 같고 만지면 아프다.

그는 알몸에 가운만 걸치고 안나 세르게예브나의 아파트 안을 걸어다니며 찬장을 열고 서랍 속을 들여다본다. 모든 것이 깔끔하고 단정하게 정돈되어 있다.

어느 서랍에서 주홍색 면벨벳에 싸인 사진을 발견한다. 안나 세르게예브나가 젊었을 때 인쇄공 콜렌킨으로 보이는 남자와 나란히 찍은 사진이다. 나들이옷을 입은 콜렌킨은 늙고 여위고 피곤해 보인다. 이렇게 열정적이고, 음울하게 아름다운 젊은 여자에게 결혼은 어떤 것이었을까? 이 사진은 왜 서랍 속에 처박혀 있는 걸까? 그는 사진을 제자리에 놓으며 죽은 남자의 얼굴에 일부러 엄지손가락 지문을 남긴다.

어렸을 때 그는 집에 오는 손님들을 훔쳐보면서 몰래 그들의 사생활을 침해하곤 했다. 그것은 아직도 그에게 남아 있는 약점이다. 그는 자신이 어디까지 알아도 되는지 그 한계를 인정하는 것을 거부해왔다. 금서를 읽는 것이나 직업에 대해서도 마찬가지였다. 하지만 오늘은 자신에게 관대해지고 싶은 기분이 아니다. 그는 작은 악마의 영혼에 사로잡혀 있고 그도 그걸 안다. 사실 그는 안나 세르게예브나가 없는 동안 그녀의 소지품을 뒤지면서 몸이 관능적인 쾌락으로 떨리는 것을 느낀다.

그는 마지막 서랍을 닫고 다음에 무엇을 해야 할지 몰라 불안하게 서성인다.

그는 파벨의 여행가방을 열어 하얀 양복을 꺼낸다. 이제까지는 죽은 아이에 대한 저항과 사랑의 표시로 그걸 입었다. 그런데 지금 거울을 보니 치사한 사기꾼처럼 보일 뿐이다. 아니, 그 이상이다. 은밀하고 추잡한 어떤 것, 문을 잠그고 창문에 커튼을 쳐놓은 방안에서 가발을 쓰고 치마를 입은 남자들이 매질을 당하려고 엉덩이를 드러내고 있는 것과 비슷하다.

정오가 지났지만 계속 머리가 아프다. 날아오는 주먹을 막으려는 것처럼 눈두덩을 팔로 가리고 드러눕는다. 온 세상이 빙글빙글 돈다. 끝이 없는 암흑 속으로 떨어지는 느낌이다. 정신이 들자 그는 또다시 자신이 누구인지 완전히 잊어버린다. 그는 나라는 말은 안다. 하지만 그가 응시하자 그것은 사막 한가운데 있는 바위만큼이나 불가사의한 것이 되어버린다.

꿈일 뿐이야, 그가 생각한다. 어느 순간 나는 깨어날 것이고 모든 게 다시 좋아질 것이다. 그 순간만큼은 그렇게 믿고 싶다. 그러나 진실이 그를 덮치고 압도한다.

문이 삐걱거리더니 마트료나가 안을 들여다본다. 그를 보고 깜짝 놀란 게 틀림없다. "어디 아프세요?" 소녀가 얼굴을 찡그리며 묻는다.

그는 대답할 생각도 하지 않는다.

"왜 그 옷을 입고 있어요?"

"내가 입지 않으면 누가 입겠니?"

초조한 빛이 아이의 얼굴을 스친다.

"파벨의 양복에 관한 얘기를 알고 있니?" 그가 묻는다.

소녀는 고개를 젓는다.

그는 일어나 앉아 아이에게 침대 발치로 오라는 손짓을 한다.

"이리 와보렴. 긴 이야기란다. 하지만 이야기해주마. 재작년, 내가 아직 외국에 있을 때, 파벨은 트베리에 사는 숙모 집에 있었단다. 여름 동안만. 트베리가 어디 있는지 알고 있니?

"모스크바 근처요."

"모스크바로 가는 길목에 있단다. 상당히 큰 도시야. 트베리에 어느 퇴역 대위가 살고 있었는데, 그 사람 누이동생이 그를 위해 집안일을 해주고 있었지. 그 누이동생의 이름은 마리아 티모페예브나였어. 다리를 절었고 머리에도 문제가 있었어. 착하긴 했지만 자기 자신을 돌볼 수 없는 사람이었단다."

그는 자신이 순식간에 스스로 하는 이야기의 리듬에 빠졌다는 걸 의식한다. 다른 방식으로는 움직일 수 없는 피스톤 기관처럼.

"그런데 불행하게도 마리아의 오빠인 그 대위는 술고래였어. 술에 취하면 동생을 함부로 대했지. 술에서 깨면 아무것도 기억하지 못했고."

"그 사람이 동생에게 무슨 짓을 했는데요?"

"때렸어. 그게 다야. 옛날 러시아식으로 때리는 것 말이다. 그래도 그녀는 오빠에게 나쁜 감정을 품지 않았어. 어쩌면 너무 단순해서 세상이 원래 그런 거라고 생각했는지도 모르겠다. 세상은 얻어맞는 장소라고 말이야."

아이는 그의 이야기에 푹 빠져 있다. 이제 그는 이야기를 비튼다.

"어쨌든 그건 개나 말이 세상을 보는 방식이란다. 마리아라고 해서 달랐을까? 말은 자기가 수레를 끌기 위해 세상에 태어났다는 걸 이해하지 못해. 자기는 맞기 위해 태어났다고 생각하지. 맞을 때 도망가지 못하도록 자기를 묶어놓은 게 바로 수레라고 생각하는 거란다."

"그런 말씀 마세요……" 아이가 속삭인다.

그는 알고 있다. 그가 제시하는 세상에 대한 견해를 아이가 온 마음으로 거부하고 있다는 것을. 그녀는 선善을 믿고 싶어한다. 그러나 아이의 믿음에는 확신도 없고 생기도 없다. 그는 아이를 전혀 가엾게 생각하지 않는다. 그는 이것이 러시아다! 하고 말하면서 그 말을 아이에게 들이밀고 아이의 얼굴을 그 속에 비비고 싶다. 러시아에서 너는 고운 꽃이 될 여유가 없다. 러시아에서 너는 우엉이나 민들레가 되어야 한다.

"어느 날, 그 대위가 찾아왔어. 파벨의 숙모와 특별히 친분이 있는 사람은 아니었지만, 여하간 그가 자기 누이동생을 데리고 찾아왔단다. 어쩌면 와서 술을 마셨는지도 모르겠구나. 파벨은 그때 집에 없었거든.

모스크바에서 온 손님, 상황을 잘 모르는 젊은이가 마리아와 대화를 나누게 되었고 그녀의 이야기를 이끌어내기 시작했지. 어쩌면 그저 공손하게 대하려고 그랬던 건지도 몰라. 아니면 장난을 치려고 그랬는지도 모르지. 여하간 마리아는 흥분했고 상상의 나래를 펴기 시작했단다. 그녀는 그 손님에게 자신이 약혼했으며 '기약이 돼 있다'고 털어놓았지. 그가 물었어. '당신의 약혼자는 이 지역 출신인가요?' '네, 근처에 사는 사람이에요.' 그녀는 그렇게 대답하며 파벨의 숙모를 향해 수줍게 웃었어(넌 마리아가 전혀 젊지도 예쁘지도 않고, 키가 크고 비쩍 마른데다 목소리가 큰 여자라고 생각하겠지).

파벨의 숙모는 체면을 차리느라 그녀와 대위를 축하하는 척했지. 물론 대위는 누이동생한테 몹시 화를 냈고, 집에 도착하자마자 인정사정없이 동생을 두들겨팼단다."

"사실이 아니었던 거예요?"

"그래, 그건 전혀 사실이 아니었단다. 그녀가 마음속으로 상상했던 것에 불과했어. 그리고 나중에 알게 된 사실이지만 그녀가 자기와 결혼할 남자라고 생각한 건 다름아닌 파벨이었어. 그녀가 어떻게 그런 생각을 하게 됐는지는 모르겠구나. 어느 날 그가 그녀를 향해 웃어주었을 수도 있고, 모자가 멋있다며 그녀를 칭찬했을 수도 있겠지. 파벨은 마음이 따뜻한 사람이었으니 그럴 수도 있었을 거다. 그게 그애의 장점 중 하나였으니까. 안 그러니? 어쩌면 그녀는 그에 관한 꿈을 꾸며 집으로 돌아가 이내 자신이 그와 사랑에 빠졌고, 그도 자신과 사랑에 빠져 있다고 상상했을지도 몰라."

그는 이야기를 하면서 아이를 곁눈질로 쳐다본다. 소녀는 몸을 꼼지락거리더니 잠깐 입에 엄지손가락을 넣는다.

"트베리 사람들이 마리아와 그녀의 상상 속 구혼자에 관한 얘기를 듣고 얼마나 재미있어했는지 알 수 있을 게다. 그럼 이제 파벨에 관한 이야기를 해주마. 파벨은 그 이야기를 듣고 곧장 나가 멋진 하얀 양복을 한 벌 주문했지. 그리고 그다음에 한 일은 레브앗킨네 집에 찾아간 것이었단다. 하얀 양복을 입고 꽃을 들고—내 생각에 아마 장미였을 거다. 레브앗킨 대위는 처음에 그 행동을 곱게 받아들이지 않았지만, 파벨이 그의 마음을 움직였어. 아직 스무 살도 채 되지 않은 나이였지만 파벨은 마리아에게 완벽한 신사처럼 아주 사려 깊고 예의바르게 행동했단다. 그렇게 그애는 여름 내내 그들을 찾아갔어. 트베리를 떠나 페테르부르크로 돌아올 때까지 말이야. 파벨은 그런 아이였어. 그리고 그게 이 하얀 양복의 역사란다.”

“마리아는요?”

“마리아? 내가 알기로는 아직도 트베리에 살고 있어.”

“하지만 그녀는 알고 있나요?”

“파벨에 대해서 말이냐? 아마 모를 거다.”

“왜 자살한 걸까요?”

“넌 그애가 자살했다고 생각하니?”

“엄마가 그랬어요.”

“누구도 스스로를 죽이지 않아. 너는 네 인생을 위험에 빠뜨릴 수는 있지만 네 자신을 실제로 죽일 수는 없어. 파벨은 하느님이 자기를 구해줄 정도로 사랑하는지 보려고 스스로를 위험에 빠트린 거야. 그애는 하느님에게 이렇게 물었겠지. 저를 구해주실 건가요? 하느님이 대답했지. 이렇게 말했을 거야. 그럴 수 없다. 죽어라."

"하느님이 그를 죽인 거예요?"

"하느님은 살려줄 수 없다고 말했어. 그래, 구해주마, 하고 말할 수도 있었을 거야. 하지만 그 반대를 선택하신 거지."

"왜요?" 소녀가 나지막한 목소리로 묻는다.

"그는 하느님에게 이렇게 말했지. 절 사랑하신다면 절 구해주세요. 만약 거기 계시다면 절 구해주세요. 그러나 침묵뿐이었지. 그러자 그애는 이렇게 말했어. 당신이 거기 계시다는 걸 압니다. 제 말을 듣고 계시다는 걸 알아요. 당신이 절 구해주실 거라고 믿고 제 목숨을 걸겠습니다. 그리고 하느님은 여전히 아무 말이 없으셨단다. 그러자 그애는 이렇게 말했어. 당신이 아무리 오랫동안 침묵을 지킨다 해도 전 당신이 제 말을 듣고 있다는 걸 알아요. 전 지금 내기를 하려고 합니다. 지금! 그리고 그애는 자기 패를 던져버린 거야. 그런데 하느님은 나타나지 않으셨어. 하느님은 간섭하지 않으셨어."

"왜요?" 소녀가 다시 나지막한 목소리로 묻는다.

그는 못나고 뒤틀리고 꺼끌꺼끌한 웃음을 짓는다. "누가 알겠니? 시험받기를 원치 않으셨던 거겠지. 시험을 받아서는 안 된다는 원칙이 한 아이의 목숨보다 더 중요했을지도 몰라. 아니면 그저 그애 말을 귀담아듣지 않아서 그랬는지도 모르고. 하느님은 지금쯤 나이가 아주 많이 들었을 거야. 이 세계만큼, 아니 그보다 더 나이가 들었을지도 모르지. 늙은이처럼 귀도 잘 안 들리고 시력도 약해졌을 수 있어."

소녀가 졌다. 더는 질문을 하지 않는다. 이 아이는 이제 준비가 됐어, 그가 생각한다. 그는 침대 옆자리를 가볍게 두드린다.

마트료나가 고개를 숙이고 더 가까이 다가온다. 그가 팔로 소녀를 감싼다. 소녀의 몸이 떨리는 걸 느낄 수 있다. 그는 소녀의 머리칼과 관자놀이를 어루만진다. 마침내 소녀가 무너진다. 그에게 몸을 기대며 주먹으로 턱을 괸 채 마음껏 흐느낀다.

"이해할 수 없어요." 소녀가 운다. "왜 그가 죽어야 했죠?"

죽지 않았어. 그애는 여기 있어. 내가 파벨이야. 그는 이렇게 말하고 싶지만 그럴 수 없다.

그는 숨이 멈춘 뒤에도 후사가 있을지 없을지 알지 못한 채로 몸속에 한동안 살아 있었던 그 씨앗에 대해 생각한다.

"네가 그애를 사랑한다는 거 안다." 그가 거친 목소리로 속삭인다. "그애도 그걸 알고. 너는 마음씨 좋은 아이야."

그 씨앗을 몸에서 꺼낼 수만 있다면, 단 하나라도 꺼내 집을 찾아줄 수 있다면!

그는 베를린에 있는 민속 박물관에서 보았던 작은 테라코타

상을 생각한다. 팔이 여러 개 달리고 커다란 입에 노려보는 듯한 눈을 가진 끔찍한 모습의 여신이, 죽어서 푸르스름한 빛을 띤 채 엎드려 있는 인도의 신 시바 위에 올라타고 그 몸에서 신성한 씨 앗을 꺼내는 형상이었다.

그는 아이가 황홀경 속에 들어가 있는 모습을 어렵지 않게 상상할 수 있다. 그의 상상력에는 한계가 없는 것 같다.

그는 눈이 수북이 쌓인 땅 밑 철제 관 안에서 얼어붙은, 겨울이 가고 봄이 오기를 기다리는 죽은 아기를 떠올린다.

그의 팔에 안긴 이 소녀에게 가할 수 있는 최대한의 폭력은 허옇고 둔한 손가락 다섯 개로 아이의 어깨를 꽉 움켜쥐는 것이리라. 아니, 그녀를 발가벗겨 눕힐 수도 있다. 소녀는 착하고 순종하는 데 익숙해서 순순히 자기 몸을 내주는 여자들 중 하나일지도 모른다. 그는 이곳과 독일에서 알고 지내던 어린 창녀들을 생각한다. 그리고 그런 소녀들을 찾는 남자들에 대해 생각한다. 그 남자들은 야한 화장과 도발적인 옷에 가려진, 그들을 난폭하게 만드는 어떤 것, 신성하고 처녀적인 어떤 것을 발견하고 싶어서 그 소녀들을 찾는다. 그런 남자는 여자가 손으로 젖가슴을 가리며 다리를 벌리는 동작을 보고 그녀가 순진하다는 걸 알아채고, 이렇게 말한다. 이 여자는 순결을 팔고 있구나. 퀴퀴한 냄새가 나는 작은 방에서, 여자는 남자를 환장하게 만드는 희미하고 절박한 봄냄새와 꽃냄새를 풍긴다. 그는 일부러 이를 악물고 그녀를 아프게 한다. 몸을 움츠리고 고통을 참는 것 이상의 표정이 얼굴에 감도는 것을 계속 살피며 거듭 소녀를 아프게 한다. 그는 자기 목숨이 위험에 처해 있다는 걸 깨닫고 갑자기 눈을 크게 뜨는 피조물의 표정이 소녀의 얼굴에 스치는 걸 바라본다.

환영, 발작, 상상 속의 쓴웃음이 지나간다. 그는 마지막으로 소녀를 달래고 팔을 거둔다. 이제, 그는 전과 똑같은 상태로 그녀와 같이 있다.

"제단을 만드실 건가요?" 그녀가 묻는다.

"그건 생각해보지 않았구나."

"한구석에 제단을 만들고 촛불을 켜놓으면 될 거예요. 그런 다음 그의 사진도 놓고요. 원하신다면 아저씨가 여기 계시지 않을 때는 제가 촛불을 켜놓을게요."

"마트료나, 제단이라는 건 영원히 있어야 하는 거야. 네 어머니는 내가 떠나면 이 방을 세놓으실 거다."

"언제 가시는데요?"

"아직 모르겠구나." 그가 그 함정을 피하며 대답한다. 그리고 이렇게 덧붙인다. "죽은 아이에 대한 슬픔은 끝이 없는 법이야. 이게 나한테서 듣고 싶은 말이니? 난 그 말을 했다. 그리고 그건 사실이야."

그의 목소리가 바뀐 것을 눈치챘는지, 아니면 그가 아이의 아픈 곳을 건드린 것인지 몰라도 아이는 눈에 띌 정도로 몸을 움츠린다.

"만약 네가 죽으면 어머니는 평생 슬퍼하겠지." 그리고 스스로도 깜짝 놀라면서 다음 말을 덧붙인다. "나도 그럴 거야."

그건 사실일까? 아니, 아직은 아니다. 하지만 그것은 이제 막 사실이 되려는 참이다.

"그럼 제가 그를 위해 촛불을 켜도 되나요?"

"그래, 그렇게 하렴."

"계속 촛불을 켜놓을까요?"

"그래, 그런데 너에게 촛불이 왜 그렇게 중요한 거니?"

소녀가 불편한 듯 우물쭈물하다가 마침내 대답한다. "그래야 그가 어둠 속에 있지 않을 테니까요."

신기하게도 그 역시 종종 그런 생각을 한 적이 있다. 바다에 떠 있는 배 한 척, 폭풍우 치는 밤에 배 밖으로 사라진 소년. 그 소년이 두려움에 소리를 지르며 파도 속에서 떠 있으려고 발버둥친다. 그가 숨을 몰아쉬며 지금까지는 그의 집이었지만 이제는 더이상 그의 집이 아닌 배를 향해 소리치기를 반복한다. 그리고 선미에 달린 등불에 눈을 고정한다. 시커먼 어둠과 출렁이는 물결 속에서 볼 수 있는 단 하나의 불빛. 그 빛을 볼 수 있는 한

나는 길을 잃은 게 아니야, 그가 생각한다.

"지금 촛불을 켜도 돼요?" 소녀가 묻는다.

"좋을 대로 해라. 하지만 아직 사진은 놓지 말자."

소녀는 촛불을 켜서 거울 밑에 놓는다. 그런 다음 침대로 돌아와 그의 팔에 머리를 기댄다. 그는 아이가 자신을 그렇게 신뢰하는 데 깜짝 놀란다. 그들은 찬찬히 타오르는 촛불의 불꽃을 바라본다. 거리에서 아이들이 노는 소리가 들린다. 그가 손가락으로 아이의 어깨를 감싸고 잡아당긴다. 새의 날개가 접히듯 부드러운 어린 뼈들이 접히는 게 느껴진다.

8
이바노프

그는 매일 밤 파벨을 찾겠다는 생각을 하며 잠이 든다. 그러나 오늘밤은—거의 잠이 들자마자였던 것 같다—아래쪽 거리에서 누군가 나지막이 부르는 소리에 잠에서 깬다. 이사예프! 그 목소리는 참을성 있게, 계속해서 그를 부른다.

갈대숲에서 나는 바람 소리일 뿐이야. 그는 이렇게 생각하고 감사해하며 다시 잠에 빠진다. 여름날, 갈대숲에서 나는 바람 소리, 높은 구름이 점점이 떠 있는 푸른 하늘, 손에 들린 지팡이로 한가롭게 갈대를 치면서 휘파람을 불며 걸어가는 그. 그가 걸음을 멈추고 가만히 서서 귀를 기울인다. 메뚜기들이 울던 소리도 멈춘다. 그의 숨소리와 바람에 흔들리는 갈대 소리만 들릴 뿐이다. 이사예프! 바람이 부른다.

그는 깜짝 놀라 순간 잠이 확 깬다. 한밤중이고 집 전체가 고요하다. 그는 창가로 가서 가만히 달빛과 그림자를 내다보며 그 소리가 다시 들리기를 기다린다. 마침내 그 소리가 들린다. 여전히 그의 귀에 울리고 있는 그 말과 똑같은 음색, 똑같은 길이, 똑같은 억양이다. 하지만 인간의 목소리는 전혀 아니다. 그것은 개가 처량하게 울부짖는 소리다.

그렇다면 자기를 데려가달라고 소리치는 파벨은 아니로구나. 그와는 아무런 관련이 없는, 아비 개를 찾아 울부짖는 새끼 개일 뿐이다. 아비 개가 어떤 놈이든, 추위와 어둠 속으로 나가서 더럽고 냄새나는 새끼를 찾으라지. 새끼를 쓰다듬고 자장가를 불러주고 달래서 재워보라지.

다시 개가 울부짖는다. 텅 빈 평원과 은빛 불빛은 흔적도 보이지 않는 걸 보니 그건 늑대가 아니라 개다. 그의 아들이 아니라 개다. 그래서? 그래서 이 무기력을 떨쳐내야 한다! 그건 아들이 아니기 때문에 침대로 돌아가서는 안 된다. 옷을 입고 그 부름에 답해야 한다. 만약 아들이 도둑처럼 밤에 찾아오기를 기다리며 도둑이 부르는 소리만을 듣는다면, 그는 결코 아들을 보지 못할 것이다. 만약 아들이 예상치 못한 목소리로 말하기를 기대한다면, 그는 결코 아들의 목소리를 듣지 못할 것이다. 기대하지 않은 것을 기대하는 한, 그가 기대하지 않은 것은 결코 오지 않을 것이다. 그러므로—모순 안의 모순, 어둠 안의 어둠이다—그는 자신이 기대하지 않은 것에 답해야 한다.

삼층에서는 개를 찾는 게 쉬울 것 같았다. 하지만 일층으로 내려오자 그는 혼란스럽다. 소리가 왼쪽에서 들렸던가 아니면 오른쪽에서 들렸던가? 길 건너에 있는 건물들 중 하나였던가? 저 건물들 뒤였던가, 아니면 안뜰이었던가? 어느 건물일까? 이제 더 짧고 더 낮아진데다가 음색도 전혀 달라진 이 울음소리는 무엇일까? 처음에 들었던 소리가 아닌 것만 같다.

그는 이리저리 헤매다 분뇨 수거인들이 이용하는 골목을 발견한다. 그리고 그 골목에서 뻗어나간 다른 골목에서 마침내 개를 찾아낸다. 개는 하수관에 가느다란 쇠줄로 묶여 있고, 한쪽 앞발에 줄이 감겨 있다. 줄이 조여올 때마다 개는 어색하게 다리를 끌어당긴다. 그가 다가가자 개는 낑낑대며 가능한 한 멀리 물러난다. 그리고 귀를 납죽하게 젖힌 채 엎드렸다가 배를 드러내고 뒹군다. 암캐다. 그가 몸을 굽혀 감긴 줄을 풀어준다. 개들은 공포의 냄새를 맡는다. 추위 속에서도 그는 이 개가 느끼는 지독한 공포의 냄새를 맡을 수 있다. 그가 개의 귀 뒤를 간지럽힌다. 여전히 배를 드러내고 누운 개가 조심스럽게 그의 손목을 핥는다.

개와 거지 들의 눈을 가만히 들여다보는 게 내가 남은 인생 동안 하게 될 일일까?

개가 몸을 일으켜 네발로 선다. 그는 개를 좋아하지 않지만 개가 따뜻하고 축축한 혀로 그의 얼굴과 귀, 소금기 있는 수염을 핥자 뒤로 물러서지 않고 몸을 구부려준다.

그는 개를 마지막으로 한번 더 쓰다듬고 일어선다. 달빛으로는 시곗바늘이 잘 보이지 않는다. 개가 몹시 낑낑거리며 줄을 당긴다. 누가 이런 밤에 밖에다 개를 묶어놓았을까? 그러나 그는 개를 풀어주지 않는다. 그 대신 갑자기 몸을 돌려 그곳을 떠난다. 개의 쓸쓸한 울음소리가 그를 따라온다.

왜 나일까? 그는 서둘러 그 자리를 떠나면서 생각한다. 왜 내가 온 세상의 짐을 짊어져야 해? 파벨에 관해서는, 만약 그 아이가 아무것도 가질 수 없다면 적어도 죽음은 가질 수 있게 하자. 그 아이의 죽음을 빼앗아 아버지가 스스로를 개선하는 데 사용하지 못하게 하자.

소용없는 짓이다. 그의 가식적이고 경멸스러운 생각은 잠시도 그를 가만두지 않는다. 파벨의 죽음은 파벨의 것이 아니다. 그것은 말장난일 뿐이다. 그가 여기 있는 한 파벨의 죽음은 그의 죽음이다. 그는 추워서 시퍼렇게 질린 아기를 안고 다니듯 어딜 가든 파벨을 데리고 다닌다("누가 시퍼렇게 질린 아이를 구원해줄까?" 어디서 나오는지 알 수 없는 애처로운 그 말이 농부들의 단조로운 목소리로 그의 머릿속에 울리는 것 같다).

파벨은 말하지 않을 것이다. 그에게 무엇을 하라고 이야기해주지 않을 것이다. "가장 사소한 것을 소중히 여기시오." 만약 이것이 파벨이 한 말이라면 그는 무조건 그 말을 따를 것이다. 하지만 이건 파벨의 말이 아니다. 가장 사소한 것. 가장 사소한 것이란 추운 날씨에 버림받은 그 개를 의미할까? 그 개의 목줄을 풀고 집으로 데려와 먹이를 주고 소중히 돌봐줬어야 했던 걸까? 그게 아니면 다 떨어진 코트를 입고 술에 취한 채 다리 밑에 누워 있는 더러운 거지에게 그렇게 했어야 했나? 끔찍한 절망감이 밀려온다. 그는 알고 있다. 그 절망감은 그가 지금이 몇시인지도 모른다는 것, 다시는 한밤중에 개 울음소리를 듣고 나가지 않을 거라는 확신이 마음속에서 점점 커지고 있다는 것, 과거의 자기 모습 혹은 아직 되어보지 못한 모습이 될 기회를 놓치고 말았다는 사실과 관련이 있다. 절망에 빠진 그는 생각한다. 죽는 날까지 나는 나 자신에게 갇혀 있을 것이다. 나에게 왔던 것이 무엇이었든 나는 자격이 없었고, 이제 그것은 떠나버렸다.

그러나 그는 문을 닫는 순간까지도 골목으로 돌아가서 개를 풀어주고 이곳 63번지로 데려와 계단 아래에 임시 거처를 마련해줄 수 있는 기회가 남아 있다는 사실을 떠올린다. 그러나 일단 그러고 나면 개는 그를 더 따라오려 할 것이다. 다시 매어두면 건물에 사는 모든 사람들이 깰 때까지 낑낑거리며 짖어댈 것이다. 그건 내 아들이 아니다. 그냥 개일 뿐이다. 그는 이렇게 항변한다. 그 개가 나와 무슨 상관이 있는가? 하지만 그렇게 항변하는 순간에도 그는 답을 알고 있다. 그가 개를 풀어주고 침대로 데리고 올 때까지, 혹은 아직까지 다른 건 생각나지 않지만 남녀 거지들처럼 가장 사소한 것을 데려올 때까지 파벨이 구원받지 못하리라는 것을. 그리고 그때조차 확실히 구원받는다는 보장이 없다는 것도 알고 있다.

그는 절망에 차서 몹시 신음한다. 나는 무엇을 해야 하나? 그가 생각한다. 내 마음과 접촉해보면 알 수 있을까? 하지만 그와 접촉이 끊긴 건 그의 마음이 아니라 진실이다. 또는, 뒤집어 생각해보면, 접촉이 끊긴 건 진실이 아니다. 오히려 진실은 그가 잠길 때까지 폭포처럼 쉼없이 쏟아져내리고 있었다. 그는 생각한다 (생각을 뒤집고 뒤집은 것을 다시 뒤집는다. 요즘엔 그런 예수회적인 방식으로 사고해야 한다!). 폭포 아래 잠겨가는 내게 필요한 건 무엇인가? 더 많은 물, 더 많은 홍수, 더 깊은 침수이다.

그는 눈 덮인 길 한가운데에 서서 차가운 손을 얼굴로 가져간다. 손에서 개냄새가 난다. 뺨 위로 흐르는 차가운 눈물의 맛이 느껴진다. 소금, 소금이 필요한 사람들을 위한 소금. 오늘밤도, 아니 내일 밤이라는 게 있다면 내일 밤도, 그는 개를 구해주지 않을 것이다. 그는 신호를 기다리고 있고, 개는 그가 기다리는 신호가 아니며 아무런 신호도 아니고, 그저 밤중에 짖는 수많은 개 중 한 마리에 지나지 않는다고 단언(그가 감히 사용할 수 있는 가장 거창한 표현이다)한다. 그러나 아무것도 아닌 것과 신호인 것을 구분하려고 잔머리를 쓰는 한 구원받지 못한다는 것도 알고 있다. 그것은 논리적이다. 그는 그 논리로 패배할 것이다. 그는 쇠줄을 물어뜯다가 이가 부러진 개처럼 쇠의 단단함을 느끼며 어쩔 줄 몰라 한다. 조심하자, 조심하자. 그는 혼자 되뇌인다. 쇠줄에 묶인 두번째 개는 그 자체로는 아무것도 아니고, 어떤 계시도 아니며, 그저 평범한 개일 뿐이다!

그는 호주머니에 손을 넣고 머리를 숙인다. 막대기처럼 뻣뻣하게 굳은 다리로 도로 한가운데 서서 개의 침이 묻은 수염이 얼어붙는 걸 느낀다.

바로 그 순간, 누군가 어두컴컴한 63번지 건물 입구에 숨어서 그를 훔쳐보는 게 가능할까? 저기 보이는 것이 감시자인지 확신할 수 없다. 사람 얼굴처럼 생긴 약간 환한 부분도 실제로는 벽에 있는 얼룩에 불과할지 모른다. 하지만 계속 보면 볼수록 얼굴같이 생긴 그것이 그의 시선을 맞받아치는 듯한 느낌이 강해진다. 진짜 사람 얼굴일까? 그의 머릿속은 어두운 통로에 숨어 눈을 반짝이는 수염이 덥수룩한 남자들로 가득차 있다. 그럼에도 칠흑같이 어두운 입구에 들어서자 다른 사람이 거기 있다는 느낌에 등줄기가 서늘해진다. 그는 걸음을 멈추고 심호흡을 하며 귀를 기울인다. 그런 다음 성냥불을 켠다.

한 남자가 불빛에 눈을 깜빡이며 구석에서 몸을 웅크리고 있다. 그 남자는 모직 목도리로 머리와 입을 감싸고 담요로 어깨를 둘러싸고 있다. 그는 교회 앞에서 마주쳤던 그 거지를 알아본다.

"당신 누구요?" 그가 갈라진 목소리로 묻는다. "왜 날 혼자 내버려두지 않는 거요?"

성냥불이 꺼진다. 그는 다시 성냥불을 켠다.

남자는 단호하게 고개를 젓는다. 담요 속에서 손이 나오더니 목도리를 젖힌다. "당신은 나한테 이래라저래라 명령할 수 없소." 공기 중에 썩은 생선 냄새가 풍긴다.

성냥불이 꺼진다. 그는 계단을 오르기 시작한다. 그러나 역설적인 말이 끈질기게 되돌아온다. 네가 기대하지 않은 자를 기대하라. 좋아. 하지만 모든 거지를 회개한 탕아로 간주하고, 받아들이고, 집에 초대하고, 잔치를 해줘야 하는 걸까? 그래, 파스칼이라면 그렇게 말할 것이다. 모든 사람, 모든 거지, 옴붙은 모든 개에도 베팅하라. 그래야만 진짜가 나타났을 때, 진짜 아들, 밤의 도둑이 그물 사이로 빠져나가지 않을 것이다. 헤롯왕도 이 생각에 동의할 것이다. 확실히 해라, 예외 없이 모든 아이들을 죽여라.

모든 숫자에 베팅을 하는 것도 노름이라 할 수 있을까? 위험을 무릅쓴 것도 아니고 주사위가 떨어질 때 다른 곳에서 들리는 목소리에 귀기울인 것도 아니라면, 신성한 것은 무엇이 남을까? 틀림없이 하느님은 알 것이다. 그리고 천성이 노름꾼인 사람을 불쌍히 여길 것이다! 남편이 자신 앞에 무릎을 꿇고 마지막 돈마저 노름으로 날려버렸다고 고백하면서 가슴을 치고 그녀의 치맛자락에 입맞출 때, 그를 일으켜세워 눈물을 닦아주고 아무 말 없이 나가 결혼반지를 저당잡히고 받은 돈을 갖고 돌아와 건네주고(여기요!), 그래서 그가 다시 노름판으로 가 모든 것을 만회할 수 있게 해주는 아내는 틀림없이 신성한 존재다. 아무것도 남은 게 없는 남자에게 자신을 걸고, 결혼반지를 저당잡혀 마련한 돈마저 잃고 돌아온 남편을 위해 다시 한번 어둠 속으로 나가 노름할 돈을 구해오는 그런 여자는 신성한 존재가 틀림없다!

위층의 여자에게도, 지금 이 순간 이름이 생각나지 않는 그 여자, 심지어 그가 드레스덴의 집주인, 마음씨 좋은 부인과 혼동하는 그 여자에게도 그런 신성함이 조금이라도 있을까? 그는 그녀에 관한 첫번째 것은 모른다. 다만 마지막이면서 가장 비밀스러운 것, 즉 그녀가 어떻게 자기 몸을 내어주는가를 알 뿐이다. 그런 여자는 헤픈 게 특징일까? 남자는 여자가 어떻게 자신의 몸을 바치는지를 보면서, 여자가 기회의 신에게 어떻게 자신을 바치게 될지 짐작할 수 있을까? 그것이 쾌락에 이르든 고통에 이르든 상관하지 않고, 다만 우리가 육체 없이는 살 수 없는 존재이기 때문에 육체를 오직 수단으로 이용하는 방종이 그런 여자의 특징일까? 그녀는 몸을 바짝 붙이고 부딪치고 파고들면서 새의 날갯짓처럼 파닥이는 침대 시트 소리만 들리는 어둠 속으로 들어가는 어떤 성교의 형식을 나타내는 걸까?

그녀와 함께 보낸 밤들에 대한 기억이 갑자기 울컥 밀려온다. 그리고 그의 안에 얽혀 있던 모든 것들이 화살처럼 그녀를 향한다. 방탕하고픈 욕망이 그를 압도한다. 그녀가, 그는 생각한다, 그녀가 바로 내가 원하는 사람이다. 따라서……

따라서, 그는 혼자 미소를 지으며 서둘러 다시 계단을 내려간다. 그리고 그 남자, 그 스파이, 돈 때문에 누군가에게 고용된 그 남자가 둥지를 틀고 있는 구석으로 간다. "이리 오시오." 그가 어둠에 대고 말한다. "당신이 쏠 수 있는 침대가 있소."

"여기가 내 자리요. 나는 이 자리에 있어야 해요." 남자가 간교하게 대답한다.

그러나 지금은 그 무엇도 그의 좋은 기분을 망치지 못한다. "단언컨대, 당신이 기다리는 그 사람은 올 거요. 삼층까지라도 올라올 거요. 그는 문을 두드린 뒤 인내심을 갖고 기다릴 것이고, 가지 않으려 할 거요."

종이를 뒤적이며 바스락거리는 소리가 한참 들린다. "혹시 성냥 더 있습니까?" 남자가 말한다.

그가 성냥불을 켠다. 남자는 급히 자루에 물건을 담고 일어선다.

그들은 주정뱅이처럼 어둠 속에서 비틀거리며 계단을 올라간다. 그는 문 앞에서 남자에게 조용히 하라고 속삭이고 그의 손을 잡아 길을 안내한다. 손이 기분 나쁘게 두툼하다.

그는 안에서 램프를 켠다. 그 낯선 사람의 나이를 짐작하기 힘들다. 눈은 젊지만 엷은 황갈색 머리칼과 반점이 있는 두피는 지치고 늙은 기색이 역력하다. 그리고 그의 거동에는 세월과 수치심에 닳아버린 무언가가 있다.

"이바노프라고 합니다, 표도르 알렉산드로비치." 남자가 뒤꿈치를 모으고 약간 몸을 굽히며 말한다. "퇴직 공무원입니다."

그가 침대를 가리킨다. "저걸 쓰시오."

"궁금하시겠지요." 남자가 침대를 만져보며 말한다. "나 같은 배경을 가진 사람이 어떻게 감시자가 됐는지(우리들 사이에서는 감시한다는 표현을 사용하죠)." 그러고는 몸을 뻗고 눕는다.

그는 저글링도 못하고 바이올린도 켤 줄 모르는, 그저 자기 인생 이야기를 들려주는 것으로 사람들의 자선에 보답하려는 거지들 중 하나와 얽히게 됐다는 게 불쾌하다. "목소리를 낮추시오. 신발도 벗고."

"당신 아들이 죽지 않았던가요? 심심한 위로의 말씀을 드립니다. 당신이 어떤 기분일지 저도 어느 정도 압니다. 전부는 아니지만 일부는 알고 있어요. 나도 두 아이를 잃었습니다. 전부 잃었지요. 의학용어로는 뇌막염이라고 하더군요. 제 아내는 그 충격에서 벗어나지 못했습니다. 더 좋은 의사에게 데려갈 돈만 있었더라도 아이들을 살릴 수 있었을 겁니다. 비극이죠. 하지만 누가 신경이나 쓰겠습니까? 요즘엔 주변에 비극이 널려 있잖아요. 비극이 세상의 이치가 되었습니다." 그가 일어나 앉는다. "표도르 미하일로비치, 충고 한마디 할게요(해도 괜찮겠죠?). 쓰라린 경험을 했던 사람으로서 충고 한마디 할게요. 슬픔에 몸을 맡기고 여자처럼 울어보십시오. 그것은 여자들이 갖고 있는 굉장한 비밀이자 우리 같은 사람들은 갖지 못한, 여자들의 장점입니다. 그들은 언제 손을 놓고 울지 알거든요. 우리는 몰라요. 당신과 나는 모르지요. 우리는 그것이 무시무시한 악마처럼 될 때까지 마음속에 억누릅니다! 그리고 단지 한두 시간 동안 그것을 잊어버리기 위해 어디든 가서 어리석은 짓을 저지르지요. 그래요, 나중에 영원히 후회하게 될 어리석은 짓을 합니다. 여자들은 눈물이라는 비법이 있으니 그런 짓은 하지 않아요. 표도르 미하일로비치, 우리는 여자들한테 배워야 합니다. 우는 법을 배워야 합니다! 보세요, 나는 우는 게 부끄럽지 않아요. 다음달이면 그 비극이 일어난 지 삼 년이 됩니다. 나는 우는 게 부끄럽지 않아요!"

정말로 눈물이 남자의 뺨을 타고 흘러내린다. 소맷부리로 눈물을 훔치지만 눈물은 더 쏟아진다. 그에게는 울면서 얘기하는 게 어렵지 않은 듯하다. 사실 그는 아주 기분이 좋아 보인다. "나는 잃어버린 아이들 때문에 평생 슬플 것입니다."

이바노프가 자기 '아이들'에 대해 혀짤배기소리를 하는 동안 그는 다른 생각에 빠진다. 사람들이 그에게 자신들의 이야기를 털어놓는 것은 단지 그가 작가이기 때문일까? 그에게는 자신만의 이야기가 없다고 생각하는 걸까? 그는 지쳤고 두통은 사라지지 않는다. 밖에서는 벌써 새들이 지저귀고, 그는 하나밖에 없는 의자에 앉아 필사적으로 잠을 청한다. 사실 필사적인 건 양보한 침대 속으로 들어가고 싶은 마음이다. "나중에 이야기합시다." 그가 퉁명스럽게 말을 자른다. "지금은 잠을 자시오. 그러지 않으면 이게 다 무슨 소용이……" 그가 머뭇거린다.

"이 자선 행위 말입니까?" 이바노프가 교활하게 말을 받는다. "그게 당신이 하려고 했던 말인가요?"

그는 대답하지 않는다.

"자선을 베푼 것을 부끄럽게 생각할 필요는 없습니다." 남자가 부드러운 어조로 말을 계속한다. "결코 그럴 필요 없어요. 슬픔을 부끄러워할 필요가 없는 것과 마찬가지입니다. 둘 다 관대한 욕구입니다. 이런 관대한 욕구는 우리를 끌어내리는 것처럼 보이지만 사실은 우리를 격상시킵니다. 그리고 하느님은 그 모든 걸 보고 하나하나 기록하십니다. 우리 가슴의 갈라진 틈을 들여다보시는 거지요."

그는 힘겹게 눈을 뜬다. 이바노프가 신상처럼 다리를 포갠 채 침대 한가운데 앉아 있다. 사기꾼! 그는 이렇게 생각하고 눈을 감는다. 그가 깨자 이바노프는 여전히 거기 있다. 침대에 엎드려 두 손을 턱밑에 괸 채 잠들어 있다. 입이 벌어져 있고, 어린아이의 것처럼 작은 분홍색 입술에서 코 고는 소리가 희미하게 난다.

그는 오전 내내 이바노프와 같이 머문다. 이바노프, 예기치 않은 것의 시작. 그가 생각한다. 그래, 예기치 않은 것이 우리를 어디로 끌고 가는지 두고 보자!

시간이 이렇게 더디게 간 적이 없었다. 이렇게 아무런 계시도 느껴지지 않았던 적이 없었다.

마침내 싫증이 난 그가 그 남자를 깨우며 말한다. "떠날 시간이오. 당신 당번은 끝났소."

이바노프는 그 말 속에 숨은 반어적 의미를 모르는 것 같다. 휴식을 충분히 취했는지 힘이 나고 개운해 보인다. "으아!" 이바노프가 하품을 한다. "화장실에 가야겠어요." 화장실에 다녀와서는 이렇게 말한다. "아침식사로 같이 먹을 것 없나요?"

그가 이바노프를 데리고 안으로 들어선다. 식탁에 그의 아침 식사가 차려져 있다. 하지만 식욕이 없다. "당신 몫이오." 그가 퉁명스럽게 말한다. 이바노프가 눈을 빛내며 턱 아래로 침을 흘린다. 하지만 그는 점잖게 식사를 하고 새끼손가락을 위로 올린 채 차를 홀짝인다. 식사를 마친 이바노프가 뒤로 물러나 앉아 만족스러운 한숨을 쉰다. "우리가 만났다는 게 너무 기쁩니다. 표도르 미하일로비치, 세상은 냉혹한 곳입니다! 당신도 알지 않습니까! 하지만 명심하세요. 나는 불평하지 않습니다. 좀더 고상하게 이야기하자면 우리는 받을 만한 것을 받는 것입니다. 그럼에도 저는 종종 궁금합니다. 우리 두 사람 모두 피난처를, 도피처를 가질 만한 자격이 있지 않습니까? 법이 잠시 동정적이 되어 우리를 가엾게 여기는 그런 곳으로 피난할 자격이 있는 것 아닙니까? 나는 그걸 질문으로, 철학적인 질문으로 제기합니다. 자격이 없는데도 보상을 받는다는 말은 성서에 없지만 결국 그게 성서의 정신 아닐까요? 어떻게 생각하십니까?"

"맞소. 하지만 불행하게도 여긴 내 아파트가 아니오. 이제 갈 시간이 됐습니다."

"잠시만요. 마지막으로 한마디만 하겠습니다. 지난밤에 내가 하느님이 우리 가슴의 갈라진 틈을 들여다보신다고 말했죠. 그냥 농담으로 한 말이 아닙니다. 나는 제대로 된 성스러운 얼간이가 아닐지 모릅니다. 하지만 그렇다고 내가 진실을 말하지 못한다는 법은 없습니다. 아시다시피 진실은 우리가 알 수 없는 방식으로, 빙 둘러서 올 수도 있으니까요." 이바노프가 의미심장하게 이마를 두드린다. "우연히 나를 만났을 때, 우리가 어느 날 마주앉아 고상하게 차를 마시리라고는 꿈도 꾸지 않으셨겠죠. 그렇지 않나요? 하지만 우리는 지금 여기 있습니다!"

"미안하지만 당신의 말이 귀에 들어오지 않는다오. 내 마음은 딴 곳에 있소. 이제 정말로 가야 하오."

"그래요, 가야지요. 나도 할일이 있습니다." 그가 일어서서 담요를 망토처럼 어깨에 두르고 손을 내민다. "안녕히 계세요. 교양 있는 분과 얘기하게 되어 즐거웠습니다."

"잘 가시오."

그를 쫓아내자 안도감이 든다. 그러나 썩은 생선 냄새만은 방에서 쫓아낼 수 없다. 춥지만 창문을 열어야 한다.

반시간 후 아파트 문을 두드리는 소리가 난다. 그 사람이 다시 오면 어쩌나! 그는 이런 생각을 하며 찡그린 얼굴로 문을 연다.

그의 앞에 예비 수녀의 검은 평상복을 입은 뚱뚱한 소녀가 서 있다. 얼굴은 둥글고 표정이 없다. 광대뼈가 너무 커서 작은 눈은 거의 보이지도 않는다. 머리는 뒤로 바짝 당겨서 땋았다.

"파벨 이사예프의 의붓아버지이신가요?" 의외로 목소리가 굵고 낮다.

그는 고개를 끄덕인다.

그녀가 안으로 들어와 문을 닫는다. "저는 파벨의 친구였습니다." 그녀가 말한다. 그는 위로하는 말이 이어질 거라고 생각한다. 그러나 그런 말은 나오지 않는다. 대신 그녀는 팔을 옆구리에 붙이고 서서 딱딱하고 신중한 분위기를 풍기며 그를 찬찬히 훑어본다. 경기가 시작되기를 기다리는 레슬링 선수처럼 신중하다. 그녀의 가슴이 고르게 오르락내리락한다.

"파벨이 남긴 것을 볼 수 있을까요?" 그녀가 마침내 입을 연다.

"남긴 게 별로 없소. 당신 이름을 물어봐도 되겠소?"

"카트리입니다. 남긴 게 별로 없더라도 볼 수 있을까요? 세번째로 여기 온 겁니다. 처음 두 번은 바보 같은 안주인이 들여보내주지 않더군요. 당신은 그렇게 하지 않으셨으면 좋겠네요."

카트리. 핀란드 이름이다. 물론 그녀는 핀란드인처럼 보인다.

"그녀에게도 나름의 이유가 있었을 거요. 내 아들과 잘 아는 사이였소?"

그녀는 그의 질문에 대답하지 않는다. 대신 단도직입적으로 이렇게 묻는다. "경찰이 당신 아들을 죽였다는 건 이제 아시겠죠."

시간이 멈춘다. 그는 심장이 뛰는 소리를 들을 수 있다.

"그들이 그를 죽이고 자살이라고 소문을 냈어요. 저를 믿지 못하시겠지요? 믿고 싶지 않다면 안 믿으셔도 됩니다."

"왜 그런 말을 하는 거요?" 그가 건조한 목소리로 묻는다.

"왜냐고요? 사실이니까요. 다른 이유가 뭐가 있겠어요?"

그녀는 마냥 호전적이지만은 않다. 그녀도 불안해하기 시작한다. 팔을 흔들며 이 발, 저 발, 움직이기 시작한다. 땅딸막한 몸집에도 불구하고 유연하다는 인상을 준다. 안나 세르게예브나가 그녀를 상대하지 않으려 했다는 게 놀랍지 않다!

"아니오." 그가 고개를 젓는다. "아들이 남긴 것은 사적인 문제고 가족의 문제요. 여기 온 이유를 설명해주면 고맙겠군요."

"혹시 서류도 있나요?"

"서류도 있었는데 지금은 여기 없소. 그걸 왜 묻는 거요? 당신도 네차예프 사람이오?"

그녀는 그 말을 듣고도 당황하지 않는다. 오히려 눈썹을 치켜올리고 처음으로 의기양양하게 이글거리는 눈을 드러내며 미소를 짓는다. 물론 그녀는 네차예프 사람이다! 그녀는 전사 같다. 그리고 그녀의 몸짓은 전쟁에 나가고 싶어 몸이 근질근질한 사람이 추는 전승 기원 춤의 도입부 같다.

"그렇다 해도 제가 그렇다고 말하겠어요?" 그녀가 웃으며 대답한다.

"경찰이 계속 이 집을 감시하고 있다는 걸 알고 있나요?"

그녀가 발가락을 꼬물거리며 그를 골똘히 응시한다. 마치 그가 자기 눈에서 뭔가를 보길 바라는 듯.

"지금 이 순간에도 아래층에 남자 한 명이 있소." 그가 주장한다.

"어디에요?"

"당신은 그를 알아보지 못했겠지만 그 사람은 틀림없이 당신을 알아봤을 거요. 거지 행세를 하고 다니는 사람이오."

그녀가 정말 재미있다는 듯 크게 웃는다. "경찰 스파이가 저를 알아볼 정도로 똑똑할 거라고 생각하세요?" 그녀는 이렇게 말하고 깜짝 놀랄 짓을 한다. 자기 치맛단을 잡아채고 소박한 모양의 검은 신발과 하얀 무명 스타킹을 드러내며 두 번 살짝 뛴다.

그는 생각한다. 그녀의 말이 맞다. 사람들은 그녀를 아이라고 생각할 것이다. 하지만 그녀는 악마의 손에 잡혀 있는 아이다. 그녀 안에 있는 악마가 가만히 있지 못하고 치맛단을 잡아채고 날뛰는 것이다.

"그만두시오!" 그가 냉정한 목소리로 말한다. "내 아들은 당신에게 아무것도 남기지 않았소."

"당신 아들이라고요! 그는 당신 아들이 아니었어요!"

"그애는 내 아들이었고 언제나 그럴 거요. 이제 제발 가시오. 이야기는 충분히 했으니까."

그는 문을 열고 그녀에게 나가라는 몸짓을 한다. 그녀가 나가면서 의도적으로 그에게 몸을 부딪친다. 꼭 돼지와 부딪치는 것 같다.

오후에 밖으로 나갈 때나 돌아올 때, 이바노프의 모습이 보이지 않는다. 그가 신경써야 하나? 모습을 드러내지 않고 감시하는 게 이바노프의 일이라면, 이바노프를 보는 것은 왜 그의 일이어야 하나? 만일 현재의 가면놀이에서 이바노프가 하느님의 천사—전혀 천사가 아니기 때문에 천사인 사람—역할을 하는 사람이라면, 그 천사를 찾는 역할은 왜 그가 맡아야 하지? 천사가 와서 내 방문을 두드리게 하자, 그는 속으로 이렇게 생각한다. 나는 주저하지 않고 그에게 집을 내줄 것이다. 약속을 지키는 건 그것으로 충분해. 그렇게 말하면서도 그는 자신이 스스로에게 거짓말을 하고 있다는 것과 차가운 데서 망을 보는 이바노프를 구할 힘이 전적으로 자신에게 있다는 걸 알고 있다.

그는 점점 초조해진다. 결국 아래층으로 내려가 그 남자를 찾는 것 말고는 할 수 있는 일이 없다. 그러나 그 남자는 아래층에도 없고 거리에도 없다. 어디서도 찾을 수 없다. 그는 안도의 한숨을 내쉰다. 그리고 생각한다. 나는 내가 할 수 있는 일을 다했어.

그러나 마음속으로는 자신이 그러지 못했다는 걸 안다. 할 수 있는 일이 더 있었을 것이다. 훨씬 많았을 것이다.

9
네차예프

그는 다음날 센나야 광장 구역의 거리에서 자기 앞에 있는 그 뚱뚱하다 못해 몸이 거의 공 모양인 핀란드 여자를 흘끔거린다. 그녀는 혼자가 아니다. 옆에 키가 크고 늘씬한 몸매의 여자가 함께 걷고 있다. 동행이 너무 빨리 걷는 바람에 보조를 맞추려면 핀란드 여자는 깡충깡충 뛰어야 한다.

그가 걸음을 서두른다. 사람들 틈에서 잠깐 놓치기도 했지만 그들이 가게로 들어갈 때는 그들 뒤 멀지 않은 곳에 있다. 키가 큰 여자가 가게로 들어서면서 거리를 흘깃 쳐다본다. 푸른 눈과 창백한 피부가 매력적이다. 그녀의 시선이 그에게 머물지 않고 지나가버린다.

그는 길 건너편에서 그들이 나오기를 기다린다. 오 분이 지나고 십 분이 지난다. 점점 추워진다.

밀리네르 라 페이 혹은 라 페 작업실이라는 녹쇠 간판이 붙어 있다. 그가 문을 밀자 종이 땡그랑 울린다. 불을 밝힌 좁은 방에 회색 작업복을 입은 여자들이 기다란 재봉 탁자 두 개 앞에 앉아 있다. 중년 여자가 부산스럽게 그를 맞는다.

"무슨 일이시죠?"

"아는 사람이 몇 분 전에 여기로 들어왔소. 젊은 여자요. 그래서……" 그는 가게를 둘러보고 낙담한다. 핀란드 여자나 다른 여자의 흔적은 없다. "미안합니다. 착각을 한 모양이오."

그가 당황해하자 가까이 있던 젊은 재봉사 둘이 깔깔대며 웃는다. 마담 라 페이는 흥미를 잃는다. "학생들을 말씀하시는 거군요. 우린 학생들과 아무 상관이 없습니다." 그녀가 경멸조로 말한다.

그는 다시 사과하고 떠나려 한다.

"저기요!" 그때 누군가가 뒤에서 그를 부른다.

그가 돌아서자, 여자들 중 하나가 왼쪽으로 난 작은 문을 가리킨다. "저쪽으로 가보세요!"

그는 담으로 길과 분리된 골목으로 들어선다. 철 계단이 위층까지 연결되어 있다. 그는 잠깐 망설이다 올라간다.

그는 음식 냄새가 나는 어두운 통로에 이른다. 위층에서 잠시 음악을 연주하는 바이올린 소리가 들린다. 그는 음악 소리를 따라 두 계단을 더 올라가서 반쯤 열린 다락방 문을 두드린다. 핀란드 여자가 나온다. 그녀의 무뚝뚝한 얼굴에는 놀란 표정도 없다.

"이야기 좀 할 수 있겠소?" 그가 묻는다.

그녀가 옆으로 비켜선다.

검은 옷을 입은 젊은 남자가 바이올린을 연주하고 있다. 남자는 낯선 사람을 보고 연주를 멈춘다. 그리고 키가 큰 여자를 흘깃 보더니 모자를 집어들고 말없이 그곳을 떠난다.

그가 핀란드 여자에게 말한다. "거리에서 당신을 보고 따라왔소. 조용히 이야기 좀 할 수 있겠소?"

그녀가 소파에 앉는다. 그러나 그에게 앉으라고 권하지는 않는다. 그녀의 발이 마루에 닿을락말락한다. "말씀하세요." 그녀가 말한다.

"어제 내 아들의 죽음에 대해 얘기했지요. 더 알고 싶소. 복수심에서 그러는 게 아니오. 스스로 위로를 받고 답답한 마음을 풀고 싶어서 그러는 거요."

그녀가 그를 조롱하듯 말한다. "답답한 마음을 풀고 싶다고요?"

"내가 무슨 탐문을 하려고 페테르부르크에 온 것은 아니지만," 그가 고집스럽게 말을 계속한다. "당신에게서 내 아들이 어떻게 죽었는지 들은 이상 그 생각을 떨쳐낼 수가 없소. 그냥 제

처둘 수는 없지요." 그가 말을 멈춘다. 머리가 빙빙 돌고 갑자기 힘이 빠진다. 눈을 감자 파벨이 그를 향해 걸어오는 모습이 보인다. 옆에는 그가 신부로 택한 여자가 있다. 파벨이 그 여자를 소개하려 한다. 그는 속으로 이렇게 생각한다. 좋다, 이제 아버지 노릇을 하던 세월도 끝나가는구나. 아들이 마침내 다른 사람 손을 의지할 수 있게 되었구나! 그는 파벨을 향해 기쁨과 안도의 미소를 지으려 한다. 그런데 신부는 누구일까? 날카로운 푸른 눈에 (거의 파벨만큼) 키가 큰 이 여자가 그의 신부일까?

그는 겨우 몽상에서 빠져나온다. 이미 입에서 다음 말이 나오고 있다. 벌이 윙윙거리는 소리처럼 들린다. "나에게는 그애에 대한 피할 수 없는 의무가 있소." 그는 이렇게 말하고 있다.

그게 전부다. 말이 끝나고 고갈된다. 침묵이 드리우다 점점 더 길어진다. 그는 파벨과 신부의 모습을 떠올려보려 애쓴다. 그러나 그 대신 떠오른 것은 이바노프의 모습, 아니, 이바노프의 손이다. 초록색 모직 엄지장갑에서 유충처럼 나오는 창백하고 두툼한 손가락. 얼굴이 자욱한 안개 속을 빠르게 움직이고 있어서 가만히 바라보기가 쉽지 않다. 그러나 그 남자의 끈덕지고 교활한 미소를 보니, 그 남자가 그에게 해로운 어떤 것을 알고 있으며, 자기가 그걸 안다는 사실을 그가 알아차리기 바라는 듯한 인상을 받는다.

그는 고개를 저으며 정신을 차리려 한다. 그러나 할말이 그에게서 달아나버린 것 같다. 그는 대사를 잃어버린 배우처럼 핀란드 여자 앞에 멀뚱히 서 있다. 침묵이 무거운 추처럼 방안에 내려앉는다. 추 혹은 평화 같은 침묵이군, 그가 생각한다. 모든 것이 정지한다면, 새들이 날아가다 공중에서 얼어붙고 거대한 지구가 그 궤도에서 멈춘다면, 어떤 평화가 있을까! 발작이 다가오고 있다. 발작을 멈추기 위해 그가 할 수 있는 일은 아무것도 없다. 그는 마지막 고요함을 음미한다. 이 고요함이 영원히 지속될 수 없다니 얼마나 애석한가! 멀리서 그의 것이 틀림없는 괴성이 들린다. 이를 갈게 될 거야. 그 말이 그의 앞을 휙 스친다. 그다음은 끝이다.

정신이 들자 마치 어느 먼 나라에서 늙고 머리가 하얗게 센 듯한 느낌이 든다. 그러나 실제로 그는 조금 전과 마찬가지로 그 방에 두 발로 서서 한 손을 반쯤 올리고 있다. 그리고 두 여자도 아까와 같은 자세로 그 자리에 있다. 그런데 핀란드 여자의 얼굴에는 이제 경계하는 표정이 깃들어 있다.

"앉아도 되겠소?" 그가 중얼거린다. 그의 입이 감당하기에 혀가 너무 커진 것 같다.

핀란드 여자가 자리를 만들자 그는 현기증이 나서 머리를 푹 숙인 채 그녀 옆에 앉는다. "어디 아프신가요?" 그녀가 묻는다.

그는 대답하지 않는다. 그가 말하고 싶은 것은 무엇이고 그는 왜 늘 이렇게 피곤한 것일까? 머릿속에 안개가 내려앉은 것 같다. 만약 그가 책 속의 등장인물이라면 가슴이 말을 하거나 페이지가 텅 빈 이런 순간에 무슨 말을 할까?

그가 천천히 말한다. "다 얘기할 수 없소. 당신들이 하고 있는 게임은 내가 끼어들 수 없는 것이오. 그 게임이 당신들을 끌어들이고 틀림없이 파벨도 끌어들였지만 나까지 끌어들이지는 못하오. 솔직히 나는 그것에 혐오감을 느끼오."

키 큰 여자는 아무 말 없이 그 방을 나간다. 그녀가 지나갈 때 치마가 바스락거리는 소리와 라벤더 향수 냄새가 예기치 않게 그의 잠자던 욕망을 깨운다. 무엇을 향한 욕망일까? 그 여자를 향한 것일까? 분명 그건 아니다. 그 여자만을 향한 것은 아니다. 젊음. 아니, 영원히 잃어버린 것, 옷을 풀어헤치고 벌거벗을 자유를 향한 욕망이다. 그렇다 해도 그는 자신의 반응이 혼란스럽다. 하필이면 여기서, 그것도 지금? 어쩌면 기진맥진한 상태라서 그럴 수도 있다. 아니면 파벨과 관련이 있을지도 모른다. 파벨의 세계로 들어와 파벨의 에로틱한 상황에 처해 있기 때문에 그런지도 모른다.

"처형할 사람들의 명단을 보았소." 그가 말한다.

핀란드 여자가 주의깊게 그를 바라본다.

"경찰이 그 명단을 갖고 있소. 당신도 그걸 알았으면 좋겠소. 그들이 파벨의 방에서 그 명단을 입수했지. 내가 알고 싶은 건 이것이오. 당신들 각자가 죽여야 하는 사람들의 수가 정해져 있는 거요? 아니면 각자 죽여야 할 사람이 정해져 있는 거요? 만약 후자라면 그 사람들의 일상에 익숙해지기 위해 그들을 미리 관찰하도록 되어 있는 거요? 집을 몰래 염탐하시오?"

핀란드 여자가 대답하려고 하지만 생기가 돌아오기 시작한 그의 목소리가 그녀의 목소리를 압도한다.

"만약 그렇다면, 만약 그렇다면, 당신들은 원하는 것 이상으로, 어쩔 수 없이 희생자들과 친해지지 않소? 예를 들어 당신이 거리에서 불려온 누군가, 거지라고 가정해봅시다. 눈먼 늙은 개를 처리해주는 조건으로 50코페이카를 받은 거지 말이오. 우선 당신은 밧줄로 개의 목을 묶고 개를 안심시키려고 목덜미를 쓰다듬으면서 한두 마디 말을 중얼거릴 거요. 그런데 그때 감정의 물결이 몰려오기 시작하고 그 순간부터 당신과 개는 더이상 낯선 사이가 아니게 되는 거요. 간단했던 일이 세상에서 가장 끔찍한 배반이 되고, 개가 목이 매달려 죽을 때 내는 소리, 당신이 개의 목을 매달 때 들리는 소리, 깜짝 놀란 듯 당신이 왜?라고 짖는 소리가 오랫동안 당신을 괴롭히는 거요. 이런 생각이 당신을 막아서지는 않았소?"

그가 이야기하는 동안 키 큰 여자가 돌아와 있다. 그녀는 지금 방구석에 무릎을 꿇은 채 매트리스를 말고, 시트를 접고 있다. 한편 핀란드 여자의 얼굴에는 생기가 돈다. 눈을 반짝이며 말하고 싶어 안달이다. 그러나 아직 그가 이야기하는 중이다.

"겨우 개 한 마리 때문에 그럴 수 있다면 당신들이 처치하려는 남자들과 여자들의 경우에는 얼마나 괴롭겠소? 아무리 과학적인 방법으로 민중의 적을 선별했다고 해도, 내가 보기에 당신들에게는 자기 영혼을 위태롭게 하지 않으면서 그들을 죽일 수 있는 수단이 없소. 예를 들어 파벨의 첫번째 희생자로 정해진 사람은 누구였소? 그가 죽이기로 한 사람이 누구였소?"

"그걸 왜 물으세요? 왜 알고 싶어하시는 거죠?"

"그 사람 집에 찾아가서 문 앞에 무릎을 꿇고 파벨이 거기 가지 않았다는 사실에 감사드리고 싶기 때문이오."

"그렇다면 당신은 파벨이 죽었다는 사실에 기뻐하고 있군요."

"파벨은 죽지 않았소. 죽을 수도 있었지만 천만다행으로 살아서 도망쳤소."

처음으로 다른 여자가 말한다. "표도르 미하일로비치, 이쪽으로 와서 앉으세요." 그녀는 의자 두 개가 놓인 창가 쪽 탁자를 가리킨다.

"제 언니예요." 핀란드 여자가 말한다.

"자매이긴 하지만 같은 부모에게서 태어나지는 않았답니다."
다른 여자가 말한다. 그들의 웃음은 편안하고 친근하다.

그녀는 페테르부르크 억양을 쓴다. 목소리가 깊다. 훈련된 목소리. 어디서 만나본 것 같은 느낌이 든다. 가수인가? 그가 오페라에 관여하던 시절에 만났던 가수? 하지만 그러기에는 그녀가 너무 젊다.

그가 두 의자 중 하나에 앉고 여자는 맞은편에 앉는다. 탁자가 좁다. 그녀의 발이 그의 발에 닿는다. 그가 발을 다른 곳으로 옮긴다.

창문을 등지고 있어 잘 보이지 않지만 그는 그녀가 왜 그렇게 짙은 화장을 하고 있는지 이해하게 된다. 그녀의 피부에는 천연두 자국이 나 있다. 참 안됐군, 그가 생각한다. 미인은 아니지만 어쨌거나 괜찮은 얼굴인데.

그녀의 발이 다시 그의 발에 닿고, 발등과 발등이 맞닿은 채 그대로 멈춰 있다.

혼란스러운 흥분이 몰려온다. 체스를 두는 것 같군, 그가 생각한다. 작은 탁자를 사이에 두고 마주앉아 신중하게 말을 움직이는 선수들 같다. 한쪽 발을 폰pawn처럼 들어 그의 발 위에 올려놓은 건 의도적인 수일까? 흐리멍덩하게 엉뚱한 곳에 시선을 두고 이쪽은 쳐다보지도 않는 감시자, 저 여자 역시 자기가 맡은

144

역할을 하고 있는 걸까? 의도성과 저속함, 그 자체로 짜릿한 저속함. 그들은 어디서 그에 관해, 그의 욕망에 관해 이렇게 많이 알아냈을까?

가수, 콘트랄토, 콘트랄토의 여왕.

"내 아들과 아는 사이였구려." 그가 말한다.

"그 사람은 추종자였어요. 마스코트였죠."

그는 그 용어가 익숙하다. 그래서 마음이 아프다. 마스코트, 학생들 집단에서 심부름이나 하며 따라다니는 사람.

"그런데 내 아들이 당신 친구였소?"

그녀가 어깨를 으쓱한다. "우정은 여성적인 것이지요. 우리에게는 우정이 필요하지 않아요."

여성적이라니, 여자가 사용하기에는 어색한 단어다! 그는 자신이 알고 싶은 것 이상을 이미 알고 있다는 느낌을 받는다. 그 발이 아직 그의 발에 닿아 있는데, 이제 거기서 둔하고 무거우며 위협적이기까지 한 어떤 무기력이 느껴진다. 그것은 이제 더이상 발이 아니고 부츠다. 파벨은 이런 게임을 하지 않을 것이다. 또다시 파벨이 그를 향해 걸어오고 있는 모습이 떠오른다. 옆에 있는 신부의 모습은 흐릿하다. 파벨이 미소를 짓는다. 그 미소에서 일종의 후광이 발산된다. 나의 친구! 그가 생각한다. 강렬한 사랑의 감정이 그의 가슴을 쥐어짠다. 이것이 내가 네 대신 가져야 하는 것이니?

"당신에게 우정이 필요하지 않다면, 하느님이 당신을 구원해 주시기를 빌겠소." 그가 속삭이듯 말한다.

그는 탁자 앞에서 일어나 여자들에게서 등을 돌린다. 자기 모습이 어떨지 궁금하다. 거울이 없다. 그가 다시 앉을 때쯤에는 곧 나올 것 같던 눈물도 사라지고 없다.

"내 아들과 무슨 일을 했소?" 그가 탁한 목소리로 묻는다.

여자가 탁자 위로 몸을 숙이고 푸른 눈을 그에게 고정시킨다. 그는 턱에 난 여드름 사이, 분칠 아래로 면도날이 닿지 않은 털들을 찾아낸다. 콧마루 위 눈썹이 너무 짙다. 여자였다면 그에게 그걸 뽑아달라고 했겠지. 그렇다면 뚱뚱한 핀란드 여자도 남자일까? 뚱뚱하고 땅딸막한 남자? 갑자기 그 두 사람이 혐오스럽게 느껴진다.

그녀가, 아니, 그가, 말을 하고 있다. 네차예프, 그 사람이다. 의심의 여지가 없다. 변장이 너무 뻔히 드러난다. 갑작스럽게 기억이 생생히 되돌아온다. 평화의회가 열리던 그 집회장, 중간 휴식시간에 구석에서 혼자 손가락 크기의 샌드위치를 게걸스럽게 먹으며 도전하는 눈빛으로 방안에 가득찬 어른들을 노려보던 네차예프의 모습이 떠오른다. 그래요, 이 학생을 보고 웃을 테면 웃어보시오! 바지를 무릎까지 내린 채 변기에 앉아 있다가 놀란 소년처럼, 연약하지만 도전적인 표정. 웃으시오. 하지만 나는 언젠가 내 것을 돌려받을 겁니다!

므로취콥스키의 정부情婦인 오보렌스카야 공주가 했던 말이 생각난다. "그가 무정부주의의 무시무시한 총아일지는 몰라도, 정 말 그 여드름부터 어떻게 좀 해야 돼요!"

"경찰이 아드님께 한 일을 생각하면," 네차예프가 말한다. "화 를 내지 않으시는 게 놀랍군요. 복음서에 나오는 것처럼 눈에는 눈, 이에는 이 아닙니까?"

"불쌍한 사람 같으니, 그건 복음서에 나와 있는 게 아니오! 파 벨에 대해 뭐라고 지껄이는 것이오? 어째서 이런 우스꽝스러운 옷을 입고 있는 것이오?"

"당신도 분명 자살이라는 말을 믿지 않으시겠지요. 이사예프 는 자살한 게 아닙니다. 경찰이 만들어낸 허구일 뿐이지요. 우리 에게 법을 집행할 수 없으니 이런 추잡한 살인을 저지른 거란 말 입니다. 물론 의심하고 계셨겠지만요. 그게 아니라면 여기 온 이 유가 뭐겠습니까?"

지금까지 가장했던 부드러움은 이제 사라지고 없다. 그는 이 제 본래의 목소리로 말한다. 그가 앞뒤로 왔다갔다할 때마다 푸 른 원피스 자락이 스치는 소리가 난다. 그 안에 뭐가 있을까? 바 지일까, 아니면 맨다리일까? 숨겨진 맨다리를 서로 부딪치며 걸으면 어떤 느낌일까?

"우리가 위험에 처해 있지 않다고 생각하시는 겁니까? 변장을 하고서, 고향으로, 내가 태어난 도시로 기어들어오는 걸 내가 원한다고 생각하십니까? 페테르부르크의 거리를 여자 혼자 돌아다니는 게 어떤 건지 아시나요?" 목소리가 커지고 분노가 그를 사로잡는다. "무슨 말을 들어야 하는지 아시냐고요? 남자들이 당신은 상상도 못할 추잡한 말들을 속삭이며 따라다녀요. 여자들은 속수무책입니다!" 그는 마음을 진정시킨다. "당신은 상상력이 풍부하니까 쉽게 상상하실 수 있겠네요. 내가 말하는 것이 당신에게는 너무나 익숙한 것인지도 모르죠."

핀란드 여자는 감자 그릇을 무릎에 놓고 껍질을 벗기고 있다. 그녀의 얼굴은 전보다 더 평화롭다. 마치 조그만 노파처럼 보인다. "점점 추워지네요." 그녀가 말한다.

둘 다 미쳤구나. 그가 생각한다. 내가 여기서 뭘 하고 있는 거지? 파벨한테 돌아가는 길을 찾아야 해!

"부디…… 내 아들에 대해 했던 말을 다시 한번 해주시오."

"좋아요. 아드님에 대해 말씀드리지요. 아드님은 공식적으로 죽은 걸로 되어 있습니다. 만약 그걸 믿으신다면 당신은 정말로 잘 속는 사람입니다. 아니, 속는 정도가 거의 범죄에 가까워요. 당신도 옛날에는 혁명주의자가 아니었습니까? 아니면 제가 잘못 알고 있는 건가요? 투쟁은 한 번도 멈춘 적 없다는 것을 분명히 아실 겁니다. 아니면 당신만의 해결책을 찾아냈나요? 투쟁의 전선에 있는 사람들은 계속 추적당하고, 고문당하고, 살해당할 것입니다. 나는 당신이 그 사실을 알고 그것에 대한 글을 써주기를 바랍니다. 치욕스러운 러시아 신문을 통해서는 사람들이 당신 아들이나 그와 같은 사람들에 관한 진실을 알 수 없기 때문이죠."

네차예프의 목소리가 더 낮고 강렬해진다. "당신 아들한테 일어난 일은 나를 비롯한 우리 동료들 누구에게나, 언제라도 일어날 수 있는 일입니다. 당신은 그것에 대해 아무것도 모른다고 말하고 있죠. 하지만 거리로 나가보세요. 시장이나 사람들이 모이는 선술집에 가보세요. 그러면 사람들이 그걸 알고 있다는 사실을 확인할 수 있을 겁니다. 어떻게 알았는지는 몰라도 그들은 알고 있습니다! 심판의 날이 오면 사람들은 누가 자신들을 위해 고통당하고 죽었는지, 손 하나 까딱하지 않은 사람은 누구인지 잊지 않을 겁니다!"

성난 구세주, 그가 생각한다. 이자는 구세주를 모방하고 있어. 구약성서의 구세주, 고리대금업자들을 채찍질해 내쫓기도 하는 구세주. 그런데 옷이 어울리지 않는다. 원피스가 아니라 길고 품이 넓은 겉옷이어야 한다. 모방자, 사기꾼, 신성모독자.

"나를 협박하지 마시오!" 그가 대답한다. "당신이 무슨 권리로 민중을 들먹이는 것이오? 민중은 복수심에 차 있지 않소. 그들은 음모와 계략을 세우며 시간을 보내는 일 따위는 하지 않소."

"적이 누구인지 아는 사람들은 적들이 최후를 맞을 때 눈물을 낭비하지 않습니다! 우리는 적어도 무엇을 해야 하고 무엇을 하고 있는지 알고 있습니다! 어쩌면 당신도 전에는 그걸 알았겠죠. 하지만 당신이 지금 할 수 있는 것은 알아들을 수 없는 말을 중얼거리고 머리를 흔들면서 눈물을 짜내는 게 전부입니다. 부드러운 것이지요. 우리는 부드럽지 않습니다. 울지도 않습니다. 지적인 이야기를 하며 시간을 낭비하지 않아요. 이야기할 수 있는 게 있고 할 수 없는 게 있습니다. 그리고 실제로 행동을 해야 하는 게 있죠. 우리는 이야기하지 않습니다. 울지 않습니다. 한편으로는 혹은 반면에, 하면서 끝없이 생각하는 데 시간을 낭비하지 않습니다. 그저 행동할 뿐입니다."

"훌륭하오! 그저 행동할 뿐이라니. 그런데 지시는 어디서 받는 거요? 당신이 따르는 건 민중의 목소리요? 아니면 당신도 눈치채지 못할 만큼 살짝만 변조한 자신의 목소리요?"

"또 지적인 질문을 하시는군요! 또다른 시간 낭비예요! 우린 그런 지적인 것에 질려버렸습니다. 지적인 것의 시대는 얼마 남지 않았어요. 지적인 것은 우리가 제거하려는 것들 중 하나입니다. 보통 사람들의 날이 다가오고 있어요. 보통 사람들은 지적이지 않습니다. 그들은 단지 일이 끝나는 걸 원해요. 일단 일이 끝나면 무엇이 어떻게 되어야 하며 지적인 것이 계속 허용될지 말지를 결정하는 건 보통 사람들의 몫입니다!"

"지적인 책들이나 지적인 것들이 허용될지 말지도 그들이 결정하는 겁니다!" 핀란드 여자가 활기를 띠고, 거의 흥분한 상태로 맞장구를 친다.

그는 혐오감을 느끼며 생각한다. 이렇게 미친듯이 스스로를 독선으로 채찍질하는 사람들과 파벨이 친구였다는 것이 가능한 일일까? 이곳은 로욜라 시절의 스페인 수녀원 같다. 좋은 가문 출신의 여자들이 자기 몸을 채찍질하고, 황홀경에 빠져 거품을 물고 몸을 구르는 곳. 혹은 단식을 하거나 몇 시간 내내 기도를 하면서 구세주의 품에 안기기만을 기다리는 곳. 그들은 모두 극단주의자이다. 남을 죽이는 것이든 자기가 죽는 것이든 상관없이, 죽음의 황홀경에 목이 마른 감각주의자들이다. 파벨이 그런 사람들 속에 있었다니!

파벨의 마지막 순간에 대한 생각이 그에게 갑자기 몰려온다. 혈기왕성하고 한창때인 젊은 남자의 몸이 땅에 부딪히는 마지막 순간, 허파에서 몰려오는 숨, 갈라지는 뼈. 놀라움, 무엇보다도 그 종말이 현실이며 다시는 기회가 없을 거라는 데서 오는 놀라움. 그는 괴로워하며 탁자 밑에서 손을 비튼다. 대지에 내려쳐지는 몸. 죽음, 모든 것의 척도!

"증명해보시오……" 그가 말한다. "당신이 파벨에 대해 얘기한 것을 나한테 증명해보시오."

네차예프가 몸을 더 가까이 기울인다. "그곳으로 모시고 가겠습니다." 그가 단어 하나하나를 천천히 분명하게 발음한다. "당신을 바로 그곳으로 모시고 가서 당신의 눈을 뜨게 만들어드리지요."

그는 말없이 일어나 비틀거리며 문으로 간다. 그러고는 계단을 찾아 내려간다. 그러나 어느 쪽으로 가야 길이 나오는지 알 수 없다. 무작정 문 하나를 두드린다. 아무 대답이 없다. 다른 문을 두드린다. 피곤해 보이는 여자가 슬리퍼를 신고 문을 열어주면서 그가 들어갈 수 있도록 옆으로 비켜선다. "아닙니다. 밖으로 나가는 길을 찾고 있습니다." 여자는 아무 말 없이 문을 닫는다.

통로 끝에서 단조로운 목소리가 들린다. 문이 열려 있다. 그는 천장이 너무 낮아 새장 같은 느낌이 드는 방으로 들어간다. 젊은이 세 명이 팔걸이의자에 앉아 있고, 한 명은 큰 소리로 신문을 읽고 있다. 침묵이 감돈다. 그가 말한다. "밖으로 나가는 길을 찾고 있습니다." "뚜 드루아!"* 신문을 읽던 사람이 손을 흔들며 이

---

* Tout droit! 프랑스어로 '똑바로 가시오!'.

렇게 말하고는 다시 신문을 읽는다. 그는 철학학부 건물 앞에서 학생들과 헌병들 사이에 있었던 작은 충돌에 관한 기사를 읽고 있다. 그가 신문에서 눈을 떼고 불청객이 자리에 서 있는 것을 본다. "뚜 드루아! 뚜 드루아!" 그 젊은이가 이렇게 말하자 동료들이 웃는다.

그때 핀란드 여자가 그의 옆으로 온다. "맙소사, 해괴망측한 곳에 코를 들이밀고 있군요!" 그녀가 유쾌하게 말한다. 그녀는 그가 맹인이라도 되는 것처럼 그의 팔을 잡고 한 층 더 계단을 내려간다. 그러고는 트렁크와 상자들이 널려 있는 컴컴한 통로를 지나 빗장이 질려 있는 문을 연다. 그들은 거리로 나간다. 그녀가 그에게 손을 내밀며 말한다. "그럼 약속하신 거예요."

"아니, 무슨 약속을 했단 말이오?"

"오늘밤 열시에 폰탄카강 지역의 고로호바야 거리 모퉁이에서 기다리는 것 말이에요."

"나는 가지 않을 거요."

"좋아요, 당신은 거기 가지 않을 거예요. 어쩌면 갈지도 모르고요. 당신에게는 가족으로서의 감정이 없나요? 우리를 배반하려는 건 아니겠죠?"

그녀는 정말로 그에게 해를 끼칠 힘이 없다는 듯 농담조로 질문한다.

"아시겠지만, 당신이 어떻게든 우리를 배반할 거라고 말하는 사람들이 있어요." 그녀가 말을 잇는다. "그들은 당신의 태생 자체가 배반하기 쉬운 유형이라고 하더군요. 어떻게 생각하세요?"

만약 지팡이가 있었다면 그녀를 후려쳤을 것이다. 하지만 한 손만 가지고 그렇게 둥글고 비대한 몸 어디를 칠 수 있겠는가?

"자기 본성에 대해 아는 건 도움이 되지 않아요, 그렇지 않나요?" 그녀가 사색하듯 말한다. "제 말은, 본성에 끌려다니는 한 자기 본성에 대해 아무리 많이 생각한다 해도 아무 소용이 없다는 말이에요. 본성이 그런 거라면 그 사람을 교수형에 처한들 무슨 소용이겠어요? 양을 잡아먹었다고 늑대를 목매달아 죽이는 거나 마찬가지죠. 그렇다고 늑대의 본성을 바꿀 수는 없잖아요? 예수를 배반한 사람을 교수형에 처해도 아무것도 바뀌지 않았고요. 그렇지 않나요?"

"아무도 그 사람을 목매달아 죽이지 않았소." 그가 신경질적으로 반박한다. "자기 스스로 목을 맨 거요."

"똑같은 거죠. 그게 무슨 소용인가요, 안 그래요? 그러니까, 당신이 그를 목매달든, 그가 스스로 목을 매든 말이에요."

이런 잡담을 통해 어떤 끔찍한 것이 드러나기 시작한다. "누가 예수요?" 그가 부드럽게 묻는다.

"예수요?" 해질녘, 이 춥고 텅 빈 뒷길에는 그들뿐이다. 그녀가 믿을 수 없다는 듯 그를 바라본다. "예수가 누군지 모르세요?"

"당신은 내가 유다라고 하는데, 그럼 예수는 누구냐 말이오?"

그녀가 미소를 짓는다. "얘기하다보니 나온 말일 뿐입니다." 그러고는 반은 혼잣말로 이렇게 말한다. "그들은 아무것도 이해하지 못하니까." 그녀가 다시 한번 손을 내민다. "열시에 폰탄카 강 근처에서 만나요. 만약 아무도 나타나지 않으면 무슨 일이 일어났다는 뜻입니다."

그는 여자의 악수를 거절하고 길을 따라 걷기 시작한다. 그리고 뒤에서 속삭이는 듯한 말을 듣는다. 무슨 말일까? 유대인? 유다? 그는 그 단어가 유대인이라고 생각한다. 놀랍다. 그들은 그 단어가 거기에서 유래했다고 생각하는 것일까? 하지만 그는 왜 그녀의 손을 잡는 것에 그렇게 까다롭게 굴었던 걸까? 그녀가 파벨을 알 것 같아서, 육체적으로 너무 잘 알 것 같아서였을까? 네차예프나 다른 사람들은 자기 여자들을 공유하는 걸까? 이 여자를 공유한다는 건 상상하기 어렵다. 그녀가 남자들을 공유한다는 게 더 맞을 것이다. 파벨까지 포함해서. 그는 그 생각을 하지 않으려 하지만 결국 항복하고 만다. 핀란드 여자가 옷을 벗고 진홍색 쿠션 침대에 앉아 육중한 다리를 벌린 채, 젖가슴과 이제 막 무르익어서 토실토실하고 매끈한 배가 보이도록 팔을 넓게 벌린 모습을 상상한다. 그리고 파벨이 무릎을 꿇고 그 몸뚱이에

덮여 소모될 준비를 하고 있는 모습을 떠올린다.

그는 힘겹게 그런 상상에서 벗어난다. 질투심에 찬 상상! 자기
몫은 없는지 보려고 정사情事가 있었던 곳으로 몰래 기어들어오
는 늙은 회색 쥐 같은 아버지. 어둠 속에서 시체 위에 앉아 귀를
쫑긋 세우고 시체를 갉아먹다가, 다시 귀를 쫑긋하고 또다시 갉
아먹는 회색 쥐. 착한 아버지이자 위대한 쥐인 막시모프를 앞세
운 경찰 무리가 복수심에 불타는 페테르부르크의 자유분방한 젊
은이들을 쫓아다니는 이유도 그것일까?

그는 자신이 아냐*와 결혼한 뒤 파벨이 어떻게 했는지 떠올린
다. 파벨은 열아홉 살이었지만, 안나 그리고르예브나가 앞으로
자기 아버지와 같은 침대를 쓸 거라는 사실을 받아들이지 않으
려 했다. 그들이 같이 살았던 그해에 파벨은, 나이든 여자에게도
집을 지키고 식료품을 주문하고 빨래를 해줄 사람이 필요하듯,
아냐가 단순히 아버지의 가정부에 불과하다고 믿었다. 어쩌다
저녁에 카드놀이를 한 후 그가 자러 가겠다고 하면, 파벨은 아
냐가 아버지를 따라가지 못하게 했다. 그녀에게 크리비지 게임**
이나 몇 판 하자고 했고("우리 둘이서만요!"), 그녀가 얼굴을 붉

---

* '안나'의 약칭.

** 카드 게임의 일종.

히며 물러나려 하면 그녀의 행동을 이해하지 않으려 했다("여긴 시골이 아니에요, 소젖을 짜려고 새벽부터 일찍 일어날 필요도 없잖아요!").

아버지와 아들의 관계는 언제나 이런 것일까? 가장 강렬한 적대의식을 농담 속에 숨기는 관계? 그래서 그가 쓸쓸히 혼자 남게된 걸까? 그의 삶을 지탱하던 아들과의 싸움이 사라지고, 하루하루가 텅 비어버렸기 때문일까? 민중의 복수가 아니라 아들들의 복수, 이것이 바로 혁명의 밑바닥에 깔린 것일까? 아버지는 아들과 아들의 여자를 시샘하고, 아들은 아버지의 금고를 털기 위해 음모를 꾸미는? 그는 힘없이 고개를 흔든다.

10
탄환 주조탑

　집에 도착한 그는 아주 흥분해 있는 마트료나와 복도에서 마주친다. "표도르 미하일로비치, 경찰이 여기 왔었어요. 살인범을 찾고 있었다고요!"

　시간이 멈춘다. 그는 얼어붙는다. "그들이 왜 여기 와?" 그가 한 말이지만 그에게는 그 말이 멀리서 누군가 다른 사람이 한 희미한 말처럼 들린다.

　"이 건물 전체를 샅샅이 뒤졌어요."

　그리고 안나 세르게예브나에게 더 자세한 이야기를 듣는다. "최근에 근처에 나타나던 거지에 관해 사람들에게 캐묻고 다녔어요. 분명히 저도 그 사람을 봤을 텐데 전혀 기억이 없네요. 경찰 말로는 그 사람이 이 건물에 숨어 있었대요."

이 지점에서 이바노프가 그녀의 아파트에서 하룻밤을 지냈다고 밝힐 수도 있었지만 그는 그렇게 하지 않는다. 대신 이렇게 묻는다. "그의 죄목이 뭐라고 하던가요?"

"경찰은 입을 꽉 다물고 말이 없어요. 마트료나 말로는 사람을 죽였다나봐요. 하지만 순전히 소문일 뿐이에요."

"그럴 리 없소. 나는 그 남자를 알아요. 그와 한참 이야기를 나눴소. 그는 살인자가 아니오."

그러나 그것이 단순한 소문이 아니라는 게 드러난다. 정말 범죄 사건이 있었다. 피해자의 시체가, 다름 아닌 그 거지의 시체가 바로 아래 골목에서 발견된 것이다. 수위에게 그 사실을 전해 듣고 그의 마음이 동요한다. 누군가의 임종이나 무덤가에 얼굴을 드러내는 불쾌한 사람들 중 하나지만, 이바노프는 일찍 죽을 사람이 아니다.

"추위로 얼어죽지 않은 게 확실하답니까?" 그가 묻는다. "왜 살인이라고 하는 거요?"

"아, 살인이 맞아요." 노인이 아는 척하며 대답한다. "놀라운 건, 그들이 아무것도 아닌 사람의 죽음을 갖고 이렇게 소란을 떤다는 겁니다."

저녁을 먹으면서 마트료나는 살인 사건에 대해서만 이야기하려고 한다. 아이는 무척 흥분한 상태다. 눈빛이 살아나고 입에서 말들이 마구 튀어나온다. 그도 할 이야기가 있지만 아이의 어머니가 아이를 진정시키고 재울 때까지 기다려야 한다.

아이가 잠들었다는 생각이 들자, 그는 안나 세르게예브나에게 네차예프와 만났던 일을 이야기하기 시작한다. 그는 어른들의 기만적이지만 매혹적인 속삭임이 깊은 잠에 빠진 어린아이를 깨울 수 있다는 걸 의식하며 나지막한 목소리로 이야기한다.

안나는 네차예프라는 이름을 알고 있다. 하지만 그가 누구인지는 아주 희미하게만 기억하는 것 같다. 그럼에도 불구하고 그녀는 그에게 충고를 하려 한다. 그녀의 충고는 분명하다. "당신은 약속을 지켜야 해요. 실제로 무슨 일이 일어났는지 알게 될 때까지는 마음이 편할 수 없을 거예요."

"하지만 나는 무슨 일이 있었는지 알고 있소. 더이상 알아야 할 게 아무것도 없단 말이오."

그녀가 조급한 몸짓을 한다. 그녀는 그에게 열의가 부족하다는 걸 이해하지 못한다. 그저 관심이 없는 줄로만 안다. 어떻게 해야 그녀를 이해시킬 수 있을까? 그녀를 이해시키기 위해서는 물속에서, 깊은 어둠 속에서 애원하는 아이의 청아한 목소리로 이야기해야 할 것이다. "아버지, 제게 노래를 불러주세요!" 그런 목소리를 내야만 그녀가 들을 것이다. 그는 자기 마음속에서 그 목소리뿐 아니라 말을, 진실된 말들까지 찾아내야 할 것이다. 지금 이곳에는 그 말들이 없다. 어쩌면—그에게는 그런 느낌이 있다—그것들이 옛날 민요 속에서 그를 기다리고 있을지도 모른다. 하지만 민요는 책 속에 없다. 그것은 그가 손을 뻗칠 수 없는 러시아 민중의 가슴속 어딘가에 있을 것이다. 아니, 어쩌면 어린 아이의 가슴속에 있는지도 모른다.

"파벨한테는 복수심이 없어요." 마침내 그가 머뭇거리며 이야기한다. "누가 그를 죽였건 그것은 과거요. 줄이 끊기고 그 사람에게서 자유로워진 거요. 나는 그애한테서 그걸 배우고 싶소. 복수심에 불타고 싶지는 않아요."

더 이야기할 게 있지만 지금은 그럴 수 없다. 파벨은 자신이 어떻게 떨어졌는지에 대해 다시 이야기하는 것에 전혀 관심이 없기 때문이다. 무엇보다 파벨은 지금 무척 외로운 상태이고, 그 외로움 속에서 노래를 불러주고 위로해줄 누군가, 그가 물밑에 버려지지 않을 것이라는 사실을 재확인시켜줄 누군가가 절실히 필요하다.

그와 여자 사이에 침묵이 내려앉는다. 일요일 이래로 둘만 있게 된 것은 처음이다. 그녀는 피곤해 보인다. 어깨는 구부정하고 손에는 힘이 없으며 목에는 주름이 져 있다. 그녀가 아내보다 나이가 많다는 사실이 다시 한번 느껴진다. 그 두 사람이 완전히 다른 세대에 속하는 것은 아니지만 거의 그렇다고 할 수 있다.

그는 그런 사실을 눈여겨볼 필요가 없었으면 좋겠다. 더 저급한 악마들이 모두 젊은 것처럼, 젊고 악마처럼 활기가 넘치는 네차예프를 막 만나고 온 참이 아닌가.

그는 충동적으로 그녀의 손을 잡는다. 그녀가 놀라서 고개를 든다.

"저는 당신에게 복수를 하라는 게 아니에요." 그녀가 천천히 말한다. "물론 당신이 파벨에 관해서 말한 부분은 맞아요. 그의 본성엔 복수심이 없어요. 하지만 무엇이 옳고 그른지에 대한 의식은 있었죠. 약속을 지키세요. 당신이 할 수 있는 일을 찾아내세요. 그러지 않으면 당신 마음에 절대 평화가 찾아오지 않을 거예요."

그는 여전히 그녀의 손을 잡고 있다. 그녀가 그의 손을 다정하게 맞잡는 게 느껴진다.

"정의라," 그가 곰곰이 생각하며 말한다. "거창한 말이오. 그런데 정말로 정의와 복수 사이에 선을 그을 수 있소?" 그녀는 그의 말을 이해하지 못하는 것 같다. "네차예프가 자신을 '민중의 정의'가 아니라 '민중의 복수'라고 일컫는 데서 그의 독창성이 나오는 것 아니오? 적어도 그는 정직하지."

"그런가요? 그게 사람들이 듣고 싶어하는 이야기인가요? 그들이 찾는 게 정의가 아니라 복수라고요? 전 그렇게 생각하지 않아요. 사람들이 왜 네차예프를 진지하게 받아들이죠? 왜 누군가가 네차예프를 심각하게 받아들여야 하죠? 흥분하기 쉬운 젊은 이에 지나지 않는데 말이죠. 결국 그가 어떤 힘을 갖고 있다는 거죠?"

"분명히 그건 생명의 힘이 아니라 죽음의 힘이오. 그런 정신을 가진 어린애라면 어른만큼 확실하게 사람을 죽일 수 있을 것이오. 어쩌면 거기서도 네차예프의 독창성이 나오는지도 모르지. 그는 우리 아이들이라면 절대 할 수 없을 것 같은 말을 하고 있소. 러시아를 휩쓸고 있는 지독하고 잔인한 어떤 것에 목소리를 부여하지요. 우리가 그 말에 귀를 틀어막고 있으면 그가 도끼를 들고 와서 억지로 듣게 만드는 것이오."

내내 생기가 넘치던 그녀의 손이 갑자기 힘없이 늘어진다. 감정적인 여자라서 그대로 드러나는구나, 그가 생각한다. 딸과 비슷해. 어쩌면 쉽게 상처를 받을지도 모르지.

그는 그녀를 껴안고 싶다. 그녀를 팔에 안고 상처받은 곳을 낫게 해주고 싶다. 그녀에게 혐오감과 서먹함을 주는 이런 이야기는 그만둬야 한다. 하지만 그는 멈추지 않는다.

"결국 사람들이 낯설어하는 영혼이나 아무런 의미도 못 느끼는 수단을 가지고는 그들을 어떤 명분으로 끌어들일 수 없소. 네차예프를 따르는 자들은 대개 젊은이들인데, 그들의 영혼과 그의 영혼이 잘 맞기 때문이오. 물론 그는 그런 식으로 설명하지 않소. 자신을 유물론자라고 부르지. 하지만 그건 유행어일 뿐이오. 진실을 이야기하자면, 그는 그리스인들이 악마라고 부르던 것에 사로잡혀 있소. 그것이 그에게 이야기를 하는 거요. 그의 힘은 그것에서 나온다오."

그는 다시 생각한다. 이제 이야기를 멈춰야 해. 그러나 냉담하고 끔찍한 말들이 계속 흘러나온다. 그는 그녀와의 접촉이 이미 끊어졌음을 알고 있다.

"똑같은 악마가 파벨에게도 들어간 것이 틀림없소. 그렇지 않다면 파벨이 왜 그의 부름에 응했겠소? 파벨에게 복수심이 없다고 생각하는 건 괜찮소. 하지만 그것은 오직 그의 비위를 맞추는 말에 불과하오. 우리, 감상적으로 생각하지 맙시다. 실제 생활에서 그애는 다른 젊은이처럼 복수심에 가득차 있었소."

그녀가 일어선다. 그는 그녀가 무슨 말을 하려는지 알 것 같다. 형식상이긴 하지만, 그는 그 말에 대응할 준비가 되어 있다. 당신은 파벨의 아버지라고 하지만, 난 당신이 그를 사랑한다고 생각하지 않아요. 그녀는 이렇게 말할 것이다. 그러나 그가 틀렸다.

"저는 네차예프라는 무정부주의자에 대해서는 아무것도 몰라요. 당신의 얘기를 받아들일 뿐이에요." 그녀가 말한다. "하지만 당신이 하는 이야기를 듣다보니 당신과 네차예프 중에서 누가 더 파벨이 복수심에 들뜬 사람들 부류에 속하기를 바라는지 알 수가 없네요. 전 파벨에게 아무것도 아니에요. 그의 어머니도 아니고요. 하지만 전 그와 그의 기억을 위해 항변해야겠어요. 당신과 네차예프 둘 다 그를 끌어들이지 않고 싸우셔야 해요."

"네차예프는 무정부주의자가 아니오. 사람들이 계속 그렇게 착각하고 있는 거지. 그는 다른 무언가요."

"무정부주의자든 허무주의자든, 무엇이든 간에 전 더이상 듣고 싶지 않아요! 이 집에 투쟁과 증오를 들이는 건 원치 않아요! 마트료나는 지금도 충분히 흥분해 있어요. 그애가 더는 물들지 않았으면 좋겠어요."

"그는 무정부주의자도 아니고 허무주의자도 아니란 말이오." 그가 고집스럽게 물고 늘어진다. "그런 딱지를 붙이면 그만의 특이한 점을 빠뜨리게 된단 말이오. 그는 관념의 이름으로 행동하는 사람이 아니오. 몸속에서 뭔가가 요동을 치는 게 느껴지면 행동하는 사람이지. 그는 감각주의자 중에서도 극단적인 감각주의자요. 감각과 육체적인 지식의 한계 끝에서 살고 싶어하는 것이오. 그게 바로 그가 모든 것이 허용된다고 말할 수 있는 이유이자 자기 입장을 설명하는 데 무관심한 척하면서도 그렇게 말하는 이유요."

그는 말을 멈춘다. 이번에도 그는 그녀가 무슨 말을 할지 알 것 같다. 아니, 그녀가 말하고 싶지 않을 때조차 그녀가 무슨 말을 할지 알 것 같다. 당신은 어때요? 당신은 그들과 다른가요?

"그가 왜 도끼를 골랐다고 생각하시오?" 그가 말한다. "당신이 도끼에 대해 생각해본다면, 그것이 의미하는 바를 생각해본다면……" 그는 절망감에 손을 내민다. 제정신으로는 그 말을 할 수 없을 것 같다. 도끼, 민중의 복수를 위한 도구, 민중의 무기, 조야하고 무겁고 반박할 수 없는 무기, 온몸의 무게를 실어 휘두르는 도끼, 몸과 그 몸안에 쌓인 증오와 분노의 무게를 싣고 음산한 기쁨으로 휘두르는 도끼.

두 사람 사이에 침묵이 내려앉는다.

"감각이 자연스러운 방식으로 표출되지 않는 사람들이 있소." 결국 그가 더 알아듣기 쉽게 이야기한다. "세르게이 네차예프를 보면서 처음부터 그런 생각을 했소. 예를 들자면, 여자와 자연스러운 관계를 맺을 수 없는 그런 사람 말이오. 여러 가지 분노의 밑바닥에 그게 깔려 있는 게 아닌가 궁금했소. 어쩌면 앞으로는 그렇게 될지도 모르지요. 감각이 더이상 옛날 방식으로 나오지 않을 테니까. 옛날 방식은 고갈되어버릴 거요. 사랑이 그럴 거라는 말이오. 사랑은 고갈되어버릴 것이오. 그래서 다른 방식을 찾아야만 할 것이오."

그녀가 말한다. "그걸로 충분해요. 더이상 이야기하고 싶지 않아요. 아홉시가 넘었네요. 만약 그곳에 가시려면⋯⋯"

그는 일어서서 머리를 숙여 인사하고 떠난다.

그는 열시에 폰탄카강 근처의 약속 장소로 간다. 거센 바람이
비구름을 몰고 와 운하의 검은 물을 내려친다. 휑뎅그렁한 둑을
따라 서 있는 램프 기둥들이 일제히 삐걱거리며 신경에 거슬리
는 소리를 낸다. 지붕과 홈통에서 빗물이 콸콸 흘러나온다.

그는 출입구로 몸을 피한다. 점점 더 짜증이 난다. 만약 감기
라도 걸린다면, 그가 생각한다. 이게 마지막이야. 그는 감기에
쉽게 걸리는 편이다. 파벨도 어렸을 때부터 그랬다. 파벨은 그녀
의 집에서 사는 동안 감기에 걸렸을까? 그녀가 그를 간호해줬을
까? 아니면 마트료나에게 맡겼을까? 그는 마트료나가 김이 나
는 레몬차 한 잔을 들고, 넘치지 않도록 조심스럽게 발을 내디디
며 방으로 들어오는 모습을 상상해본다. 그리고 파벨이 검은 머
리를 하얀 베개에 대고 웃으면서 거친 소년의 목소리로 "고마워,
동생아" 하고 말하는 모습을 상상해본다. 그렇게도 평범했을 그
아이의 인생! 아무도 엿듣는 사람이 없으니 그가 고개를 숙이고
병든 암소처럼 신음한다.

그때 그녀가 그의 앞으로 와서 신기한 듯 그를 쳐다본다. 마트
료나가 아니라 핀란드 여자다. "표도르 미하일로비치, 어디 아프

세요?"

그는 당황해서 고개를 젓는다.

"그럼 따라오세요." 그녀가 말한다.

그가 염려했던 대로, 그녀는 운하를 따라 스톨야르니 부두와 오래된 탄환 주조탑이 있는 서쪽으로 그를 데리고 간다. 그녀가 바람 때문에 목소리를 높인 채 상냥하게 이야기한다. "아시겠지만, 표도르 미하일로비치," 그녀가 말한다. "오늘 오후에 하셨던 것처럼 말씀하시면 득이 될 게 없어요. 우린 당신에게 실망했어요. 당신 같은 배경을 가진 분이 그렇게 말씀하시다니. 결국 당신도 신념 때문에 시베리아로 유형을 갔던 거잖아요. 우리는 그점을 존경해요. 파벨 알렉산드로비치도 당신을 존경했었죠. 다시는 오늘 오후처럼 말씀하지 마세요."

"파벨도?"

"네, 파벨도. 당신은 당신 세대에서 고통받았고, 이제 파벨도 자기를 희생했어요. 당신에게는 당당히 고개를 들고 다닐 권리가 충분히 있어요."

그녀는 그렇게 빨리 걸으면서도 이야기를 잘하는 것 같다. 그는 옆구리가 아프고 숨이 찬다. "천천히 갑시다." 그가 헐떡이며 말한다.

"당신은?" 마침내 그가 말한다. "당신은 어떻소?"

"저요?"

"당신은 어떻소? 나중에 고개를 들고 다닐 수 있겠소?"

무섭게 흔들리는 램프불 밑에서 그녀가 걸음을 멈춘다. 그녀의 얼굴 위로 빛과 그림자가 교차한다. 그녀를 변장 놀이를 하는 아이쯤으로 여긴 건 아주 잘못된 생각이었다. 볼품없는 모습에도 불구하고 그는 그녀에게서 침착하면서도 여성적인 특성을 본다.

"저는 여기 오래 있지 않을 거예요, 표도르 미하일로비치. 세르게이 게나데비치도 마찬가지고요. 나머지 사람들도 그럴 거예요. 파벨에게 일어났던 일은 언제라도 우리 모두에게 일어날 수 있는 일이에요. 그러니 농담하지 마세요. 우리에 관해 농담을 하는 것은 파벨에 대해 농담을 하는 것과 같다는 사실을 기억하세요."

오늘 두번째로 그녀를 후려갈기고 싶은 충동이 든다. 그녀도 분명히 그의 분노를 감지하고 있다. 그녀는 때릴 테면 때려보라고 대들기라도 하듯 턱을 들이민다. 그는 어째서 그렇게 쉽게 화를 내는 걸까? 무슨 일일까? 화를 다스릴 줄 모르는 늙은이가 되어버린 걸까? 아니, 그것보다 더 나쁜 것이 된 걸까? 이제 대가 끊겼다는 사실에 화가 난 늙은이, 버림받은 귀신이 되어버린 걸까?

스톨야르니 부두에 있는 탑은 페테르부르크가 세워진 이래 줄

곧 거기에 서 있었지만 오랫동안 사용되지 않았다. 불법 출입을 금지한다는 간판이 붙어 있었으나 근처에 사는 사내아이들이 겁도 없이 그곳을 드나들었다. 아이들은 벽에 난 나선형 철제 층계를 통해 약 30미터 높이의 용광로실로 올라가고 그보다 더 높은 벽돌 굴뚝 꼭대기까지 올라갔다.

못이 박힌 큰 문들은 빗장이 걸린 채 잠겨 있었지만 작은 뒷문은 오래전에 발에 차여 부서져 있었다. 그 출입구의 그늘 아래에서 한 남자가 그들을 기다리고 있다. 그가 핀란드 여자에게 나지막한 목소리로 인사를 하고, 그녀는 그를 따라 안으로 들어간다.

안에서는 오물과 벽돌 썩는 냄새가 난다. 어둠 속에서 욕설들이 희미하게 들려온다. 남자가 성냥을 켜고 램프에 불을 붙인다. 세 사람이 침낭 속에 웅크리고 있다. 하마터면 그들을 밟을 뻔했다. 그는 시선을 돌린다.

램프를 든 사람은 보병 장교가 입는 길고 검은 외투를 걸친 네차예프다. 그의 얼굴은 부자연스러울 정도로 창백하다. 분을 씻어내는 걸 잊어버렸나?

"높이 올라가면 어지러워서요. 저는 여기 앉아서 기다릴게요." 핀란드 여자가 말한다. "저분이 그곳을 보여드릴 겁니다."

탑 안쪽 벽에 나선형으로 올라가는 계단이 있다. 네차예프가 램프를 높이 들고 오르기 시작한다. 밀폐된 공간에서 그들의 발소리가 크게 울린다.

"그들이 당신 의붓아들을 이리로 끌고 왔습니다." 네차예프가 말한다. "일을 더 쉽게 처리하려고 미리 그에게 술을 먹여 취하게 만들었을 겁니다."

파벨. 여기.

두 사람은 계속 위로 올라간다. 그들 발아래 깊숙이 펼쳐진 탑의 층계는 어둠에 삼겨 보이지 않는다. 그는 파벨이 죽은 날까지 하루씩 거꾸로 세며 20까지 갔다가 센 숫자를 잊어버리고 다시 세다가 또 잊어버린다. 정말 파벨이 여러 날 전에 바로 이 계단을 올라갔을까? 그는 왜 그날들을 셀 수 없을까? 계단과 날들, 무언가 서로 관련이 있다. 계단 하나를 오를 때마다 파벨이 죽은 날부터 오늘까지의 기간에서 하루를 뺀다. 동시에 더하고 빼느라 헷갈리는 걸까?

그들은 계단 맨 끝까지 올라가 바닥이 철로 된 넓은 바닥에 이른다. 안내자가 램프를 빙글 돌린다. "이쪽입니다." 그는 녹슨 기계들을 흘깃 바라본다.

그들은 부두 위로 허리 높이의 난간이 둘러진 탑의 바깥쪽 단까지 올라간다. 한쪽 벽에는 도르래 장치와 줄을 감아올리는 장치가 설치되어 있다.

그 순간 바람이 그들을 잡아당기기 시작한다. 그는 모자를 벗고 난간을 잡고서 아래를 내려다보지 않으려 애쓴다. 비유, 그가 혼잣말을 한다. 바로 그거야. 의식의 착오, 여기 있지 않은 것, 부재의 다른 말. 새로운 것은 아무것도 없다. 간질 환자는 모든 것을 안다. 가장자리로 다가가는 것, 아래를 쳐다보는 것, 영혼의 비틀거림, 머릿속에서 울리는 종처럼 끊임없이 떠오르는 생각을 생각하는 것. 시간에도 끝은 있을 것이다. 죽음은 없을 것이다.

그는 난간을 더 꽉 잡고 현기증을 떨치기 위해 머리를 흔든다. 비유라니, 무슨 말도 안 되는 생각인가! 죽음은 있다. 오직 죽음만 있을 뿐이다. 죽음은 무에 대한 비유다. 죽음은 죽음이다. 나는 여기 오지 말았어야 해. 나는 이제 평생 동안 빗속에서 반짝이는 상트페테르부르크의 지붕들과 부두를 따라 늘어선 작은 램프들을 유령처럼 내 눈앞에 두고 살 것이다.

그는 이를 악물고 그 말을 반복한다. 오지 말았어야 했어. 그러나 이바노프와 만났을 때 그랬듯, 문장 속의 부정어가 여지없이 무너지고 있다. 나는 여기 있어서는 안 된다. 따라서 나는 여기 있어야 한다. 나는 아무것도 보지 않을 것이다. 따라서 나는 모든 것을 볼 것이다. 대체 이건 무슨 병인가? 무슨 추론의 병인가?

안내자가 등불을 안에 두고 나온다. 그는 자기 옆의 젊은 육체를 강하게 의식한다. 그 몸은 틀림없이 강철 같은 탄탄함과 지치지 않는 힘을 소유하고 있을 것이다. 그는 언제라도 그의 허리를 움켜잡고 난간 너머 허공 속으로 그를 밀쳐버릴 수 있다. 그러나 여기서 밀치는 자는 누구이고, 밀쳐지는 자는 누구인가?

그는 젊은 남자 쪽으로 서서히 몸을 돌린다. "파벨이 여기로 끌려와 살해당했다는 게 정말 사실이라면," 그가 말한다. "당신이 나를 여기 데려온 걸 용서하겠소. 하지만 경고하는데 만약 이게 끔찍한 속임수라면, 그 아이를 떠민 게 바로 당신이라면 당신은 용서받지 못할 거요."

그들 사이의 거리는 30센티미터도 되지 않는다. 거세게 몰아치는 바람에 달빛이 흐리다. 그러나 그는 네차예프가 그의 말을 듣고도 전혀 움츠러들지 않을 거라고 확신한다. 분명히 그의 적은 이미 이런 게임을 처음부터 끝까지 이런저런 방법으로 해본 상태였기 때문에 그가 무슨 말을 해도 놀라지 않을 것이다. 그게 아니라면 그는 물을 털어내듯 저주를 떨쳐버리는 악마다.

네차예프가 말한다. "그런 식으로 이야기하다니, 창피한 줄 아십시오. 파벨 이사예프는 우리의 동지였습니다. 그에게 가족이 없었을 때, 우리는 그의 가족이었습니다. 당신은 그를 혼자 남겨둔 채 외국으로 떠나버렸습니다. 당신은 연락이 되지 않았고, 그와 남이 되었습니다. 그런데 이제야 불쑥 나타나서 그가 이 세상에서 가진 유일한 진짜 친족을 터무니없는 말로 비난하고 있습니다." 그는 외투깃을 목 주변으로 더 단단히 잡아당긴다. "당신을 보면 무슨 생각이 떠오르는지 아십니까? 전에는 눈길도 한번 주지 않던 먼 친척에게 유산을 상속받기 위해 손가방을 들고 느닷없이 무덤가에 나타난 사람 같아요. 당신은 파벨 알렉산드로비치의 아버지도 아니고 의붓아버지도 아닙니다. 칠촌이나 팔촌쯤 되는 사람이죠."

고통스러운 일격이다. 그는 네차예프를 거칠게 밀치고 지나가려 한다. 그러나 그의 적이 입구를 가로막는다. "내가 하는 말에 귀를 막지 마십시오, 표도르 미하일로비치! 당신은 이사예프를 놓쳐버렸지만 우리는 그를 구해줬습니다. 어떻게 우리가 그를 죽게 했다고 믿을 수가 있습니까?"

"당신의 영혼을 걸고 맹세하시오!"

말을 하면서도 그는 자신이 하는 말에서 멜로드라마적인 느낌을 받는다. 사실, 거리가 내려다보이고, 달빛이 비치는 높은 단 위에서 바람을 맞으며 소리를 지르고 서로를 몰아치는 두 남자의 모습에는 허위적이고 멜로드라마적인 구석이 있다. 진실한 말들은 어디서 찾을 수 있을까? 파벨이 미소를 띠고 고개를 끄덕이며 인정해줄 말들은 어디에 있는 걸까?

"내가 믿지 않는 것에 대고 맹세하는 일은 하지 않습니다." 네차예프가 딱딱하게 말한다. "이성적으로 생각해보시면 내가 진실을 이야기하고 있다는 것을 알 것입니다."

"그렇다면 이바노프는 어떻게 된 것이오? 이성적으로 생각하면 이바노프의 죽음에 대해서도 당신이 결백하다고 믿을 수 있단 말이오?"

"이바노프가 누구죠?"

"어떤 비열한 인간한테 고용되어, 내가 살고 있는 건물을 감시하던 자요. 파벨이 살았던 건물, 당신 여자친구가 나를 찾아왔던 그 건물을 감시하던 자요."

"아, 그 경찰 끄나풀! 당신과 친해졌다는 그 사람 말이군요! 그 사람한테 무슨 일이 생겼습니까?"

"어제 시체로 발견되었소."

"그래서요? 우리가 하나를 잃으면 그들도 하나를 잃는 거지요."

"그들도 하나를 잃는다고? 파벨과 이바노프를 똑같이 생각하는 거요? 당신 계산에 의하면 그렇게 되는 거요?"

네차예프는 고개를 젓는다. "인신공격은 하지 맙시다. 그건 쟁점을 흐리게 만드니까요. 반역자들에게는 적이 많아요. 사람들은 그들을 혐오하지요. 이바노프라는 작자가 죽었다는 사실은 나한테 조금도 놀라운 일이 아닙니다."

"나도 이바노프의 친구는 아니오. 그 사람이 했던 일을 좋아하지도 않소. 하지만 그런 것들이 그를 살해할 이유가 되지는 않소! 민중을 위해서라고? 말도 안 되는 소리요! 민중은 그런 일을 하지 않소. 민중은 살인 음모를 꾸미지 않는단 말이오. 자기 발자국을 숨기지도 않소."

"민중은 자신들의 적이 누구인지 알고 있습니다. 그리고 적들의 죽음에 쓸데없는 눈물을 흘리지도 않습니다!"

"이바노프는 민중의 적이 아니었소. 그는 다른 수만 명의 사람들처럼, 호주머니에 돈이 없고 먹여 살려야 할 가족이 있는 그런 사람이었소. 만약 그가 민중이 아니라면 누가 민중이란 말이오?"

"당신은 그의 마음에 민중이 없었다는 걸 아주 잘 알고 있습니다. 그를 민중의 한 사람이라고 하는 것은 말장난일 뿐입니다. 민중은 농부와 노동자 들입니다. 이바노프는 민중과 아무런 관계가 없습니다. 그들 중에서 뽑힌 사람도 아니고요. 그는 완전히 뿌리 없는 인간입니다. 사람들에게 쉽게 등을 돌려버리는 주정뱅이이자 손쉬운 먹잇감일 뿐입니다. 당신처럼 영리한 사람이 그렇게 단순한 함정에 빠졌다는 것이 놀랍습니다."

"내가 영리하든 아니든, 나는 그런 어처구니없는 추론을 받아들일 수 없소! 왜 나를 이곳에 데려온 거요? 당신은 나에게 파벨이 살해되었다는 증거를 보여주겠다고 했소. 증거는 어디 있소? 여기 있다는 게 증거가 되지는 못하잖소."

"물론 그게 증거는 아닙니다. 그러나 이곳은 살인이 일어났던 장소입니다. 사실 그 살인은 정부가 주도한 처형이었죠. 내가 당신을 이곳에 데리고 온 것은 당신이 직접 볼 수 있도록 하기 위해서입니다. 당신에게는 볼 수 있는 기회가 있었습니다. 만약 아직도 믿지 못하겠다면 별수없지요."

그는 난간을 잡고 깎아지른 어둠 속의 저기를 내려다본다. 여기와 저기 사이에 영원한 시간이 있다. 인간의 마음으로는 파악할 수 없는 시간이다. 여기와 저기 사이에 파벨이 살아 있었다. 전보다 더 생기 있게 살아 있었다. 우리는 추락하는 동안 가장 강렬하게 살아 있다. 그 진실이 가슴을 쥐어짜는구나!

"당신이 믿지 않겠다면 믿지 않는 거죠." 네차예프가 같은 말을 반복한다.

믿는다는 말은 또다른 말이다. 믿는다는 말은 무슨 의미인가? 나는 저 아래 포장도로 위에 있는 몸을 믿는다. 나는 피와 뼈를 믿는다. 부서진 몸을 주워모아 껴안는 것, 그것이 믿는다는 것의 의미다. 믿는 것과 사랑하는 것은 똑같은 것이다.

"나는 부활을 믿소." 그가 말한다. 미리 생각한 것도 아닌데 그런 말이 나온다. 미친듯이 고함을 지르던 어조는 어느새 사라지고 없다. 그는 그 말을 하고 듣자마자 기쁨을 느낀다. 그 말 자체에 대한 기쁨이라기보다는 그 말이 나온 방식, 그것이 마치 다른 사람의 말처럼 그의 입에서 나왔다는 게 기쁜 것이다. 파벨! 그가 생각한다.

"뭐라고요?" 네차예프가 더 가까이 몸을 구부린다.

"나는 육체의 부활과 영원한 생명을 믿소."

"내가 질문한 건 그게 아닙니다." 바람이 너무 강하게 불어서 남자는 소리를 질러야 한다. 그의 외투가 펄럭인다. 그는 흔들리지 않기 위해 난간을 더 꼭 붙잡는다.

"하지만 그게 내가 말하는 것이오!"

집에 오자 자정이 넘었지만 안나 세르게예브나가 자지 않고 기다리고 있다. 그녀의 관심이 놀랍기도 하고 고맙기도 해서 그는 부두에서 있었던 일과 네차예프가 탑에서 했던 말을 이야기한다. 그런 다음 그녀에게 파벨이 죽던 날 밤의 이야기를 다시 한번 해달라고 부탁한다. 그러니까, 그녀도 파벨이 부두에서 죽었다는 걸 확신하는지 묻고 있는 것이다.

"전 그렇게 들었어요." 그녀가 대답한다. "제가 달리 뭘 믿겠어요? 그날 저녁 파벨은 어디 간다는 말도 없이 나갔어요. 다음날 아침에 그가 사고를 당했으니 병원으로 오라는 전갈이 왔고요."

"그런데 그들이 어떻게 당신한테 그걸 알리게 된 거요?"

"그의 호주머니에 서류들이 있었대요."

"그리고?"

"제가 병원에 가서 그의 신원을 확인해줬지요. 그다음에 마이코프 씨에게 연락했고요."

"그들이 당신한테 어떻게 설명했소?"

"그들이 저한테 설명을 해준 게 아니라, 제가 그들에게 설명해야 했어요. 경찰서에 가서 질문에 답해야 했죠. 그가 누구이고, 그의 가족은 어디에 살며, 마지막으로 그를 본 게 언제인지, 얼마나 오랫동안 우리와 같이 살았으며, 그의 친구들이 누구인지 하는 것들이요! 그들이 저에게 설명한 것은 발견 당시 그가 이미 죽어 있었고, 그 일이 일어난 곳이 스톨야르니 부두였다는 게 전부였어요. 그게 제가 마이코프 씨한테 보낸 전갈 내용이었죠. 그가 그때 당신에게 무슨 얘기를 했는지는 모르지만요."

"그는 불상사라는 단어를 사용했소. 그가 경찰과 이야기했다는 것은 틀림없소. 불상사라는 말은 그들이 자살을 가리킬 때 쓰는 말이오. 전보였기 때문에 그가 구체적으로 설명할 수는 없었을 거요."

"전 그렇게 이해했어요. 그러니까 제 말은, 그런 일이 있었다는 걸 이해했다는 거예요. 만약 그가 그런 일을 저지른 거라면, 왜 그랬는지 이해할 수 없었거든요. 그는 아무런 경고도 하지 않았어요. 그런 일이 있을 거라는 어떤 암시도 없었고요."

"마지막으로 하나만 더 묻겠소. 그날 밤, 그애는 어떤 옷을 입고 있었소? 이상한 옷을 입었던가요?"

"밖에 나갈 때 말인가요?"

"아뇨, 당신이 그애를 보았을 때…… 그후에 말이오."

"모르겠어요. 기억이 나질 않아요. 시트가 덮여 있었어요. 그것에 관해서는 이야기하고 싶지 않아요. 하지만 그는 아주 평화로워 보였어요. 당신이 그걸 아셨으면 좋겠어요."

그는 진심으로 그녀에게 고마워한다. 대화는 그렇게 끝난다. 그러나 그는 잠을 잘 수가 없다. 그는 마이코프의 늦은 전보를 떠올린다(그런데 왜 그는 그렇게 오래 지체했을까?). 전보를 개봉한 건 아냐였다. 서재로 와서 그 말을 전한 것도 아냐였다. "페드야*, 파벨이 죽었어요!" 오늘밤도 그 말들이 그의 머릿속에서 둔한 종소리처럼, 한 번 울릴 때마다 온 힘을 다하는 종소리처럼 울린다.

그는 전보를 손에 받아들고 그 노란 종이를 멍청하게 바라보며 읽었다. 거기에 적힌 프랑스어가 다른 의미이길 바라며 읽었다. 죽었다. 빛의 세계를 떠나 과거라는 감옥으로 영원히 가버렸다. 이제 돌아올 수 없다. 이미 장례식도 치러졌다. 삶에 대한 정산은 끝났다. 책은 닫혔다. 인쇄업자들의 말마따나, 절판이다.

불상사, 마이코프의 암호. 자살. 그런데 지금 네차예프는 다른

---

* '표도르'의 약칭.

이야기를 하고 있다! 그의 마음은 네차예프의 이야기가 아니라 공식적인 이야기를 믿는 쪽으로 완전히 기운다. 하지만 이유가 뭘까? 그가 네차예프라는 사람과 그의 교리를 혐오하기 때문일까? 회상 속에서조차 파벨을 손아귀에 쥐고 있으려 하기 때문일까? 아니면 그의 동기가 비열하기 때문에? 아들을 위해 정의를 좇으라는 명령을 가급적이면 피하고 싶어서?

그는 무력감을 느낀다. 파벨의 죽음은 지금 당면한 원인일 뿐이다. 그는 점점 나이가 들어간다. 매일매일 자신이 최종적으로 반드시 이르게 될 상태, 즉 상실의 페이지들을 들춰보는 것 외에는 아무 할 일 없이 구석에 처박혀 있는 늙은이가 되어가고 있다.

죽어서 묻힌 사람은 나다, 그가 생각한다. 살아 있으며, 또 영원히 살 사람은 파벨이다. 지금 내가 하려고 애쓰는 것은 내가 어떤 방식으로 무덤에서 돌아왔는지를 이해하는 것이다.

그는 시베리아에서 만났던 동료 죄수를 떠올린다. 키가 크고 허리가 굽었으며 머리칼이 하얀 그는 열두 살 먹은 딸을 능욕하고 목 졸라 죽인 사람이었다. 그는 그 일을 저지르고 숨이 끊어진 딸을 안고 오리들이 노니는 연못가에 앉아 있다가 발견되었다. 그는 아무런 저항도 없이 항복했다. 다만 죽은 아이를 직접 집으로 데리고 가서 탁자 위에 눕히게 해달라는 부탁을 했을 뿐이었다. 들리는 말로는 그는 무척이나 다정하게 그 모든 일을 처리했다고 한다. 다른 죄수들은 그를 피했고 그 역시 누구하고도 이야기를 나누지 않았다. 저녁이 되면 조용한 미소를 띠고 침대에 앉아 입술을 달싹이며 복음서를 읽었다. 시간이 지나면 배척도 누그러지고 그의 뉘우침이 받아들여질 거라 생각했지만 사람들은 여전히 그를 피했다. 그것은 그가 이십 년 전에 저지른 범죄 때문이 아니라 그가 짓는 미소 때문이었다. 그 미소에는 사람들의 피를 얼려버리는 교활함과 광기가 있었다. 사람들은 그 미소가 그가 그 짓을 했을 때와 똑같은 미소라고, 그의 마음속에 있는 어느 것도 바뀌지 않았다고 수군거렸다.

지금 이 순간에 죽은 아이를 팔에 안은 채 물가에 있는 남자의 모습이 떠오르는 이유는 무엇일까? 너무나 많은 사랑을 받은 아이, 사는 것이 감히 허용되지 않을 정도로 애정을 받은 아이. 살인적인 부드러움, 부드러운 살기. 보기 싫은 바느질 땀이 드러난 장갑처럼 속을 내보인 사랑. 사랑은 무엇으로 꿰매지는 걸까? 그는 다시 그 남자의 모습을 떠올리고 그 얼굴을 골똘히 바라본다. 황홀경에 빠져 감은 눈이 아니라 미세하게 움직이는 입술을 유심히 바라본다. 강간이 아니라 강탈이란 말인가? 나중에 진수성찬을 즐기듯 먹으려고 아이들을 키워서 잡아먹는 아버지들. 델리카트슨*.

그것이 네차예프의 복수심을 설명해주는 것일까? 네차예프는 제 모습을 드러낸 아버지들, 아버지들의 무리, 그들의 노골적인 식욕을 눈으로 보았던 것일까? 네차예프의 늙은 아버지 겐나디는 어떤 사람일까? 어느 날 아들이 죽었다는 소식을 듣는다면, 분명 그런 날이 올 테지만, 그의 아버지는 어떻게 반응할까? 구석에 앉아서 울까? 아니면 몰래 미소를 지을까?

그는 악마들의 저주를 떨쳐내려는 듯 머리를 흔든다. 그의 고결한 슬픔을 불순하게 만들고, 그것이 애처로운 속임수에 불과하다고 주장하는 것은 무엇일까? 진실은 그의 마음속 어딘가에서 길을 잃었다. 그의 머릿속 미로뿐만 아니라 그의 몸속 미로—혈관, 뼈, 창자, 장기—에 빠진 것처럼, 작은 아이가 빛을 찾아 밖으로 나오기 위해 헤매고 있다. 어떻게 하면 그가 자신의 내부에서 잃어버린 아이를 찾아 슬픈 노래를 부르게 해줄 수 있을까?

노래하는 뼈. 옛날이야기가 생각난다. 어떤 젊은이가 살해된 뒤 토막나 여기저기 뿌려졌는데, 바람이 불 때마다 그의 대퇴골이 구슬픈 소리로 살인자들의 이름을 불렀다는 이야기. 사실 옛날이야기들이 하나씩 하나씩 떠오르고 있다. 할머니에게 들었지만 그때는 의미를 몰랐던 이야기들이 나중을 위해 남겨둔 뼈다

---

* 조제식품.

귀처럼 무심결에 저장되어 있다가 떠오른다. 역사가 시작되기 전부터 사람들이 세우고 돌보던, 이야기들의 거대한 납골당! 파벨이 나의 대퇴골로 찾아와 노래하게 하라! 아버지, 왜 저를 어두운 숲에 내버렸나요? 아버지, 언제 저를 구해주실 건가요?

사진 앞에 놓인 촛불은 다 타고 촛농만 남았다. 꽃가지는 시들었다. 마트료나는 제단을 만들어놓고 잊어버렸거나 그대로 버려두었다. 파벨이 그에게 이야기하는 것을 멈췄고, 그 역시 길을 잃어버렸으며, 지금 그의 귀에 들리는 유일한 목소리가 악마의 목소리라는 걸, 그 아이는 짐작이라도 할까?

그는 손으로 심지를 긁어 세우고 불을 붙인 뒤 무릎을 꿇는다. 성모마리아의 눈이 그녀의 아이를 향해 있다. 사진 속의 아이는 경고하듯 작은 손가락을 들어올린 채 그를 바라보고 있다.

11
산책

지난번에 마지막으로 같이 있은 후로, 안나 세르게예브나와 그는 서로 어색하게 예의만 차린다. 그를 대하는 그녀의 태도가 너무 부자연스러운 나머지, 항상 그들을 지켜보고 그들이 하는 말을 듣고 있는 아이는 틀림없이 자기 엄마가 그를 집에서 내보내고 싶어한다는 결론을 내릴 것이다.

도대체 누구를 위해 이렇게 거리를 유지하고 있는가? 분명히 그들 자신을 위해서는 아니다. 두 아이들, 즉 여기 있는 아이와 없는 아이의 시선 때문이다.

그러나 그는 다시 그녀를 품에 안고 싶어서 안달이 난 상태이다. 그녀가 자신에게 무관심하다고는 생각하지 않는다. 스스로가 점점 더 작은 원을 그리며 자기 꼬리를 좇는 개가 된 듯한 기분이다. 그녀와 함께 어둠 속에 있다보면 손발이 자유로워지고 영혼이 해방될 것만 같다. 지금 그의 몸에, 어깨, 엉덩이, 무릎이 묶여 있는 영혼이 해방될 것 같다.

첫날 밤에는 잘 몰랐지만 이제 보니 그의 욕망의 핵심에는 그녀의 냄새에 대한 욕망이 있다. 마치 동물처럼, 그는 그녀 주변의 공기에서 나는 가을 냄새, 특히 호두 냄새에 끌린다. 그리고 동물이나 어린아이 들이 어떤 안개, 어떤 기운, 어떤 공기를 좋아하고 싫어하는지 이해하기 시작한다. 그는 사자처럼 그녀 위에 엎드린 채 주둥이로 그녀 목에 난 털을 파고들고, 겨드랑이에 코를 묻고, 가랑이에 얼굴을 비비는 자신의 모습을 상상한다.

문에는 자물쇠가 없다. 이런 시간에 아이가 방으로 들어와 관능적인 욕망—그는 이 단어를 사용하는 게 달갑진 않지만 그것만이 합당한 단어다—에 들뜬 그의 모습을 보는 것도 불가능한 일은 아니다. 그리고 꽤 많은 어린아이들이 몽유병자이기도 하다. 한밤중에 일어난 아이가 잠이 채 깨지 않은 상태로 그의 방에 잘못 들어설 수도 있다. 이런 친밀한 냄새는 어머니에게서 딸에게로 물림이 되는 걸까? 어머니를 사랑하면 그 딸도 원하게 되어 있는 걸까? 종잡을 수 없는 생각들, 종잡을 수 없는 욕망들! 그것들은 그와 함께 땅에 묻혀버려야 한다. 단 한 사람을 제외한 모든 사람들은 영원히 그것들을 볼 수 없을 것이다. 이제 파벨이 그의 안에 있고 파벨은 결코 잠들지 않기 때문이다. 한때 아들에게 혐오감을 줬을 그런 약점이 이제는 흥겹고 관대한 웃음을 머금게 해주기를 기도할 뿐이다.

어쩌면 네차예프도 마찬가지다. 어두운 강을 건너 죽음을 향해 가던 그도 그런 늑대가 되기보다는 다시 웃는 법을 배울 것이다.

그래서 다음날 저녁 그는 야코블레프의 가게 맞은편에서 안나 세르게예브나가 나오기를 기다린다. 그리고 그녀가 그를 보고 놀라는 것을 만끽하며 길을 건넌다. "함께 산책하겠소?" 그가 제안한다.

그녀가 짙은 색 숄을 턱밑으로 바짝 당긴다. "글쎄요. 마트료나가 기다릴 거예요."

하지만 그들은 산책을 한다. 바람은 그쳤고 차가운 공기는 상쾌하다. 주변 거리가 떠들썩하게 붐빈다. 아무도 그들에게 신경 쓰지 않는다. 아마 그들은 평범한 부부처럼 보일 것이다.

그는 그녀가 들고 있던 바구니를 든다. 젖가슴 밑으로 팔짱을 끼고 성큼성큼 걷는 그녀의 걸음걸이가 마음에 든다.

"곧 떠나야 할 것 같소." 그가 말한다.

그녀는 대답이 없다.

아내 문제가 두 사람 사이에 미묘하게 걸려 있다. 떠난다는 말을 하는데, 그는 문득 자신이 체스에서 폰을 움직이는 사람이 된 것 같은 느낌을 받는다. 상대방이 그 폰을 받든 말든, 상황은 틀림없이 더 복잡해질 것이다. 남녀 관계는 언제나 이런 식일까? 한 사람은 음모를 꾸미고, 다른 사람은 그 음모의 대상이 되는 방식? 음모를 꾸미는 것은 쾌락의 한 요소인가? 다른 사람이 꾸민 음모의 대상이 되고, 한쪽 구석으로 끌려가서 항복할 것을 부드럽게 강요받는 것이 쾌락일까? 그녀도 그의 옆에서 걷는 동안 자기 나름의 방식으로 그에 대한 음모를 꾸미고 있을까?

"나는 수사가 제대로 진행되기만 기다릴 뿐이오. 판결이 나올 때까지 이곳에 머무를 필요는 없지요. 내가 원하는 것은 서류뿐이오. 나머지는 중요하지 않소."

"그런 다음엔 독일로 돌아가실 건가요?"

"그렇소."

그들은 제방에 도착한다. 그가 길을 건너면서 그녀의 팔을 잡아준다. 그들은 물가 난간에 나란히 몸을 기댄다.

"파벨에게 일어났던 일 때문에 내가 이 도시를 미워하게 된 건지," 그가 말한다. "아니면 이곳에 더 단단히 발이 묶여버린 건지 모르겠소. 이곳은 이제 파벨의 고향이니까. 그애는 이곳을 절대 떠날 수 없을 것이오. 원하던 대로 여행을 할 수도 없겠지."

"표도르 미하일로비치, 그건 말도 안 되는 소리예요." 그녀가 미소를 머금고 대답한다. "파벨은 당신과 함께 있어요. 당신이 그의 고향이에요. 그는 당신 가슴속에 있고, 당신이 어디로 가든 당신을 따라다닐 거예요. 그건 누구나 알 수 있죠." 그녀가 장갑 낀 손을 그의 가슴에 가볍게 댄다.

그는 심장이 마구 뛰는 걸 느낀다. 그녀의 손가락 끝이 심장에 직접 스치기라도 한 것 같다. 이건 교태일까? 아니면 그녀의 진심에서 나오는 몸짓일까? 팔로 그녀를 안는 것은 세상에서 가장 자연스러운 일일 것이다. 그는 여전히 미소가 남아 있는 그녀의 균형잡힌 입술을 잡아먹을 듯 바라보는 자신의 시선을 느낀다. 그녀는 그런 눈길을 받고도 몸을 움츠리지 않는다. 젊은 여자가 아니다. 어린아이도 아니다. 파벨의 몸 너머로 서로의 눈빛에 도전적으로 응대한다. 그애만 여기 없다면! 순간적으로 이런 생각이 든다. 그러나 그 생각은 이내 한쪽 구석으로 사라지고 만다.

그들은 노점상에서 저녁으로 먹을 생선 패스티*를 산다. 마트료나가 문을 열어준다. 그러나 어머니와 같이 있는 사람을 확인하고는 돌아서버린다. 아이는 식사를 하는 내내 짜증을 낸다. 학교에서 같은 반 친구와 말다툼했던 일을 두서없이 길게 늘어놓으며 어머니에게 자기 이야기를 들으라고 고집을 피운다. 그가 약간 그 친구 편을 들며 대화에 끼어들자 마트료나는 콧방귀를

---

* 고기, 생선, 채소 등으로 소를 넣어 만든 작은 파이.

뀌고 대꾸도 하지 않는다.

그는 소녀가 뭔가 낌새를 채고 어머니를 되찾으려고 그런다는 걸 안다. 왜 아니겠는가? 그것은 그녀의 권리다. 하지만 이 아이만 여기 없다면 얼마나 좋으랴! 이번에는 그 생각을 억누르지 않는다. 만약 이 아이가 없다면 그는 쓸데없이 말을 낭비하지 않을 것이다. 그가 불을 끄면 그들은 다시 서로를 찾을 것이다. 그리고 그녀가 쓰는 큰 침대로 올라갈 것이다. 과부의 침대, 사 년이라고 했던가? 사 년 동안 남자의 몸이 닿지 않았던 과부의 침대로 올라갈 것이다.

그는 한껏 달아오른 안나 세르게예브나의 모습을 상상한다. 페티코트가 높이 올라가 있고 그 밑으로 젖가슴이 드러나 보인다. 길고 창백한 허벅지가 그 사이에 있는 그를 꽉 조인다. 그녀는 얼굴을 돌리고 눈을 감은 채 가쁜 숨을 몰아쉰다. 그녀와 몸을 섞는 남자는 그 자신이지만 그는 이 모든 걸 침대 옆에서 바라본다. 모든 걸 압도하는 것은 그녀의 허벅지다. 그가 그 허벅지를 어루만진다. 그 허벅지에 자기 허벅지를 바짝 붙인다.

"애야, 네 그릇에 있는 음식을 다 먹으렴." 그녀가 딸을 타이른다.

"배가 고프지 않아요. 목이 아파요." 마트료나가 보챈다. 아이는 음식을 좀더 만지작거리다가 그릇을 옆으로 밀어낸다.

그가 일어선다. "잘 자렴, 마트료나. 내일은 네가 나았으면 좋겠구나." 아이는 대꾸할 생각도 하지 않는다. 그는 그녀에게 그곳을 맡기고 자리를 뜬다.

그리고 어떻게 그런 상상을 하게 되었는지 깨닫는다. 몇 년 전 파리에서 샀다가 아냐와 결혼하면서 다른 도색사진들과 함께 없애버렸던 그림엽서다. 콧수염을 기른 남자 밑에 누운 길고 검은 머리칼의 여자. 화려한 대문자로 '집시의 사랑'이라고 쓴 제목. 하지만 그림 속 여자는 다리가 포동포동하고 살은 축 늘어졌으며 (팔을 짚고 뻣뻣하게 몸을 일으킨) 남자를 쳐다보는 얼굴에는 표정이 없었다. 안나 세르게예브나의 허벅지는, 그가 기억하는 안나 세르게예브나의 허벅지는 그보다 더 가늘고 단단하다. 그들이 서로를 쥐는 힘에는 어딘지 의도적인 구석이 있고, 그는 그것을 그녀가 어린아이가 아니라 성숙하고 탐욕적인 여인이라는 사실과 연결시킨다. 성숙한, 그래서 죽음에 대해 열려 있는(이 말이 자꾸만 떠오른다) 여자. 영원히 살 수 없다는 걸 알기에 경험할 준비가 되어 있는 몸. 그 생각은 자극적이면서도 혼란스럽다. 그 허벅지에게 그 사이에 끼여 있는 사람이 누구인지는 중요하지 않다. 침대 위 혹은 옆의 어딘가에서 바라보는 그림 속 남자는 그 자신이기도 하고 아니기도 하다.

그의 침대 위 베개에 기대어 있는 한 통의 편지. 순간적으로 그는 그것이 파벨에게서 온 것이라고 생각한다. 하지만 그것은 어린아이의 필체다. "제가 파벨 알레스칸드로비치의 얼굴을 그려보려고 했는데," (파벨의 이름이 잘못 쓰여 있다) "제대로 그릴 수가 없었어요. 제단에 놓고 싶으시면 그렇게 하세요. 마트료나가." 편지 뒷면에 이마가 넓고 입술이 통통한 젊은 남자가 연필로 다소 흐릿하게 그려져 있다. 그림은 조잡하다. 아이는 음영에 대해 아무것도 모른다. 하지만 파벨의 입 모양과 대담한 눈길은 꽤 잘 담아냈다.

"그래," 그가 속삭인다. "제단에 놓으마." 그는 그림에 입을 맞추고 촛대에 기대 세워둔 다음, 새 초에 불을 붙인다.

한 시간 후 안나 세르게예브나가 문을 두드릴 때도 그는 여전히 촛불을 바라보고 있다. "세탁물을 가져왔어요." 그녀가 말한다.

"들어와요. 앉아요."

"아뇨, 그럴 수 없어요. 마트료나가 안절부절못해요. 애가 아픈 것 같아요." 그러면서도 그녀는 침대에 앉는다.

"아이들이 우리를 착하게 만들고 있구려." 그가 말한다.

"우리를 착하게 만든다고요?"

"우리가 도덕성을 지키면서 서로 떨어져 있게 만들잖소."

그들 사이에 식탁이 없어서 안심이 된다. 촛불 역시 분위기를 부드럽고 편안하게 만들어주고 있다.

"떠나셔야 한다니 유감이에요." 그녀가 말한다. "하지만 당신에겐 이 슬픈 도시를 떠나는 게 더 좋을지도 몰라요. 당신 가족을 위해서도 더 좋을 거고요. 가족들이 분명 당신을 그리워하고 있을 거예요. 당신도 가족들을 그리워하고 계실 거고요."

"나는 다른 사람이 될 겁니다. 아내는 나를 알아보지 못할 거요. 나를 안다고 생각할 수도 있겠지만 잘못된 생각일 거요. 모두에게 어려운 시간이 될 거요. 나는 당신에 대해 생각할 겁니다. 하지만 누구로서 생각하느냐? 그게 문제요. 안나는 내 아내의 이름이기도 해요."

"그녀의 이름이기 전에 내 이름이었어요." 그녀는 장난기 없이 날카롭게 대꾸한다. 또다시 이런 생각을 참을 수가 없다. 만약 그가 이 여자를 사랑한다면, 그녀가 젊지 않다는 것도 이유가 될 것이다. 아내가 아직 넘지 않은 선을 그녀는 넘어버렸다. 아내보다 더 사랑스러울 수도, 그렇지 않을 수도 있지만 분명 더 가까이에 있다.

성적인 끌림이 돌아온다. 전보다 더 강하다. 일주일 전 그들은 이 침대에서 서로를 안고 있었다. 이 순간 그녀라고 그때를 생각하고 있지 않을 수 있을까?

그가 몸을 구부려 그녀의 허벅지에 손을 얹는다. 무릎에 세탁물을 올려놓고 있던 그녀는 고개를 숙인다. 그가 가까이 다가간다. 손바닥으로 그녀의 목덜미를 감싸고 그녀의 얼굴을 자기 얼굴 쪽으로 잡아당긴다. 그녀가 고개를 든다. 순간적으로 주의깊고 열정적이면서도 탐욕스러운 고양이의 눈을 들여다보고 있는 듯한 기분이 든다.

"가야 해요." 그녀가 이렇게 중얼거리며 몸을 빼낸 뒤 떠난다.

그는 그녀를 몹시 원한다. 아니, 그 이상이다. 아이가 쓰는 좁은 침대가 아니라 옆방에 있는 과부의 침대에서 그녀를 안고 싶다. 그는 그녀가 딸과 함께 그 침대에 누워 뜬눈을 반짝이는 모습을 상상한다. 그리고 그녀가 그의 책 속에 한 번도 등장하지 않았던 유형의 여자라는 것을 처음으로 깨닫는다. 그에게 익숙한 여자들도 그들 나름의 강렬함이 없는 건 아니지만 그것은 피부와 신경의 강렬함에 불과하다. 그들의 감각은 표면적으로만 강렬하고 자극적이며 즉각적이다. 반면에 그녀와 같이 있을 때면 피를 흘리는 몸속으로 들어가는 것 같다. 깊숙한 곳에서 감각이 솟아나는, 본능에 충실한 몸이다.

그런 특성은 다른 여자들에게도 옮겨 심어서 키울 수 있는 것일까? 그의 아내에게도? 이제 그녀에게서 그런 감각을 찾았으니 앞으로 다른 여자들에게서도 찾을 수 있을까?

이 무슨 배반이란 말인가!

만약 그가 프랑스어에 더 자신이 있다면 러시아에서 출판할 수 없는 이런 불안하고 흥분된 감정을 프랑스어로 출판할 수 있을 것이다. 필경사 없이 서둘러 이삼 주 만에 완성할 수 있겠지. 열 명의 저자 이름이 들어가고 분량은 삼백 페이지쯤 되는, 모든 극단적인 묘사가 담긴 어둠의 책. 아무도 그 책이 그와 관련 있다고 생각하지 못할 것이다. 원고는 드레스덴에서 파리의 파일라르까지 우편으로 보내 비밀리에 인쇄하고, 좌안左岸에 있는 서점에서 그걸 판다. 『한 러시아 귀족의 회고록』. 이야기의 진짜 장본인인 그녀, 즉 안나 세르게예브나는 결코 보지 못할 책. 그 회고록의 고상한 집필자는 어느 장에서 정부의 어린 딸에게 젊은 소녀를 유혹하는 부분을 큰 소리로 읽어준다. 그런데 뒤로 갈수록 자신이 그 유혹하는 사람이라는 사실이 점점 더 명확하게 드러난다. 은밀한 세부 묘사와 빈정거림으로 가득한 이야기. 그 딸을 유혹하기 위해서가 아니라 반대로 겁을 주고 잠을 깨워 그 아이 스스로 자신의 순수성을 의심하게 만들고, 결국 사흘 후 절망에 휩싸인 아이가 가장 치욕스러운 방식으로, 어느 누구도 자신의 유혹과 항복의 역사라고 상상할 수 없는 방식으로 그에게 자신을 바치게 하기 위한 이야기.

상상 속에 존재하는 회고록. 상상으로 이루어진 회고록.

그것이 스스로에게 했던 질문에 대한 답변일까? 그녀는 그가 악마 같은 책을 쓸 수 있게 하려고 그를 자유롭게 풀어주는 것일까? 무슨 목적으로? 그를 악에서 해방시키기 위해서일까? 아니면 그를 선으로부터 차단시키기 위해서일까?

그는 이렇게 긴 공상을 하는 동안(이제 온 집이 적막에 잠겼다), 파벨을 한 번도 생각하지 않았다는 것을 깨닫는다. 그리고 이제, 창백한 얼굴의 파벨이 흐느껴 울면서 머리 눌 자리를 찾아 돌아온다! 가엾은 아이! 자신의 유산이어야 할 감각의 향연을 강탈당한 아이! 파벨의 침대에 누운 그는 어두운 승리의 전율을 참을 수 없다.

아침에는 대개 아파트에 그 혼자 있다. 그러나 오늘은 열이 나고 마른기침을 하며 숨을 헐떡이는 마트료나가 학교에 가지 않고 집에 있다. 아이가 아파트에 있으니 전보다 더 글쓰기에 전념할 수가 없다. 그는 옆방에서 나는 아이의 맨발 소리에 귀를 기울인다. 종종 아이가 그의 등을 뚫어져라 쳐다보고 있는 듯한 기분이 든다.

정오에 수위에게서 전갈이 온다. 그는 즉시 그 회색 종이와 붉은 봉인을 알아본다. 기다림의 끝, P. A. 이사예프 문제와 관련해 P. P. 막시모프 사법 수사 고문관실을 방문해달라는 전갈이다.

그는 스베치노이가에서 기차역으로 가서 표를 예약한 뒤 기차를 타고 경찰서로 간다. 대기실은 만원이다. 그는 접수대에 자기 이름을 대고 기다린다. 네시가 되자 사무를 보던 경관이 펜을 놓고 기지개를 켜더니 불을 끄고 남아 있는 민원인들을 내보내기 시작한다.

"무슨 일이오?" 그가 항의한다.

"금요일이라 일찍 문을 닫습니다." 경관이 대답한다. "아침에 다시 오세요."

그는 여섯시에 야코블레프 식품점 밖에서 기다린다. 그가 거기 있는 걸 보고 그녀가 깜짝 놀란다. "마트료나는요?"

"내가 나올 때는 잠들어 있었소. 약국에 들러 감기약을 좀 샀소." 그가 조그만 갈색 병을 꺼낸다.

"고마워요."

"파벨의 서류 때문에 경찰이 나를 다시 불렀소. 내일이면 그 문제가 영원히 해결됐으면 좋겠소."

그들은 잠시 아무 말 없이 걷는다. 안나 세르게예브나는 무슨 생각에 잠겨 있는 것처럼 보인다. 마침내 그녀가 말한다. "당신이 그 서류들을 가져야 할 특별한 이유라도 있나요?"

"그렇게 묻다니 놀랍군. 그것 말고 파벨이 남긴 게 뭐가 있겠소? 나한테는 그 서류들보다 더 중요한 것은 아무것도 없소. 내게 그것들은 그애의 유언과 같아요." 그는 잠시 뜸을 들이곤 이렇게 덧붙인다. "그애가 소설을 쓰고 있었다는 사실을 알고 있었소?"

"소설을 썼죠. 네, 알고 있었어요."

"탈옥수에 관한 소설을 말이오."

"그건 모르겠어요. 때때로 마트료나와 나에게 자기가 쓰고 있던 소설을 읽어주며 의견을 묻곤 했어요. 하지만 죄수에 관한 소설은 없었어요."

"다른 소설들이 있었다는 건 몰랐소."

"아, 네. 다른 소설들도 있었어요. 시도 썼는데 우리한테 보여주는 건 부끄러워했어요. 경찰들이 서류들을 가져갈 때 그것들도 다 가져갔을 거예요. 오랫동안 방을 수색했거든요. 당신한테 이 이야기는 하지 않았었는데, 마루판을 뜯고 그 밑까지도 수색했어요. 종이란 종이는 모두 가져갔죠."

"그렇다면 파벨이 글을 쓰느라 바빴단 말이오?"

그녀가 이상하다는 듯 그를 쳐다본다. "그럼 그가 뭘 했다고 생각하셨죠?"

그는 곧바로 튀어나오려는 대답을 꾹 삼켜버린다.

"아버지가 작가인데, 뭘 기대하신 거예요?" 그녀가 계속 말한다.

"글을 쓰는 건 가족 내력이 아니오."

"아닐지도 모르죠. 제가 판단할 수 없어요. 하지만 그는 먹고 살기 위해 글을 쓸 필요는 없었어요. 어쩌면 아버지에게 닿기 위한 수단에 불과했는지도 모르죠."

그가 화가 난 몸짓을 취한다. 그리고 생각한다. 아들이 소설을 쓰지 않았어도 난 그애를 사랑했을 것이오! 그러나 대신 이렇게 말한다. "누구도 아버지의 사랑을 얻으려고 노력할 필요는 없소."

그녀가 잠시 망설이다 이렇게 말한다. "표도르 미하일로비치, 제가 당신에게 경고 하나 해드리죠. 파벨은 자기 아버지를 거의 우상처럼 여겼어요. 알렉산드르 이사예프 말이에요. 만약 당신이 그의 서류에서 그런 흔적을 찾아내지 못할 거라고 생각했다면, 저는 이 이야기를 하지 않았을 거예요. 인내심을 가지셔야 해요. 아이들은 부모를 실제보다 더 근사하게 생각하기를 좋아해요. 마트료나도……"

"이사예프를 근사하게 생각한다고? 이사예프는 주정뱅이에 못된 남편이었고 아무짝에도 쓸모없는 인간이었소. 그의 아내, 그러니까 파벨의 엄마도 결국 그의 곁에 붙어 있을 수 없었을 거요. 그가 먼저 죽지 않았어도 그의 곁을 떠났을 거란 말이오. 어떻게 그런 사람을 근사하게 생각한단 말이오?"

"물론 흐릿하게 아버지를 보기 때문이죠. 그런데 파벨이 당신을 흐릿하게 보는 건 어려운 일이었답니다. 당신은, 그러니까, 그에게 너무 가까운 사람이었어요."

"내 손으로 직접 키워서 그런 거요. 모두가 그애를 버리고 떠날 때 난 그애를 아들로 삼았소."

"과장하지 마세요. 그애 부모가 그를 버린 건 아니니까. 그들은 단지 죽었을 뿐이에요. 당신에게 그를 아들로 선택할 권리가 있다면, 어째서 그에게는 아버지를 선택할 권리가 없는 거죠?"

"이사예프보다 그애가 더 나은 선택을 했을 테니까! 요즘 젊은이들은 부모가 마음에 들지 않는다며 부모와 가정, 교육에 등을 돌려버리는 병에 걸렸소! 스텐카 라진*이나 바쿠닌의 아들딸이 되는 것 말고는 아무것도 그들을 만족시키지 못하는 것 같소!"

"어리석은 이야기를 하시는군요. 파벨은 집에서 도망치지 않았어요. 당신이 그에게서 도망친 거죠."

분노의 침묵이 깃든다. 고로호바야가에 이르자 그는 양해를 구하고 그녀를 떠난다.

그는 둑을 따라 이리저리 걸으며 그녀의 말을 곱씹어본다. 그가 부끄러운 모습을 보인 것은 틀림없는 사실이다. 그녀가 그 모습을 목격했다는 데 화가 난다. 그리고 동시에 자신이 그렇게 사소한 것에 신경쓴다는 것이 수치스럽다. 그는 익숙한 도덕적 혼란 상태에 빠져 있다. 사실 너무나 익숙한 나머지 더이상 그의 마음을 혼란스럽게 하지도 않는다. 그래서 더욱 수치스럽다. 그러나 또다른 무언가, 그가 정의할 수도 없고 그러고 싶지도 않은

---

* 러시아 농민혁명 운동가(1630~71).

무언가가 막 신발을 뚫고 나오는 발톱 끝처럼 그를 괴롭힌다.

아파트로 돌아오자 집안에는 여전히 긴장감이 감돈다. 마트료나는 침대에서 나와 있다. 잠옷 위에 엄마의 코트를 걸쳤지만 발은 여전히 맨발이다. "심심해!" 아이는 거듭 푸념을 하면서도 그는 거들떠보지도 않는다. 함께 식탁에 앉아 있지만 식사를 할 생각이 없는 것 같다. 아이에게서 시큼한 냄새가 난다. 숨을 쉴 때마다 쌕쌕거리는 소리가 나고 이따금 심하게 기침을 한다. 그가 친절하게 말한다. "얘야, 넌 아직 일어나 있으면 안 돼." 아이가 말대꾸를 한다. "당신은 내게 이래라저래라 할 수 없어요. 내 아버지도 아니면서!" 아이의 어머니가 나무란다. "마트료나!" "아니잖아요!" 아이는 똑같은 말을 반복하더니 입을 삐죽거리며 조용해진다.

그가 물러난 후, 안나 세르게예브나가 방문을 두드리며 들어온다. 그는 조심스럽게 일어난다. "애는 좀 어떻소?"

"사다주신 약을 좀 먹였어요. 그랬더니 조금 괜찮아지는 것 같아요. 침대 밖으로 나오면 안 되는데, 기가 세서 그런지 제 말을 듣지 않아요. 아까 제가 했던 말에 대해 사과를 하려고 왔어요. 그리고 내일 계획은 어떤지 알고 싶기도 하고요."

"사과할 필요 없소. 잘못한 건 내 쪽이오. 저녁에 기차를 예약해두었소. 하지만 그것도 바뀔 수 있겠지요."

"왜요? 내일 서류를 돌려받을 텐데요. 왜 바뀌겠어요? 왜 필요 이상으로 머무르세요? 당신은 결코 영원한 하숙인으로 있는 걸 원치 않잖아요. 그런데 그거 책 제목 아니던가요?"

"영원한 하숙인이라. 내가 알기로 그런 책 제목은 없소. 내일 일을 포함한 모든 계획은 바뀔 수 있소. 최종적인 건 아무것도 없소. 그리고 그런 것들을 바꾸는 것은 내 손에 달려 있지 않소."

"그럼 누구 손에 달려 있나요?"

"당신 손에."

"내 손이라고요? 말도 안 돼요! 당신 계획은 전적으로 당신 손에 달려 있어요. 제가 맡은 역할은 없어요. 우리는 작별 인사를 해야 해요. 내일 아침에는 당신을 볼 수 없을 거예요. 장이 서는 날이라 일찍 일어나야 하거든요. 열쇠는 문에 놓고 가세요."

그 순간은 그렇게 왔다. 그가 숨을 깊이 들이마신다. 그의 마음은 완전히 비어 있다. 그가 그 텅 빈 마음으로 이야기하기 시작한다. 흘러나오는 말이 그를 어디로 데려가든 거기에 자신을 맡겨버린다.

"당신이 나를 파벨의 묘지로 데려갔을 때 나룻배에서 말이오." 그가 말한다. "당신과 마트료나가 난간에 기대서서 안개 속을 바라보고 있는 모습을 지켜봤소. 당신도 그날의 안개를 기억하겠지. 그때 나는 속으로 이렇게 생각했소. '그녀가 내 아들을 데려올 것이다'―그는 여기서 한번 더 숨을 깊게 들이마신다―'그녀는 영혼의 안내자다.' 당시에 그 단어가 생각났던 건 아니지만, 이제는 그게 적절한 표현이라는 걸 알겠소."

그녀가 무표정하게 그를 바라본다. 그는 두 손으로 그녀의 손을 잡는다.

"나는 파벨을 데려오고 싶소. 당신이 나를 도와줘야 하오. 나는 그애의 입술에 입을 맞추고 싶소."

그는 그렇게 말하면서도 자신이 얼마나 미친 소리를 지껄이고 있는지 안다. 열린 창문을 들락날락하는 파리처럼 광기와 정상을 왔다갔다하는 것 같다.

그녀가 점점 긴장하더니 도망갈 준비를 한다. 그가 그녀를, 그녀의 등을 더 꽉 붙든다.

"사실이오. 나는 당신을 그렇게 생각하고 있소. 파벨이 여기 온 것은 우연이 아니었소. 그애는 이곳에서 죽음을 향해 가도록 예정되어 있었던 것이오."

그는 자신이 말하고 있는 것을 믿기도 하고 믿지 않기도 한다. 어딘가 화랑에서 보았던 그림이 떠오른다. 검고 수수한 드레스를 입은 여인이 아이와 함께 창가에 서서 별이 총총히 뜬 하늘을 바라보는 모습을 그린 그림이었다. 그림보다 도금한 액자의 소용돌이 장식이 더 생생하게 기억난다.

그녀의 손은 그의 손에 죽은듯 잡혀 있다.

"당신에게는 그런 힘이 있소." 그가 계속 말한다. 등댓불을 따르듯, 흘러나오는 말들을 따르며 그것이 자신을 어디로 데리고 가는지 지켜본다. "당신이 그애를 데려올 수 있소. 일 분이라도, 단 일 분 동안만이라도."

그는 그녀를 처음 만났을 때 그녀가 얼마나 무미건조해 보였는지 생각한다. 미라 같았다. 손이 닿으면 무너져내리는 수의에 싸인 마른 뼈들 같았다. 그녀의 목에서 나오는 목소리가 삐걱거린다. "당신은 아들을 많이 사랑하고 있어요. 틀림없이 다시 만날 거예요."

그가 그녀의 손을 놓아준다. 뼈로 연결된 줄을 빼내듯, 그녀는 자신의 손을 빼낸다. 내 비위를 맞추려고 하지 마시오! 그는 이렇게 말하고 싶다.

"당신은 작가예요. 대가大家이고요." 그녀가 말한다. "파벨을 불러오는 건 내가 아니라 당신이 할 일이에요."

대가. 그것은 그에게 금속을 연상시키는 단어다. 칼을 담금질하고 종을 주조하는 것을 떠올리게 한다. 대장장이 대가, 주물 대가. 인생의 대가라는 말은 이상한 용어다. 하지만 그는 그것에 대해 곰곰이 생각해볼 용의가 있다. 파벨의 수수께끼를 풀 가능성이 있다면, 그것이 아무리 이상하고 빗나간 단어라 해도 그것을 파헤쳐볼 것이다.

"나는 대가와는 거리가 멉니다." 그가 말한다. "내게는 갈라진 금이 있소. 금이 간 종을 갖고 뭘 하겠소? 금이 간 종은 고칠 수 없는 법이오."

그의 말은 사실이다. 그러나 동시에 그는 세르기예프에 있는 트리니티 성당의 종들 중 하나에 금이 가 있다는 걸 알고 있다. 카테리나 시대 이전부터 그랬다. 그것을 그 자리에서 떼어내 다시 주조한 적은 한 번도 없었다. 매일매일 그 종소리가 도시에 울려퍼진다. 사람들은 그것을 성 세르기우스의 목발이라고 부른다.

그녀는 이제 화가 난 목소리로 말한다. "표도르 미하일로비치, 전 당신이 안쓰러워요. 하지만 아이를 잃은 부모가 당신만이 아니라는 걸 아셔야 해요. 파벨은 스물두 해를 살았어요. 아기였을 때 죽은 아이들을 생각해보세요."

"그래서……?"

"그래서 누군가를 잃는다는 것이 예외적인 게 아니라 법칙이라는 사실을 깨달으셔야 해요. 스스로에게 물어보세요. 당신이 애도하는 것이 파벨인지, 아니면 당신 자신인지."

잃는다는 것. 그와 그녀 사이가 차갑게 멀어진다. 그가 이를 악물고 말한다. "나는 파벨을 잃지 않았고, 그애는 죽지 않았소."

그녀가 어깨를 으쓱한다. "만약 당신 말대로 파벨이 죽지 않았다면 당신은 그애가 어디 있는지 아셔야 해요. 분명히 이 방에는 없어요."

그가 방안을 훑어본다. 구석에 늘어선 그림자들, 그것은 그의 영혼의 그림자가 내쉬는 숨결이 남긴 흔적이 아닐까? 그는 나직한 목소리로 말한다. "어느 한 곳에 살던 사람이 아무것도 남기지 않고 사라지지는 않소."

"물론 아무것도 남기지 않고 떠나는 사람은 없죠. 바로 그게 오늘 오후에 제가 당신에게 했던 말이잖아요. 하지만 파벨이 남긴 건 이 방에 없어요. 그는 이곳을 떠났어요. 여기서는 그를 찾을 수 없다고요. 마트료나와 이야기해보세요. 떠나시기 전에 그애와 화해를 하세요. 그애와 당신 아들은 아주 가까웠거든요. 만약 파벨이 어떤 흔적을 남기고 갔다면 그애에게 남겼을 거예요."

"그리고 당신에게도?"

"표도르 미하일로비치, 저는 파벨을 아주 좋아했어요. 착하고 마음이 너그러운 젊은이였으니까요. 당신 아들로 사는 건 쉽지 않았어요. 그는 외롭고 자신 없어하면서도 자기 길을 찾으려고 몸부림쳤어요. 저는 그 모습을 전부 지켜볼 수 있었지요. 하지만 저는 그와 같은 세대가 아니에요. 마트료나에게 이야기하듯이 내게 이야기할 순 없었을 거예요. 그 두 사람은 함께 어린애일 수 있었지만 말이에요." 그녀는 말을 잠시 멈춘다. "서로 솔직하게 이야기하는 자리이니 말씀드리는데, 파벨 마음속의 어린아이는 충분히 놀 시간을 갖지 못한 채 너무 일찍 세상을 알아버린 것 같아요. 당신도 그런 생각을 하셨는지 모르겠네요. 아마 아니겠죠. 하지만 저는 당신이 늦잠 자는 것 같은 사소한 일로 여전히 그에게 화가 나 있다는 사실이 놀라워요."

"그게 왜 놀랍소?"

"당신 같은 예술가에게는 그 이상의 동정심이 있을 거라고 생각했으니까요. 어떤 아이들은 밤에 꿈을 꾸고, 또 어떤 아이들은 자기가 꿈꾸는 것을 이루기 위해 아침을 기다려요. 꿈을 꾸고 있는 아이를 깨우기 전에 한번 더 생각하셨어야 해요. 파벨이 마트료나와 같이 있을 때는 그의 마음속에 있는 어린아이가 밖으로 나올 기회가 있었어요. 지금 생각해보면 그런 일이 있었다는 게, 그가 그 기회를 놓치지 않았다는 게 기뻐요."

파벨이 일곱 살 때가 떠오른다. 회색 체크무늬 코트를 입고 귀마개를 하고 자기에게 너무 큰 장화를 신은 파벨이 눈 속을 뛰어다니며 신나서 소리를 지르는 모습이 떠오른다. 그 풍경 한 켠에 다른 것도 함께 떠오르지만 그는 이내 그것을 떨쳐버린다.

"세미팔라틴스크에서 파벨을 처음 만났을 때 그앤 일곱 살이었소." 그가 말한다. "그애는 나를 따르지 않았소. 나는 그의 어머니와 같이 살러 온 이방인에 불과했지요. 그애에게 나는 어머니를 빼앗은 남자였던 거요."

그의 과부 어머니. 과부의 아들. 과부 아들.

그가 이야기를 하는 동안, 그가 떨쳐냈던 것이 자꾸만 되돌아온다. 그는 그것을 난쟁이라고 부를 수밖에 없다. 붉은 머리와 붉은 수염에, 서너 살 먹은 아이보다도 크지 않던 못생긴 난쟁이. 파벨은 아직도 눈 속에서 망아지처럼 무릎을 부딪치고 뛰어다니며 소리를 지르고 있다. 난쟁이가 한쪽에 서서 그를 바라본다. 난쟁이는 목 부분이 트인 녹색 상의를 입고 있다. 그는 (아니 그것은) 추위를 타지 않는 것 같다.

"…… 아이한테는 그게 어려운 법이지요……" 그는 그녀가 하는 말을 건성으로 듣는다. 이 난쟁이는 누구인가? 그는 그 얼굴을 더 자세히 들여다본다. 그리고 그를 알아보고 깜짝 놀란다. 울퉁불퉁한 피부, 추위 때문에 검푸른색으로 딱딱하게 부풀어오른 상처들, 얽은 자국 위에 자라난 가느다란 턱수염. 이번에도 네차예프다. 쪼그라든 모습의 네차예프가 시베리아에서 아들의 어린 시절에 출몰하다니! 이 환영은 뭘 의미하는 걸까? 그는 속으로 가벼운 신음을 삼킨다. 바로 그때 안나 세르게예브나가 갑자기 말을 끝낸다. "미안합니다." 그가 사과한다. 그러나 이미 그녀의 심기를 건드린 상태다. "이제 짐을 싸셔야겠네요." 그녀는 이렇게 말하고, 그가 미안하다고 하는데도 불구하고 자리를 떠난다.

12

이사예프

그는 안내를 받고 전에 갔던 사무실로 들어간다. 그러나 책상에 있는 관리는 막시모프가 아니다. 이 사람은 자기소개도 없이 몸짓으로 의자를 가리킨다. "이름이 뭐죠?" 관리가 묻는다.

그가 자기 이름을 댄다. "막시모프 고문관을 만날 거라고 생각하고 왔습니다만."

"그 이야기는 나중에 하죠. 직업이 뭡니까?"

"작가요."

"작가라고요? 무슨 작가입니까?"

"책을 씁니다."

"어떤 종류의 책이죠?"

"이야기요. 이야기책이오."

"어린애들을 위한 건가요?"

"아니, 특별히 아동용이라고 할 만한 것은 없소. 하지만 아이들도 읽을 수 있으면 좋겠소."

"외설스러운 것은 없겠죠?"

외설스러운 게 없느냐고? 그가 곰곰이 생각하다가 마침내 대답한다. "아이들의 감정을 해칠 만한 것은 없소."

"좋아요."

"그렇지만 사람 마음속에는 어두운 구석이 있는 법이오." 그가 주저하며 덧붙인다. "항상 알 수 있는 건 아니지."

남자가 처음으로 서류에서 눈을 뗀다. "무슨 말이죠?" 막시모프보다 젊다. 막시모프의 조수일까?

"아니오. 아무것도 아니오."

남자는 펜을 놓는다. "고인이 된 이바노프에 대해 이야기해봅시다. 당신은 이바노프와 친분이 있죠?"

"이해할 수 없군요. 아들의 서류 때문에 호출을 받았다고 생각했었소."

"적당한 때가 되면 그렇게 되겠죠. 이바노프 문제로 돌아갑시다. 언제 처음으로 그 사람과 접촉했습니까?"

"일주일 전에 처음으로 그 사람과 이야기를 나눴소. 내가 현재 머물고 있는 아파트 앞을 그자가 서성거리고 있었소."

"스베치노이가 63번지."

"그렇소. 스베치노이가 63번지요. 그날은 특히 추워서 내가 그에게 잠자리를 제공했고, 그는 그날 밤 내 방에서 잤소. 다음날 살인 사건이 있었다는 소식을 들었고, 그가 범인이 아닌가 의심했소. 그런데 나중에 보니까……"

"이바노프를 의심했다는 말입니까? 그가 살인을 했을 거라고 의심했어요? 이바노프가 살인자라고 생각했다는 겁니까? 왜 그렇게 생각했지요?"

"끝까지 들어보시오! 건물 주변에 나도는 소문으로는 그랬소. 그게 아니라면 나한테 그 소문을 전해준 아이가 상황을 잘못 알았던 거겠지. 어느 쪽이 맞는지는 모르겠소. 그런데 그 사람이 죽은 마당에 그게 뭐가 중요하겠소? 그런 사람이 살해당했다는 사실에 너무나 놀랐소. 그는 전혀 해를 끼치지 않을 사람이었소."

"하지만 그는 겉보기와 다른 사람이었잖아요?"

"거지 말입니까?"

"그는 거지가 아니었죠, 안 그래요?"

"어떤 의미에서 보자면 아니었소. 하지만 다른 의미에서 보자면 그는 분명 거지였소."

"당신 말은 분명하지가 않군요. 이바노프가 어떤 임무를 띠고 있었는지 몰랐다는 말입니까? 그래서 놀랐던 건가요?"

"내가 놀란 건 누군가 이런 무해하고 하찮은 인간을 죽이면서까지 자신의 불멸의 영혼을 위험에 빠트렸다는 사실 때문이었소."

관리가 그를 냉소적인 표정으로 바라본다. "하찮은 인간이라, 그게 그 사람에 대한 당신의 기독교적 표현인가요?"

이때 막시모프가 급히 안으로 들어온다. 그는 겨드랑이에 분홍색 리본으로 묶인 서류철을 끼고 있다. 그것을 책상 위에 내려놓고는 손수건을 꺼내 이마를 닦는다. "실내가 너무 덥군!" 그는 이렇게 중얼거린 뒤 동료를 향해 말한다. "고맙소. 끝난 거요?"

남자는 한마디 말도 없이 서류를 챙겨서 나간다. 막시모프가 숨을 크게 내쉬면서 얼굴을 훔치고 의자에 앉는다. "이거 죄송하게 됐습니다. 표도르 미하일로비치. 이제 당신 의붓아들의 서류 문제에 대해 이야기하기로 하죠. 서류 하나는 우리가 보관해야 되겠습니다. 아시겠지만 그 명단이, 그들 표현으로 청산할 사람들의 명단이 돌아다니면 불안만 야기될 테니까요. 게다가 적당한 시기가 되면 그 서류는 네차예프를 고발하는 데 쓰일 것입니다. 나머지 서류들은 검토를 마쳤고 중요한 것도 전부 파악했으니 이제 가져가셔도 됩니다.

하지만 이걸 당신에게 영영 넘겨드리기 전에 한 가지만 더 말씀드리고 싶습니다. 제 말을 들어주신다면요.

만약 제가 스스로를 당신이 우연히 만난 평범한 관리라고 여긴다면, 더이상 이렇게 법석 떨지 않고 곧장 서류를 넘겨드리겠죠. 하지만 현재 이 사건에서 저는 그냥 평범한 관리가 아닙니다. 외람된 말씀입니다만, 저 역시 진심으로 당신의 행복을 기원하는 사람입니다. 그래서, 당신에게 이 서류들을 넘겨드리는 데 유보적입니다. 더 자세히 말씀드리자면, 이 서류 뭉치에서 괴롭고 불필요한 것들을 발견하실 겁니다. 만약 당신이 저의 보잘것없는 충고를 받아들인다면, 몇몇 페이지에 나오는 내용에 대해서는 너무 심각하게 생각하지 말라고 충고해드리고 싶군요. 하지만 저는 당신이라는 사람을 오직 당신의 책을 통해 일부만 알기 때문에 저의 이러한 노력이 오히려 호기심을 불러일으키는 역효과를 낳을 수도 있을 겁니다. 그러니 이 말만 덧붙이겠습니다. 제가 그 서류를 읽었다고 저를 비난하지 마세요. 결국 그건 왕권에 의해 제게 부여된 책임이었을 뿐이니까요. 그리고 제가 당신이 그것에 대해 어떤 반응을 보일지 (정확히) 예견했다고 해서 절 비난하지 마십시오. 사건이 예기치 않게 돌아간다면 몰라도 당신과 나의 관계는 이것으로 끝입니다. 책을 덮으면 책 속의 인물이 존재하지 않게 되는 것처럼, 제가 존재하지 않는다고 생각하시면 됩니다. 저에 대해서는, 제 입이 봉해졌다고 생각하세요. 저한테서는 어느 누구도 이 슬픈 사건에 대해 어떤 말도 듣지 못할 것입니다."

막시모프는 그렇게 말하면서 오른손 중지만으로 파벨의 서류들이 들어 있는, 놀라울 정도로 두툼한 서류철을 그에게 밀어준다.

그가 일어서서 서류철을 들고 인사를 한 다음 떠날 준비를 하는데 막시모프가 말을 꺼낸다. "좀 다른 이야기인데, 페테르부르크에 있는 네차예프 일당과 접촉한 적은 없겠지요?"

이바노프! 네차예프! 그래, 그게 그를 부른 이유였다! 파벨, 서류들, 양심의 가책을 연기하는 막시모프, 모두 그저 부차적인 문제이자 미끼였구나!

"질문의 의미를 모르겠군요." 그가 경직된 어조로 대답한다. "당신이 무슨 권리로 나에게 그런 질문을 하고 대답을 기대하는지 모르겠소."

"아무 권리도 없습니다! 안심하세요. 당신에게 어떤 혐의도 두고 있지 않으니까요. 그냥 물어본 겁니다. 그 질문의 의미가 뭐냐고 물으셨는데, 그건 별로 어려운 게 아닙니다. 당신의 의붓아들에 대해 이야기를 나눴으니, 네차예프 얘기도 좀더 쉽게 할 수 있지 않을까 싶어서요. 지난번에 우리가 나눈 대화를 생각해보니 당신이 한 이야기 중에 이중적인 의미를 지닌 것들도 있는 듯해서요. 그러니까, 하나의 말이 그 밑에 다른 말을 숨기고 있는 것 같았습니다. 당신 생각은 어떤가요? 제가 틀렸습니까?"

"어떤 말들 말이오? 그것들 밑에 뭐가 있다는 거요?"

"그건 당신이 대답해야지요."

"당신은 틀렸소. 나는 수수께끼를 하는 게 아닙니다. 내가 사용하는 단어는 그 단어 그대로요. 파벨은 파벨이지 네차예프가 아니란 말이오."

그는 그 말을 하고 돌아서서 밖으로 나온다. 막시모프도 그를 다시 부르지 않는다.

그는 서류철을 들고 모스코프스카야의 구불구불한 거리들을 지나 스베치노이가로 간다. 그리고 63번지에 이르러 삼층으로 통하는 계단을 올라간 뒤 방으로 들어가 문을 닫는다.

그는 리본의 매듭을 푼다. 심장이 기분 나쁘게 방망이질하고 있다. 그는 자신이 그렇게 서두르는 것에 유쾌하지 않은 무언가가 있다는 걸 부인할 수 없다. 마치 어린 시절로 돌아가, 친구 알버트의 침실에서 알버트의 삼촌 책장에서 훔친 책들을 들여다보며 땀에 축축하게 젖은 채 기나긴 오후를 보내고 있는 것 같다. 현행범으로 체포될 때와 같은 두려움(그 자체로 감미로운 두려움), 그때와 똑같은 정열적인 몰입.

그는 파리가 짝짓기하는 모습을 보여주던 알버트를 떠올린다. 수컷 파리가 암컷 파리 등에 올라타 있었다. 알버트가 손을 컵 모양으로 만들어 파리를 잡았다. "잘 봐." 그는 이렇게 말한 뒤 손가락 끝으로 수컷의 한쪽 날개를 잡고 가볍게 잡아당겼다. 날

개가 떨어져나갔다. 파리는 신경도 쓰지 않았다. 알버트가 날개를 하나 더 떼어냈다. 파리는 이상하게 생긴 벗은 등을 드러낸 채로 계속 그 짓을 했다. 알버트는 혐오감에 일그러진 표정을 지으며 파리 두 마리를 바닥에 던지고 짓이겨버렸다.

그는 날개가 찢어질 때 파리의 눈이 어떠할지 들여다보는 것을 상상할 수 있었다. 틀림없이 파리는 눈을 깜빡이지도 쳐다보지도 않을 것 같았다. 마치 그 행위를 하는 동안 수컷의 영혼이 암컷 속으로 들어가버릴 것 같았다. 그 생각은 그를 오싹하게 만들었다. 그러자 이 세상에 있는 모든 파리들을 없애버리고 싶다는 생각이 들었다.

이해할 수 없는 행위에 대한 어린아이의 반응. 주변 사람들이 귓속말을 하고 웃으며 그도 언젠가 그렇게 하기를 요구받을 거라는 암시를 보내는 것 같아 두렵다. "난 하지 않을 거야, 하지 않을 거야!" 아이는 헐떡거리며 말한다. "뭘 하지 않는단 말이냐? 어머나, 이 이상한 아이가 무슨 말을 하는 거지?" 당황한 구경꾼들이 갑자기 눈을 크게 뜨고 말한다.

서류철에는 가죽으로 제본된 일기장, 공책 다섯 권, 함께 묶어놓은 종이 스무 장 혹은 스물다섯 장, 끈으로 묶어놓은 편지 묶음, 블랑키*와 이슈틴**의 작품, 피사레프***의 에세이 등이 들어 있다. 이상하게도 프랑스어 번역이 딸린 키케로의 『시민의 권리』

발췌본도 있다. 그는 책장을 넘겨본다. 마지막 페이지에는 누구의 것인지 알 수 없는 글씨체로 민중의 복지가 최고의 법이어야 한다는 라틴어 구절이, 그 아래에는 더 옅은 잉크로 그 아버지에 그 아들이라는 라틴어 구절이 적혀 있다.

메시지, 메시지들. 하지만 누가 누구에게 보내는 것일까?

그는 일기장을 집어들고 읽지는 않은 채 마치 카드 한 벌을 넘기듯 휘리릭 넘기며 본다. 일기장 중간부터는 아무것도 적혀 있지 않다. 그래도 거기에 쓰인 글자 수는 상당한 양이다. 그는 처음 일기를 쓴 날짜를 본다. 1866년 6월 29일, 파벨의 영명축일이다. 선물로 받은 일기장이 틀림없다. 누가 선물한 걸까? 기억이 나지 않는다. 1866년은 아냐의 해로만 기억될 뿐이다. 그는 그해에 자기 아내가 될 여자를 만나 사랑에 빠졌다. 1866년은 파벨이 무시당한 해였다.

그는 뜨거운 요리에 손이 닿으면 몸을 움츠릴 준비가 된 사람처럼 일기장 첫 부분을 읽기 시작한다. 파벨이 하루를 어떻게 보냈는지에 대해 다소 공들여 장황하게 기록한 이야기. 일기 쓰는 데 익숙지 않은 사람의 글. 비난도 없고 공격도 없다. 그는 안도

---

* 루이 블랑키(1805~81), 프랑스 혁명가.
** 니콜라이 이슈틴(1840~79), 러시아 혁명가.
*** 드미트리 이바노비치 피사레프(1840~68), 러시아 비평가.

하며 일기장을 덮는다. 드레스덴에 가서 시간이 나면 모두 읽어야지, 그가 이렇게 다짐한다.

편지는 모두 그가 보낸 것들이다. 그는 가장 최근에 보낸 편지, 파벨이 죽기 전에 마지막으로 보낸 편지를 펴본다. "아폴론 그리고레비치에게 50루블을 보낸다. 이게 지금 우리가 보내줄 수 있는 전부다. A.G.에게 더 달라고 하지는 마라. 너는 네 분수에 맞게 살아가는 법을 배워야 해."

이게 그가 파벨에게 마지막으로 한 말이라니! 얼마나 쩨쩨한 말인가! 막시모프가 이것을 봤겠구나! 읽지 말라고 경고한 것도 놀랄 일은 아니다! 너무 수치스럽다! 그 편지를 태워서, 역사에서 지워버리고 싶다.

그는 막시모프가 큰 소리로 읽어주었던 이야기를 찾기 시작한다. 막시모프의 말이 맞다. 학생 반란을 주도해 시베리아 유형에 처해진 젊은 주인공 세르게이는 등장인물로서 실패다. 그러나 그 이야기는 막시모프가 읽어준 것 외에도 뒤의 내용이 더 있었다. 사악한 지주가 살해당하고 며칠 후, 세르게이와 마르파는 군인들을 피해 헛간과 외양간에 숨는다. 농부들은 그들을 숨겨주고 먹을 것을 준다. 그리고 추적자들이 무언가를 물으면 먼산만 바라본다. 처음에 두 사람은 순전히 동지로서 나란히 누워 잠을 잤다. 그러나 둘 사이에 사랑이 싹튼다. 감정과 확신이 동반된 사랑이다. 파벨은 분명히 정열적인 장면을 묘사하는 데까지 이르렀다. 세르게이가 마르파에게 열에 들뜬 사춘기 소년처럼 고백을 하고, 마르파가 세르게이에게 투쟁중인 동료보다 더 중요한 존재가 되고, 마르파가 세르게이의 마음을 사로잡는 장면이 묘사된 페이지는 줄을 그어 지운 상태이다. 그리고 그 부분은 훨씬 더 흥미로운 장면으로 대체되어 있다. 세르게이는 마르파에게 형제자매도 없이 보낸 외로운 어린 시절과 여자들과의 서투른 관계에 대해 털어놓는다. 그 장면은 마르파가 더듬거리며 사랑을 고백하는 걸로 끝난다. "…… 해도 좋아요, …… 해도 좋아요" 하면서.

그는 다시 뒤로 넘긴다. "내게는 부모가 없습니다." 세르게이가 마르파에게 말한다. "나의 아버지, 내 진짜 아버지는 혁명주의 성향 때문에 시베리아로 유형을 간 귀족이었습니다. 제가 일곱 살 때 돌아가셨죠. 그리고 어머니가 재혼을 하셨는데, 의붓아버지는 저를 좋아하지 않았습니다. 내 나이가 차자마자 나를 학교에 보내버리더군요. 나는 반에서 가장 왜소한 아이였습니다. 그곳에서 나는 내 권리를 위해 싸우는 방법을 배웠습니다. 그후 어머니와 의붓아버지는 다시 페테르부르크로 이사를 해 집을 지었고, 사람을 보내 나를 불렀습니다. 그리고 나서 어머니가 돌아가셨어요. 나는 하루종일 내게 거의 한마디도 하지 않는 우울한 의붓아버지와 단둘이 남게 되었습니다. 나는 외로웠어요. 내 친구들은 하인들뿐이었습니다. 나는 그들에게서 민중의 아픔을 배웠습니다."

거짓말은 아니다. 완전히 거짓말은 아니다. 하지만 모든 것을 얼마나 미묘하게 꼬아놓았는가! "그는 나를 좋아하지 않았습니다"라니! 누군가는 친구 하나 없는 일곱 살짜리 소년이 안쓰러워 진심으로 그를 보호해주고 싶다는 생각을 할 수도 있을 것이다. 하지만 그렇게 의심이 많고, 신경질을 잘 부리며, 엄마에게 거머리처럼 달라붙어 있다가 조금이라도 떨어지면 불평을 늘어놓던, 자기를 물어대는 모기를 잡아달라며 옆방에서 하룻저녁에도 대여섯 번씩 조그맣고 카랑카랑한 목소리로 끊임없이 엄마를 부르는 어린애를 누가 사랑할 수 있을까?

그는 그 원고를 옆으로 치운다. 귀족 아버지! 거기다 불쌍한 아이! 진실은 그것보다 따분하다. 완전한 진실은 정말 따분하기 그지없다. 하지만 인간의 선행과 악행을 기록하는 천사가 아니라면 누가 이렇게 따분한 진실을 전부 기록하고 싶어하겠는가? 그는 스물두 살이었을 때 그렇게 헌신적으로 글을 쓸 수 있었던가?

이제 아이는 들을 수 없겠지만 그는 꼭 말하고 싶은 것이 있다. 너무너무 중요한 말이다. 그는 이렇게 말하고 싶다. 만약 네가 글을 쓸 수 있는 힘을 타고났다면 그 힘의 근원이 무엇인지

명심해라. 너의 어린 시절이 외로웠기 때문에, 네가 사랑받지 못했기 때문에 너는 글을 쓰는 것이다. (그는 이렇게도 말하고 싶다. 그러나 그게 이야기의 전부는 아니다. 너는 사랑받았다. 너는 사랑받을 수 있었다. 사랑받지 못했던 것은 너의 선택이었다. 혼란스럽구나! 원숭이가 오르간을 쳐도 이보다는 더 잘 칠 것이다!) 그는 이렇게 말하고 싶다. 우리는 풍요로움으로 글을 쓰는 게 아니다. 우리는 괴로움과 부족함으로 글을 쓴다. 너는 반드시 그것을 진심으로 깨달아야 한다! 네가 말하는 소위 진짜 아버지와 혁명주의 성향이라니, 말도 안 되는 소리다! 이사예프는 서기였다. 만약 그 사람이 지금까지 살아 있고 네가 그를 따랐다면 너 역시 서기밖에 되지 못했을 것이다. 이런 이야기를 남기고 떠나지도 못했을 것이다. (그래요, 그래요. 그는 아들이 큰 소리로 대답하는 것을 듣는다. 하지만 저는 지금 살아 있겠죠!)

흰 옷을 입고 잔디 위에서 하는 프랑스식 게임, 크로케, 크루아케트, 작은 십자가 게임*을 하는 젊은이들 사이에 네가 있다면! 네가 살아 있다면! 가엾은 아이! 나는 페테르부르크의 거리에서, 고개를 돌리고 손짓을 하는 사람들의 몸짓에서 너를 본다.

---

* 원문은 "the French game, croquet, *croixquette*, game of the little cross"이다. 프랑스어 'croix'는 십자가(cross)라는 의미이고, '작은 십자가 게임(game of the little cross)'은 크루아케트(croixquette)에 대한 언어유희다.

그리고 그럴 때마다 파도가 치듯 내 가슴이 들썩인다. 아무데도 없으면서 모든 곳에 있는, 오르페우스처럼 찢기고 흩어지는 너. 젊고 황금빛이 나고 축복받은 시절의 너.

나에게 남겨진 일. 흩어진 유물들을 모아 짜맞추는 일. 시인, 칠현금 연주자, 마법사, 부활의 제왕. 나는 이렇게 불린다. 그리고 진실은? 글 쓰는 책상 위에 구부린 굳은 어깨, 천천히 옮겨가는 가슴의 통증. 거북이 가슴.

관뚜껑을 들어올리고 너의 부드럽고 차가운 이마에 입술을 맞추기에는 너무 늦게 왔다. 만약 맹인의 손끝처럼 부드러운 나의 입술이 단 한 번만이라도 너를 스쳐갔다면 네가 나에 대해 이렇게 비통한 마음을 품고 떠나지는 않았겠지. 그러나 너는 이사예프라는 이름을 단 채 떠났고, 늙은이인 나는 뒤에 남아 그림자, 희끄무레한 보라색, 메아리를 좇아가는 늙은 순례자가 되어 있구나.

여전히 나는 여기 있고 네 아버지 이사예프는 여기 없다. 만약 물에 빠진 네가 이사예프에게 손을 뻗는다면, 너는 유령의 손을 잡는 것이다. 세미팔라틴스크의 시청에서, 뒷계단에 있는 상자 속 먼지 낀 서류들 속에서 그의 서명을 아직 볼 수 있을지 모른다. 이런 기억 속이 아니라면, 그의 미망인과 아이를 품에 안았던 남자의 기억 속이 아니라면, 어디에도 그의 흔적은 없다.

13
변장

　파벨에 관한 사건은 종결되었다. 이제 그를 페테르부르크에 잡아둘 것은 아무것도 없다. 기차는 여덟시에 떠난다. 화요일이면 드레스덴에 있는 아내와 아이와 같이 있을 수 있다. 그러나 떠날 시간이 다가올수록, 제단에서 사진을 떼어내고 촛불을 끄고 파벨의 방을 낯선 사람에게 넘겨야 한다는 생각을 점점 더 받아들일 수 없다.

　만약 오늘밤 떠나지 않으면 언제 떠날 수 있을까? 안나 세르게예브나는 "영원한 하숙인"이라는 말을 썼다. 어디서 그런 말을 배웠을까? 그는 얼마나 오랫동안 유령을 기다릴 수 있을까? 다른 위치에서, 완전히 다른 위치에서 그 여자와 시작하지 않는 한 말이다! 그러면 아내는 어떻게 되는가?

마음이 소용돌이친다. 그는 자기가 원하는 것이 무엇인지 모른다. 아는 거라곤 여덟시라는 시간이 사형선고처럼 머리 위를 아른거린다는 사실뿐이다. 그는 수위를 찾아 길게 흥정한 끝에 심부름꾼을 기차역으로 보내 예약일자를 다음날로 바꾼다.

방에 돌아온 그는 방문이 열려 있고 누군가 그 안에 있는 걸 보고 깜짝 놀란다. 한 여자가 그에게 등을 보인 채 제단을 살펴보고 있다. 그는 순간 죄의식을 느끼며 그 여자가 그를 찾으러 페테르부르크에 온 아내일 거라고 생각한다. 이윽고 그게 누구인지 알아본다. 소리 높여 항의하는 말이 목까지 차오른다. 전과 똑같은 검은 드레스 차림에 보닛을 쓴 세르게이 네차예프다!

그때 마트료나가 들어온다. 그가 입을 떼기 전에 아이가 기선을 잡으며 소리친다. "안에 사람이 있는데 그렇게 슬금슬금 들어오면 안 돼요!"

"두 사람이 내 방에서 뭘 하고 있는 거지?"

"우리에게도 권리가 있어요……" 아이가 흥분하기 시작한다. 그때 네차예프가 끼어든다.

"누군가가 경찰에 우리가 있는 곳을 밀고했어요." 그가 더 가까이 다가선다. "당신이 아니기를 바랍니다."

그는 라벤더 향수 냄새 아래 숨은 지독한 남자 냄새를 맡는다. 네차예프의 목에 바른 분은 줄이 지고, 그 사이로 짧게 깎은 수

224

염이 삐져나와 있다.

"생사람을 잡는군. 말도 안 돼. 다시 묻겠소. 지금 내 방에서 뭘 하는 거요?" 그는 마트료나에게 돌아선다. "그리고 너, 넌 아프잖니. 침대에 누워 있어야지!"

아이는 그의 말을 무시하며 파벨의 가방을 잡아당겨 꺼낸다. "제가 저분에게 파벨 알렉산드로비치의 양복을 가져도 된다고 했어요." 그런 다음 아이는 그가 이의를 제기하기도 전에 이렇게 덧붙인다. "그럼요, 저분은 그래도 돼요! 파벨은 자기 돈으로 그 옷을 샀고 저분은 파벨의 친구였으니까요!"

아이가 가방을 열어 하얀 양복을 꺼낸다. 그리고 도전적으로 말한다. "여기 있어요!"

네차예프는 그걸 한 번 빠르게 훑어본 뒤 침대에 펴고는 자기 원피스 단추를 풀기 시작한다.

"설명 좀 해보시오……"

"시간이 없어요. 셔츠도 필요해요."

그가 원피스 소매에서 팔을 꺼낸다. 원피스가 발목에 떨어지고, 그는 더러운 면 소재 속옷을 입고 검은 에나멜가죽장화를 신은 모습으로 그들 앞에 서 있다. 스타킹도 신지 않은 그의 다리는 마르고 털이 많다.

마트료나는 조금도 당황하지 않고 네차예프가 파벨의 옷을 입는 걸 도와준다. 그는 항의하고 싶다. 하지만 귀를 틀어막고 어른은 상대도 하지 않으려는 젊은이들에게 무슨 말을 할 수 있을까?

"핀란드인 친구는 어떻게 됐소? 당신과 같이 있지 않은 거요?"

네차예프가 서둘러 재킷을 입는다. 그에게는 그 재킷이 너무 길고 어깨도 너무 크다. 네차예프는 파벨처럼 건장하지도 않고 그렇다고 잘생기지도 않았다. 그는 아들에 대한 씁쓸한 자부심을 느낀다. 엉뚱한 사람이 죽었다!

"그녀를 남겨두고 와야만 했어요." 네차예프가 말한다. "빨리 떠나는 게 중요했거든요."

"그러니까 당신이 그녀를 버렸다는 말이겠지." 그는 네차예프가 뭐라고 응수하기 전에 이렇게 덧붙인다. "얼굴이나 씻으시오. 광대 같아 보이니까."

마트료나가 밖으로 나가더니 젖은 수건을 가지고 돌아온다. 네차예프는 그 수건으로 얼굴을 닦는다. "이마도 닦아요." 소녀가 말한다. "여기도요." 소녀가 그에게서 수건을 받아 눈썹에 엉긴 분을 닦아준다.

작은 여동생. 파벨에게도 이렇게 했을까? 무언가가 그의 가슴을 갉아먹는 것만 같다. 부러움이다.

"한겨울에 관광객 같은 옷차림을 하고서 경찰을 피해 다닐 수 있다고 생각하시오?"

네차예프는 그런 조롱에 대꾸도 하지 않는다. "돈이 필요해요."

"한푼도 줄 수 없소."

네차예프가 아이를 돌아보며 말한다. "돈 좀 있니?"

마트료나는 방에서 쏜살같이 나간다. 의자가 마루 위에 끌리는 소리가 들린다. 아이가 동전으로 가득찬 병을 갖고 돌아와 침대에 동전을 쏟고 세기 시작한다. "그걸로는 충분치 않아." 네차예프가 중얼거린다. 그래도 그는 기다린다. "5루블 15코페이카예요." 소녀가 말한다.

"더 필요해."

"그럼 거리에 나가 구걸이라도 하시오. 나는 줄 수 없소. 나가서 민중의 이름으로 구걸해보시오."

그들은 서로를 노려본다.

"왜 돈을 주지 않는 거죠?" 마트료나가 말한다. "이분은 파벨의 친구예요!"

"내겐 줄 돈이 없단다."

"그건 사실이 아니에요! 엄마에게는 돈이 많다고 하셨잖아요. 이분에게 그 절반을 주는 게 어때요? 파벨 알렉산드로비치라면 반을 나눠줬을 거예요."

파벨과 예수! "나는 그런 말 한 적 없다. 가진 돈이 많지 않아."

"자, 제게 돈을 주세요!" 네차예프가 눈을 반짝이며 그의 팔을 움켜잡는다. 그는 또다시 그 젊은이가 두려워하고 있다는 사실을 냄새로 알아챈다. 사납지만 겁에 질렸어, 불쌍한 녀석! 그런 다음 의도적으로 동정심의 문을 닫아버린다. "안 될 일이지."

"왜 그렇게 비열하죠?" 마트료나가 경멸을 한껏 담아 버럭 소리를 지른다.

"나는 비열하지 않아."

"당신은 비열해요! 당신은 파벨에게도 비열했고 지금은 그의 친구들에게까지 비열하게 하고 있어요! 돈이 많으면서 그걸 모두 혼자 가지려고 하죠." 아이가 네차예프를 향해 말한다. "사람들이 책을 쓰라고 수천 루블을 주는데 그걸 모두 혼자 가진대요! 사실이에요! 파벨이 저한테 그렇게 얘기했어요!"

"말도 안 되는 소리! 파벨은 돈 문제에 대해서는 아무것도 몰랐어."

"사실이에요! 파벨이 당신 책상 서랍을 봤다고 했어요. 금전출납부를 봤다고 했다고요!"

"무슨 염병할 파벨이란 말이냐! 파벨은 금전출납부를 제대로 읽을 줄도 몰랐어! 자기가 보고 싶었던 것만 보았단 말이다! 몇 년 동안 나는 네가 상상할 수도 없을 만큼의 빚을 지고 살았다." 그는 네차예프에게 말한다. "이건 말도 안 되는 이야기요. 나는 당신에게 줄 돈이 없소. 즉시 떠나는 게 좋겠군요."

그러나 네차예프는 더이상 서두르지 않는다. 그는 미소까지 지으며 말한다. "말도 안 되는 이야기는 아니죠. 오히려 가장 교훈적인 얘기로 들리는군요. 나는 늘 아버지들의 진정한 죄가, 그들은 한 번도 그렇게 고백한 적이 없었지만, 탐욕이라고 생각했습니다. 그들은 모든 걸 자기들이 독차지하려고 해요. 때가 되어도 돈주머니를 넘겨주지 않죠. 그들에게 중요한 것은 돈주머니뿐입니다. 그 결과로 생기는 일에 대해서는 더이상 상관하지 않죠. 나는 당신 의붓아들이 나에게 했던 이야기를 믿지 않았어요. 당신이 노름꾼이라는 소문을 들었고, 노름꾼은 돈을 신경쓰지 않는다고 생각했으니까요. 하지만 노름에 또다른 면이 있나보죠? 그걸 알았어야 했는데. 당신은 늘 더 많은 것을 탐내느라 만족하지 못하고 계속해서 노름을 하는 사람임에 틀림없어요."

말도 안 되는 모함이다. 그는 드레스덴에서 아이를 먹이고 입히기 위해 절약하며 살아가는 아냐를 생각한다. 그리고 자신의 뒤집힌 목깃과 구멍난 양말을 생각한다. 매년 스트라호프, 크라옙스키, 류비모프에게, 특히 스텔롭스키에게, 선불을 해달라고 굽실거리며 구걸하다시피 썼던 편지들을 생각해본다. 수전노 도스토옙스키라니, 말도 안 된다! 그는 호주머니를 뒤져, 가지고 있는 마지막 돈을 꺼내 네차예프의 코앞에 들이밀며 소리친다. "이

게 내가 가진 전부요!"

네차예프는 자기 앞에 내민 손을 차갑게 쳐다보다가 동전 하나를 제외하고 모든 것을 휙 채간다. 동전이 바닥으로 떨어져 침대 밑으로 굴러간다. 마트료나가 그것을 따라 뛰어간다.

그는 돈을 다시 가져오려고 자기보다 젊은 네차예프와 싸우다시피 한다. 하지만 네차예프가 그를 쉽게 제지한 뒤 돈을 재빨리 호주머니에 집어넣는다. "잠깐…… 잠깐…… 잠깐만요." 네차예프가 낮은 목소리로 말한다. "마음속으로는, 표도르 미하일로비치, 당신이 속으로는 아들을 위해 그 돈을 나에게 주고 싶어한다는 걸 알고 있습니다." 그러고는 한 발짝 물러서서 화려한 옷을 자랑이라도 하려는 듯 옷매무새를 가다듬는다.

허세만 가득한 놈! 위선자! 그래, 민중의 복수! 하지만 일종의 유쾌함이 마음속에 스며들고 있다는 걸 부인할 수 없다. 씀씀이가 헤픈 남편이 느끼는 유쾌함이다. 물론 무모하게 돈을 쓰는 것은 창피한 일이다. 돈을 쫄딱 잃고 집에 돌아와 아내에게 그 사실을 고백하며 머리를 조아리고 아내의 꾸중을 견디며 다시는 실수하지 않겠다고 맹세할 때, 그는 진심이다. 그러나 하느님만이 볼 수 있는 그의 마음속 깊은 곳에서는 자신이 맞고 그녀가 틀렸다고 생각한다. 돈은 소비하라고 있는 것이고, 노름보다 더 순수한 소비가 어디 있는가?

마트료나가 손을 내민다. 손바닥에 50코페이카짜리 동전이 놓여 있다. 아이는 동전이 누구한테 가야 할지 잘 모르는 것 같다. 그가 아이의 손을 네차예프 쪽으로 밀며 말한다. "이 사람에게 주렴. 필요할 테니까." 네차예프가 동전을 받아 호주머니에 넣는다.

좋다. 끝난 일이다. 이제 돈 한푼 없는 사람은 자신이고, 머리를 조아리며 꾸중을 들어야 할 사람은 네차예프다. 하지만 무슨 말을 해야 할까? 아무것도, 정말 아무것도 없다.

네차예프는 기다릴 생각도 하지 않는다. 그는 파란색 원피스를 말아서 싸매고 있다. "이걸 숨길 만한 곳을 찾아봐. 아파트 말고 다른 곳에." 그가 마트료나에게 지시한다. 그리고 모자와 가발도 건넨다. 그런 다음 바짓단을 작고 말쑥한 장화 속에 집어넣고 코트를 걸친 뒤 미친듯이 머리를 두드린다. 그리고 이렇게 중얼거린다. "시간을 너무 허비했군요. 혹시……?" 그러더니 의자에서 털모자를 낚아채 문으로 향한다. 그러고는 뭔가 기억난 듯몸을 돌린다. "당신은 흥미로운 사람입니다, 표도르 미하일로비치. 당신에게 적령기의 딸이 있다면 나는 그녀와 결혼하는 걸 마다하지 않을 겁니다. 틀림없이 특이한 딸일 테니까요. 하지만 당신 의붓아들은 전혀 달랐습니다. 그는 당신을 전혀 닮지 않았더군요. 나는 그를 어떻게 해야 할지 몰랐던 것 같습니다. 그에게는, 뭐랄까, 있어야 할 게 없었습니다. 얼마만큼 사실인지 모르겠지만, 그게 내 생각입니다."

"그 있어야 할 것이란 게 대체 뭐요?"

"조금 지나치게 성자 같은 데가 있었다고나 할까요. 여하간 그를 위해 촛불을 켜놓은 것은 잘한 일 같습니다."

그는 말을 하면서 촛불 위로 손을 천천히 움직여 불꽃이 춤을 추게 한다. 그러더니 손가락을 불꽃 속에 집어넣고 가만히 있는다. 일 초, 이 초, 삼 초, 사 초, 오 초가 지난다. 표정 하나 변하지 않는다. 정신이 딴 데 팔려 있는지도 모르겠다.

그는 손을 뗀다. "파벨에게 결여된 게 바로 이것이었습니다. 사실대로 말하자면, 약간 계집애 같았다고 할까요."

그가 팔을 둘러 마트료나를 껴안는다. 아이는 주저하지 않고 금발을 그의 가슴에 밀착시키며 포옹에 응한다.

"바흐잠!* 바흐잠!" 네차예프가 의미심장하게 속삭이며, 불에 그은 손가락을 마트료나의 머리 위로 흔든다. 그러고는 떠난다.

순간 그 낯선 음절이 무슨 의미인지 헷갈린다. 무슨 의미인지 안 후에도 이해가 되지 않는다. 조심하라니, 뭘 조심하라는 걸까?

마트료나는 창문 옆에 서서 목을 길게 빼고 거리를 내려다본다. 금세 눈에 눈물이 고인다. 그러나 슬퍼하기에는 너무 흥분한

---

* wachsam, 독일어로 '조심해'라는 의미.

상태다. "저분이 안전할까요?" 아이가 묻는다. 그리고 대답을 기다리지도 않고 이렇게 덧붙인다. "제가 저분과 같이 갈까요? 저분은 맹인인 체하고 제가 안내하는 것처럼 하면 될 텐데." 하지만 지나가는 생각일 뿐이다.

그는 아이의 뒤에 바짝 붙어 서 있다. 어둠이 깔리고 눈이 내리기 시작한다. 곧 아이의 어머니가 올 것이다.

"넌 그 사람이 좋니?" 그가 묻는다.

"음."

"바쁘게 사는 사람이잖아, 안 그래?"

"음."

소녀는 그의 말을 거의 듣지 않는다. 얼마나 불공정한 싸움인가! 모험과 신비의 냄새를 풍기며 어디선가 왔다가 어디론가 사라지는 젊은 남자들과 그가 어떻게 경쟁할 수 있단 말인가? 정말 바쁜 삶이다. 바흐잠해야 할 사람은 이 아이다.

"마트료나, 그 사람이 그렇게 좋은 이유가 뭐지?"

"파벨 알렉산드로비치의 가장 친한 친구이니까요."

"정말이니?" 그가 조심스럽게 이의를 제기한다. "내 생각에는 내가 파벨 알렉산드로비치의 가장 친한 친구인 것 같은데. 모두가 그애를 잊어도 나는 계속 그의 친구일 거란다. 나는 평생 그의 친구일 거야."

아이가 창문에서 몸을 돌려 그를 이상하게 쳐다보며 무슨 말을 하려 한다. 하지만 무슨 말일까? "당신은 파벨 알렉산드로비치의 의붓아버지일 뿐이잖아요?" 이 말일까? 아니면, "저한테 얘기할 때 그런 목소리로 말하지 않을 순 없나요?"일까?

아이가 얼굴로 흘러내린 머리칼을 당황한 몸짓으로 치우며, 몸을 굽혀 그의 팔 밑으로 빠져나가려 한다. 그가 아이의 길을 가로막는다. 아이가 속삭인다. "가서…… 옷을 숨겨야 해요."

그는 아이가 무력감을 느끼도록 잠시 그대로 있다가 길을 비켜준다. "옥외변소 아래로 던져버리렴." 그가 말한다. "아무도 거길 쳐다보지 않을 테니."

그녀는 코를 찡그린다. "아래로요? 그 속으로……?"

"그래, 내가 하라는 대로 하렴. 아니면 그걸 내게 주고 침대로 돌아가든지. 내가 널 위해 그걸 처리해주마."

네차예프를 위해서가 아니다. 너를 위해서다.

그는 옷을 수건에 싸서 살그머니 아래층으로 내려가 옥외변소로 향한다. 그때 다른 생각이 떠오른다. 분뇨통에 옷을 던져놓았다가 밤에 분뇨를 수거하는 사람들한테 들키면 어쩌지?

그는 수위실에서 그를 쳐다보는 수위의 눈길을 느끼고 일부러 거리 쪽으로 몸을 돌린다. 그리고 코트를 걸치지 않고 나왔다는 사실을 깨닫는다. 다시 계단을 올라가다가 일층에 사는 노부인

아말리아 칼로프나와 정면으로 마주친다. 그녀는 그를 환영이라도 하듯 계피 케이크가 담긴 접시를 내민다. "안녕하세요." 그녀가 인사를 건넨다. 그는 우물쭈물 인사를 하고 지나친다.

그는 무엇을 찾고 있을까? 구멍과 틈을 찾고 있다. 너무나 갑작스럽고 막무가내로 그의 것이 되어버린 옷 꾸러미가 그 속으로 사라져 잊힐 수 있는 곳. 아무런 이유도 없이 그는 사산한 갓난아이를 안은 소녀 혹은 피 묻은 도끼를 든 살인자가 되어버렸다. 다시 네차예프에 대한 분노가 치솟는다. 나한테 아무것도 아닌 너를 위해 내가 왜 위험을 무릅써야 하지? 그는 이렇게 소리치고 싶다. 하지만 이제 너무 늦은 것 같다. 마트료나의 손에서 옷 꾸러미를 건네받은 순간 그에게 변화가 일어났다. 이전으로 돌아갈 길은 없다.

빈방이 있는 복도 끝에 회반죽과 벽돌 조각 더미가 있다. 내키지 않지만 그는 장화 끝으로 그것을 헤집어본다. 인부가 벽을 바르다가 멈추고 열린 문 사이로 그를 미심쩍게 쳐다본다.

적어도 이제는 그를 따라다니는 이바노프는 없다. 그러나 지금쯤 이바노프는 다른 사람으로 대체되었을 것이다. 새로운 스파이는 누굴까? 이 인부가 돈을 받고 그를 염탐하는 걸까? 아니면 수위가?

그는 재킷 안에 옷 꾸러미를 쑤셔넣고 다시 거리로 나간다. 바람이 얼음벽처럼 차다. 그는 첫번째 모퉁이에서 돌고, 다음 모퉁이에서 또 돈다. 전에 개가 있었던 그 막다른 골목이다. 오늘은 개가 보이지 않는다. 개는 그가 내버려둔 날 밤에 죽었을까?

그는 모퉁이에 옷 꾸러미를 내려놓는다. 핀으로 모자에 고정한 곱슬머리가 바람에 펄럭인다. 그 모습이 우습기도 하고 음험하기도 하다. 네차예프는 그 곱슬머리를 어디서 구했을까? 누이에게서 구했을까? 그에게는 머리를 잘라주고 싶어 안달이 난 어린 여동생들이 몇이나 있을까?

핀을 빼고 모자를 두 쪽으로 찢으려 하지만 소용없는 짓이다. 그는 그것을 구겨서 개가 묶여 있던 배수관 위로 밀어넣는다. 옷도 밀어넣으려고 해보지만 그러기에는 관이 너무 좁다.

등을 파고드는 눈길이 느껴진다. 그가 돌아선다. 아이 두 명이 이층 창문에서 그를 내려다보고 있다. 그리고 그 뒤에 아이들보다 키가 큰 또다른 인물이 있다.

배수관에서 모자를 빼내려고 하지만 손이 닿질 않는다. 그는 어리석은 짓을 한 자신에게 욕을 퍼붓는다. 이제 배수관이 막혔으니 하수구가 넘칠 것이다. 누군가 진상을 조사할 것이고 그 모자를 발견할 것이다. 누가 배수관에 모자를 쑤셔넣겠는가? 죄가 있는 사람이 아니라면 도대체 누가?

그는 다시 이바노프를 떠올린다. 이바노프란 이름을 너무 자주 부른 나머지 그 이름이 모자처럼 그의 머리에 씌워 있다. 이바노프는 살해당했다. 그러나 이바노프는 모자를 쓰고 있지 않았고, 여자 모자를 썼던 건 더더욱 아니었다. 그러니 모자를 이바노프와 관련이 있는 것으로 생각하지는 않을 것이다. 하지만 이바노프의 살인자가 쓴 모자라면? 여자가 남자를 살해하는 건 얼마나 쉬운 일인가. 남자를 골목으로 유인한 뒤 벽에 기댄 자세로 그의 포옹을 받아들이고, 남자가 절정에 이를 즈음 갈비뼈를 더듬어서 그의 심장에 모자 핀을 쑤셔박는다면, 피 한 방울의 흔적도 남기지 않고 죽일 수 있을 것이다.

그는 모자 핀을 버렸던 모퉁이에 무릎을 꿇고 앉는다. 하지만 너무 어두워서 찾을 수가 없다. 촛불이 필요하다. 하지만 이렇게 바람이 부는 밤에 꺼지지 않을 촛불이 어디 있을까?

너무 피곤해 두 발을 땅에 대고 서는 것조차 힘에 부친다. 아픈 걸까? 마트료나에게서 뭔가 옮은 걸까? 아니면 이번에도 발작이 오는 걸까? 이렇게 기진맥진한 건 발작의 징조일까?

그는 팔과 다리를 땅에 대고 머리를 들어 야생동물처럼 공기 냄새를 맡는다. 그러고는 내면의 지평선에 정신을 집중하려고 한다. 하지만 그를 점령하는 것이 발작이라면 그것은 그의 감각마저 점령하고 있을 것이다. 그의 감각은 그의 손만큼이나 아무 느낌이 없다.

14
경찰

열쇠를 두고 나왔던 터라 그는 문을 두드린다. 안나 세르게예
브나가 문을 열고 깜짝 놀라 그를 쳐다본다. "기차를 놓쳤나요?"
그녀는 이렇게 묻다가 그의 헝클어진 행색을 본다. 그의 손이 떨
리고 수염에서는 물방울이 떨어지고 있다. "무슨 일이에요? 어
디 아파요?"

"아뇨, 아프지 않아요. 출발을 미뤘소. 나중에 모든 걸 설명하
리다."

마트료나 옆에 누군가 있다. 독일식으로 말끔하게 면도를 한
그 젊은이는 의사가 틀림없다. 그는 약국에서 사 온 갈색 병을 들
고 병마개를 열어서 냄새를 맡더니 못마땅한 듯 마개를 닫는다.
그러고는 가방을 닫고 구석진 곳까지 커튼을 여민다. "따님의 기

관지에 염증이 있다고 말씀드리던 참이었습니다. 폐는 정상입니다. 그리고……" 의사가 그에게 말한다.

그가 끼어든다. "내 딸이 아닙니다. 나는 여기서 하숙하고 있는 사람일 뿐입니다."

의사는 참을 수 없다는 듯 어깨를 으쓱하고는 안나 세르게예브나를 향한다. "그리고 히스테리성 증상도 있다는 사실을 말씀드리지 않을 수 없군요."

"그게 무슨 말이죠?"

"아이가 지금과 같이 흥분해 있는 한 제대로 회복되지 않을 거란 말입니다. 이런 흥분 상태가 따님 병의 일부입니다. 진정시켜야 해요. 진정만 된다면 학교는 며칠 안에 다시 나갈 수 있습니다. 실제로 따님의 몸은 건강하고 별다른 이상도 없습니다. 그러니 안정을 취하는 게 최선의 처방입니다. 침대에 누워 있게 하고 가벼운 식사만 하게 하세요. 우유는 절대로 주지 마십시오. 가슴에 바를 약과 수면제를 놓고 갑니다. 필요할 경우, 수면제는 진정제로 사용하세요. 소아 복용량만 주도록 하시고요. 그러니까 찻숟갈로 반만 주시면 됩니다."

그는 의사가 떠나자마자 상황을 설명하려고 한다. 그러나 안나 세르게예브나는 그의 말을 들을 기분이 아니다. "마트료나가 그러는데, 당신이 그애에게 소리를 질렀다면서요!" 그녀가 그의 말을 막으며 나지막이 날카롭게 말한다. "그건 도저히 참을 수 없어요!"

"사실이 아니오. 난 그애에게 소리친 적이 없소!" 그는 자신이 속삭이는 소리로 말해도, 마트료나가 커튼 뒤에서 그들의 말을 엿들으며 고소해하고 있다는 걸 안다. 그는 안나 세르게예브나의 팔을 잡고 그의 방으로 데리고 가 문을 닫는다. "의사가 한 얘기를 들었잖소. 애가 너무 흥분해 있다는 얘기 말이오. 그런 상태에 있는 애가 한 말을 곧이곧대로 믿을 수는 없잖소. 그애가 오늘 아침에 있었던 일을 전부 당신에게 얘기해줬소?"

"파벨의 친구가 찾아왔었는데, 당신이 그에게 아주 무례하게 대했다고 얘기해주더군요. 그것이 당신이 하려던 말인가요?"

"그렇소⋯⋯"

"그렇다면 제 말을 끝까지 들어주세요. 당신과 파벨의 친구들 사이에 무슨 일이 있었든 제가 상관할 일은 아니에요. 하지만 당신은 마트료나한테 화를 냈고, 그애에게 거칠게 대했어요. 그냥 넘어가진 않겠어요."

"그애가 말하는 친구란 다름 아닌 네차예프였소. 아이가 그 말도 했습니까? 수배중인 네차예프가 오늘, 여기 왔었다고? 그애가 그자를 여기 들어오게 하고, 연기자이자 사기꾼인 그자의 편을 들기에 화를 낸 것뿐이오. 그런데도 나를 비난할 수 있습니까?"

"어쨌든 당신은 아이에게 화를 낼 권리가 없어요! 네차예프가 나쁜 사람이라는 걸 그애가 어떻게 알겠어요? 그리고 저는 그걸 어떻게 알죠? 당신은 그 사람이 연기를 하고 있다고 말하죠. 하지만 당신은요? 당신 행동은 어떻죠? 당신은 언제나 가슴에서 우러나는 행동을 하나요? 난 그렇게 생각하지 않아요."

"무슨 소리를 하는 거요? 나는 가슴에서 우러나는 행동을 하는 사람이오. 옛날에는 아니었을지도 모르지만 지금은 그렇소. 특히 지금은 말이오. 이건 진실이오."

"지금이라고요? 왜 갑자기 지금이죠? 왜 내가 당신을 믿어야 하는 거냐고요? 당신은 왜 당신 자신을 믿어야 하죠?"

"파벨이 나를 부끄러워하지 않기를 바라기 때문이오."

"파벨이요? 파벨은 아무 상관 없어요."

"파벨은 지금 모든 걸 보고 있소. 나는 그애가 아버지를 부끄럽게 생각하지 않기를 바라오. 변한 건 이것이오. 이제 내게는 진실을 포함한 모든 것을 가늠하는 잣대가 생겼다는 사실 말이오. 파벨이 그 잣대라오. 마트료나한테 화를 낸 건 미안하오. 뉘우치고 있소. 그애에게 사과하겠소. 하지만 당신도 알다시피," 그가 두 팔을 넓게 벌린다. "마트료나는 나를 좋아하지 않소."

"그애는 당신이 여기서 하는 일을 이해하지 못하는 것뿐이에요. 파벨이 우리와 함께 살아야 하는 이유는 이해했어요. 전에도 집에 학생들이 있었으니까요. 하지만 나이든 하숙인은 다르지요. 저도 그게 어려워지기 시작했으니까요. 표도르 알렉산드로비치, 저는 당신을 쫓아내려는 게 아니에요. 하지만 솔직히 말씀드리면 당신이 오늘 떠난다고 했을 때 안도감이 들었던 건 사실이에요. 마트료나와 전 사 년 동안 아주 조용하고 평온하게 살아왔어요. 하숙인들이 그 평온한 삶을 깨는 걸 용납하지도 않았고요. 그런데 파벨이 죽은 후로는 소란스럽기만 했어요. 그건 아이에게 좋지 않아요. 집안 분위기가 그렇게 예측할 수 없게 돌아가지만 않았어도 마트료나는 오늘 아프지 않았을 거예요. 의사 말이 맞아요. 그애는 흥분해 있고, 그런 흥분 상태가 아이를 아프게 하는 거라고요."

그는 그녀가 문제의 핵심을 건드리기를 기다리고 있다. 즉 마트료나가 자기 어머니와 그 사이에 무슨 일이 있었는지 알고서 집착적인 질투심에 날뛰고 있다는 이야기를. 하지만 그녀는 아직 그것을 밖으로 드러낼 준비가 되어 있지 않은 것 같다.

"혼란스럽게 해서 미안하오. 아니, 모든 게 미안합니다. 계획했던 대로 오늘밤 떠나는 것은 불가능했소. 세세한 이유들은 중요하지 않으니 설명하지 않겠소. 길어야 하루나 이틀 정도 더 여기머무르려고 하오. 친구들이 금전적인 도움을 줄 때까지만 말이오. 그런 다음 빚진 것을 갚고 떠나겠소."

"드레스덴으로요?"

"드레스덴이나 다른 하숙집으로요. 아직은 모르겠소."

"좋아요, 표도르 알렉산드로비치. 하지만 돈 문제에 대해서는 우리 두 사람 사이에 깨끗하게 정리를 해야겠어요. 전 당신 빚쟁이들 명단에 들어가고 싶지 않아요."

그녀가 화를 내는 데는 그가 이해하지 못하는 뭔가가 있다. 전에는 그녀가 그렇게 감정이 상하게 말한 적이 없었다.

그는 즉시 자리에 앉아 마이코프에게 편지를 쓴다. "아폴론 그리고레비치, 내가 아직 페테르부르크에 있다는 걸 알면 깜짝 놀랄 것이네. 자네의 친절에 호소하는 게 이번이 마지막이길 바라네. 사실대로 얘기하자면 나는 아주 막다른 골목에 처해 있다네. 코트를 저당잡히지 않는 한 하숙비도 못 낼 처지야. 가족의 품으로 돌아가기 위한 여비는 말할 것도 없네. 200루블이면 이 난관을 해결할 수 있을 것 같아."

아내에게는 이렇게 쓴다. "파벨의 친구가 돈을 빌려달라고 하기에 어리석게도 그걸 허락하고 말았소. 마이코프가 다시 나를 도와줘야 할 것 같소. 일이 다 처리되는 대로 전보를 치리다."

그렇게 해서 그는 다시 한번 페드야의 너그러움에 책임을 돌린다. 그러나 진실은 이렇다. 페드야의 마음씨는 너그럽지 않다. 페드야의 마음씨는……

누군가 아파트 문을 세게 두드린다. 안나 세르게예브나가 문을 열려고 하자 그가 그녀 옆에 가서 선다. "경찰이 틀림없소." 그가 속삭인다. "하필 왜 이 시간에 오는지 모르겠군. 내가 상대하겠소. 마트료나와 같이 있으시오. 그들이 그애를 추궁하지 않도록 하는 게 최선이니까."

그가 문을 연다. 앞에 핀란드 여자가 서 있다. 그리고 양옆에 제복을 입은 경찰관 두 명이 있다. 한 사람은 간부다. "이 사람이 맞나?" 간부가 묻는다.

여자가 고개를 끄덕인다.

그가 옆으로 비켜서자 경찰관들이 앞에 있는 여자를 밀며 들어온다. 그는 그녀의 변한 모습에 충격을 받는다. 얼굴은 창백하고 팔다리는 실에 묶여 조종되는 인형처럼 움직인다.

"제 방으로 가시죠?" 그가 말한다. "아픈 아이가 있소. 안정이 필요하오."

간부가 건들거리며 방을 가로질러가더니 커튼을 획 젖힌다. 몸을 굽힌 채 딸을 감싸고 있는 안나 세르게예브나가 보인다. 그녀가 이글거리는 눈빛으로 몸을 획 돌린다. "우리를 가만 내버려 둬요!" 그녀가 씩씩거리며 말한다. 그는 젖힌 커튼을 다시 천천히 여민다.

그는 그들을 자기 방으로 안내한다. 핀란드 여자가 발을 질질

끄는 모습에는 어딘지 낯익은 데가 있다. 그녀는 발목에 쇠고랑을 차고 있다.

간부가 제단과 사진을 조사한다. "이게 누구요?"

"내 아들이오."

뭔가 잘못된 게 있다. 제단의 무언가가 바뀌어 있다. 그것이 무엇인지 깨닫자 소름이 돋는다.

심문이 시작된다.

"세르게이 게나데비치 네차예프라는 자가 오늘 여기 왔습니까?"

"그렇소, 네차예프일 거라고 생각하긴 했지만 그 이름을 쓰지 않는 사람이 여기 왔었소."

"그렇다면 그 사람은 어떤 이름을 쓰고 다니죠?"

"여자 이름을 씁디다. 여자로 변장했더군. 감청색 원피스에 검정색 코트를 입고 있었소."

"왜 당신을 찾아왔습니까?"

"돈을 달라고 왔었소."

"다른 이유는 없었습니까?"

"내가 아는 다른 이유는 없었소. 나는 그 사람 친구가 아니오."

"그에게 돈을 줬습니까?"

"거절했소. 하지만 그는 내 돈을 가져갔고, 나는 막지 않았소."

"그자가 강도질을 했다고 말하는 겁니까?"

"내가 원하지 않았음에도 불구하고 내 돈을 가져갔다고 말하고 있는 거요. 돈을 되찾으려 하는 건 신중하지 못한 짓이라고 생각했소. 원한다면 그걸 강도짓이라고 해도 좋소."

"액수가 얼마죠?"

"30루블 정도였소."

"그밖에 다른 일은 없었습니까?"

그는 과감히 핀란드 여자를 흘깃 쳐다본다. 여자의 입술이 소리 없이 떨리고 있다. 그들이 그녀에게 무슨 짓을 했는지는 몰라도 그녀의 태도가 완전히 바뀌었다. 그녀는 도살장에서 도끼가 내려쳐지길 기다리는 짐승처럼 서 있다.

"내 아들에 관해 이야기했소. 네차예프는 아들의 친구였소. 그래서 이 집을 알고 있었던 것이오. 아들이 여기서 하숙을 했소. 그렇지 않다면 그자는 이곳에 오지 않았을 거요."

"'그렇지 않다면 그자는 이곳에 오지 않았을 거'라니, 무슨 의미입니까? 그자가 당신 아들을 보려고 왔다는 말입니까?"

"아니오. 아들의 친구들 중 누구도 다시는 그를 만날 수 없소. 내 말은, 네차예프가 나한테 동정을 기대하고 여기 온 게 아니라 과거의 우정 때문에 온 거라는 의미였소."

"그래요, 우린 당신 아들의 잘못된 관계들에 대해서 다 알고 있습니다."

그는 어깨를 으쓱한다. "잘못되었다는 표현은 맞지 않을지 모르오. 관계라는 말도 마찬가지고. 아마 그저 우정 때문일 것이오. 하지만 그 정도로 하겠소. 재판에 회부될 성격의 질문도 아니니까."

"네차예프가 어디로 갔는지 알고 있습니까?"

"전혀 모르겠소."

"당신 서류를 보여주십시오."

그가 여권을 건넨다. 이사예프의 것이 아니라 자신의 것이다. 간부는 그것을 호주머니에 넣고 모자를 쓴다. "내일 아침, 사도바야가에 있는 지서로 나와 진술서를 작성하십시오. 그리고 별도의 통지가 있을 때까지 매일 지서로 나와 보고를 하세요. 그리고 페테르부르크를 떠나지 마십시오. 아셨습니까?"

"내가 여기 머무는 비용은 누가 댄다는 말이오?"

"그건 내가 알 바 아닙니다."

그는 같이 온 경찰에게 죄수를 데리고 나가라는 신호를 보낸다. 그러나 그때까지 한마디도 하지 않고 있던 핀란드 여자가 현관 앞에서 갑자기 멈춰 선다. "배가 고파요!" 그녀의 목소리는 구슬프다. 호송 경찰이 그녀를 잡고 밖으로 끌어내려 하자 그녀는 문설주를 붙들고 발로 버틴다. "배가 고파요. 먹을 것 좀 주세요!"

그녀의 울부짖음에는 무언가 애처롭고 필사적인 게 있다. 안나 세르게예브나가 더 가까이 있긴 하지만, 그녀의 호소는 소리 없이 침대에서 빠져나와 엄지손가락을 입에 물고서 그 광경을 지켜보고 있는 아이에게 하는 것에 틀림없다.

"잠깐만요!" 마트료나는 이렇게 말하고 순식간에 찬장으로 달려간다. 아이가 호밀빵 한 조각과 오이를 가지고 돌아온다. 그리고 자신의 작은 지갑도 가져온다. "다 가져요!" 아이는 흥분해서 그렇게 말한 뒤 음식과 돈을 핀란드 여자의 손에 쥐여준다. 그런 다음 한 발짝 물러서서 고개를 숙이며 기이한 옛날식 절을 한다.

"돈은 안 돼!" 호송 경찰이 강하게 제지하며 아이가 지갑을 도로 가져가게 한다.

잠깐 저항하다 다시 수동적인 모습으로 돌아간 핀란드 여자는 고맙다는 말 한마디 하지 않는다. 너무 두들겨맞아서 내면에 있던 불꽃이 모두 빠져나가버린 것 같다. 그들이 정말로 그녀를 두들겨팼을까? 아니면 그보다 더 나쁜 짓을 한 걸까? 마트료나도 어떻게든 그걸 알고 있는 걸까? 그래서 그녀를 동정하는 걸까? 하지만 어린아이가 그런 것들을 어떻게 알 수 있을까?

그들이 떠나자마자 그는 자기 방으로 돌아가 촛불을 끈다. 그리고 초상과 사진과 양초를 바닥에 놓고 경대 위에 깔린, 기둥세 개가 그려진 깃발을 치운다. 그런 다음 방을 나온다. 안나 세르게예브나는 마트료나의 침대 옆에 앉아서 바느질을 하고 있

248

다. 그가 깃발을 침대 위에 던진다. "내가 당신 딸하고 이야기를 하면 다시 화를 낼 게 분명하니, 당신이 나 대신 이게 어떻게 내 방에 있는지 물어봐주시오."

"무슨 말씀을 하시는 거예요? 대체 이게 뭐죠?"

"저애한테 물어보시오."

"그건 깃발이에요." 마트료나가 무뚝뚝하게 대답한다.

안나 세르게예브나가 침대 위에 그 깃발을 편다. 길이가 1미터 가 넘는다. 같은 모양의 하얀색, 붉은색, 검은색 수직 기둥이 그 려져 있는데, 색이 바래고 희미해졌음에도 불구하고 멀쩡한 걸 보면 간수를 잘 한 게 분명하다. 그들은 이걸 어디에 게양했을 까? 마담 라 페이의 가게 지붕에 게양했을까?

"이게 누구 거니?" 안나 세르게예브나가 묻는다.

그는 아이가 대답하기를 기다린다.

"민중이요. 민중의 깃발이에요." 마침내 아이가 마지못해 대 답한다.

"됐다." 안나 세르게예브나가 말한다. 그녀는 딸의 이마에 입 을 맞춘다. "잘 시간이야." 그녀가 커튼을 친다.

오 분 후, 그녀는 깃발을 접어서 들고 그의 방으로 온다. "설명 해주세요." 그녀가 말한다.

"당신이 들고 있는 것은 '민중의 복수'라는 단체의 깃발이오.

반역의 깃발이란 말이오. 그 색깔이 무엇을 의미하는지 묻는다면 이야기해주겠소. 아니면 마트료나에게 물어보시오. 틀림없이 알고 있을 테니. 나는 그것을 내보이는 것보다 더 도발적이고, 더 죄스러운 행위를 생각할 수 없소. 내가 없을 때 마트료나가 내 방에 그걸 펴놓았고, 경찰이 그걸 보았소. 그애가 도대체 무엇에 홀린 건지 이해할 수 없소. 애가 미친 거 아니오?"

"마트료나에 대해 그렇게 말하지 마세요! 그애는 경찰이 올 거란 사실을 몰랐어요. 이 깃발이 그렇게 문제가 되는 것이라면 내가 가져다가 즉시 태워버리겠어요."

"태워버리겠다고?" 깜짝 놀란 그가 가만히 서 있다. 그렇게 간단한 방법이 있었다니! 왜 그는 파란 원피스를 태워버리지 않았을까?

"하지만 말씀드리건대," 그녀가 덧붙인다. "그게 이 일의 끝이에요, 완전히 끝이라고요. 당신은 마트료나와 상관없는 일에 아이를 끌어들이고 있어요."

"나도 당신과 똑같은 생각이오. 하지만 그애를 끌어들인 건 내가 아니라 네차예프요."

"그렇다고 다를 건 없어요. 당신이 없었다면 네차예프가 여기 오는 일 따윈 없었을 테니까."

15
지하실

밤새 눈이 몹시 내렸다. 그는 밖으로 나가다가 갑작스러운 하얀색 풍경에 현기증을 느낀다. 걸음을 멈추고 그대로 쭈그려 앉아버린다. 머리가 왼쪽에서 오른쪽이 아니라 위에서 아래로 빙빙 도는 느낌이다. 몸을 움직이려 하면 앞으로 고꾸라져 굴러떨어질 것만 같다.

그저 발작의 징조에 불과할 수도 있다. 발작은 아직 시작되지 않았다. 어지럽고 가슴이 뛰고 기진맥진하고 초조한 상태로, 발작은 며칠째 기미만 보이고 있다. 그가 사는 모습 자체가 발작이 아니라면.

63번지 입구에 선 그는 안에서 일어나는 일에 정신이 팔려 있다. 누군가가 그의 팔을 꼭 쥘 때까지 아무 소리도 듣지 못한다.

그가 깜짝 놀라 눈을 뜬다. 네차예프의 얼굴이 바로 코앞에 있다.

네차예프가 치아를 드러내며 웃고 있다. 추위 때문에 여드름 자국이 검푸르게 변했다. 그는 팔을 뿌리치려 하지만 네차예프가 더 꽉 붙잡는다.

"이건 무모한 짓이오." 그가 말한다. "떠날 수 있을 때 페테르부르크를 떠났어야지. 틀림없이 체포될 거요."

네차예프는 한 손으로 그의 팔 위쪽을 잡고 다른 손으로는 팔목을 잡고서 그를 돌려세운다. 그들은 마지못해 함께하는 개와 주인처럼 나란히 스베치노이가를 걷는다.

"하지만 당신은 은근히 잡히기를 바라고 있는지도 모르지."

네차예프는 검은색 모자를 쓰고 있다. 그가 고개를 흔들 때마다 모자에 달린 귀덮개도 같이 흔들린다. 그는 노래하는 듯한 어조로 참을성 있게 말한다. "표도르 미하일로비치, 당신은 언제나 사람들에게 삐딱한 동기를 부여해요. 사람들은 그렇지 않아요. 생각해보세요. 내가 왜 붙들려서 감옥에 들어가기를 바라겠습니까? 그리고 산책중인 부자간처럼 보이는 우리를 누가 이상하게 쳐다보겠어요?" 그러고는 그를 향해 정말 기분좋은 웃음을 짓는다.

그들은 스베치노이가의 끝에 다다른다. 네차예프가 살짝 팔을 당겨서 그를 오른쪽으로 이끈다.

"당신 친구가 어떤 일을 겪고 있는지 알고 있소?"

"내 친구요? 그 핀란드 소녀 말입니까? 그녀는 무너지지 않을 겁니다. 나는 그녀를 믿어요."

"그녀를 봤다면 그렇게 얘기하지는 못할 거요."

"그녀를 보셨습니까?"

"경찰이 그 여자를 아파트로 데려와 나를 지목하게 했소."

"걱정 마십시오. 나는 걱정하지 않습니다. 그녀는 용감합니다. 자기 의무를 다할 거예요. 그 여자가 당신 하숙집 주인의 딸과 이야기할 기회가 있었나요?"

"마트료나 말이오? 왜 그래야 하지?"

"이유는 없어요, 없고말고요. 그녀는 아이들을 좋아합니다. 어린애처럼 아주 단순하고 단도직입적이지요."

"나는 경찰한테 취조당했소. 또 취조를 당할 거요. 나는 아무것도 숨기지 않았소. 앞으로도 아무것도 숨기지 않을 거요. 경고하겠는데, 당신은 나한테 불리하게 파벨을 이용할 수는 없을 거요."

"당신한테 불리하게 파벨을 이용할 필요가 없어요. 당신을 이용하면 되니까요."

그들은 센나야 광장 중심부에 있는 사도바야가에 다다른다. 그가 뒤꿈치로 버티며 걸음을 멈춘다. "죽었으면 하는 사람들의 명단을 당신이 파벨에게 줬잖소."

"그 명단에 대해서는 이미 얘기했었죠. 기억 안 나세요? 그건 수많은 명단 중의 하나였습니다. 수많은 명단의 수많은 복사본이 있죠."

"그것은 내가 알 바 아니오. 내가 궁금한 것은……"

네차예프가 고개를 뒤로 젖히고 웃는다. 입김이 뿜어져나온다. "그 명단에 당신이 포함되어 있는지 알고 싶은 거겠죠!"

"파벨이 그것 때문에 당신과 사이가 틀어진 건지 알고 싶소. 내가 명단에 들어 있는 걸 보고, 그걸 거부해서."

"표도르 미하일로비치, 말도 안 되는 소리예요! 물론 당신은 어떤 명단에도 들어 있지 않았습니다. 당신은 너무 가치 있는 사람이니까요. 어쨌든 우리끼리 하는 이야기지만 어떤 이름이 명단에 올라 있는지는 중요하지 않아요. 중요한 것은 그들이 보복의 날이 다가오고 있음을 알고 다리를 휘청거려야 한다는 거예요. 민중은 그런 것을 이해하고 수긍해요. 개별적인 것에는 관심이 없죠. 그들은 기억할 수도 없을 만큼 오랫동안 고통을 당해왔습니다. 이제 민중은 그들이 고통을 당할 차례라고 요구하고 있어요. 그러니 걱정하지 마세요. 당신의 때는 아직 오지 않았어요. 사실 우리는 당신 같은 사람들의 협조를 바라고 있어요."

"나 같은 사람들이라고? 나 같은 사람들이 누구요? 내가 당신을 위해 팸플릿을 작성해주길 바라는 거요?"

"물론 그렇지는 않습니다. 당신의 재능은 팸플릿을 만드는 데 있는 게 아니니까요. 그런 일을 하기에는 너무 성실하시지요. 자, 좀더 걸읍시다. 당신을 어딘가로 데려가고 싶어요. 당신의 영혼에 씨앗을 뿌리고 싶어요."

네차예프는 그의 팔을 잡고 다시 사도바야가를 걸어간다. 황록색 기병대 코트를 입은 장교 두 명이 그들에게 다가온다. 네차예프는 길을 비켜주며 손을 들어 유쾌하게 인사를 건넨다. 장교들이 고개를 끄덕인다.

"당신이 쓴 책 『죄와 벌』을 읽었습니다." 네차예프가 다시 말을 계속한다. "그런 생각이 떠오르게 한 건 그 책이었습니다. 훌륭한 책이에요. 전에는 그런 책을 읽은 적이 없었습니다. 읽으면서 깜짝 놀라는 때도 있었죠. 라스콜리니코프의 병에 대한 묘사 같은 것들 말입니다. 사람들이 그 책에 대해 칭찬하는 걸 분명히 들으셨겠지요. 그래서 얘기하는 건데……" 네차예프가 한 손으로 자기 가슴을 탁 치더니 심장을 떼어내듯 앞으로 뻗는다. 그도 자신의 몸짓에 이상한 느낌을 받았는지 얼굴을 붉힌다.

그것은 그가 네차예프에게서 본 최초의 즉흥적인 행동이었고, 그래서 놀란다. 자신이 동요하는 것에 당황스러워하는 순수한 가슴이군, 그가 생각한다. 막 태어나고 있는, 프랑켄슈타인 박사의 피조물 같구나. 그는 이 고지식하고 선입관 없는 젊은이에게 처음으로 연민의 감정을 느낀다.

그들은 이제 센나야 광장 구역의 깊숙한 곳까지 들어와 있다. 네차예프는 냄새나는 사람들 사이를 비집고 행상인들의 탁자와 손수레로 빽빽한 좁은 도로로 그를 끌고 간다.

그들은 어느 출입구에서 걸음을 멈춘다. 네차예프가 호주머니에서 청색 모직 스카프를 꺼낸다. "당신 눈을 가리도록 해주세요."

"나를 어디로 데려가는 거요?"

"이 안에 당신께 보여드리고 싶은 게 있습니다."

"그러니까 나를 어디로 데려가느냔 말이오?"

"내가 지금 사는 곳으로, 민중 속으로 데려가려는 겁니다. 눈을 가리는 게 우리 두 사람에게 더 쉬운 일일 거예요. 그래야 당신이 양심의 가책 없이 나를 어디서 찾을지 모른다고 얘기할 수 있으니까요."

눈이 가려지자 그는 현기증이 주는 쾌락에 몸을 내맡길 수 있게 되었다. 네차예프가 그를 안내한다. 지나가는 사람들과 부딪치자 몸이 떠밀린다. 발을 헛디디면 도움을 받아야 일어날 수 있다.

그들은 거리에서 벗어나 안뜰로 들어간다. 선술집에서 노래하고 기타를 튕기며 흥에 겨워 외치는 소리가 들려온다. 하수구와 생선 내장 냄새가 난다.

네차예프가 그의 손을 난간에 올려준다. 네차예프의 목소리가 들린다. "계단 조심하세요. 여기는 아주 어두워요. 눈가리개를 벗어도 도움이 되지 않을 겁니다."

그는 노인처럼 계단을 더듬더듬 내려간다. 공기는 습하고 바람도 불지 않는다. 어딘가에서 물이 똑똑 떨어지는 소리가 들린다. 동굴 속으로 들어가는 것만 같다.

네차예프가 말한다. "이쪽이에요. 머리 조심하세요."

그들은 걸음을 멈춘다. 그는 눈가리개를 벗는다. 그들은 침침한 나무 계단 밑에 있다. 그 앞에 닫힌 문이 있다. 네차예프가 네 번 두드렸다가, 다시 세 번 두드린다. 그들은 기다린다. 물이 떨어지는 소리 말고는 아무 소리도 없다. 네차예프가 다시 암호를 외쳐보지만 대답이 없다. "기다려야겠습니다. 이쪽으로 오세요."

네차예프가 계단참의 다른 쪽 끝에 있는 문을 두드리고 밀어서 연 다음 옆으로 비켜선다.

그들은 몸을 숙여야 할 정도로 천장이 낮은 지하실에 도착한다. 빛이라고는 머리 높이에 종이로 가린 창에서 들어오는 게 전부다. 바닥은 맨 돌로 되어 있다. 서 있을 때조차 장화 속으로 한기가 스미는 게 느껴진다. 바닥 가장자리를 따라 파이프가 깔려 있다. 축축한 벽토와 벽돌 냄새가 난다. 그럴 리 없겠지만 물이 벽을 따라 질퍽하게 내려오고 있는 듯한 느낌이 든다.

지하실 한쪽 끝에는 빨랫줄이 쳐져 있고, 그 위에는 지하실처럼 축축하고 희끄무레한 빨래가 걸려 있다. 빨랫줄 밑에는 침대가 있는데 침대에 어린아이 셋이 똑같은 자세로, 벽에 등을 대고 무릎에 턱을 바싹 붙인 채 팔로 무릎을 끌어안은 자세로 앉아 있다. 맨발에 리넨 옷을 입고 있다. 그중 가장 나이가 많은 아이는 여자아이이다. 그 아이는 기름때에 절은 머리카락을 헝클어뜨린 채 윗입술까지 내려온 콧물을 힘없이 빨고 있다. 다른 아이들 중 하나는 이제 아장아장 걸을 나이다. 아이들은 움직이지도, 소리를 내지도 않는다. 그저 끈적끈적하고 호기심 없는 눈으로 침입자를 멍하니 쳐다본다.

네차예프가 촛불을 켜서 벽감 위에 놓는다.

"여기가 당신이 사는 곳이오?"

"아닙니다. 하지만 그건 중요하지 않습니다." 네차예프가 앞뒤로 왔다갔다하기 시작한다. 다시 한번 그에게서 내부에 에너지를 가두고 있다는 인상이 풍긴다. 그는 파벨과 네차예프가 나란히 있는 모습을 상상해본다. 파벨은 이런 식으로 몰리지 않았다. 파벨이 그를 지도자로 받아들인 이유를 이해하는 건 더이상 어려운 일이 아니다.

"표도르 미하일로비치, 왜 당신을 이곳으로 데리고 왔는지 설명해드리지요." 네차예프가 말하기 시작한다. "옆방에는 인쇄기가 있습니다. 수동식 인쇄기지요. 물론 불법입니다. 유감스럽게도 열쇠를 갖고 있는 얼간이가 밖에 나가고 없네요. 여기 있겠다고 약속했는데. 나는 당신이 페테르부르크를 떠나기 전에 이 인쇄기를 사용해주길 바랍니다. 당신이 무슨 말을 하려고 하든, 우리는 몇 시간 안에 인쇄물 수천 장을 만들어 뿌릴 수 있습니다. 이런 시기에, 위대한 일들이 막 일어나려고 하는 이 같은 순간에 당신이 우릴 도와준다면 엄청난 효과가 있을 겁니다. 특히 당신은 학생들 사이에서 존경을 받고 있습니다. 만약 당신의 의붓아들이 어떻게 죽었는지 당신 이름으로 폭로한다면, 학생들은 반드시 정의로운 분노에 휩싸인 채 거리로 뛰쳐나올 겁니다." 네차예프가 걸음을 멈추고 그를 정면으로 바라본다. "파벨 이사예프의 죽음은 실로 유감입니다. 그는 좋은 동지였어요. 하지만 우리는 과거만 바라보고 있을 수 없습니다. 불길을 댕기려면 그의 죽음을 이용해야 해요. 그도 내 말에 동의할 겁니다. 그는 당신의 분노를 좋은 일에 쓰라고 권할 것입니다."

네차예프는 그 말을 하면서도 자기 말이 너무 멀리까지 가버렸다는 걸 깨닫는 것 같다. 그가 서툴게 자기 말을 수정한다. "당신의 분노와 슬픔 말입니다. 그래서 그의 죽음이 헛되지 않도록 하자는 겁니다."

불길을 댕긴다니, 너무 지나치다! 그는 나가려고 몸을 돌린다.

그러나 네차예프가 그를 잡고 제지한다. "아직 떠날 수 없습니다!" 네차예프가 이를 악물고 말한다. "어떻게 러시아를 버리고 경멸스러운 부르주아의 세계로 되돌아갈 수 있습니까? 당신이 어떻게 이런 모습을 못 본 척할 수 있습니까?" 네차예프가 손으로 지하실 안을 가리킨다. "이 나라에 이보다 수천 배, 아니 수백만 배가 되는 사람들이 이렇게 살고 있습니다. 당신은 어떻게 된 거죠? 당신에게는 아무런 불꽃도 남아 있지 않나요? 당신은 눈앞에 있는 게 보이지도 않습니까?"

그가 몸을 돌려서 축축한 지하실을 바라본다. 그는 무엇을 보고 있는가? 추위와 굶주림에 지쳐 죽음의 천사를 기다리는 세 아이들. "나도 당신처럼 볼 수 있소." 그가 말한다. "더 잘 보지."

"아닙니다! 당신은 본다고 생각할지 모르지만 그렇지 않아요! 본다는 것은 그저 눈의 문제만이 아니지요. 정확하게 이해를 하고 있느냐의 문제입니다. 당신 눈에 보이는 것은 쥐나 바퀴벌레조차 살 수 없는 이 지하실의 비참한 물질적 상황일 뿐입니다. 당신은 굶어죽어가는 세 아이들의 비참한 상황을 볼 뿐입니다. 조금만 더 기다리면 집에 빵부스러기라도 가져오기 위해 거리에서 몸을 파는 어머니도 보게 될 겁니다. 페테르부르크에서 찢어지게 가난한 사람들 중 가장 가난한 사람들이 어떻게 살아가는지 보는 거지요. 하지만 그건 진정으로 보는 것이 아닙니다. 그건 일부분에 지나지 않아요! 당신은 이 사람들을 이런 식으로 살아가게 만드는 힘들은 보지 못하고 있어요! 당신이 보지 못하는 것은 바로 그런 힘들입니다!"

네차예프가 손가락으로 지하실 바닥에서(그는 이때 몸을 굽혀 바닥에 손가락을 댄다. 그의 손가락 끝에 습기가 묻어난다) 시작해 어두운 창문을 거쳐 하늘 쪽으로 선 하나를 긋는다.

"그 선들은 여기서 끝납니다. 하지만 그 선이 어디서 시작된다고 생각하세요? 정부 부처와 재무성, 증권거래소와 은행에서 시작되는 것입니다. 유럽의 대사관에서도 시작되지요. 그런 힘의 선들은 거기에서 시작해 모든 방향으로 퍼져나가다가 이런 지하실, 이렇게 가난한 지하 생활에서 끝납니다. 만약 당신이 그것에 대해 썼다면 진정으로 세상에 깨달음을 줬을 겁니다. 하지만 물론," 네차예프가 쓴웃음을 짓는다. "만약 당신이 그것에 대해서 썼다면, 출판 허가를 받지 못했겠지요. 그들은 당신이 가난한 사람들의 말없는 고통에 대해 마음껏 쓰도록 허락할 거고 거기에 박수를 쳐줄 겁니다. 하지만 진짜 진실에 관해서는 출판하지 못하게 하겠지요! 그게 내가 당신에게 인쇄기를 쓰라고 제안하는 이유입니다. 일단 시작해보세요! 그들에게 당신 의붓아들 이야기를 해주고, 왜 그가 희생을 당했는지 얘기해주세요."

희생이라. 어쩌면 정신이 산만하고 피곤해서 그런지 몰라도 그는 파벨이 어떻게, 누구를 위해 희생되었는지 이해할 수 없다. 선에 대한 열변에 마음이 움직이지도 않는다. 그리고 그런 장광설을 들을 기분도 아니다. 그가 차갑게 말한다. "나는 내게 보이는 것을 봅니다. 나한테는 아무 선도 보이지 않소."

"그렇다면 당신의 눈은 아직도 가려져 있는 것입니다! 내가 가르쳐줘야만 하나요? 당신은 배고픔과 질병, 가난에 찌든 끔찍한 얼굴을 보고 경악하고 있어요. 하지만 배고픔과 질병과 가난은 적이 아니에요. 그것들은 진짜 힘들이 스스로를 세상에 드러내는 방식에 불과합니다. 배고픔은 힘이 아닙니다. 그것은 매개체입니다. 물이 매개체인 것처럼요. 물고기가 물속에서 살 듯 가난한 사람들은 자신의 배고픔 속에 살아가지요. 진짜 힘들은 권력의 중심, 거기서 일어나는 이해관계의 충돌에서 기원합니다. 당신은 당신 이름이 명단에 들어 있을지 몰라 두려웠다고 했죠. 거듭 말하지만, 맹세코 당신 이름은 거기 없었습니다. 우리 명단에는 거미줄 한복판에 앉아 있는 거미들과 흡혈귀들만 있어요. 일단 거미와 거미줄을 없애버리면 이런 아이들은 해방될 것입니다. 러시아 전역의 어린이들이 지하실에서 나올 수 있게 되는 거죠. 모두를 위한 음식과 옷과 제대로 된 집이 생길 겁니다. 할일도 많겠지요! 가장 먼저 해야 할 일은 은행과 증권거래소와 정부 부처들을 다시는 세워지지 못하도록 완벽하게 밀어버리는 겁니다."

아이들은 처음에는 이야기를 듣는 것 같더니 이제 흥미를 잃어간다. 가장 어린 아이는 누이의 무릎에 기대 잠들어 있다. 아이의 누나는 마트료나보다 어려 보인다. 그리고 더 활기가 없고 고분고분한 것 같다. 그는 이런 모습에 충격을 받는다. 이 아이는 벌써 남자들에게 몸을 허락하기 시작한 것인가?

아이들이 아무 말 없이 지켜보는 모습도 이상해 보인다. 네차예프는 도착한 이후로 아이들에게 말을 걸지도, 이름을 안다는 내색도 하지 않았다. 이 아이들은 그에게 도시 빈곤층의 표본에 지나지 않는 건가? 내가 가르쳐줘야만 하나요? 그는 오보렌스카야 공주의 사악한 발언을 떠올린다. 네차예프는 젊었을 때 학교 선생이 되고 싶었다. 그런데 자격 시험에서 떨어지자 시험관들에 대한 복수심에 혁명 쪽으로 돌아섰다. 그의 스승 장 자크처럼, 네차예프 역시 속으로는 남을 가르치기 좋아하는 사람에 불과한 건 아닐까?

그리고 선들. 그는 네차예프가 선에 관해 한 말이 무슨 의미인지 아직 확실히 모른다. 은행업자가 몰래 돈을 빼돌리고 탐욕이 사람의 마음을 망친다는 걸 그에게 이야기해줄 필요는 없다. 하지만 네차예프는 다른 무언가에 대해 이야기하고 있다. 무엇일까? 숫자의 끈들이 종이로 된 창문을 통과해 아이들의 굶주린 배를 내려친다고?

그의 머리가 다시 빙빙 돌고 있다. 내가 가르쳐주겠다. 그가 숨을 깊게 들이쉬고 묻는다. "5루블 있소?"

네차예프가 심란해하며 호주머니를 뒤진다.

"저 여자아이," 그가 고갯짓으로 아이를 가리키며 말한다. "만약 당신이 저 여자아이에게 몸을 깨끗이 씻고 머리를 자르고 새 옷을 입는 데 쓰라며 5루블을 준다면, 나는 저애가 오늘밤에, 바로 이 밤에, 당신이 투자한 5루블로 100루블을 벌 수 있는 곳을 가르쳐줄 수 있소. 만약 당신이 저애를 제대로 먹이고 청결하게 하고 지나치게 부려먹지 않고 병들게만 하지 않는다면, 저애는 적어도 오 년 동안 매일 당신에게 5루블씩을 벌어다 줄 수 있소. 쉽게."

"뭐라고요……?"

"내 말을 마저 들어보시오. 페테르부르크의 지하실에는 이런 아이들이 많소. 그리고 거리에 나가면 호주머니에 돈을 넣고 젊은 몸의 맛을 보려는 남자들이 많지. 이 도시의 가난한 사람들을 풍족하게 만들어주기 충분한 숫자요. 거기에 필요한 건 냉정한 머리뿐이오. 지하에 사는 사람들은 아이들에게 기대어 햇빛으로 나올 수도 있소."

"이렇게 타락한 우화의 요점이 뭡니까?"

"나는 우화로 얘기하는 게 아니오. 당신들처럼 나도 죄 없는 사람들이 고통당하는 것에 화가 납니다. 세르게이 게나데비치, 내가 당신을 잘못 본 게 아니오. 나는 오랫동안 아들이 당신의 추종자 중 한 사람이었다는 사실을 믿지 않으려 했소. 나는 이제 내 아들이 당신에게서 무엇을 봤는지 이해하기 시작했소. 당신은 정의감을 타고났고 그것은 아직 질식당하지 않았소. 만약 이 아이가, 여기 이 작은 여자아이가 페테르부르크의 난봉꾼한테 걸려 뒷골목으로 끌려간다면—물론 당신이 따뜻한 눈길로 이 아이를 지켜보고 있을 경우에 해당되는 말이지만—당신은 이 아이를 구하기 위해 남자의 등에 칼을 꽂는 걸 주저하지 않을 것이오. 아이를 구하기에 너무 늦었더라도 아이의 원수를 갚기 위해 그렇게 할 거요.

이건 우화가 아니오. 아이들과 아이들의 쓸모에 관한 이야기요. 한 아이의 도움으로 페테르부르크의 거리에서 흡혈귀들, 피를 빨아먹는 은행가들을 제거할 수 있을 것이오. 적당한 때가 되면 죽은 난봉꾼의 아내와 아이들이 거리로 나와 세상을 더 평등하게 만들지도 모르지."

"돼지 같은 놈!"

"아니, 당신은 이야기 속의 내 위치를 잘못 이해하고 있소. 나는 돼지가 아니오. 골목에서 옴짝달싹 못하는 돼지가 아니란 말이오. 다시 얘기하지만, 이것은 우화가 아니라 이야기요. 이야기는 다른 사람들에 관한 것일 수도 있소. 거기에서 당신의 위치를 찾아야 할 필요는 없소. 그러나 만약 이야기 속에서조차 정의감 때문에 죄 없는 아이들의 고통을 무시할 수 없다면, 아이들을 먹이로 삼는 거미들을 응징할 다른 방법들도 많소. 예를 들어, 남자를 어두운 골목으로 끌어들이는 사람이 꼭 아이일 필요는 없소. 수염을 깎고 얼굴에 화장을 한 채 치마를 입고 잘 보이지 않는 쪽에 서 있으면 되는 것이오."

이제 네차예프는 웃고 있다. 아니, 그저 이를 드러내고 있다. "당신이 쓴 책에 나오는 이야기군요! 전부 당신의 뒤틀린 환상이야!"

"그럴지도 모르지. 하지만 아직 물어볼 게 하나 더 있소. 만약 오늘, 당신이 자유롭게 옷을 입고, 자신이 원하는 존재가 되고, 정의감(내 생각에 당신 마음속에 여전히 자리잡고 있는)이 시키는 대로 할 수 있는 자유를 갖게 된다면, 민중의 복수라는 폭풍이 지나가고 모든 사람이 평등해진다면, 내일은 상황이 어떨 것 같소? 여전히 당신이 원하는 존재가 될 자유가 당신에게 있을 것 같소? 우리가 원하는 대로 될 수 있는 자유가 마침내 우리 모두에게 주어질 것 같소?"

"더이상 그럴 필요가 없어지겠지요."

"더이상 변장할 필요가 없을 거라고? 카니발이 열릴 때조차 말이오?"

"이건 어리석은 대화입니다. 카니발은 필요 없을 거예요."

"카니발이 없단 말이오? 휴일도 없고?"

"느긋하게 즐길 날들이 있을 거예요. 사람들은 휴식을 취하든 추수를 도우러 시골로 가든, 나름의 선택을 할 겁니다."

"그래, 추수기에 대해 들은 적 있소. 틀림없이 일을 하면서 노래를 부르겠지. 그러나 내가 했던 질문으로 돌아갑시다. 당신의 유토피아에서 나는 뭐요? 내 위치는 뭐요? 그때도 여전히, 내가 원한다면 여자도 될 수도 있고 하얀 양복을 빼입은 젊은 멋쟁이도 될 수 있는 거요? 아니면 하나의 이름과 하나의 주소와 하나의 나이와 하나의 부모만 갖도록 허용되는 거요?"

"그건 내가 대답할 수 있는 것이 아닙니다. 민중이 그 질문에 대한 답을 줄 것입니다. 민중이 당신에게 무엇이 허용되는지 얘기해줄 거예요."

"하지만 세르게이 게나데비치, 당신 생각은 어떻소? 만약 당신이 민중의 한 사람이 아니라면, 당신은 누구이고 당신의 미래는 무엇이오? 나한테는 여전히 내가 원하는 사람이 될 자유가 있는 것이오? 예를 들어, 자기가 좋아하지 않는 사람들의 명단을 받아쓰고, 그들을 위해 잔인한 형벌을 고안해내며 한가롭게 시간을 보내는 젊은이처럼 말이오. 또는 단두대 밑의 바구니에 넣을

톱밥을 주문하는 상점 주인처럼 말이오. 나도 그렇게 자유로울 수 있겠소? 아니면 당신이 제네바에서 했던 말을 염두에 둬야겠소? 당신은 이렇게 말했지. 코페르니쿠스 같은 사람들은 우리에게 있을 만큼 있습니다. 그런데 만약 또다른 코페르니쿠스가 나왔다면, 그는 자기 눈을 도려내야 하지 않을까요?"

"헛소리를 하시는군요. 당신은 코페르니쿠스가 아닙니다."

"맞소, 나는 코페르니쿠스가 아니오. 하늘을 보면 우리가 태어났을 때도 우리를 내려다봤고 죽을 때도 우리를 내려다볼 별들만 보일 뿐이오. 그 별들은 우리가 어떻게 변장을 하든, 우리가 숨어 있는 지하실이 얼마나 깊든 그런 것과 상관없이 우릴 내려다볼 것이오."

"나는 숨어 있는 게 아닙니다. 이 도시의 보이지 않는 민중과 나를 만들어낸 조건들에 어우러져 있을 뿐입니다. 당신이 그런 조건들을 보지 못할 뿐이지요."

"솔직히 말해도 되겠소? 당신 이야기는 말이 안 되는 것이오. 내가 하늘에 있는 선이나 숫자를 볼 수 없을지는 몰라도 눈이 멀지는 않았소."

"보지 않으려 하는 자보다 더 눈이 먼 사람은 없습니다! 당신은 지하실에서 굶어죽어가는 어린아이들을 보았습니다. 하지만 그런 삶의 조건을 결정하는 것은 보지 않으려 합니다. 어떻게 그걸 본다고 말할 수 있죠? 하지만 물론 당신과 당신에게 돈을 지불하는 사람들은 눈이 푹 들어간 채 굶주린 아이들과 이해관계에 있습니다. 당신과 그 사람들이 읽고 싶어하는 이야기는 이런 거니까요. 가냘픈 목소리와 감정을 자극하는, 움푹 들어간 눈 같은 것들 말입니다. 자, 굶주림에 대한 진실을 얘기해드리지요. 눈이 움푹 들어간 이 아이들이 당신을 바라볼 때 무얼 보는지 아세요? 아이들에게 물어보세요! 내가 얘기해드리죠. 이 아이들 눈에는 살진 볼과 촉촉한 혀가 보입니다. 당신이 자기들을 물리칠 정도로 힘이 세다는 걸 아니까 그렇지, 그렇지 않다면 이 무고한 아이들은 당신에게 쥐떼처럼 달려들어 당신 몸을 뜯어먹을 거예요. 하지만 당신은 그런 걸 알고 싶어하지 않죠. 잠깐 지상을 방문한 작은 천사 세 명이 보고 싶을 뿐.

표도르 미하일로비치, 당신과 이야기하면 할수록 당신이 어떻게 라스콜니코프에 대해 쓸 수 있었는지 이해할 수가 없습니다. 라스콜니코프는 열병인지 뭔지에 걸리기 전까지는 적어도 살아 있긴 했습니다. 내가 당신한테 어떤 느낌을 받는지 아세요? 당신은 날이면 날마다 똑같은 옛날이야기를 하며 빙글빙글 돌기만 하는, 눈가리개를 한 늙은 말 같습니다. 당신이 무슨 권리로 내게 변장 어쩌고 하는 겁니까? 당신은 목숨을 구하기 위해 변장도 할 줄 모르잖아요. 당신은 죽을 때가 다 된, 비쩍 마른 늙은 말일 뿐입니다. 집에 가만히 앉아서 억압받는 사람들에 관한 글을 쓰고 돈을 받아 그 돈을 세는 대신, 그들의 삶을 공유할 때가 되지 않았나요? 또 안절부절못하시는군요. 이 지하실과 아이들을 잊어버리기 전에 빨리 집에 가서 공책에 적어놓고 싶겠죠. 당신은 구역질이 나요!"

네차예프가 말을 멈추고, 더 가까이 다가와 그를 쳐다본다. "표도르 미하일로비치, 내가 너무 멀리 갔습니까?" 그가 더 부드럽게 말을 잇는다. "들춰서는 안 될 것을 들추고, 밟아서는 안 될 부분을 밟았나요? 당신 의붓아들을 포함한 우리 모두가 당신에게서 본 것을 제가 들췄느냐, 이 말입니다. 왜 그렇게 말이 없으시죠? 너무 정곡을 찔렀나요?" 네차예프가 호주머니에서 스카프를 꺼낸다. "다시 눈가리개를 할까요?"

정곡을 찔렀다고? 그래, 그럴지도 모르지. 그 말 자체가 비난은 아니지만 그는 그 말 뒤에서 파벨의 목소리를 듣는다. 친구에게 불평을 하는 파벨, 그 말들을 독처럼 쌓아둔 친구.

의기소침해진 그가 스카프를 밀쳐버린다. "왜 나를 자극하는 거요? 당신은 인쇄기나 굶어죽어가는 아이들을 보여주기 위해 나를 이곳으로 데리고 온 게 아니오. 그런 것들은 핑계일 뿐이지. 정말 나한테 원하는 게 뭐요? 내가 분노로 날뛰며 이곳을 박차고 나가 당신을 경찰에 고발해주기를 바라는 거요? 왜 페테르부르크를 떠나지 않았지? 제정신이라면 당연히 도망쳤을 텐데, 당신은 예루살렘 밖에서 자신을 박해자들에게로 데려다줄 당나귀를 기다리는 예수처럼 행동하고 있소. 내가 당나귀 역할을 해주기를 바라는 거요? 자신을 피신중인 왕자나 부름을 기다리는 순교자라고 생각하시오? 예수에게서 부활절을 훔치고 싶은 거겠지. 당신이 나를 유혹하는 게 이번이 두번째요. 나는 유혹에 넘어가지 않을 것이오."

"화제를 바꾸지 마세요! 우리는 예수가 아니라 러시아에 대해 이야기하고 있어요. 나를 비난하려고 하지 마십시오. 만약 당신이 나를 배반한다면 그건 그저 당신이 나를 증오하기 때문일 뿐이에요."

"나는 당신을 증오하지 않소. 나한테는 그럴 이유가 없소."

"아니, 있습니다. 내가 민중의 눈을 뜨게 해 당신과 당신 세대의 실상이 무엇인지 보여주니 나를 후려치고 싶겠죠."

"나와 내 세대의 실상이라는 게 뭐요?"

"얘기해드리지요. 당신의 시대는 끝났습니다. 다만, 당신은 이 장면에서 조용히 물러나기보다는 온 세상을 질질 끌고 가고 싶은 거죠. 이 세상을 더 좋은 곳으로 만들려고 하는 젊고 강인한 세대의 손으로 고삐가 넘어가고 있다는 점에 화가 난 거예요. 바로 그게 당신의 실상입니다. 당신이 신념 때문에 시베리아에 보내진 혁명주의자였다는 이야기는 하지 마세요. 나는 당신이 시베리아에서조차 특권층으로 대우받았다는 사실을 알고 있으니까요. 당신은 민중의 고통을 조금도 함께 나누지 않았고, 그랬다 하더라도 시늉에 불과했어요. 당신네 늙은이들을 보면 구역질이 납니다! 장담하는데, 나는 서른다섯 살이 되는 날 내 머리에 총알을 박고 죽을 겁니다!"

상대가 마지막 말을 하면서 너무 흥분하는 바람에, 그는 미소를 숨길 수가 없다. 네차예프도 혼란스러워 얼굴을 붉힌다.

"그전에 아버지가 되어봤으면 좋겠군. 그래야 아들을 잃은 아버지의 비통한 심정을 알게 될 테니까."

"나는 결코 아버지가 되지 않을 겁니다." 네차예프가 투덜거린다.

"어떻게 알지? 그건 당신이 확신할 수 없는 거요. 남자가 할 수 있는 건 씨를 뿌리는 일이오. 그후에는 그 씨가 자체적으로 생명을 갖게 되는 것이오."

네차예프가 단호히 고개를 흔든다. 무슨 의미지? 씨를 뿌리지 않겠다는 말인가? 예수처럼 평생 총각으로 살기로 맹세라도 했다는 건가?

"그건 당신이 확신할 수 없는 일이오." 그가 부드럽게 말한다. "씨는 아들이 되고, 왕자는 왕이 되는 법이오. 어느 날 당신이 왕

272

좌에 오르고(당신이 그때까지 총으로 자살하지 않았을 경우에 말이오), 지하실이나 다락에 숨어 당신에 대한 음모를 꾸미는 어린 왕자들이 이 나라에 가득한 상황이라면, 그때 당신은 뭘 하겠소? 군대를 보내 그들의 목을 자를 거요?"

네차예프가 노려본다. "어리석은 우화를 꾸며 내 화를 돋우려 하는군요. 당신의 아버지에 관한 얘기를 들었습니다. 파벨 이사예프가 말해줬죠. 당신 아버지가 소작인들에게 죽임을 당할 때까지 얼마나 치사한 폭군이었는지, 사람들에게 얼마나 미움을 받는지도 알아요. 당신과 당신 아버지가 서로 증오했었기 때문에 세계사는 아버지와 아들의 전쟁 외에는 아무것도 아니라고 생각하실 테죠. 하지만 당신은 혁명의 의미를 이해하지 못하고 있어요. 혁명이란 아버지와 아들의 관계를 포함한 낡아빠진 모든 것의 끝입니다. 그것은 왕위 계승과 왕조의 끝이에요. 진정한 혁명이라면 그것은 늘 새로워집니다. 세대가 바뀔 때마다 낡은 혁명은 뒤집히고 역사는 다시 시작됩니다. 그것은 새로운, 정말 새로운 생각이에요. 첫해에는 백지 위임 상태가 되겠죠. 모든 게 다시 만들어지고 모든 게 지워지고 새로 태어나면서 완전히 새로운 모습을 갖게 됩니다. 법과 도덕과 가족 등 모든 것이 말이에요. 모든 죄수들이 석방되고 모든 죄가 용서될 거예요. 너무 엄청난 생각이라 당신이나 당신네 세대는 이해할 수 없겠죠. 그게 아니라면 그걸 너무 잘 알아서, 요람에서부터 질식시키고 싶은 건지도 모르죠."

"그렇다면 돈은? 죄를 사면할 때 돈도 재분배할 거요?"

"우리는 그 이상의 일을 할 겁니다. 사람들이 전혀 예상하지 못할 때 기존의 통화를 무효화하고 새 화폐를 찍을 거예요. 프랑스인들의 실수는 바로 여기 있었어요. 옛날 화폐를 그대로 쓰도록 허용한 거 말이에요. 프랑스인들이 진정한 혁명을 성취할 수 없었던 것은 끝까지 밀고 나갈 용기가 없었기 때문입니다. 그들은 귀족들은 제거했지만 옛날의 사고방식은 제거하지 못했어요. 우리는 학교에서 민중의 사고방식을 가르칠 겁니다. 늘 억압받아왔던 것이지요. 모든 사람들이 다시 학교에 나가게 될 겁니다. 교수들도 마찬가지입니다. 농부들이 선생이 되고 교수들은 학생이 되겠지요. 우리는 학교에서 새로운 인간들을 만들어낼 겁니다. 모든 사람이 새로운 심장을 갖고 다시 태어나게 되는 거지요."

"하느님은 어떻소? 하느님은 그것에 대해 어떻게 생각하겠소?"

네차예프가 너무 흥분해서 웃는다. "하느님이요? 하느님은 질투를 하겠죠."

"정말 그렇게 믿소?"

"물론 우리는 그렇게 믿습니다! 그렇지 않다면 무슨 의미가 있겠습니까? 차라리 모든 것에 불을 지르고 세상을 잿더미로 만드는 게 더 나을지도 모르죠. 아니, 우리는 하느님의 왕좌 앞으로 가서 거기서 내려오라고 요구할 겁니다. 하느님은 내려올 겁니다. 우리 말을 듣는 것 말고 다른 선택의 여지가 없을 테니까. 그러면 마침내 우리 모두가 같은 지반에 서게 되는 거지요."

"천사들은 어떻소?"

"천사들은 우리를 둥글게 둘러싸고 호산나를 부를 거예요. 천사들은 황홀경에 빠질 겁니다. 그들도 자유로워져서 보통 사람들처럼 땅 위를 걸어다닐 겁니다."

"그러면 죽은 사람들의 영혼은?"

"질문이 너무 많군요! 그래요, 표도르 미하일로비치, 죽은 사람들의 영혼에 대해서도 대답해드리지요. 죽은 사람들의 영혼들도 땅 위를 걸어다닐 겁니다. 파벨 이사예프의 영혼도 마찬가지고요. 우리가 할 수 있는 일에는 한계가 없습니다."

이런 협잡꾼 같으니! 그러나 이제 더이상 누가 누구를 조종하고 있는지 알 수 없다. 그가 네차예프를 갖고 노는지, 네차예프가 그를 갖고 노는지 모르겠다. 눈물의 벽, 웃음의 벽 등 모든 장벽이 한꺼번에 허물어지는 것처럼 보인다. 만약 안나 세르게예브나가 여기 있다면—그런 생각이 저절로 든다—이 이야기를 하는 동안 빠뜨린 말들을 그녀에게 할 수 있을 것이다.

그는 한 발짝 앞으로 다가가 무서운 힘으로 네차예프를 가슴

팍에 끌어안는다. 네차예프의 팔을 옆구리에 끼고 꼭 끌어안은 채, 여드름투성이인 그의 시큼한 살냄새를 맡으며 흐느끼고, 웃고, 그의 양쪽 뺨에 입을 맞춘다. 네차예프가 배와 배, 가슴과 가슴이 맞닿은 채 그에게 붙들려 있다.

계단에서 덜컹거리는 발소리가 들린다. 네차예프가 몸을 빼내려 한다. "그들이 왔어요!" 그가 소리친다. 그의 눈이 승리감으로 빛난다.

몸을 돌리자, 검은 옷에 어울리지 않는 작고 하얀 모자를 쓴 여자가 입구에 서 있다. 불빛이 침침한데다 얼굴이 눈물에 젖어 있어 여자의 나이를 가늠하기 어렵다.

네차예프는 실망한 것 같다. "아!" 그가 말한다. "양해 부탁드려요! 들어오세요!"

그러나 여자는 그 자리에 가만히 서 있다. 그녀는 하얀 보자기로 싼 무언가를 팔에 끼고 있다. 아이들의 코가 그의 코보다 더 예민하다. 아이들이 다 함께 아무 말도 없이 침대에서 미끄러져 내려오더니 두 남자를 지나친다. 여자아이가 보자기를 풀자 갓 구운 빵냄새가 방안을 가득 채운다. 아이는 한마디 말도 없이 빵을 잘라 남동생들의 손에 건넨다. 아이들은 멍하니 텅 빈 눈을 하고, 어머니의 치마에 붙어 선 채 빵을 씹는다. 동물 같다, 그가 생각한다. 그 빵이 어디서 온 건지 알면서도 상관하지 않는구나.

16
인쇄기

그가 여자를 향해 고개를 숙인다. 우스꽝스러운 모자 아래로 주근깨가 난 소심하고 앳된 얼굴이 그를 쳐다본다. 그는 순간적으로 성적 끌림을 느끼지만 이내 사그라든다. 그는 검은 넥타이를 매거나 이탈리아식으로 팔에 검은 띠를 둘러야 한다. 그러면 그의 입장이 더욱 분명해 보일 것이다. 그 자신에게도 말이다. 더이상 완전하지 못한 반쪽짜리 남자. 아니면 파벨의 모습이 새겨진 메달을 옷깃에 달거나. 반은 채워졌으나 나머지 반은 앞으로 채워져야 할 존재.

"가야겠소." 그가 말한다.

네차예프가 경멸스럽다는 표정으로 그를 본다. "가세요." 그리고 이렇게 덧붙인다. "아무도 당신을 막지 않으니." 그러고는 여자에게 말한다. "저 사람은 자기가 어디 가는지 내가 모른다고 생각해요."

그 말은 그에게 불필요한 말처럼 들린다. "당신 생각엔 내가 어디로 갈 것 같소?"

"내가 그걸 꼭 말로 하길 바라십니까? 지금이 당신이 복수할 기회 아니던가요?"

복수. 방금 있었던 그 일 이후에 그런 말을 들으니 얼굴을 돼지 오줌보로 맞은 기분이다. 네차예프의 말, 네차예프의 세계, 복수의 세계. 그것이 그와 무슨 상관이 있단 말인가? 그러나 그 추한 말은 이유 없이 그에게 던져진 게 아니다. 무언가 떠오른다. 그들이 처음 만났을 때 네차예프가 했던 행동, 그의 의자 뒤에서 스커트 자락이 부산하게 바스락거리던 소리, 탁자 밑에서 그의 발을 누르던 느낌, 뻔뻔하지만 서투르게 몸을 사용하던 방식. 이 소년은 자기가 원하는 것이 무엇인지 분명히 알고 있을까? 아니면 단순히 그것이 자신을 어디로 이끄는지 보려는 것일까? 그는 나와 같고, 나는 그와 같았다, 그가 생각한다. 다른 점이 있다면 내게는 용기가 없었다는 것뿐이다. 그다음엔 이렇게 생각한다. 파벨이 그를 따랐던 이유가 바로 이것이었을까? 용기를 배우고 싶어서? 그것이 그가 밤중에 탑에 올라갔던 이유였을까?

더욱더 분명해지고 있다. 네차예프는 경찰에 잡힐 때까지, 자기도 그 맛을 볼 때까지 만족하지 않을 것이다. 자신의 용기와 결단력을 시험해볼 수 있도록 말이다. 그리고 그 시험을 통과할 것이다. 거기에는 의심의 여지가 없다. 그는 무너지지 않을 것이다. 아무리 얻어맞고 굶는다 해도 결코 굴복하지도, 병들지도 않을 것이다. 이가 모두 뽑혀도 미소를 지을 것이다. 부러진 다리를 끌고 다니며 사자처럼 강인하게 으르렁거릴 것이다.

"당신은 내가 복수해주길 원하오? 내가 나가서 당신을 배반하길 원하오? 내 눈을 가리고 미로를 통과한 것은 그 목적을 달성하기 위한 것이었소?"

네차예프가 흥분해서 웃는다. 그는 그들이 서로를 이해한다는 걸 안다. "내가 왜 그걸 원하겠어요?" 그는 여자를 농담에 끌어들이려는 듯 그녀를 곁눈질로 흘깃거리며 부드럽고 짓궂은 목소리로 대답한다. "나는 당신의 의붓아들처럼 방황하는 젊은이가 아니에요. 만약 경찰서에 갈 생각이라면 솔직하게 얘기하십시오. 나를 감상적으로 대하려 하지 마세요. 내 적이 아닌 체하지도 말고요. 나는 당신의 감상적인 태도에 대해 알아요. 여자들에게도 똑같이 대하죠, 알고 있습니다. 여자들과 어린 계집애들에게 말이에요." 그는 여자 쪽으로 몸을 돌린다. "당신도 다 알죠? 저런 남자들이 당신을 해치려고 할 때, 양심에 기름을 치고 짜릿함을 느끼기 위해 눈물을 짠다는 걸 말이에요."

나이에 비해 주워들은 게 굉장히 많군! 그 나름대로의 약삭빠름이 있어서 거리의 여자들보다 한술 더 뜬다. 그는 세상에 대해 안다. 파벨에게도 그런 것이 조금만 더 있었다면 이렇게 되지 않았을 텐데. 파벨이 그토록 고통스럽게 창조해낸 까다로운 주인공보다—그 주인공 이름이 뭐였더라? 카람진?—주인공의 이야기 속에 나오는 더럽고 비틀거리는 늙은 곰에게 더 진실한 삶이 있었다. 곰을 너무 일찍 죽인 게 큰 실수였어.

"나는 당신을 배반할 생각이 없소." 그가 피곤한 어조로 말한다. "당신 아버지에게 돌아가시오. 내 기억이 맞다면, 이바노보 어딘가에 당신 아버지가 있지 않소. 가서 무릎을 꿇고 숨겨달라고 부탁하시오. 그분은 그렇게 해줄 거요. 아버지는 못 해줄 게 없는 법이니까."

네차예프가 거칠게 웃음을 터트린다. 그는 더이상 가만히 있을 수가 없다. 아이들을 제치고 지하실을 성큼성큼 가로지른다. "내 아버지라고! 당신이 내 아버지에 대해 뭘 알아? 나는 당신 의붓아들처럼 얼간이가 아니라고! 나는 날 괴롭히는 사람들에게 빌붙지 않아요! 열여섯에 아버지 집을 떠나 다시는 돌아가지 않았다고요. 왜 그런 줄 아십니까? 그가 나를 때렸기 때문입니다. 나는 '한 번만 더 때리면 다시는 저를 보지 못할 거예요'라고 했어요. 그런데도 그는 나를 때렸고 다시는 나를 보지 못했죠. 그

날부터 그는 내 아버지가 아니었습니다. 이제는 내가 나 자신의 아버지입니다. 내가 스스로 그렇게 변신했어요. 나는 날 숨겨줄 아버지가 필요하지 않습니다. 내가 숨을 필요가 있다면 민중이 나를 숨겨줄 겁니다.

당신이 아버지는 못 해줄 게 없다고 말했죠. 내 아버지가 경찰에게 내 편지들을 보여준 걸 알고나 있습니까? 그는 내가 누이들에게 부친 편지들을 훔쳐서 복사해 경찰에 넘기고 돈을 받지요. 그게 그의 한계입니다. 경찰이 지푸라기라도 잡을 셈으로 그런 것에 돈을 지불하는 걸 보면 그들이 얼마나 필사적인지 알 수 있어요. 내가 한 일 중 그들이 증거를 찾을 수 있는 건 아무것도 없으니까요. 아무것도!"

필사적이다. 배반당하는 데 필사적이다. 자신을 배반할 아버지를 찾는 데 필사적이다.

"그들이 아무런 증거도 제시할 수 없을진 몰라도, 당신이 무고하지 않다는 건 그들도 알고 당신도 알고 나도 아는 사실이오. 당신은 명단을 작성하는 것 이상의 일을 했소, 아니오? 당신 손에 피가 묻어 있잖소? 자백하라는 건 아니오. 하지만 순전히 가정해서 물어보는 건데, 왜 그런 일을 하는 거요?"

"가정이라고요? 죽이지 않으면 진지하게 받아들이지 않으니까 그렇지요. 진지하다는 증거만이 중요합니다."

"하지만 왜 진지하게 받아들여야 하지? 왜 최대한 오래 젊고 무사태평하면 안 되는 거요? 나중에도 진지해질 시간은 충분히 있소. 당신을 진지하게 생각하는 실수를 저지르고 있는, 당신보다 약한 친구들을 생각해보시오. 당신의 핀란드 친구에 대해서, 그 결과로 그녀가 바로 이 순간에 겪고 있을 일을 생각해보란 말이오."

"내 핀란드 친구라는 사람에 대해 자꾸 이러쿵저러쿵 말하지 마십시오! 그녀는 그동안 보살핌을 받았고 더이상 고통스럽지 않을 겁니다! 세상이 나를 진지하게 생각할 때까지 나이들기를 기다리라는 말은 하지 마세요. 나이가 들면 어떤 일이 일어나는지 나는 잘 봐왔습니다. 늙은 나는 더이상 내가 아닐 거예요."

이것은 네차예프가 아니라 파벨이 했음직한 생각이다. 아깝다! 그가 말한다. "당신과 파벨이 이야기하는 걸 들었더라면 좋았을 텐데." 두 자루의 칼처럼, 칼집에서 뽑힌 두 자루의 칼처럼 말이오. 그러나 이 말은 덧붙이지 않는다.

하지만 네차예프가 동정하지 말라고 미리 경고한 것은 얼마나 영리한 짓이었던가! 지금 막 그 감정이 느껴지려 하니 말이다. 바다에서 홀로 허우적거리며 죽어가는 아이에 대한 동정심이 느껴지려 한다. 그렇다면 그가 네차예프의 엄숙한 표정(놀랍도록 침묵에 잠긴)과 생각에 빠진 눈길에서 약간 지나치게 계산된 어떤 것, 아니 교활한 어떤 것을 느끼는 건 잘못된 것일까? 말이 가슴에서 가슴으로 진실되게 오고간다고 마지막으로 믿었던 게 언제였던가? 지금은 연기의 시대요, 위장의 시대다. 파벨은 이런 시대에 성공하기에는 너무 어린애 같고 구식이다. 파벨의 남녀 주인공들은 이런 우스꽝스럽고 구식인 가슴의 언어로 더듬더듬 대화를 나눴을 것이다. "…… 할 수 있었으면, …… 할 수 있으면." "…… 해도 좋아요, …… 해도 좋아요." 그러나 적어도 파벨은 다른 사람의 가슴에 자신을 투사하려고 노력했다. 작가가 된 세르게이 네차예프를 상상하는 건 불가능하다. 이기주의자, 아니 그보다 더 나쁜 자다. 애인으로서도 틀림없이 형편없을 것이다. 감정도 없고 동정심도 없다. 감정이 미숙하고 발육도 난쟁이처럼 정지되어 있다. 괴물 같은 머리와 괴물 같은 식욕 외에는 아무것도 없는 미래의 남자, 다음 세기의 남자. 홀로 외로운 존재. 그에게 맞는 장소는 텅 빈 방에 있는 왕좌다. 관념의 왕좌. 관념의 교황, 무딘 관념의 교황. 하느님, 그때 신도들을 구원하소서, 지배당하는 자들을 구원하소서!

덜컹거리는 계단 소리 때문에 그의 생각이 중단된다. 네차예프가 문으로 돌진해 귀를 기울이더니 밖으로 나간다. 거칠게 속삭이는 소리가 들린다. 그리고 열쇠 구멍에 열쇠를 맞추는 소리가 나더니 침묵이 이어진다.

아직도 작은 하얀색 모자를 쓰고 있는 그 여자는 침대 가에 앉아 막내 아이에게 젖을 먹인다. 그와 눈이 마주치자 얼굴을 붉히더니 도전적으로 턱을 치커올린다. 그녀가 말한다. "이슈틴 씨말로는 당신이 우리를 도와줄 수 있다고 했어요."

"이슈틴 씨라니?"

"이슈틴 씨요. 당신 친구 말이에요."

"그 사람이 왜 그런 말을 한 거요? 내 처지를 알 텐데."

"우리는 집세를 내지 못해 쫓겨날 처지랍니다. 이번 달 집세는 냈는데 밀린 게 너무 많아서 더는 낼 수가 없어요."

아이가 젖 빨기를 멈추고 꿈틀거리기 시작한다. 여자가 아이를 놓아준다. 아이가 여자의 무릎에서 미끄러져내려와 방에서 나간다. 그들은 아이가 평소처럼 계단 밑에서 부드럽게 끙끙거리며 볼일 보는 소리를 듣는다.

"저애는 몇 주 동안 아팠답니다." 그녀가 불평한다.

"젖가슴을 보여주시오."

그녀가 두번째 단추를 풀고 양쪽 젖가슴을 드러낸다. 추위 때문에 젖꼭지가 바짝 선다. 여자는 손가락 사이에 젖꼭지를 끼고 부드럽게 매만진다. 그러자 젖 한 방울이 나온다.

그에게는 안나 세르게예브나에게서 빌린 5루블이 있다. 그가 그녀에게 2루블을 준다. 그녀는 아무 말 없이 동전을 받아 손수건에 싼다.

네차예프가 돌아온다. "소냐가 당신에게 자기 얘기를 하고 있었군요." 그리고 덧붙인다. "당신 집주인이 이들을 위해 뭔가를 해줄 수 있을지 모른다고 생각했습니다. 마음씨 좋은 여자 아니던가요? 이사예프는 그렇게 얘기했었는데."

"말도 안 되는 얘기요. 내가 어떻게……?"

그 어린 여자—그녀의 이름이 정말로 소냐일까?—가 당황해서 눈길을 돌린다. 전혀 겨울에 맞지 않는 싸구려 소재의 꽃무늬 원피스 앞쪽에는 맨 아래까지 단추가 달려 있다. 그녀가 몸을 떨기 시작한다.

"그 이야기는 나중에 하지요." 네차예프가 말한다. "인쇄기를 보여드리고 싶습니다."

"당신의 인쇄기에는 흥미가 없소."

그러나 네차예프가 그의 팔을 잡아 반쯤 밀고 반쯤 당기며 문쪽으로 간다. 다시 한번 그는 자신의 수동적인 모습에 놀란다. 마치 도덕적 혼수상태에 빠져 있는 것 같다. 파벨은 자신을 죽인 사람에게 아버지가 이렇게 이용당하는 걸 보고 무슨 생각을 할까? 아니, 그를 끌고 가는 사람이 실제로는 파벨인 건 아닐까?

그는 그 인쇄기를 단번에 알아본다. 동생이 전단과 광고지를 찍는 데 사용하던 것과 똑같은 구형 버밍햄 앨비언산 인쇄기다.

수천 장을 찍을 수 있다는 건 틀림없는 사실이다. 한 시간에 최대 이백 장은 찍을 수 있을 것이다.

"모든 작가들의 힘의 근원이죠." 네차예프가 기계를 탁 때리며 말한다. "당신의 성명서는 오늘밤 조직원들에게 배포되어 내일 거리에 뿌려질 겁니다. 아니, 원한다면 당신이 국경을 넘을 때까지 보류할 수도 있어요. 만약 언제라도 그것 때문에 비난을 받는다면, 위조품이라고 말하면 되겠죠. 그때쯤이면 상관없을 겁니다. 이미 그 효과가 나타났을 테니까."

방안에는 또다른 남자가 있다. 네차예프보다 더 나이가 많아 보인다. 창백한 얼굴에 다소 광채가 없는 짙은 눈, 머리가 검고 여윈 그 남자는 손으로 턱을 받치고 식자용 탁자 위로 몸을 구부리고 있다. 그는 그들을 신경쓰지 않는다. 네차예프도 그를 소개하지 않는다.

"나의 성명서라니?" 그가 말한다.

"그래요, 당신의 성명서. 당신이 성명서에 어떤 내용을 쓰기로 택하든 말이에요. 지금 여기서 쓰면 시간을 절약할 수 있을 겁니다."

"내가 진실을 이야기하는 쪽을 택하면 어떻게 되는 것이오?"

"당신이 무엇을 쓰든 배포될 겁니다. 약속드리죠."

"진실은 수동 인쇄기가 감당할 수 있는 것 이상의 것일지 모르오."

"그를 내버려둬." 줄곧 앞에서 원고를 들여다보고 있던 다른 남자의 목소리다. "그는 작가야. 그런 식으로 작업하지 않는다고."

"그렇다면 어떤 식으로 작업하죠?"

"작가에게는 나름의 규칙이 있는 법이지. 사람들이 어깨너머로 쳐다보는 상황에서 글을 쓸 수는 없어."

"그렇다면 새로운 규칙을 배워야죠. 사생활은 사치일 뿐이고, 우리는 그런 것 없이도 살 수 있어요. 민중에게는 사생활이 필요치 않습니다."

이제 들어주는 사람이 생겨서 그런지 네차예프는 전과 같은 상태로 돌아가 있다. 그는 이런 풋내기 같은 도발에 넌더리가 난다. 그가 다시 말한다. "가야겠소."

"만약 당신이 쓰지 않는다면, 우리가 당신을 위해 써줘야 할 겁니다."

"무슨 말이오? 나를 위해 써준다니?"

"맞아요."

"거기다 내 서명을 하고?"

"물론 당신 서명도 하지요. 우리에겐 대안이 없을 거예요."

"아무도 그걸 인정하지 않을 거요. 아무도 당신네 말을 믿지 않을 거란 말이오."

"학생들은 믿을 거예요. 전에 얘기했듯이, 학생들 중에 당신을 따르는 자들이 많아요. 깨달음을 얻기 위해 두꺼운 책을 읽을 필요가 없는 경우에는 특히 더 그럴 겁니다. 학생들은 무엇이든 믿을 거예요."

"도대체 왜 그러는 거야, 세르게이 게나데비치!" 다른 남자가 말한다. 재미있어하는 말투가 아니다. 그의 눈 밑이 처져 있다. 그가 담배에 불을 붙이고 신경질적으로 피운다. "책이 못마땅한 이유가 뭐야? 학생들이 못마땅한 이유가 뭐냐고?"

"한 페이지에 다 들어가지 않는 말은 할 가치가 없는 말입니다. 게다가, 다른 이들이 전혀 책을 읽을 수 없는 때에 왜 일부의 사람들만 둘러앉아 사치스럽게 책을 읽어야 하는 겁니까? 당신 생각에는 옆에 사는 소녀에게 책 읽을 시간이 있을 것 같아요? 그리고 학생들은 너무 많은 말을 지껄여요. 그들은 앉아서 논쟁하는 데 너무 많은 에너지를 낭비하고 있습니다. 대학은 논쟁하는 법을 가르치는 곳이에요. 그래서 실제로는 아무것도 할 수 없게 되죠. 그곳은 삼손의 머리털을 자르는 유대인들과 같아요. 논쟁은 함정일 뿐이지요. 그들은 논쟁을 통해 세상을 더 좋게 만들 수 있다고 생각합니다. 하지만 상황이 나아지기 전에 더 나빠져야 한다는 사실은 이해하지 못하고 있어요."

그의 동지가 하품을 한다. 동지의 무관심이 네차예프를 자극한 것 같다. "사실이라니까요! 그게 그들을 선동해야 하는 이유입니다! 그대로 내버려두면 그들은 언제까지나 입만 놀리며 논쟁이나 할 테고, 그러면 모든 게 중지될 거예요. 표도르 미하일로비치, 당신 의붓아들도 그랬어요. 늘 말만 했죠. 고통받는 민중에게는 말이 필요하지 않아요. 그들에게는 행동이 필요해요. 우리의 의무는 그들을 행동하게 만드는 것입니다. 만약 우리가 그들을 자극해서 행동하게 만든다면 싸움은 반은 이긴 거나 마찬가지예요. 두들겨맞을 수도 있고 새로운 압박이 생길 수도 있어요. 그러나 그로 인해 더 많은 고통과 더 많은 분노, 더 많은 행동 의지가 만들어질 거예요. 그게 일이 돌아가는 방식입니다. 게다가, 일부가 고통을 받고 있다면, 모두가 고통을 받게 될 때까지는 공정함이라는 것이 있겠습니까? 그리고 일에 속도감도 생길 것입니다. 일단 우리가 역사를 움직이게 만들면 역사가 얼마나 빠르게 움직이는지 깜짝 놀라실 거예요. 그 주기는 점점 더 짧아질 거고요. 만약 우리가 오늘 행동한다면, 우리가 알아채기도 전에 미래는 우리 앞에 있을 것입니다."

"그래서 위조도 허용되고, 모든 것이 다 허용되는 거군."

"그래서 안 될 게 뭡니까? 거기엔 새로울 게 하나도 없습니다. 미래를 위해서는 모든 게 허용되는 법이니까요. 심지어 신도들도 그렇게 말하고 있습니다. 만약 그게 성경에 쓰여 있다 해도 나는 놀라지 않을 거예요."

"그런 말은 절대 성경에 없소. 예수회파들만이 그런 말을 할 뿐이지. 그들은 용서받지 못할 거요. 당신도 마찬가지고."

"용서받지 못한다고요? 그걸 누가 알겠습니까? 표도르 미하일로비치, 우리는 팸플릿에 대해 얘기하고 있어요. 실제로 어떤 사람이 팸플릿 문안을 작성했는지 누가 상관하겠습니까? 말이란 오늘은 여기 있다가도 내일이면 없어지는 바람과 같은 것입니다. 아무도 말을 소유하지 않아요. 우리는 군중에 대해 이야기하고 있습니다. 당신도 분명히 군중 속에 있었던 경험이 있겠지요. 군중은 누가 그걸 썼느냐 따위에는 관심이 없습니다. 군중에게는 지성이 없고 오직 열정만 있을 뿐이지요. 그게 아니라면 다른 뜻으로 한 말인가요?"

"내 말은 당신이 그걸 알면서도 미래라는 이름으로 옆방의 비참한 아이들이 고통당하도록 내버려둔다면 영원히 용서받지 못할 거라는 뜻이오."

"알면서도라고요? 그게 무슨 말이죠? 당신은 계속 민중의 마음에 대해 이야기하고 있어요. 역사는 생각이 아니에요. 역사는 민중의 머릿속에서 만들어지는 게 아니라고요. 역사는 거리에서 만들어지는 것입니다. 내가 지금 생각에 대해서 이야기하고 있다고 말하지 마세요. 그렇게 하는 건 또다른 약삭빠른 논쟁을 위한 전략일 뿐이니까. 그들은 그런 식으로 학생들을 혼란스럽게 만들죠. 나는 생각에 대해서 이야기하는 게 아니고, 설령 그렇다 해도 상관없어요. 나는 한 번에 하나씩밖에 생각할 수 없어요. 다른 때는 다른 생각을 하고요. 내가 행동하는 한 그것은 조금도 중요하지 않을 겁니다. 민중은 행동해요. 게다가 당신은 틀렸습니다! 당신은 당신의 신학적 입장을 모르고 있어요! 성모마리아의 순례에 대해 들은 적이 없으시지요? 모든 것이 결정되고 지옥문이 봉인되는 최후의 날 다음날, 성모마리아는 저주받은 자의 죄를 탄원하기 위해 천국에 있는 왕좌를 떠나 지옥으로 순례를 떠납니다. 그녀는 하느님의 마음을 누그러뜨려 무신론자와 신성 모독자를 포함한 모든 사람이 용서받을 때까지 무릎을 꿇고 일어나지 않을 거예요. 그래서 당신은 틀린 것입니다. 당신은 당신의 책 속에서 스스로 모순을 범하고 있어요." 네차예프가 그에게 승리감에 타오르는 눈길을 보낸다.

모든 사람에 대한 용서. 그 생각을 했을 뿐인데도 머리가 빙빙 돈다. 그리고 아버지와 아들은 연합할 것이다. 신성모독자의 더러운 입에서 나온 말이라 진실이 될 수 없는 걸까? 성모마리아가 있을 곳은 누가 정하는 걸까? 만약 예수가 어딘가 숨어 있다면 이 지하실에 있을 수도 있지 않을까? 예수가 지금 이 순간 이곳에, 옆방 여자의 젖을 빠는 아이, 둔하지만 기민한 눈을 한 어린 소녀, 그리고 세르게이 네차예프에게 깃들어 있지는 않을까?

"당신은 하느님을 시험하고 있소. 만약 당신이 하느님의 자비를 놓고 내기를 한다면 틀림없이 질 것이오. 내 말 잘 들어요! 그런 생각일랑 아예 하지도 마시오. 그러지 않으면 당신은 무너질 거요."

목소리가 너무 굵어 발음이 제대로 나오지 않을 정도다. 네차예프의 동지가 처음으로 고개를 들고 흥미로운 듯 그를 유심히 쳐다본다.

그의 약점을 감지하기라도 한 듯, 네차예프가 개처럼 달려들어 그를 물어뜯는다. "예수가 태어난 지 천팔백 년이 지났습니다. 아니, 천구백 년이 다 되었죠! 우리는 무엇이든 자유롭게 생각할 수 있는 새로운 시대에 접어들고 있습니다. 생각할 수 없는 건 아무것도 없어요! 분명 당신도 알겠지요. 당신은 틀림없이 알고 있어요. 당신 책에서 라스콜리니코프가 아프기 전에 했던 말이니까!"

"당신은 미쳤소. 책 읽는 법도 모르는군." 그가 낮은 목소리로 말한다. 그러나 그는 졌고 그도 그것을 안다. 그는 자신을 믿지 않아서 이 논쟁에서 졌다. 그리고 그는 졌기 때문에 자신을 믿지 않는다. 모든 것이 허물어지고 있다. 논리도, 이성도 무너지고 있다. 그가 네차예프를 응시한다. 그러나 사막의 불빛을 받아 반짝이는, 스스로 갇혀버린 난공불락의 수정만이 보일 뿐이다.

"조심하십시오." 네차예프가 손가락 하나를 의미심장하게 흔들며 말한다. "나에 대해 이야기할 때 조심하라는 말입니다! 나는 러시아입니다. 당신이 나더러 미쳤다고 말하면 당신은 러시아가 미쳤다고 말하는 겁니다."

"브라보!" 그의 동지가 그렇게 말하며 조롱하듯 박수를 친다.

그는 마지막으로 스스로 기운을 북돋우려 해본다. "아니, 그건 사실이 아니오. 궤변일 뿐이오. 당신은 러시아의 일부일 뿐이고 러시아 광기의 일부일 뿐이오. 내가 바로……" 그가 가슴에 한 손을 댔다가 좀 가식적인 몸짓 같아 다시 손을 내린다. "내가 바로 그 광기를 짊어지고 다니는 사람이오. 그건 내 운명이고 내 짐이지 당신 것이 아니란 말이오. 당신은 그 무게를 감당하기에는 너무 어려."

"다시 브라보! 세르게이, 자넨 저 사람에게 말려들었어!" 그 남자가 박수를 치며 말한다.

"그러니 당신과 흥정을 하겠소." 그가 더 밀어붙인다. "당신네들이 인쇄할 글을 쓰겠소. 나는 진실을 말할 것이고, 당신이 요청한 대로 모든 진실을 한 페이지 안에 쓰겠소. 조건은 내가 쓴 것을 단어 하나도 바꾸지 않고 그대로 내보낸다는 거요."

"좋습니다!" 네차예프가 승리감에 빛나는 얼굴로 말한다. "저는 흥정을 좋아합니다! 이분에게 펜과 종이를 드리세요."

다른 남자가 제도용 탁자 위에 받침대를 깔고 종이를 편다.

그가 쓴다. "1869년 10월 12일 밤, 나의 의붓아들 파벨 알렉산드로비치 이사예프가 스톨야르니 부두에 있는 탄환 주조탑에서 떨어져 죽었다. 러시아제국 경찰의 제3부서가 그를 죽였다는 소문이 나돌았다. 이 소문은 고의적인 날조다. 나는 내 의붓아들이 그의 가짜 친구 세르게이 게나데비치 네차예프에게 살해당했다고 믿는다.

그의 영혼에 하느님의 자비가 있기를!

F. M. 도스토옙스키.

1869년 11월 18일."

그가 몸을 가볍게 떨며 그 종이를 네차예프에게 건넨다.

"훌륭하십니다! 맹인이 본 것 같은 진실이군요." 네차예프가 그렇게 말하며 종이를 다른 남자에게 건넨다.

"그걸 인쇄하시오."

"작동시켜요." 네차예프가 남자에게 명령한다.

남자는 미심쩍은 눈길로 네차예프를 찬찬히 바라보며 묻는다. "진짜야?"

"진짜? 진짜라는 게 뭐죠?" 네차예프가 지하실 전체가 울릴 만큼 고함을 지른다. "기계를 작동시켜요! 우리는 충분히 시간을 허비했어요."

그 순간 그가 함정에 빠졌다는 사실이 분명해진다.

"조금 바꿔야겠소." 그가 말한다. 그리고는 종이를 다시 가져와 구겨서 호주머니에 쑤셔넣는다. 네차예프는 그를 제지하지 않는다. "취소하기에는 너무 늦었습니다. 당신은 목격자 앞에서 그것을 썼어요. 약속했던 대로 우리는 그걸 한 자 한 자 인쇄할 것입니다."

함정, 우라질 놈의 함정. 결국 그가 생각했던 것과는 달랐다. 그는 무대 옆에서 튀어나와 의붓아들과 무정부주의자 세르게이 네차예프 사이의 싸움에 불편하게 끼어든 등장인물이 아니었다. 파벨의 죽음은 그저 그를 드레스덴에서 페테르부르크로 유인하기 위한 미끼에 불과했다. 그는 줄곧 사냥감이었다. 그는 숨어 있던 곳에서 나오도록 유인당했고, 이제 네차예프가 그의 목을 틀어쥐고 있다.

그가 노려본다. 그러나 네차예프는 꿈쩍도 하지 않는다.

17
독약

창백하고 청명한 하늘에 태양이 낮게 떠 있다. 골목이 밀집해 있는 곳에서 보즈네센스키 대로로 나오면서, 그는 눈을 감을 수밖에 없다. 급격한 현기증이 다시 느껴진다. 누군가 그에게 눈가리개를 씌우고 안내해줬으면 싶다.

혼란스러운 페테르부르크에 넌더리가 난다. 드레스덴이 평화의 환초처럼 그에게 손짓한다. 드레스덴, 아내, 책과 서류, 집이 주는 수백 가지의 오밀조밀한 위안들, 특히 깨끗한 속옷으로 갈아입을 때의 즐거움. 그런데 여권이 없으면 이곳을 떠날 수 없다! "파벨!" 그가 속삭이듯 주문을 반복한다. 그러나 이제 파벨과의 접촉도 끊어졌고, 파벨이 페테르부르크에서 죽었다는 사실 때문에 이곳에 머물 수밖에 없다는 말도 그 타당성을 잃어버렸다. 그를 붙들어두는 것은 더이상 파벨에 대한 기억이나 안나 세르게예브나가 아니라, 파벨을 배반한 자가 파놓은 함정이다. 그는 스베치노이가 방향인 왼쪽으로 돌지 않고 사도바야가와 경찰서가 있는 오른쪽으로 돌면서 차라리 네차예프가 자신을 따라오며 감시하고 있기를 바란다.

대기실은 전처럼 만원이다. 그는 줄을 선다. 이십 분이 지나자 접수대 앞에 이른다. "내 이름은 도스토옙스키요. 지시받은 대로 보고하러 왔소."

"누가 지시했죠?" 경찰 제복도 입지 않은 젊은 서기가 접수대 앞에서 이렇게 묻는다.

그가 짜증스럽게 고개를 젖힌다. "그걸 내가 어떻게 알겠소? 나는 여기 보고하라는 지시를 받았고, 그래서 지금 보고하려는 거요."

"자리에 앉으세요. 다른 사람이 처리해줄 겁니다."

그는 화가 부글부글 끓는다. "처리하고 자시고 할 필요도 없소. 난 여기 있는 것으로 충분하오! 당신이 날 직접 봤는데 뭐가 더 필요하겠소? 그리고 앉을 자리도 없는데 어디 앉으란 말이오?"

서기는 그가 그렇게 격하게 반응하는 걸 보고 깜짝 놀란 게 분명하다. 사무실에 있는 다른 사람들도 그를 이상한 눈초리로 쳐다보고 있다.

"내 이름을 적고 끝내시오!" 그가 요구한다.

"이름만 적어넣을 수는 없습니다. 이게 진짜 당신 이름인지 아닌지 어떻게 알겠습니까? 여권을 보여주십시오." 서기가 조리 있게 받아친다.

그는 분노를 억제할 수 없다. "당신들이 내 여권을 압수해가놓고 이제 와서 나보고 그걸 내놓으라니! 이건 미친 짓이야! 막시모프 고문관을 만나게 해주시오!"

그러나 막시모프라는 이름을 듣고 서기가 놀랄 거라 생각했다면 그것은 그의 오산이다. "막시모프 고문관께서는 자리에 안 계십니다. 우선 의자에 앉아 진정하시는 게 좋겠습니다. 다른 사람이 대신 처리해줄 겁니다."

"언제 말이오?"

"그걸 내가 어떻게 알겠습니까? 어려움에 처한 사람이 당신한 명인 것도 아닌데요." 서기가 사람들로 가득찬 방을 몸짓으로 가리킨다. "어떤 일이든 불만이 있을 경우에는 서면으로 제출하는 게 온당한 절차입니다. 서류를 받기 전까지는 아무 일도 할 수 없습니다. 말하자면 뭔가 구체적인 것이 필요하다는 말입니다. 교양인처럼 이야기하시니, 분명히 이해하시겠지요." 그러고는 다음 사람에게 눈을 돌린다.

지금 당장 막시모프를 만날 수 있다면 그는 자기 여권과 네차예프를 맞바꾸고 말았을 것이다. 거기엔 추호의 의심도 없다. 만약 그가 조금이라도 망설인다면 그것은 네차예프가 바라는 게 바로 배반당하는 것, 혹은 도스토옙스키에게 배반당하는 것이라는 걸 확신하기 때문일 것이다. 아니, 그보다 더 나쁜 상황일까? 일이 그보다 더 꼬일 수가 있을까? 네차예프가 그의, 즉 도스토옙스키의 배반 가능성에 대한 이런저런 이야기를 흘리는 건 사실 그를 혼란스럽게 만들어 배반하지 못하게 하려는 속셈이었을까? 어떻게든 그는 자신이 졌다는 느낌을 받는다. 아마 졌을 것이다. 어쩌면 그는 네차예프를 처음 만난 날부터, 아니 그전부터, 자신이 패배하는 데서, 음모와 함정과 유혹의 대상이 된다는 데 쾌락을 느낀다는 걸 깨닫고서 그 깨달음을 가지고 자신의 목적을 이루고 싶어했는지도 모른다. 그렇지 않고서야 어떻게 이런 어리석은 수동성과 마약에 반쯤 취한 듯한 양심의 상태를 설명할 수 있겠는가?

파벨도 그랬을까? 의붓아버지의 아들로서, 파벨도 마음속 깊은 곳에서 유혹당하는 것에 대한 관능적인 기대 때문에 쉽게 유혹당했던 것일까?

네차예프는 자본가를 거미에 비유했지만, 지금 이 순간 그는 자신이 네차예프의 거미줄에 걸린 파리와 다를 것 없다고 느낀다. 네차예프보다 큰 거미는 단 하나밖에 생각할 수 없다. 책상 앞에 앉아 입맛을 다시며 앞에 있는 다음 먹이를 쳐다보는 거미 막시모프. 그는 막시모프가 네차예프를 먹어치우고, 통째로 삼킨 뒤 뼈를 잘게 부숴 마른 찌꺼기를 내뱉으면 좋겠다고 생각한다.

그렇게 자축을 한 뒤, 그는 쩨쩨한 복수심에 빠져든다. 얼마나 더 밑으로 추락할 수 있을까? 그는 막시모프가 한 말을 떠올린다. 이런 시대에는 딸을 둔 아버지가 축복받은 사람이죠. 아들이 있다면, 개구리나 물고기처럼 멀리 떨어져서 아버지 노릇을 하는 게 좋겠지요.

그는 자기집에 있는 거미 막시모프를 상상한다. 세 딸들이 거미 막시모프를 놓고 실랑이를 벌이며 그를 손톱으로 부드럽게 어루만질 것이다. 그 생각을 하자 막시모프를 향해서도 적개심이 느껴진다.

그는 아폴론 마이코프에게서 얼른 답장이 오길 기다리고 있다. 그런데 수위는 아무 편지도 받지 못했다며 단호하게 말한다.

"내 편지가 전달된 것은 확실하오?"

"나한테 묻지 말고 그걸 가져간 애한테 물어보세요."

그는 그 아이를 찾아보려고 한다. 하지만 아무도 아이가 사는 곳을 모른다.

편지를 또 써야 할까? 만약 마이코프가 첫번째 편지를 받고도 무시했다면 두번째 것도 마찬가지 아닐까? 아직 빈털터리는 아니다. 그러나 유쾌하지 않은 진실을 말해보자면, 그는 하루하루를 안나 세르게예브나의 자선에 의지해 살아가고 있다. 더이상 자신의 존재를 들키지 않고 페테르부르크에 머무르기를 기대할 수 없다. 아직은 소식이 퍼지지 않았다 해도 곧 퍼질 것이다. 그렇게 되면 빚쟁이들 대여섯 명이 그를 억류하기 위한 소송 절차를 밟을 것이다. 돈이 한푼도 없어도 별수없을 것이다. 채권자들은 마지막 수단으로 그의 아내나 아내의 가족 또는 동료 작가들이 그를 치욕에서 구해주기 위해 돈을 마련해 올 거라고 쉽게 생각할 수도 있다.

그러니 더욱 페테르부르크를 벗어나야 한다! 여권을 돌려받아야 한다. 만약 그것이 실패로 돌아간다면 그는 다시 한번 이사예프의 서류로 여행을 하는 위험을 감수해야 한다.

그는 안나 세르게예브나에게 집으로 가서 아픈 아이가 어떤지 살펴보겠다고 약속했었다. 골방을 가로질러 쳐놓은 커튼이 젖혀져 있고, 마트료나가 침대에 앉아 있는 게 보인다.

"몸은 좀 어떠니?" 그가 묻는다.

아이는 생각에 잠겨 아무 대답도 하지 않는다.

그가 가까이 다가가서 아이의 이마에 손을 댄다. 뺨에 열꽃이 피고 숨소리가 깊지 못하다. 하지만 열은 없다.

"표도르 미하일로비치, 죽을 때는 아픈가요?" 아이는 그를 바라보지도 않고 천천히 말한다.

그는 아이의 생각이 음울한 쪽으로 나아가는 걸 알고 깜짝 놀란다. "마트료나, 너는 죽지 않아! 누우렴. 잠깐 낮잠을 자고 나면 기분이 좋아질 거야. 그리고 며칠만 지나면 다시 학교에도 갈 수 있을 거다. 너도 의사가 하는 얘기 들었잖니."

그러나 그가 이야기하는 동안에도 마트료나는 고개를 젓고 있다. "내 이야기를 하는 게 아니에요." 아이가 말한다. "그러니까, 사람이 죽을 때 아픈가요?"

그제야 그는 아이가 진지하다는 걸 알아챈다. "그 순간에 말이냐?"

"네. 완전히 죽었을 때 말고 죽기 직전에요."

"자신이 죽는다는 걸 아는 순간 말이니?"

"네."

고마운 마음이 밀려온다. 여러 날 동안 아이는 그를 밀어내고 유치함과 무지 속에 숨어서 제멋대로 화를 내며 마음속에 간직한 파벨에 대한 소중한 기억을 그와 나누기를 거부했었다. 이제 아이가 제 모습으로 돌아왔다.

"동물들에게는 죽는 것이 힘들지 않아." 그가 부드럽게 말한다. "어쩌면 우리가 동물들에게서 죽는 법을 배워야 하는 건지도 모르겠구나. 어쩌면 바로 그것이 동물들이 우리와 함께 이 지구상에 존재하는 이유일 거다. 살고 죽는 게 우리 생각처럼 어려운 게 아니라는 걸 보여주기 위해서 말이야."

그가 잠시 말을 멈췄다가 다시 시작한다.

"죽음을 생각할 때 가장 두려운 것은 고통이 아니라, 우리를 사랑하는 사람들을 뒤에 두고 혼자 떠나야 한다는 사실이지. 그러나 실제로는 그렇지 않아, 꼭 그런 게 아니란다. 우리는 죽을 때 사랑하는 사람들을 가슴속에 데리고 간단다. 그래서 파벨은 죽을 때 너를 데리고 갔고, 나를 데리고 갔고, 너의 어머니를 데리고 간 거야. 아직도 우리 모두를 데리고 다니지. 그래서 파벨은 외롭지 않은 거다."

아이는 여전히 느릿느릿 멍한 태도로 말한다. "파벨에 대해 생각하던 거 아니에요."

그는 갈피를 잡을 수 없다. 이해가 되지 않는다. 하지만 잠시 후 그는 자신이 얼마나 완벽하게 오해하고 있었는지를 깨닫는다.

"그렇다면 누굴 생각하고 있었던 거냐?"

"토요일에 여기 왔던 여자에 대해서요."

"어떤 여자를 말하는지 모르겠구나"

"세르게이 게나데비치의 친구 말이에요."

"그 핀란드 여자? 경찰이 그 여자를 여기로 데리고 와서 그러는 거니? 여기 누워서 그런 거나 걱정하고 있으면 안 돼!" 그는 아이의 손을 쥐고 안심시키듯 두드린다. "아무도 죽지 않아! 경찰은 사람을 죽이지 않아! 카렐리아로 그 여자를 돌려보낼 거야. 그게 전부야. 최악의 경우라 해도 당분간 감옥에 가둬두는 게 끝이겠지."

아이가 손을 빼고 벽 쪽으로 얼굴을 돌려버린다. 그는 어쩌면, 아직도, 자신이 오해하고 있는 건지도 모른다고 생각한다. 아이는 어린애다운 두려움에서 벗어나 마음을 놓고 싶은 게 아닐지도 모른다. 어쩌면 아이는 그가 알지 못하는 어떤 것에 대해 완곡한 방식으로 이야기하고 있는지도 모른다.

"그 여자가 처형될까봐 두렵니? 네가 두려워하는 게 그거야? 너도 알고 있는, 그녀가 저지른 일 때문에 말이니?"

아이가 고개를 흔든다.

"그렇다면 말해보거라. 나는 더이상 모르겠구나."

"그들은 모두 경찰에 잡히지 않겠다고 맹세했댔어요. 잡히기 전에 스스로 목숨을 끊겠다고요."

"마트료나, 맹세를 하는 것은 쉽지만 그걸 지키는 것은 훨씬 더 어려운 일이란다. 특히 친구들에게 버림받고 혼자 남은 상황이라면 더 그렇지. 인생은 소중한 거야. 그 여자가 자기 인생을 놓지 않는 건 당연해. 그 여자를 비난해서는 안 돼."

다시 한번 아이는 침대 시트를 만지며 생각에 잠긴다. 아이의 말은 속삭임에 가깝다. 아이가 고개를 숙이고 이야기하는 바람에 말소리가 거의 들리지 않는다. "제가 그분에게 독약을 줬어요."

"그 여자에게 뭘 줬다고?"

아이가 머리칼을 한쪽으로 젖힌다. 그 순간 그는 아이가 무엇을 숨기고 있는지 알아챈다. 바로 아주 희미한 미소다.

"독약이요." 아이가 부드럽게 말한다. "그런데 독약은 아픈 건가요?"

"네가 어떻게 그럴 수 있었다는 말이니?" 그가 경황이 없어도 서두르지 않고 묻는다.

"빵을 갖다줄 때요. 아무도 보지 못했어요."

그는 아주 야릇한 느낌을 받았던 그 장면을 떠올린다. 아이가 옛날식으로 죄수에게 먹을 것을 건네던 그 장면.

"그 여자도 알고 있었니?" 그가 속삭이며 묻는다. 입안이 바짝 마른다.

"네."

"확실해? 그 여자가 그게 뭔지 알고 있었다는 게 확실하니?"

소녀가 고개를 끄덕인다. 그제야 그때 핀란드 여자가 뻣뻣하게 군은 채 고맙다는 말도 한마디 않던 모습이 떠오른다. 그는 아이의 말을 의심할 수가 없다.

"하지만 어떻게 독약을 손에 넣은 거냐?"

"세르게이 게나데비치가 그 여자를 위해 놓고 간 거예요."

"그밖에 다른 건 뭘 두고 갔지?"

"깃발이요."

"깃발 말고는 뭐가 있니?"

"여러 가지가 있어요. 나에게 그걸 잘 간수하라고 했어요."

"내게 보여주렴."

마트료나가 침대 밖으로 기어나와 무릎을 꿇고 손으로 침대 스프링 사이를 더듬더니 보자기에 싸인 꾸러미를 꺼낸다. 그가 침대에 그것을 편다. 미국산 권총과 탄창. 전단지 뭉치. 복주머니 모양의 작은 면 지갑.

"거기에 독약이 들어 있었어요." 마트료나가 말한다.

그가 끈을 풀어 지갑 안에 든 걸 쏟는다. 고운 초록색 분말이 담긴 유리 캡슐 세 개가 들어 있다.

"이게 네가 그 여자에게 줬던 거니?"

아이가 고개를 끄덕인다. "원래 목에 하나를 차고 있어야 하는데 그 여자 분은 그러지 않았더라고요." 아이가 민첩하게 끈을 목에 걸자 지갑이 메달처럼 젖가슴 사이에서 흔들린다. "이걸 갖고 있었다면 경찰이 그녀를 잡을 수 없었을 거예요."

"그래서 그 사람에게 이것들 중 하나를 준 거구나."

"그분은 그걸 원했어요. 맹세를 했으니까요. 그분은 세르게이 게나데비치를 위해서라면 무슨 일이든 할 거예요."

"그럴지도 모르지. 적어도 세르게이 게나데비치는 그렇게 말할 거다. 그래도 네가 그 여자에게 독약을 주지 않았더라면 그녀가 세르게이 게나데비치에게 했던, 지키기 어려운 약속을 지키지 않는 게 더 쉽지 않았을까? 안 그러니?"

아이가 코를 찡그린다. 그는 그게 아이가 궁지에 몰렸으며 그 상황을 좋아하지 않는다는 표현이라는 걸 안다. 그러든 말든 그는 말을 계속한다.

"넌 세르게이 게나데비치가 죽음을 너무 거리낌없이 다룬다고 생각하지는 않니? 살해당한 거지를 기억하니? 세르게이 게나데비치가 직접 그랬거나, 아니면 그렇게 하라고 다른 사람을 시킨 거란다. 그리고 그 사람은 그 명령을 따른 거고. 네가 그랬던 것처럼."

아이가 다시 코를 찡그린다. "왜죠? 왜 그분이 그 거지를 죽이려고 한 거죠?"

"내 생각엔 세상에 메시지를 전하려고 그런 것 같구나. 세르게이 게나데비치 네차예프가 그리 호락호락한 사람이 아니라는 메시지 말이야. 혹은 죽이라는 명령을 받은 그자가 정말로 명령을 이행하는지 보기 위해서였을지도 모르고. 나는 모르겠다. 내가 그의 가슴속을 들여다볼 수는 없으니 말이다. 더이상 그러고 싶지도 않고."

마트료나는 잠시 생각에 잠긴다. 그리고 마침내 말한다. "나는 그 사람이 싫었어요. 그에게서 생선 냄새가 났거든요."

그가 눈도 깜박이지 않고 아이를 쳐다본다. 아이는 거리낌없이 그 눈길을 받는다.

"하지만 넌 세르게이 게나데비치를 좋아하잖니."

"그래요."

그가 묻고 싶은 것은, 그가 선뜻 물어보지 못하는 것은 이 말이다. 그를 사랑하니? 너도 그를 위해서라면 어떤 일이든 할 거니? 하지만 아이는 그가 말하는 바를 너무나 잘 이해하고, 그가 원하는 대답을 해줬다. 그렇다면 남은 것은 진정 이 질문밖에 없다. "파벨보다 더?"

아이는 머뭇거린다. 아이가 그들을, 두 사랑을 저울질하는 게 보인다. 아이는 사과 두 알을 오른손과 왼손에 하나씩 들고 저울질하듯 두 사랑을 재고 있다. "아니요." 마침내 아이가 은총이나 자비라고 부를 수밖에 없는 말투로 대답한다. "저는 아직도 파벨이 제일 좋아요."

"그 두 사람은 서로 너무 다르지. 분필과 치즈처럼 말이다."

"분필과 치즈라고요?" 아이는 그 말이 우스운 모양이다.

"그냥 해본 소리야. 말과 늑대, 아니면 사슴과 늑대랄까."

아이는 그렇게 비교하는 것을 미심쩍어한다. "둘 다 장난하는 걸 좋아해요. 아니, 좋아했어요." 아이는 시제를 고쳐 말하며 못마땅하다는 표정을 짓는다.

그가 고개를 젓는다. "아니, 네가 착각하는 거다. 세르게이 게나데비치에게는 장난기가 없어. 분명 그에게는 특유의 기질이 있지만 장난기와는 관계없어." 그는 몸을 더 가까이 기울여 아이의 얼굴에 드리운 머리칼을 넘겨주고 볼을 만진다. "마트료나, 내 말 들으렴. 넌 이것들을 어머니가 보지 못하도록 숨길 수 없어." 그가 죽음의 도구들을 가리키며 말한다. "그 원피스처럼 이것들도 내가 없애주마. 네차예프가 무슨 말을 했어도 넌 이걸 갖고 있을 수 없다. 너무 위험해. 알아듣겠니?"

아이의 입술이 벌어지고 입가가 떨린다. 그는 아이가 울음을 터뜨리려 한다고 생각한다. 그러나 전혀 그렇지 않다. 아이가 눈을 치켜뜨자, 그는 뻔뻔하고 조롱하는 듯한 아이의 눈빛에 둘러싸인다. 아이가 그에게서 떨어지며 머리칼을 흔든다. 그가 말한다. "안 돼!" 아이의 얼굴에 감도는 미소는 냉소적이고 도발적이다. 그런 다음 마력이 사라지고, 아이는 전처럼 당황하고 창피해하는 어린아이가 되어 있다.

그가 방금 보았던 것이 실제로 있었던 일일 리 없다. 그가 본

것은 그가 아는 세계가 아니라 다른 세계에서 일어난 일이다. 그
것은 마치 그가 발작을 하는 동안 처음으로 의식을 잃지 않고,
처음으로 눈을 뜨고 자신이 어디 있는지 보는 것과 같다. 사실
그는 발작이라는 말이 더이상 적합한 말인지, 아닌지, 그 말이 홀
림은 아니었는지 의심해야 한다. 그리고 지난 이십여 년 동안 발
작이라는 이름 아래 진행되었던 모든 것들이 지금 일어나고 있
는 일에 대한 예감에 불과한 것은 아니었는지, 육체의 떨림과 날
뜀이 영혼의 떨림에 대한 길고 긴 서곡은 아니었는지 의심해야
한다.

순수의 죽음. 그는 평생 동안 지금보다 더 외로웠던 적이 없
다. 자신이 마치 거대한 평원을 여행하는 사람 같다. 머리 위로
비구름이 몰려들고 지평선 위에서 번개가 번쩍이며 어둠이 겹
겹이 쌓인다. 피할 곳도 없다. 한때는 목적지가 있었지만 지금은
그것을 잃어버린 지 오래다. 구름이 몰려들면 몰려들수록 더 무
거워진다. 모든 걸 산산조각 내소서! 그는 이렇게 기도한다. 미루
는 것이 무슨 소용이겠는가?

여섯시다. 보따리를 들고 서둘러 밖으로 나서는데 거리에는
여전히 사람들이 많다. 그는 고로호바야가를 따라 폰탄카 운하
로 가서 다리를 건너는 사람들 대열에 합류한다. 그리고 다리 중

간쯤에서 걸음을 멈추고 난간에 몸을 기댄다.

한가운데를 지나는 들쭉날쭉한 수로를 제외하고는 물이 전부 얼어붙어 있다. 얼음 밑 운하 바닥은 얼마나 어지럽혀져 있을 것인가! 봄에 얼음이 녹으면 누군가 그곳에 있는 칼, 도끼, 피 묻은 옷가지 등 구린 비밀들을 대대적으로 긁어낼 수도 있을 것이다. 더 나쁜 상황도 있을 수 있다. 영혼을 죽이는 건 쉬워도 그 뒤에 남겨진 것을 처분하는 건 더 어려운 법이다. 사실 장례식과 거기서 하는 주문들은 영혼이 아니라 뻣뻣한 시신을 향한 것이다. 시신에게 일어나서 돌아오지 말라는 주문인 것이다.

이렇게 해서 그는 자기 상처를 살펴보는 사람처럼 신중하게, 파벨이 자신의 생각 속으로 다시 들어오게 만든다. 옐라긴섬의 흙과 눈을 담요처럼 덮고 있는 파벨은 아직도 화가 풀리지 않은 채 완강한 모습이다. 파벨이 추위에 몸을 움츠린다. 그리고 영겁의 시간 앞에 몸을 움츠린다. 그는 무덤이 열리고 잔디가 벌어지는 부활의 날이 올 때까지 자기 해골처럼 이를 갈며 견뎌야 한다. 다시 햇살이 자신을 비추고 움츠린 팔다리를 쭉 펼 수 있는 그날까지 견뎌야만 하는 것들을 견뎌내야 한다. 가엾은 아이!

젊은 커플이 그 옆에 선다. 남자가 여자의 어깨에 팔을 두르고 있다. 그는 그들에게서 멀어진다. 다리 밑으로 검은 물이 고드름이 붙은 깨진 나무틀 주변을 찰랑이며, 느릿느릿 흐른다. 그가 끈으로 묶은 보따리를 난간 위에 놓는다. 여자가 그를 흘깃 쳐다보더니 눈길을 돌린다. 순간, 그가 팔꿈치로 보따리를 살짝 민다.

그것은 수로 가장자리 얼음 위로 떨어져 모든 사람이 환히 볼 수 있는 곳에 자리잡는다.

방금 일어난 일을 도저히 믿을 수 없다. 수로 바로 위에 서 있었는데도 불구하고 일이 잘못된 것이다! 떨어질 위치를 착각한 걸까? 수직으로 떨어지지 않는 물체도 있을까?

"이제 큰일났군요!" 왼쪽에 있던 사람의 말에 그는 깜짝 놀란다. 노동자의 모자를 쓰고 수염이 희끗희끗한 늙은 남자가 크게 눈을 깜빡인다. 정말이지 악마 같은 얼굴이다! "적어도 일주일은 저곳에 접근하지 않는 게 안전할 거요. 이제 어쩔 셈이오?"

발작을 할 시간이다. 그가 생각한다. 이제는 내 잔이 넘칠 것이다. 경련을 일으키며 입에 거품을 문 자신의 모습을 상상한다. 주위에 사람들이 몰려들고 희끗희끗한 수염의 이 남자가 권총이 놓인 얼음 위를 모두에게 보라고 가리키는 모습을 상상한다. 아래에 있는 죄인을 후려치려고 하늘에서 내려오는 번개 같은 발작. 그러나 그 번개는 죄인을 내려치지 않는다. "당신 일이나 상관하시오!" 그는 투덜거리며 서둘러 그 자리를 떠난다.

18
일기장

파벨이 남긴 서류들을 읽으려고 자리에 앉은 게 이번이 세번째다. 그걸 읽기가 왜 그렇게 어려운지는 모르겠지만, 그의 마음은 단어의 의미보다는 단어 자체, 종이 위의 글씨, 잉크에 나타난 손이 움직인 흔적, 손가락에 눌려 생긴 명암 위로 떠돌아다닌다. 눈을 감고 종이에 입을 맞출 때도 있다. 소중하다. 내게는 종이 위에 남겨진 모든 것이 소중하다. 그는 속으로 이렇게 말한다.

그러나 그가 주저하는 데엔 그 이상의 이유가 있다. 이런 식으로 파벨을 침범하는 것에는 추악한 무언가가 있다. 그리고 아이의 유품이라는 생각에도 추잡한 무언가가 있다.

파벨의 시베리아 이야기는 막시모프의 조소로 인해, 어쩌면 영원히, 망가져버렸다. 그는 글 자체가 어설프고 모방작 같다는 사실을 부인할 수 없다. 그러나 거기에 생명을 불어넣는 일은 전혀 힘들지 않을 것이다! 그는 펜을 잡고서 장황하고 감상적인 부분과 정치적 신념을 지우고, 그 글에 절실히 필요한 생명력을 더하고 싶어 좀이 쑤신다. 독선적이고 잘난 체하는 인물로 나오는 젊은 세르게이는 거리를 두고 더 익살스럽게 묘사할 필요가 있다. 특히 그가 자기 몸을 엄격하게 통제하는 부분에서 그럴 필요가 있다. 시골 소녀가 그에게 끌리는 것은 분명 결혼생활에 대한 기대(그가 생각하기로 결혼생활이라고 해봐야 메마른 빵과 순무와 잠자리로 쓸 맨 판자뿐이겠지만) 때문이 아니라 신비로운 운명을 맞아들이는 그의 자세 때문이다. 그것은 어디에서 나오는가? 분명히 체르니솁스키*에게서, 혹은 체르니솁스키를 넘어 복음서에서, 예수에게서 나온 것이다. 자기만의 둔하고 비뚤어진 방식으로 예수를 모방하는 무신론자 네차예프, 제자들을 불러모아 죽음의 임무를 맡기는 그의 모습에서 나온 것이다. 돼지 한 무리가 자길 따르며 춤을 추도록 피리를 불어대는 사람. "그녀는 그를 위해 무슨 일이든 할 거예요." 마트료나는 그 돼지에 해당하는 소녀 카트리에 대해 그렇게 말했었다. 어떤 일이라도 하고, 어떤 모욕도, 심지어 죽음까지도 감수한다는 뜻이겠지. 모든 수

---

* 러시아 철학자(1828~89).

치심과 자존심을 깡그리 버리고 말이다. 마담 라 페이의 가게 위층에 있는 방에서 네차예프와 그의 여자들 사이에는 어떤 일이 있었을까? 마트료나도 그런 여자가 되도록 훈련받았을까?

그는 파벨의 원고를 덮어 한쪽으로 밀어놓는다. 일단 그가 그 글에 손을 대기 시작하면 혐오스러운 것으로 바꿔버릴 게 틀림없다.

다음은 일기장이다. 그는 일기장을 넘겨보다가 처음으로 연필로 표시된 곳들을 발견한다. 파벨의 것이 아닌 단정하고 작은 체크 표시가 있다. 그렇다면 막시모프의 것일 수밖에 없다. 누굴 위해 표시해놓은 걸까? 아마도 필경사를 위한 것이겠지. 하지만 현재의 마음 상태에서는 자신을 위한 것이라고 생각하지 않을 수 없다.

"오늘 A를 보았다." 체크 표시가 되어 있는, 거의 일 년 전인 1868년 11월 11일자 일기의 첫 부분을 읽어본다. 11월 14일자 일기에는 "A", 11월 20일자 일기에는 "안토노프에서 A"라고 적혀 있다. 거기서부터 계속 "A" 옆에 체크 표시가 돼 있다.

그는 페이지를 앞으로 넘긴다. 5월 14일을 제외하면 A가 제일 처음 나온 것은 6월 6일자 일기이다. 그 첫 부분에는 "─와 긴 대화"라고 적혀 있고, 그 옆에 체크 표시와 물음표가 되어 있다.

1869년 9월 14일, 파벨이 죽기 한 달 전 일기에는 이렇게 적혀 있다. "소설 개요(A에게서 얻은 아이디어): 문이 닫혀 있고 우리는 밖에서 그 문을 두드리며 들여보내달라고 외친다. 며칠에 한번씩 문이 조금 열리고 간수가 손짓으로 우리들 중 하나를 부른다. 선택된 자는 가지고 있는 모든 것을, 심지어 옷까지도 빼앗긴다. 그자는 하인이 되어 절하는 법과 목소리 낮추는 법을 익힌다. 그들은 가장 유순하고 가장 길들이기 쉬울 것 같은 사람을 하인으로 고른다. 그들은 강한 사람들이 들어오는 것을 차단한다.

주제: 하인들 사이에 확산되는 정신. 처음에는 투덜거림, 다음에는 분노와 반항, 마지막에는 손을 맞잡고 복수를 맹세. 마지막 장면에서는 머리가 하얗고, 할아버지 같은, 충직한 가신이 큰 촛대를 들고 와서 (그의 말대로) '그의 작은 몫을 다하기 위해' 커튼에 불을 지른다."

소설이 아니라 우화와 풍자를 위한 아이디어다. 그 나름의 삶이나 중심이 없다. 또한 정신도 없다.

1869년 7월 6일자 일기. "(늦었지만) 나의 영명축일을 축하하며, 대가에게 아무 말도 하지 말라는 지시와 함께 스니트키나로부터 우편으로 10루블이 도착하다."

"스니트키나"는 그의 아내 아냐이고, "대가"란 그 자신이다. 막시모프가 그에게 가슴 아픈 부분이 있을 거라고 경고했던 것은 이걸 두고 한 말일까? 만약 그렇다면 막시모프는 이것이 피그

316

미족의 화살이라는 걸 알아야 했다. 그는 그 이상의 것도, 훨씬 더한 것도 참을 수 있다.

그는 더 이전에 쓴 일기로 거슬러올라간다.

1867년 3월 26일자 일기. "지난밤, 거리에서 F. M.과 마주쳤다. 수상쩍은 모습이길래 (창녀와 같이 있었나?) 나는 실제보다 더 취한 척해야 했다. 그는 '나를 집으로 데려다주고' (그는 방탕한 아들을 용서하는 아버지 노릇하기를 좋아한다), 나를 시체처럼 소파에 눕혔다. 그사이에 그는 스니트키나와 오랫동안 소곤거리며 입씨름을 했다. 나는 구두를 잃어버렸다(어쩌면 누구한테 줘버렸는지도 모른다). 마지막에 F. M.은 와이셔츠 차림으로 내 발을 씻기려고 했다. 당혹스러웠다. 오늘 아침 S에게 내가 묵을 숙소를 반드시 구해야 하니, 그의 팔을 비틀고 속여서라도 그렇게 해줄 수 없겠느냐고 물었다. 하지만 그녀는 그를 너무 무서워한다."

고통스러운가? 그렇다, 정말 고통스럽다. 그는 막시모프에게 그걸 시인할 용의가 있다. 그러나 만약 그가 어떤 이유로 읽기를 그만둔다면 그것은 고통이 아니라 두려움 때문일 것이다. 예를 들어 아내에 대한 신뢰가 훼손될지도 모른다는 두려움. 혹은 파벨에 대한 신뢰가 훼손될지 모른다는 두려움.

이처럼 짓궂은 페이지들은 누구를 위한 것인가? 파벨은 아버지가 읽을 수 있게 이런 글들을 써놓고, 아버지가 자신의 비난에 대답할 수 없도록 죽어버린 것인가? 물론 그렇지 않다. 그런 생각을 하다니 단단히 미쳤군! 낯익은 남편의 환영이 어깨 너머로 보고 있는 상황에서 연인에게 편지를 쓰는 여자와 같은 마음이었다고 하는 편이 더 맞겠지. 모든 단어에는 이중적인 의미가 있다. 한쪽에는 따르겠다는 약속과 열정을, 다른 쪽에는 탄원과 원망의 마음을 싣는 것. 갈라진 마음에서 나온 갈라진 글. 막시모프는 그걸 이해했을까?

석 달 후인 1867년 7월 2일자 일기. "농노 해방! 마침내 자유다! 기차역에서 F. M.과 그의 아내를 배웅했다. 그러고 나니 그가 나더러 묵으라고 한, 말도 안 되는 거처가 마음에 걸렸다(그가 사용하던 컵, 그가 사용하던 냅킨 고리, 거기다가 열시 삼십분의 소등). V. G.는 내가 다른 곳을 구할 때까지 자기와 함께 머물러도 좋다고 약속했다. 마이코프 노인을 설득해 집세를 바로 지불할 수 있게 돈을 달라고 해야겠다."

그는 앞뒤로 산만하게 일기장을 넘긴다. 우회적으로도, 거짓말로도 용서라는 단어는 그 어디에도 없다. 끝까지 그를 용서한다는 말을 하지 않은 아이를 가슴속에 묻어두고 산다는 건 불가능한 일이다.

납빛 상자 속에 있는 은빛 상자. 은빛 상자 속에 있는 금빛 상

자. 금빛 상자 속에서 하얀 옷을 입고 가슴에 손을 포개고 있는 젊은이의 몸. 손가락 사이에 있는 전보. 그는 거기에 있지도 않는 용서라는 말을 찾으려고 눈이 빙빙 돌 때까지 전보를 응시한다. 전보는 히브리어로, 시리아어로, 그가 전에 본 적이 없는 상징으로 쓰여 있다.

문을 두드리는 소리가 들린다. 외출복을 입은 안나 세르게예브나다. "마트료나를 보살펴주셔서 고마워요. 애한테 무슨 문제가 있었나요?"

그는 잠시 정신을 가다듬고, 네차예프가 가증스럽게도 아이를 이용했다는 걸 그녀가 모른다는 사실을 기억해낸다.

"아무 문제도 없었소. 아이는 어떻소?"

"잠이 들어 있어서 깨우고 싶지 않아요."

그녀의 눈길이 침대 위에 펼쳐져 있는 서류에 머문다.

"결국 파벨의 글을 읽고 계셨군요. 방해하지 않을게요."

"아니오, 아직 가지 마시오. 즐거운 일은 아니오."

"표도르 미하일로비치, 다시 한번 말씀드리는데 당신이 보라고 써놓은 게 아닌 것은 읽지 마세요. 상처만 받을 뿐이에요."

"당신 충고를 받아들일 수 있으면 좋겠소. 불행하게도 그건 내가 여기 있는 이유가 아니오. 나는 상처받지 않으려고 여기 있는 게 아니란 말이오. 파벨의 일기를 읽다보니 나도 아주 생생히 기억하고 있는 재작년의 사건을 묘사한 부분이 나옵디다. 지금 와서 다른 사람의 눈을 통해 그것을 보니 아주 새롭구려. 어느 날 한밤중에 파벨이 인사불성이 되어서 집에 왔었소. 술을 마신 것 같았지. 내가 그애 옷을 벗겨줘야 했는데, 전에는 보지 못했던 것이 눈에 띄었소. 그애 발톱이 너무너무 작지 뭐요. 어렸을 때 이후로 전혀 자라지 않은 것처럼 작았소. 널찍하고 살이 붙은 발에, 아마 자기 아버지를 닮은 거겠지, 그렇게 작은 발톱이 달려 있다니. 신발을 잃어버린 건지 누군가에게 줘버린 것인지 아무튼 맨발이었소. 발이 얼음장 같았지."

자정이 지난 시간에 양말만 신고 차가운 거리를 걷는 파벨. 길을 잃은 천사, 불완전한 천사, 하느님에게서 버림받은 자들 중 하나. 그의 발, 보행자의 발, 우리의 위대한 어머니인 대지를 밟는 자. 무용수가 아니라 농부의 발.

그리고 소파 위에서 고개를 늘어뜨린 채 옷에 온통 토하던 모습.

"난 그애에게 낡은 장화를 줬소. 그리고 그애가 아침에 장화를 손에 들고 툴툴거리며 나가는 모습을 지켜봤소. 난 이게 그것이구나, 하고 생각했소. 사춘기, 열여덟 혹은 열아홉 살 때, 성인이 되었으나 아직 둥지를 떠날 수는 없는 그 시기 말이오. 깃털은 났지만 날 수는 없고, 항상 뭘 먹지만 늘 배가 고픈 나이. 그들을 보면 펠리컨이 떠오르오. 거대한 날개를 펴고 지상에서 발이 떨어질 때까지는 어색한 걸음걸이에 가장 볼품없는 외모의 새일 뿐인 펠리컨 말이오.

하지만 불행하게도 파벨은 그날 밤을 그런 식으로 기억하지 않았더군요. 그가 써놓은 걸 읽어보니 새도 없고 천사도 없었소. 아버지의 보살핌이나 사랑에 대한 언급도 전혀 없고 말이오."

"표도르 미하일로비치, 이렇게 자신을 괴롭혀서 좋을 게 없어요. 이 서류들을 태워버릴 마음의 준비가 되어 있지 않다면, 적어도 당분간만이라도 어디에 뒀다가 파벨과 화해를 한 다음에 보도록 하세요. 제 말 듣고 당신을 위해서 제가 하라는 대로 하세요."

"고맙소, 안나. 당신 말이 가슴에 와닿소. 하지만 내가 상처를 받지 않는다고 한 건, 내가 왜 여기 있는지에 대해 얘기한 건, 이 아파트나 페테르부르크를 두고 한 말이 아니오. 고통에서 해방된 삶을 살려고 지금 러시아에 있는 게 아니라는 말이오. 나는 뭐랄까, 러시아적인 삶을 살도록 요구받고 있소. 러시아 안에서의 삶이랄까, 아니면 내 안에 있는 러시아랄까. 러시아가 무엇을 의미하든 말이오. 그것은 내가 피할 수 없는 운명이오.

그렇다고 내가 러시아에 아주 중요한 존재라는 말은 아니오. 들여다볼 것도 별로 없는 삶이오. 사실 삶이라기보다는 값이나 돈이라고 해야 맞을 것이오. 내 삶은 글을 쓰기 위해 내가 지불해야 하는 값이오. 파벨은 그걸 이해하지 못했소. 나도 값을 지불하고 있다는 걸 말이오."

그녀가 얼굴을 찡그린다. 그는 이제 마트료나의 버릇이 누구를 닮은 것인지 알게 된다. 자기 내장을 찢어발기는 것에 대한 거부감. 그래, 그녀는 충분히 그럴 만하다! 러시아에서는 자기 내장을 찢어서 드러내는 일이 너무 허다하니까.

그러나 나도 값을 지불하고 있소. 그녀가 꾹 참고 들어주기만 한다면 그는 다시 한번 말할 것이다. 그 말을 반복하면서 그 이상의 말도 할 것이다. 나도 값을 지불하고 팝니다. 그것이 내 인생이오. 나는 내 인생을 팔고 내 주변 사람들의 인생을 판다. 모든 사람을 판다. 야코블레프식으로 인생을 거래한다. 예수가 아니라 유다라고 했던 핀란드 여자의 말은 결국 맞는 말이다. 당신을 팔고, 당신의 딸을 팔고, 사랑하는 모든 사람들을 팔 것이다. 파벨을 산 채로 팔았고, 할 수만 있다면 지금이라도 내 안에 있는 파벨을 팔 것이다. 그리고 세르게이 네차예프도 팔 수 있는 길이 있으면 좋겠다.

명예가 없는 삶, 제한이 없는 배반, 끝이 없는 고백.

그녀가 꼬리를 물고 이어지던 그의 생각을 끊어낸다. "아직도 떠날 계획이세요?"

"그럼, 물론이오."

"그 방에 대해 묻는 사람이 있어서 여쭤보는 거예요. 어디로 가실 건가요?"

"우선 마이코프에게 갈 거요."

"그 사람에게는 갈 수 없다고 말씀하셨던 것 같은데."

"그는 분명 나에게 돈을 빌려줄 거요. 드레스덴으로 돌아가려면 돈이 필요하다고 말할 겁니다. 그런 다음 여기 말고 다른 묵을 곳을 찾아봐야겠지."

"왜 그냥 드레스덴으로 돌아가지 않는 거죠? 그렇게 하면 모든 문제가 풀리지 않을까요?"

"경찰이 아직도 내 여권을 갖고 있소. 다른 이유들도 있고."

"할 수 있는 건 다하셨으니 더이상 페테르부르크에 머무는 것은 시간 낭비예요."

그녀는 그가 한 말을 듣지 않은 것인가? 그게 아니라면, 그를 골리려고 그러는 것인가? 그가 일어서서 서류들을 모으고, 그녀에게 얼굴을 돌린다. "아니오, 안나. 난 전혀 시간을 낭비하지 않았소. 내가 여기 있어야 하는 이유는 많소. 세상에 그 누구도 나보다 이유가 더 많지는 않을 겁니다. 당신도 분명히 마음속으로는 그걸 알고 있소."

그녀가 고개를 저으며 이렇게 중얼거린다. "나는 몰라요." 그러나 그것은 반박당할 것을 예상하는 사람의 목소리다.

"당신이 나를 파벨에게 데려다줄 것이라고 믿었던 때가 있었소. 우리 둘이 보트를 타고 있고, 안개가 자욱한 곳에서 당신이 뱃머리에 앉아 배를 조종하는 걸 상상했지. 정말 생생했소. 나는 당신을 굳게 믿었소."

그녀가 다시 고개를 젓는다.

"자잘한 것은 틀렸을지 모르지만 감정만큼은 틀리지 않았소. 처음부터 난 당신에 관한 어떤 느낌이 있었소."

만약 그의 말을 제지할 생각이라면 그녀는 지금 그렇게 할 것이다. 하지만 그녀는 그러지 않는다. 그녀는 나무가 물을 빨아들이듯 그의 말을 빨아들이는 것처럼 보인다. 왜 안 되겠나?

"우리는 스스로 그걸 어렵게 만들었소. 서둘러서, 우리가 너무 서둘러서……" 그가 계속 말을 잇는다.

"저에게도 책임이 있어요. 하지만 지금은 그 이야기는 하고 싶지 않아요."

"나도 그러고 싶지 않소. 하지만 이 말만은 해둡시다. 지난 한 주 동안 나는 성실성이라는 것이 우리에게, 우리 두 사람에게 얼마나 큰 의미인지 깨달았소. 우리는 성실성을 회복해야만 했소. 내 말이 맞지 않소?"

그가 날카롭게 그녀를 지켜본다. 그러나 그녀는 그가 말을 계속하기를 기다린다. 그가 말하는 성실성이 뭔지 확인하기 위해 기다린다.

"그러니까, 당신 입장에서 보자면 당신 딸에 대한 성실성이고, 내 입장에서 보자면 내 아들에 대한 성실성이지요. 우리는 그들의 축복을 받을 때까지는 사랑을 나눌 수 없소. 내 말이 맞지 않소?"

그는 그녀가 자기 말을 수긍한다는 걸 안다. 그러나 그녀는 아직 그걸 말하지 않으려 한다. 그는 그 부드러운 저항을 더 압박한다. "난 당신과 아이를 갖고 싶소."

그녀가 얼굴을 붉힌다. "말도 안 되는 소리예요! 당신에게는 이미 아내와 아이가 있어요."

"그들은 다른 가족이오. 당신은 파벨의 가족이오. 당신과 마트료나 둘 다 말이오. 나도 파벨의 가족이오."

"무슨 말인지 모르겠군요."

"마음으로는 알고 있을 거요."

"정말 모르겠어요! 무슨 제안을 하시는 거죠? 아버지가 외국에 살면서 우편으로 생활비를 부쳐주는 상황에서 아이를 키우라고요? 말도 안 돼요!"

"왜 안 되지? 당신은 파벨을 돌봐주었잖소."

"파벨은 어린애가 아니라 하숙인이었어요!"

"당장 결정할 필요는 없소."

"하지만 난 지금 결정하겠어요! 싫어요! 그게 제 결정이에요!"

"만약 당신이 이미 임신을 했다면 어쩌겠소?"

그녀가 발끈 화를 낸다. "그건 당신이 상관할 일이 아니에요!"

"만약 내가 드레스덴으로 돌아가지 않는다면 어쩌겠소? 내가 여기 머물면서 드레스덴에 생활비를 부친다면?"

"여기서요? 이 낡은 방에서요? 페테르부르크에서요? 나는 당신은 빚쟁이들 때문에 감옥에 갈까봐 페테르부르크에 머물 수 없다고 생각했는데."

"빚을 청산할 수 있소. 한 건만 잡으면 되오."

그녀는 웃는다. 화가 난 것 같지만 불쾌해 보이지는 않는다. 그는 그녀에게 무슨 말이라도 할 수 있다. 아냐와 얼마나 다른가! 아냐와 이런 일이 있었다면 울고, 문을 쾅쾅 닫고, 난리가 났을 것이다. 아마 일주일쯤 애걸복걸을 해야 상냥한 모습으로 돌아올 것이다.

"표도르 미하일로비치, 당신은 내일 아침 잠에서 깨어나면 오늘 한 이야기를 전혀 기억하지 못할 거예요. 그저 머릿속에 잠깐 떠오른 생각일 뿐이겠죠. 전에는 그런 생각을 해본 적이 없을 거예요."

"당신 말이 맞소. 막 떠오른 생각이오. 그래서 내가 그걸 믿는 거요."

그녀는 스스로 그의 팔에 안기지 않지만 저항하지도 않는다. "중혼重婚!" 그녀가 경멸조로, 부드럽게 말하며 웃는다. 그러고 나서 더욱 신중한 목소리로 말한다. "내가 오늘밤 당신한테 오기를 원하세요?"

"이 세상에서 그것보다 더 원하는 것은 없소."

"두고보겠어요."

그녀는 자정에 돌아온다. "여기 있으면 안 돼요." 그녀는 그렇게 말하면서도 등뒤로 문을 닫는다.

그들은 사형선고를 받기라도 한 듯 단호하게 열심히 사랑을 나눈다. 마치 해골처럼 서로의 뼈와 인대가 섞여들고, 입술과 입술이 닿고, 눈과 눈이 마주치고, 갈비뼈가 맞물리고, 다리뼈가 뒤엉킨다. 누가 누구인지, 어느 쪽이 남자이고 어느 쪽이 여자인지 분간되지 않는 순간도 있다.

일이 끝난 뒤 그녀는 그의 가슴에 머리를 얹고 한쪽 다리를 그의 다리 위에 편안하게 걸친 채 좁은 침대에 누워 있다. 그가 부드럽게 고개를 돌린다. "구원자를 태어나게 할 작정이었어요?" 그녀가 낮은 소리로 묻는다. 그가 무슨 말인지 이해하지 못하자 그녀는 이렇게 덧붙인다. "정액이 흥건해요. 확실히 해둘 작정이었나봐요. 침대가 다 젖었어요."

신성모독적인 발언이 그의 흥미를 끈다. 그는 그녀에게서 매

번 새롭고 놀라운 면을 발견한다. 페테르부르크를 떠나게 된다
해도 다시 이곳으로 돌아오지 않는 것은 생각할 수 없다. 그녀를
다시 못 보리라는 건 상상도 할 수 없다.

"왜 구원자라고 하는 거요?"

"그가 하려는 게 당신을 구하고, 우리 모두를 구하는 일 아닌
가요?"

"어째서 사내애라고 확신하지?"

"아, 여자는 알아요."

"마트료나는 어떻게 생각하겠소?"

"마트료나요? 남동생이 생기면요? 그애에게는 그보다 좋은
일이 없을 거예요. 동생을 보살피는 데 온 정성을 다할 거예요."

겉으로 보기에 그의 질문은 마트료나에 관한 것이다. 그러나
그것은 다른 질문을 에둘러 한 것일 뿐이다. 이미 대답을 알기에
묻지 않는 질문. 파벨은 남동생을 원하지 않을 것이다. 파벨은
동생의 발을 잡고 아이의 머리를 벽에 내동댕이칠 것이다. 파벨
에게 동생은 구원자가 아니라 자기 자리를 노리고 빼앗는 자, 토
실토실한 아기의 몸을 뒤집어쓴 교활한 작은 악마에 불과할 것이
다. 그의 생각이 틀리다는 것을 누가 장담할 수 있을까?

"여자는 언제나 그런 걸 알 수 있소?"

"내가 임신했는지 아닌지를 말인가요? 걱정 마세요, 그런 일

은 없을 테니." 그리고 이렇게 덧붙인다. "조금 더 있다가는 여기서 잠이 들겠어요." 그녀는 침대 시트를 옆으로 밀치고 그의 몸을 타넘더니 달빛 아래에서 옷을 찾아 입기 시작한다.

그는 일종의 고통을 느낀다. 예전에 느꼈던 감정이 되살아난다. 아직 죽지 않은, 그의 안에 있는 젊은 남자가, 아직 묻히지 않은 그 안의 시체가 목소리를 내려고 한다. 그는 아무리 신중하려 해도 속수무책인 사랑에 빠질 것만 같다. 또다시 발작이, 혹은 그것의 변형이 찾아오려 한다.

그 충동은 강하지만 이내 지나간다. 강하지만 충분히 강하지는 않은 충동. 어디선가 버팀목을 찾지 못한다면 다시는 강해지지 않을 충동.

"잠깐 여기 앉아보시오." 그가 속삭인다.

그녀가 침대에 앉는다. 그는 그녀의 손을 잡는다.

"제안 한 가지 해도 되겠소? 내 생각에 마트료나가 세르게이 네차예프나 그의 친구들과 어울리는 것은 좋지 않을 것 같소."

그녀가 손을 뺀다. "물론이죠. 하지만 왜 지금 그 이야기를 하는 거죠?" 그녀의 목소리는 차갑고 무미건조하다.

"그자가 여길 마음대로 드나들 수 있게 그애를 혼자 내버려둬서는 안 된다고 생각하기 때문이오."

"그럼 어떻게 하는 게 좋은데요?"

"당신이 집에 올 때까지 아래층에 있는 아말리아 카르로프나 씨 집에 있게 하면 어떻겠소?"

"노부인에게 아픈 애를 돌봐달라고 부탁하는 건 무리예요. 게다가 그분과 마트료나는 사이가 좋지 않아요. 마트료나에게 낯선 사람들이 오면 문을 열어주지 말라고 하면 되지 않나요?"

"네차예프가 당신 딸에게 행사하는 영향력이 어느 정도인지 당신이 몰라서 그렇소."

그녀는 일어선다. "나는 이런 이야기를 하는 게 싫어요." 그녀가 말한다. "우리가 왜 한밤중에 내 딸 이야기를 해야 하는지 모르겠네요."

그들 사이의 분위기가 갑자기 전과 같이 얼음장처럼 변한다.

"그애 얘기만 하면 짜증을 내는데 안 그럴 수는 없겠소?" 그가 절망적으로 묻는다. "내가 진심으로 그애를 염려하지 않는다면 그 문제를 꺼낼 것 같소?"

그녀는 아무 대답도 하지 않는다. 문이 열리고, 닫힌다.

19
불

그는 그녀와 가까워졌다가 다시 사이가 나빠지자 당황스럽고 우울하다. 그는 이 어렵고 까다로운 여자와 화해하고 싶은 마음과 전혀 얻을 게 없는 이런 관계뿐만 아니라 더이상 아무 관련도 없는 애도와 음모의 도시에서 손을 떼고 싶은 마음 사이에서 갈팡질팡한다.

그는 굴러떨어지고 있다. 파벨! 그가 정신을 차리려 애쓰며 속삭인다. 그러나 파벨이 그의 손을 놓는다. 파벨은 그를 구해주지 않는다.

아침 내내 그는 양팔로 무릎을 감싸고 머리를 숙인 채로 방안에 꼼짝 않고 있다. 혼자 있는 게 아니다. 그러나 그와 함께 방에 있는 존재는 아들이 아니다. 그것은 병에서 나온 메뚜기들처럼 허공에서 윙윙거리는 수천 마리의 작은 악마들이다.

마침내 몸을 일으킨 그는 파벨의 사진 두 장과 드레스덴에서 가져온 은판사진, 마트료나가 그린 초상화를 내려서 마주보게 싸서 치운다.

그는 경찰에 일일 보고를 하기 위해 집을 나선다. 집에 돌아오자 안나 세르게예브나가 평소보다 몇 시간 일찍 돌아와 있다. 그녀는 약간 흥분한 상태다. "가게문을 일찍 닫을 수밖에 없었어요. 하루종일 경찰과 학생들이 공방전을 벌였거든요. 주로 페트로그라드스카야 구역에서 그랬지만 강 이쪽도 마찬가지였어요. 모든 상가가 문을 닫았어요. 거리에 나가는 게 너무 위험했으니까요. 야코블레프 씨의 조카가 시장에서 수레를 끌고 돌아오다가 누군가 이유도 없이 던진 돌멩이에 맞았대요. 팔목에 돌을 맞아서 손가락을 움직이지 못할 정도로 통증이 심하다고 하더라고요. 뼈가 부러진 것 같다고 했어요. 그 사람 말로는 노동자들이 시위에 동참하기 시작했대요. 학생들은 또 불을 지르고 있어요."

"우리도 나가서 볼 수 있어요?" 마트료나가 침대에서 외친다.

"말도 안 되는 소리 마! 위험해. 게다가 바람이 아주 차."

아이는 전날 밤에 무슨 일이 있었는지 기억하는 것 같지 않다.

그는 다시 밖으로 나가 찻집으로 간다. 신문에는 그날 거리에서 있었던 공방전에 관한 기사가 하나도 없다. 그러나 "학생들 사이에 팽배한 무질서" 때문에 대학당국의 별도 공지가 있을 때까지 학교를 폐쇄한다는 공고문이 실려 있다.

네시가 넘었다. 바람이 차지만 그는 강을 따라 동쪽으로 걷는다. 모든 다리가 폐쇄된 상태다. 하늘색 제복을 입고 깃털이 달린 헬멧을 쓴 무장경찰들이 총검을 차고 다리를 지키고 있다. 석양빛을 배경으로 먼 강둑에서 불길이 치솟는 모습이 보인다.

그는 불에 타 연기가 나는 창고들이 보일 때까지 강을 따라 걷는다. 눈이 내리기 시작했다. 눈송이는 시꺼멓게 탄 목재에 닿자마자 사라져버린다.

그는 안나 세르게예브나가 다시 자신에게 올 거라고 생각하지 않는다. 그러나 그녀는 전처럼 아무런 말도 없이 그에게 온다. 그녀는 마트료나가 옆방에 있음에도 무모하게 사랑을 나눈다. 그는 그 무모함이 놀랍다. 그녀는 신음과 헐떡이는 소리를 반 정도만 억누른다. 그는 그것이 동물적인 쾌감으로 나오는 소리가 아니라 절정으로 치닫기 위한 그녀만의 방식이라는 걸 깨닫기 시작한다.

처음에는 그녀의 강렬함이 그에게까지 전해진다. 누가 그이고 누가 그녀인지 모르는 상태가 길게 지속된다. 그들 주위로 쾌락의 백열지대가 형성된다. 그들은 그 지대 안을 천천히 돌며 쌍둥이처럼 떠돈다.

그는 그렇게 아낌없이 정사에 몰입하는 여자를 만난 적이 없다. 그러나 그녀가 절정에 이르면 그는 그녀로부터 물러나기 시작한다. 그녀 안에 있는 무엇인가가 변하고 있는 것 같다. 그들이 처음 사랑을 나누던 날 밤 그녀의 몸 깊숙한 곳에서 일어나던 감각들이 피부 표면을 향해 이동하는 것 같다. 그녀는 실제로, 그가 알았던 수많은 여자들처럼 '전기'를 띠기 시작한다.

그녀는 늘 화장대 위의 촛불을 끄지 말고 그대로 두라고 한다. 절정에 가까워지면 그녀는 새까만 눈으로 그의 얼굴을 점점 더 골똘히 탐색한다. 심지어 눈꺼풀이 떨리고 몸이 흔들리기 시작할 때도 그를 그렇게 쳐다본다.

어느 순간이 되면 그녀는 거의 알아들을 수 없는 말을 그에게 속삭인다. "뭐라고?" 그가 이렇게 묻지만, 그녀는 고개만 이쪽저쪽으로 저으며 이를 악문다.

제대로 듣지는 못했지만 그는 그게 악마라는 말이라는 걸 안다. 그것은 그가 사용하는 단어다. 그러나 그녀도 그와 똑같은 의미로 그 단어를 사용하는지는 알 수 없다. 악마, 몸밖으로 빠져나온 영혼이 망각을 향해 나선형으로 하향하기 시작하는 절정의 순간. 그녀가 고개를 이쪽저쪽으로 흔들며 이를 악물고 끙끙대는 모습을 보면 그녀 역시 악마에 사로잡혀 있다는 사실을 아는 것은 어렵지 않다.

그녀는 처음보다 더 사납게 그와 한번 더 정사를 벌이려 든다.
그러나 우물은 말라 있고, 곧 두 사람 모두 그 사실을 깨닫는다.
"못하겠어요!" 그녀는 숨을 헐떡거리다가 멈춘다. 항복이라도
하듯 두 손을 들고 손바닥을 편 자세로 누워 있다. "더는 못하겠
어!" 눈물이 그녀의 뺨 아래로 흘러내리기 시작한다.

촛불이 환하게 탄다. 그는 그녀의 늘어진 몸을 안아준다. 눈물
이 계속 흘러내리고 그녀는 눈물을 그치려고 하지도 않는다.

"무슨 일이오?"

"계속할 힘이 없어요. 제가 할 수 있는 건 다 했어요. 이젠 지
쳤어요. 이제 우리를 그대로 내버려두세요."

"우리라니?"

"그래요, 우리요, 우리 둘 말이에요. 우리는 당신의 무게에 눌
려 질식해 죽을 지경이에요. 숨을 쉴 수가 없다고요."

"그렇다면 진작 말하지 그랬소. 나는 상황을 전혀 다르게 이해
했었소."

"당신을 비난하는 게 아니에요. 모든 것을 제 탓으로 돌리려고
노력해봤지만 더이상은 그럴 수 없어요. 저는 오늘 하루종일 서 있
었어요. 지난밤에는 한숨도 못 잤고요. 완전히 지친 상태라고요."

"내가 그동안 당신을 이용했다고 생각하는 거요?"

"그런 식으로 절 이용한다는 말이 아니에요. 다만 제 아이에게

다가가기 위한 수단으로 저를 이용한다는 말이에요."

"마트료나에게? 말도 안 되는 소리! 그걸 말이라고 하는 거요?"

"그건 누가 봐도 명백한 진실이에요! 당신은 그애에게 이르기 위해 저를 이용하고 있어요. 그리고 전 그걸 참을 수 없어요!" 그녀는 침대에서 일어나 앉아 드러난 젖가슴 위로 팔을 두르고 앞뒤로 몸을 움직이며 흐느낀다. "당신은 저를 훨씬 넘어선 어떤 것의 손아귀에 잡혀 있어요. 당신은 여기 있는 것처럼 보이지만 실제로는 여기 있지 않아요. 당신을 도와드리려고 했는데……" 그녀의 어깨가 힘없이 들썩인다. "하지만 이젠 더이상 못하겠어요."

"파벨 때문에 그랬던 거요?"

"그래요, 파벨 때문이기도 하고 당신이 한 말 때문이기도 했어요. 저는 당신에게 도움을 주고 싶었어요. 하지만 이제 그 일은 제게 너무 많은 걸 요구해요. 저를 지치게 만들어요. 만약 당신이 똑같은 방식으로 마트료나를 이용할 거라는 두려움이 없었다면 절대 이 지경까지 오지 않았을 거예요."

그가 그녀의 입술에 손을 댄다. "목소리를 낮추시오. 나에게 끔찍한 혐의를 덮어씌우는군. 그애가 당신한테 무슨 말을 한 거요? 나는 맹세코 그애에게 손가락 하나 대지 않을 것이오."

"누굴 두고, 무엇을 두고 맹세한다는 거죠? 당신은 당신이 맹세를 걸 수 있는 걸 믿나요? 당신도 잘 알겠지만 그건 손을 대고 어쩌고 하는 문제와는 아무 상관 없어요. 그리고 나한테 조용히 하라고 말하지 마세요." 그녀는 시트를 젖히고 가운을 찾아 입는다. "혼자 있고 싶어요. 안 그러면 미쳐버릴 거예요."

한 시간 후, 그가 막 잠들려고 하는데 그녀가 돌아와 다리로 그의 다리를 감으며 몸을 밀착시킨다. 그녀의 몸이 뜨겁다. "제가 한 말은 신경쓰지 마세요. 제정신이 아닐 때가 있어요. 익숙해지셔야 해요." 그녀가 말한다.

그는 밤사이 한번 더 잠에서 깬다. 커튼이 쳐져 있는데도 방안이 보름달이 비치는 것처럼 환하다. 그는 일어나서 창밖을 내다본다. 1.5킬로미터도 떨어지지 않은 곳에서 밤하늘을 배경으로 불길이 치솟고 있다. 너무나 맹렬하게 타는 바람에 다리 건너에서도 열기를 느낄 수 있을 정도다.

그는 침대로 돌아와 안나 곁에 눕는다. 아침에 마트료나가 두 사람이 이렇게 자고 있는 걸 본다. 아이의 어머니는 머리가 헝클어진 채 그의 팔을 베고서 가볍게 코를 골며 잠들어 있고, 그는 막 눈을 뜨고 문에 서 있는 심각한 표정의 아이를 바라본다.

꿈속에서 허깨비를 보는 것일 수도 있지. 그러나 그는 꿈이 아니라는 걸 안다. 아이는 모든 것을 보고 모든 것을 안다.

20
스타브로긴

도시 전체에 연기가 자욱하다. 하늘에서 재가 내리고 곳곳에 있는 눈들이 회색이다.

그는 아침 내내 방에 혼자 앉아 있다. 그는 이제, 자신이 왜 옐라긴섬에 다시 가지 않았는지 깨닫는다. 흙이 파헤쳐지고 무덤이 아가리를 벌리고 시신이 없어졌을지 모른다는 두려움 때문이다. 제대로 묻히지 않은 시신. 이제 그의 안에, 그의 가슴 안에 매장되어, 더이상 울진 않지만 광기 어린 소리로 그에게 추락하라고 속삭이는 시신.

그는 몸이 아프고, 자신의 병명을 안다. 시대의 목소리인 네차예프는 그것을 복수심이라고 부르지만 더 진실한 이름은, 그리 화려하지는 않지만, 원한일 것이다.

그의 앞에는 하나의 선택지가 있다. 그는 이 치욕스러운 추락의 한가운데서 울부짖고 팔을 날개처럼 파닥이며, 신이나 아내에게 구원을 요청할 수도 있다. 또는 그것에 몸을 맡기고 공포나 무의식이라는 마취제를 거부한 채, 올 수도 있고 오지 않을 수도 있는 그 순간—그걸 강요하는 건 그의 권한 밖이다—을 지켜보고 그 소리를 들을 수도 있다. 그 순간이 오면 그는 어둠 속으로 곤두박질치는 몸에서, 중심에서 어둠 속으로 곤두박질이 일어나는 몸이 되고, 자신의 떨어짐과 어둠을 간직한 몸이 될 것이다.

만약 누군가에게 우리 시대의 광기 속에 살아야 한다는 처방이 내려진다면 그 대상은 바로 자신일 거라고 안나 세르게예브나에게 말한 적이 있다. 그 추락에서 아무런 상처도 입지 않고 빠져나오기 위해서가 아니라 아들이 성취하지 못한 것을 성취하기 위해서다. 휘파람 소리가 나는 어둠과 몸싸움을 벌이며 그것을 흡수하고 자신의 매개체로 삼아, 거북이의 비상처럼 느리고 낡고 어색할지라도 그 추락을 비상으로 바꾸기 위해서다. 파벨이 죽은 곳에서 살아가기 위해서다. 러시아에서 살며 그의 내부에서 속삭이는 러시아의 목소리를 듣기 위해서다. 러시아와 파벨과 죽음, 그 모든 것을 그의 내부에 간직하기 위해서다.

그는 그렇게 말했다. 그러나 그것은 진실이었을까? 아니면 그저 허풍이었을까? 그가 움츠러들지만 않는다면 대답이 무엇이

건 상관없다. 비유를 사용해 자신의 지저분하고 경멸스러운 병을, 시대를 상징하는 병으로 만드는 것도 상관없다. 광기는 그의 내부에 있고 그는 광기의 내부에 있다. 그것들은 서로를 생각한다. 그것들이 서로를 어떻게 부르든, 광기, 간질, 복수, 시대정신 등 어떤 식으로 부르든, 중요하지 않다. 그가 살고 있는 곳은 광기의 하숙집이 아니고 페테르부르크도 광기의 도시가 아니다. 미친 것은 그다. 그리고 그를 미친 사람이라고 하는 사람도 미친 사람이다. 그가 이야기하는 그 어떤 것도 진실이 아니며, 그 무엇도 거짓이 아니다. 아무것도 신뢰할 수 없고 아무것도 무시할 수 없다. 붙잡을 것도 없다. 추락하는 것 말고는 아무것도 할 게 없다.

그는 필통을 열고 도구들을 내어놓는다. 이건 더이상 컴컴한 개울에서 길을 잃고 소리치는 아이의 목소리에 귀를 기울이는 문제가 아니다. 모두가 파벨을 단념해버린 상황에서 파벨과의 신의를 지키느냐 마느냐의 문제도 아니다. 성실성의 문제가 전혀 아니다. 오히려 배반의 문제다. 처음에는 사랑에 대한 배반이었고 그다음에는 파벨과 어머니와 아이, 다른 모든 사람에 대한 배반이다. 모든 것과 모든 사람에 대한 배반이다. 모든 것과 모든 사람이 다른 용도로 바뀌어 그의 손에 쥐어지고 그와 함께 추락하는 상태—왜곡이다.

그는 막시모프의 조수와 그의 질문을 떠올린다. "어떤 종류의 책을 쓰시죠?" 그는 이제야 자신이 대답했어야 할 말이 무엇인지 안다. "난 진실의 왜곡에 관한 글을 씁니다. 나는 구부러진 길을 택해 아이들을 어두운 곳으로 데리고 가는 사람이오. 펜이 춤추는 대로 따라가는 사람이오."

그는 화장대 위 거울에 비친, 책상 위에 웅크리고 있는 자신의 모습을 흘깃 쳐다본다. 어스름한 불빛 속에서 안경도 끼지 않고 보자니 자신이 낯선 사람 같다. 시꺼먼 턱수염은 벌들이 다닥다닥 붙은 베일이나 커튼 같다.

그는 거울 속의 얼굴이 보이지 않도록 의자를 옮긴다. 그러나 그가 아닌 누군가 방안에 있다는 느낌은 여전하다. 온전한 사람의 형상이 아니라면, 막대기에 낡은 옷을 입혀 몸통을 만들고, 뭔가로 속을 채우고, 설탕 주머니로 머리를 만들고, 입에는 머릿수건을 댄 허수아비일 것이다.

마음이 산만한 그는 자신이 산만하다는 데 짜증이 난다. 짜증이 나니까 이상하게 허수아비가 더 살아 있는 것처럼 느껴진다. 허수아비가 그의 짜증에 무관심하다는 게 짜증을 돋운다.

그는 방안을 거닐고 다시 한번 탁자의 위치를 바꾼다. 그리고 몸을 구부려 거울 속의 자기 얼굴과 피부에 난 땀구멍을 들여다본다. 글을 쓸 수도, 생각할 수도 없다.

생각할 수 없다. 그래서 어쨌다는 거야? 한밤중의 도둑에 관한 우화를 기억한다. 만약 그가 구원을 받는다면 그것은 한밤중에 찾아온 도둑을 통해서일 것이다. 그래서 그는 밤새도록 주의를 집중해서 도둑이 찾아오는지 지켜봐야 한다. 그러나 도둑은 집 주인이 자신을 잊고 잠이 들 때까지는 오지 않을 것이다. 집주인 이 밤새도록 잠을 자지 않고 지켜보지도 않으면 그 우화는 실현 될 수 없다. 집주인은 잠을 자야만 한다. 그가 잠을 자야 한다면 하느님은 어떻게 그가 잠자는 것을 비난할 수가 있는가? 하느님 은 그를 구원해줘야 한다. 하느님에게는 다른 방법이 없다. 그러 나 이런 식으로 하느님을 이성의 덫에 빠뜨리는 것은 도발이고 신성모독이다.

그는 오래된 미로에 갇혀 있다. 다른 형태이긴 하지만 그 미로 는 그의 노름에 관한 이야기다. 그가 노름을 하는 것은 하느님이 말을 하지 않기 때문이다. 그가 노름을 하는 것은 하느님이 말을 하도록 하기 위해서다. 그러나 카드를 뒤집으며 하느님이 말하도 록 만드는 건 신성모독이다. 하느님은 하느님이 침묵할 때만 말 한다. 하느님이 말하는 것처럼 보일 때 하느님은 말하지 않는다.

그는 몇 시간 동안 책상에 앉아 있다. 펜은 움직이지 않는다. 이따금 허수아비가 돌아온다. 그 쭈글쭈글한 늙은이의 형상은 그를 흉내낸 것이다. 그는 차단되어 있다. 그는 감옥에 있다.

그래서? 그래서 어쨌다는 거야?

그는 눈을 감고 그 형상을 마주하며 그 이미지가 더 선명해지게 한다. 그 얼굴은 아직도 베일로 가려져 있다. 그걸 치우기에 그는 너무 무력하다. 오직 그 형상만이 그것을 할 수 있다. 하지만 그 형상은 그에게 요청을 받기 전까지는 그렇게 하지 않을 것이다. 요청을 하려면 그는 우선 형상의 이름을 알아야 한다. 이름이 뭘까? 이바노프일까? 흐릿하게 잊힌 상태의 이바노프가 돌아온 걸까? 이바노프의 진짜 이름은 뭐였더라? 아니면 파벨일까? 파벨보다 먼저 이 방에서 하숙을 했던 사람은 누구였을까? 여행가방의 주인인 P. A. I.는 누구였을까? P란 파벨을 가리키는 것이었을까? 파벨은 파벨의 진짜 이름이었을까? 잘못된 이름으로 파벨을 불러도 파벨이 올까?

파벨은 길을 잃어버린 존재가 되었다. 이제는 그가 길을 잃었다. 너무 혼란스러워 어떻게 도움을 청해야 할지 모를 정도다.

만약 그가 펜을 떨어뜨리면 책상 건너편에 있는 그 형상이 그것을 집어들고 글을 쓰게 될까?

그는 안나 세르게예브나의 말을 생각한다. 당신은 스스로를 애도하고 있는 거예요.

그의 뺨을 흘러내리는 눈물은 아주 맑다. 짠맛이 전혀 느껴지지 않을 정도다. 정화가 계속되고 있는 거라면 정화되고 있는 대상은 이상하게 순수하다.

결국 그는 죽은 아이를 살려낼 수 없을 것이다. 만약 아이를 만나고 싶다면 죽어서 만나는 수밖에 없을 것이다.

여행가방이 있다. 하얀 양복이 있다. 아직도 어딘가에 그 하얀 양복이 존재한다. 발부터 시작해서 얼굴이 나올 때까지, 옷 속에 몸뚱이를 채워넣는 방법은 없을까? 그 얼굴이 소의 얼굴을 한 바알 신의 형상일지라도 말이다.

책상 건너에 있는 그 형상의 머리는 약간 크다. 보통 사람들의 머리보다 크다. 사실 모든 부분이 제대로 균형이 맞지 않다. 어딘가 지나친 데가 있다.

자신의 몸에 열이 있는 것만 같다. 옆방의 마트료나를 불러 이마를 만져보라고 할 수 없다는 게 애석하다.

그는 그 형상에게서 아무것도 느끼지 못한다. 전혀 아무것도 느끼지 못한다. 그게 아니라면, 엄청난 힘을 내뿜는 무관심의 영역이 그것 주위에 어둠의 외투처럼 둘러져 있는 것 같다. 그래서 그 이름을 알 수 없는 것인가? 이름이 감춰져 있어서가 아니라 그 형상이 모든 이름과 말에 대해, 자신을 두고 하는 말에 대해 무관심하기 때문일까?

그 힘이 너무 강해서 그것이 소리 없는 겹겹의 파장으로 그를 압박하는 게 느껴질 정도다.

세번째 시험. 그가 안나 세르게예브나에게 했던 말. 나는 러시아적인 삶을 살도록 보내졌소. 이것이 러시아가 자신을 표현하는 방식일까? 이러한 힘과 이러한 어둠과 이름에 대한 무관심으로?

아니면 그가 모르고 있는 그 이름은 그가 싫어하는 소년의 이름인 네차예프일까? 그가 알아야 하는 게 바로 이런 걸까? 하느님의 눈에는 파벨 이사예프와 세르게이 네차예프가 똑같은 무게의 참새처럼 차이가 없다는 사실? 그는 파벨의 결백에 대한 마지막 믿음을 포기해야 하는 걸까? 사실 파벨이 네차예프의 동지이자 추종자였다는 걸 인정해야 하는 걸까? 그리고 파벨이 네차예프가 제안한 모든 것에 조건 없이 응했으며 단순히 음모의 모험뿐만 아니라 죽음과 관련된 문제들을 흔쾌히 받아들였다고 인정해야 하는 걸까? 네차예프가 아버지라는 존재를 증오하고 그들에 대한 무자비한 전쟁을 벌이고 있는 것처럼, 파벨도 그래야 하는 걸까?

그 질문을 하면서, 파벨이 그의 증오와 피에 대한 굶주림의 첫맛을 보도록 허락하면서, 그는 자기 내부에서 무엇인가가 꿈틀거리는 것을 느낀다. 그것은 파벨에 대한, 네차예프에 대한, 그들 모두에 대한 분노의 시작이다. 죽을 때까지 서로의 적인 아버지와 아들.

그렇게 그는 마비된 채 앉아 있다. 그의 슬픔의 토굴에 갇혀 끊임없이 우는 파벨도 그의 안에 남아 있다. 아니면 그는 파벨이 아버지들의 규칙에 화를 내며 길길이 날뛰도록 풀어준다. 자신의 분노도, 아들의 불효와 배은망덕함에 대한 분노도, 병 속에서 나온 정령처럼 풀어준다.

이것이 그가 볼 수 있는 전부다. 선택이 아닌 선택. 그는 생각할 수 없다. 쓸 수 없다. 자기 자신을 향해서가 아니라면, 자기 자신을 위해서가 아니라면 슬퍼할 수도 없다. 파벨이, 진짜 파벨이, 부르지도 않았는데 제 발로 찾아올 때까지 그는 자기 가슴의 포로다. 파벨이 밤에 와서 이미 말을 한 것은 아닌지도 확실하지 않다.

파벨에게는 말할 기회가 단 한 번밖에 없다. 그럼에도 그는 파벨이 말을 했을 때 자신이 듣지 못했거나, 잠들어 있었거나, 멍청하게 있다 듣지 못했다는 이유로 용서받지 못할 거라는 사실을 받아들일 수가 없다. 따라서 그가 귀를 기울이는 것은 파벨의 두번째 말이다. 그는 자신이 두번째 말을 들을 자격이 없고 두번째 말이 없으리라는 것을 절대적으로 믿는다. 그러나 두번째 말이 들려올 거라는 것 또한 절대적으로 믿는다.

그는 자신이 두번째 기회에 도박하는 걸 두려워하고 있음을 안다. 두번째 기회에 도박을 하자마자 그는 질 것이다. 그는 그가 할 수 없는 것을 해야만 한다. 말이든 침묵이든 앞으로 다가 올 것에 자신을 맡겨야 한다.

그는 파벨이 이미 말을 했을까봐 두렵다. 그는 파벨이 말을 할 거라고 믿는다. 둘 다. 분필과 치즈처럼.

그는 이런 마음으로 파벨의 책상에 앉아, 맞은편에 있는 환영 에 눈을 고정한다. 그 환영은 그것을 불러낸 그의 눈만큼이나 무 자비한 눈을 가지고 있다.

그것은 네차예프가 아니다. 그는 이제 안다. 네차예프보다 더 크다. 파벨도 아니다. 어쩌면 파벨이 소년기를 벗어나 어떤 사랑 도, 파벨을 흠모해 그를 위해서라면 어떤 것이든 할 여자애조차, 접 근하기 어려울 정도로 차갑고 잘생긴 남자가 되어버린 어느 날 의 모습일지도 모른다.

그 생각을 하자 마음이 어지럽다. 그것은 진실이 아니다. 적어 도 아직은 진실이 아니다. 그러나 인간의 방식이 아니라 벌레의 방식으로, 각 진화 과정에서 전혀 다른 모습으로 변화하며 성장 한, 소년 시절을 벗어나고 사랑을 벗어나 성장한 파벨의 환영에, 그는 마음이 오싹해진다. 그 모습을 마주보는 것은 마치 나일강 의 물속으로 내려가서, 한때 여자의 몸에서 태어났으나 나이가 들면서 돌로 변해버리는, 그의 세계에 속하지도 않고, 그가 생각 할 수 있는 모든 힘을 압도하고 좌절시키는, 거대하고 차가운 회색 물체를 정면으로 마주보는 것과 같다.

골고다 언덕에 있는 예수의 모습 역시 그를 압도한다. 그러나 그의 앞에 있는 형상은 예수의 모습이 아니다. 그 형상에는 사랑이 없고 돌의 차갑고 거대한 무관심만 있을 뿐이다.

그는 왜 희끄무레하고 특징도 없는 이 존재의 아버지가 되어 피와 살과 생명을 주어야 하는 걸까? 아니면 그가 잘못 이해하고 있는 걸까? 그는 처음부터 잘못 이해했던 걸까? 그는 자신의 용모를 비롯한 모든 것을 버리고 다시 어린아이가 되어야 하는 걸까? 그의 앞에 있는 것이 아버지의 역할을 하는 존재일까? 그는 그것이 아버지 역할을 하도록 자신을 내주어야 하는 걸까?

만약 그렇게 해야 한다면, 그것이 진실이고 부활의 길이라면, 그는 그렇게 할 것이다. 모든 것을 버릴 것이다. 지옥의 아가리 속으로 들어가는 갓난아이처럼 발가벗은 채로 그 영혼을 따라갈 것이다.

지난 한 달 동안 피해다녔던 이미지들이 떠오르기 시작한다. 발가벗고 깨지고 피투성이가 된 채로 시체보관소에 누워 있는 파벨, 죽은 몸속에 혹은 죽어가는 몸속에 있는 씨.

더이상 어떤 것도 개인적인 것이 아니다. 그는 최대한 눈을 깜빡이지 않고, 그것이 없으면 아버지가 될 수 없는 신체 부위를 응시한다. 그의 마음은 다시 베를린의 박물관에서 보았던, 시체에서 씨를 꺼내 보관하는 악마의 여신에게로 향한다.

이렇게 해서 마침내 시간이 되고 펜을 잡은 손이 움직이기 시작한다. 그러나 그 말들은 구원을 이야기하지 않는다. 그 대신 그 말들은 닫힌 유리창에 대고 윙윙거리는 파리들 혹은 검은 파리 한 마리에 대해 이야기한다. 페테르부르크의 덥고 끈적끈적한 한여름, 거리 아래쪽에서 들리는 소음과 음악. 방안에는 곧고 아름다운 머리칼과 갈색 눈의 아이가 남자 곁에 발가벗고 누워 있다. 소녀의 가냘픈 발은 남자의 발목에 닿을락말락하고, 얼굴은 남자의 어깨 둥근 부분에 밀착되어 있다. 소녀는 그 어깨에 달라붙어 아기처럼 파고든다.

그 남자는 누구일까? 신의 몸처럼 완벽한 몸이다. 그러나 그 몸에서는 대리석 같은 냉기가 풍기고, 그에게 달라붙어 있는 아이가 뼛속까지 추위를 느낄 수밖에 없을 것 같다. 그런데 얼굴은, 얼굴은 보이지 않는다.

그는 펜을 들고 앉아, 이 세상에 어울리지 않는 묘사 속으로 빠져들려는 자신을 추스른다. 그는 창조의 모든 것이 발치에 열려 있는 넘어질 것 같은 순간에, 통제력을 상실하고 추락하기 시작하는 순간에 에워싸여 있다.

그는 그 순간을 음미하고 탐닉하려 한다. 그것으로 인해 그는 저주받을 것이다.

그는 불안하게 일어선다. 여행가방에서 파벨의 일기장을 꺼내 일기가 끝나고 아무것도 쓰여 있지 않은 첫번째 페이지를 편다. 아무것도 쓰이지 않은 것은 그때쯤 파벨이 죽었기 때문이다. 그는 그곳에 두번째로 글을 쓰기 시작한다.

그 글 속에서 그는 똑같은 방안에서, 지금 앉아 있는 것과 같은 책상 앞에 앉아 글을 쓰고 있다. 그러나 그 방은 파벨의 방이고 파벨만의 방이다. 그리고 그는 더이상 자신이 아니다. 더이상 마흔아홉 살 먹은 남자가 아니다. 대신 그는 오만하고 강인한 젊은이로 돌아가 있다. 그는 완벽하게 몸에 맞는 하얀 양복을 입고 있다. 그는 또한 어느 정도 파벨 이사예프이기도 하다. 그러나 파벨 이사예프는 그가 자신에게 붙이려는 이름이 아니다.

파벨의 다른 모습인 이 젊은이의 피 속에는 승리에 대한 감각이 있다. 그는 죽음의 문을 통과했다 돌아왔다. 이제 그 어떤 것도 그에게 손을 댈 수 없다. 그는 신이 아니지만 그렇다고 인간이라고 할 수도 없다. 어떤 의미에서 그는 인간을 넘어선 존재, 남성을 넘어선 존재이다. 그가 할 수 없는 것은 아무것도 없다.

이 젊은이를 통해, 악취가 나는 복도와 앞이 보이지 않는 모퉁이가 있는, 러시아 페테르부르크에 있는 이 건물이 스스로 글을 쓰기 시작한다.

그는 깔끔한 대문자로 '아파트'라는 제목을 달고, 글을 쓴다.

그는 늦잠을 잔다. 방안이 너무 더워 시트가 땀으로 흠뻑 젖는 정오가 되어서야 일어난다. 그런 다음 비틀거리며 층계참에 있는 작은 세면실로 가서 얼굴에 물을 끼얹고 손가락으로 양치질을 한 후, 다시 비틀거리며 방으로 들어온다. 그리고 면도도 하지 않은 채로, 헝클어진 머리를 하고서 하숙집 주인이 차려놓은 아침을 먹는다(버터는 벌써 녹아 있고, 우유에는 날파리들이 떠다닌다). 그런 다음 그는 면도를 하고 어제 입었던 속옷과 와이셔츠를 다시 입고, (바지의 주름이 밤새 매트리스에 눌려 칼처럼 날카로워진) 하얀 양복을 입는다. 그리고 물을 적셔 머리를 손질한다. 그렇게 하루를 시작할 준비를 한 그는 무엇인가 하고 싶은 욕구와 흥미를 잃고, 음식이 어지럽게 널려 있는 식탁에 앉아 공상에 잠기거나 벌렁 누워 칼로 손톱을 다듬으며, 다른 일이 일어나기를, 아이가 학교에서 돌아오기를 기다린다.

또는 아파트 여기저기를 돌아다니며 서랍을 열고 물건을 만지작거린다.

그는 주인과 그녀의 사별한 남편 사진을 넣어둔 펜던트를 보게 된다. 유리에 침을 뱉고 손수건으로 문질러 반짝이게 만든다. 빛나는 유리 아래로 그들이 갇혀 있는 작은 공간에서 부부가 서로를 응시한다.

그는 라벤더 향수 냄새가 희미하게 풍기는 그녀의 속옷에 얼굴을 묻는다.

그는 대학에 등록한 상태지만 수업에는 가지 않는다. 그리고 회원들 간의 자유연애를 실험하는 동아리 **크루조크**에 가입한다. 어느 날 오후, 그는 방으로 여자를 데리고 온다. 문을 잠가야 한다는 생각은 하지만 그러지 않는다. 그는 여자와 사랑을 나눈다. 그리고 두 사람은 잠이 든다.

그는 어떤 소리에 잠에서 깬다. 누군가 그들을 지켜보고 있다.

그가 여자에게 손을 대자 여자가 잠에서 깬다. 두 사람은 벌거벗은 채 한창때의 아름다운 몸을 드러내고 있다. 그들은 다시 한번 사랑을 나눈다.

그는 살짝 열린 문틈 사이로 어린아이가 그 모습을 지켜보고 있다는 걸 안다. 그의 쾌감은 증폭된다. 그것이 자연스레 여자에게까지 전해지고 그들은 전에 경험한 적 없는 음란한 쾌락을 느낀다.

그는 나중에 여자를 집으로 데려다주려고 나가면서 그 어린아이가 그걸 보고 사랑의 냄새에 익숙해질 수 있도록 흐트러진 잠자리를 그대로 놔둔다.

그는 그해 여름 내내 매주 수요일 오후가 되면 여자를, 같은 여자를 방으로 데리고 온다. 그들이 떠날 때마다 아파트는 텅 비어 있는 것처럼 보인다. 그러나 그는 매번, 아이가 기어들어와 그들을 훔쳐보거나 그들이 내는 소리에 귀를 기울이다가 지금은 어딘가에 숨어 있다는 사실을 안다.

"다시 해봐요." 소녀가 속삭일 것이다.

"뭘 다시 해?"

"그거요!" 소녀가 욕망에 들떠 속삭인다.

"말로 해봐." 그는 이렇게 말하며 그녀가 그걸 말하도록 만든다. "더 크게." 그가 이 말을 하면, 소녀는 참을 수 없을 만큼 흥분한다.

그는 "여자는 모욕당하는 걸 즐긴다"는 스비드리가일로프의 말을 떠올린다.

그는 이런 모든 것을, 아이에게 **취향이 생기게 하는 것**이라고 생각한다. 이상한 음식이나 굴, 단 빵에 대한 취향이 생기듯이.

그는 자신이 왜 그러는지 자문한다. 대답은 간단하다. 역사는 종말에 가까워지고 있다. 낡은 회계장부는 곧 불속으로 던져질 것이다. 낡은 시간과 새 시간 사이에 있는 죽은 시간 속에서는 모든 것들이 허용된다. 그는 자신의 대답을 특별히 믿지는 않는다. 그렇다고 믿지 않는 것도 아니다. 쓸 만하니까.

혹은 그는 이렇게 혼잣말을 한다. 이건 페테르부르크의 여름 때문이다. 길게 이어지는 덥고 후텁지근한 날씨, 유리창에는 파리들이 붙어 윙윙거리지, 저녁마다 모기 소리는 요란하지, 이놈의 여름 때문이다. 여름을 견뎌내자. 그리고 겨울까지 견뎌내자. 봄이 오면 스위스로 떠나리라. 산속으로 가서 다른 사람이 되리라.

그는 주인, 그녀의 딸과 함께 식사를 한다. 어느 수요일 저녁, 그는 기분이 좋은 척 식탁 맞은편에 앉은 아이의 머리칼을 헝클어뜨린다. 소녀가 몸을 움츠린다. 그는 자신이 손을 씻지 않았다는 것을 깨닫는다. 아이가 섹스 후의 냄새를 맡은 것이다. 아이는 얼굴을 붉히고 당황해하며 접시에 고개를 숙이고 그와 눈을 마주치지 않으려 한다.

그는 이 모든 것을 한 글자도 수정하지 않고 단정하고 조심스러운 글씨체로 쓴다. 오늘은 글을 쓰는 동안 굉장히 감각적인 쾌락이 느껴진다. 엄지손가락 굴곡부에 아늑한 펜의 감촉이 느껴진다. 그리고 그것보다 더 강렬한 것은 엄격하고 고른 글자의 형태와 규칙적인 알파벳의 행렬을 유지하려고 하면서 손으로 전해지는, 살짝 뒤로 당겨지는 듯한 느낌이다.

아냐, 즉 안나 스니트키나는 그의 아내가 되기 전에 그의 비서였다. 그는 그녀를 고용해 원고 정리를 시키다가 그녀와 결혼했다. 그녀는 그의 글의 실타래를 금색 실 한 가닥으로 바꾸는 일을 하는 일종의 요정이었다. 그가 오늘, 너무 분명하게 글을 쓰는 것은 더이상 그녀가 보라고 글을 쓰는 게 아니기 때문이다.

그는 지금 자신을 위해 쓰고 있다. 그리고 영원을 위해, 죽은 자를 위해 쓰고 있다.

그러나 여기 이렇게 차분하게 앉아 있는 순간, 그는 회오리바람에 휩싸인 사람이기도 하다. 종이가 폭풍처럼 그의 주위를 날아다니고, 포효하며 위로 솟구치는 소용돌이에 옛 삶의 파편들이 풀어헤쳐진다. 그는 바람을 타고 높은 허공으로 떠오른다. 바람에 몸이 흔들리지만 버틴다. 그리고 바람이 잠잠해지고 추락하기 직전에, 그는 완전한 정적과 명료함을 맛본다. 세상이 아래에서 지도처럼 열린다.

회오리바람으로부터 온 편지들. 흩어진 잎들, 그는 그것들을 모은다. 그리고 흩어진 몸, 그는 그것을 다시 맞춘다.

문을 두드리는 소리가 들린다. 잠옷을 입은 마트료나다. 그 순간 놀랍게도 아이는 아이의 어머니 같아 보인다. "들어가도 돼요?" 아이가 쉰 목소리로 묻는다.

"아직도 목이 아프니?"

"네."

아이가 침대에 걸터앉는다. 이렇게 떨어진 거리에서도 그는 아이의 힘겨운 숨소리를 들을 수 있다.

왜 여기 온 걸까? 화해를 하고 싶은 걸까? 이 아이도 지친 걸까?

"파벨도 글을 쓸 때 그런 자세로 앉아 있곤 했어요." 아이가 말한다. "방금 들어오면서 아저씨를 파벨로 착각했어요."

"뭔가를 하는 중이었단다." 그가 말한다. "계속해도 되겠니?"

아이는 그의 뒤에 조용히 앉아 그가 글을 쓰는 모습을 지켜본
다. 방안의 공기에 긴장감이 감돈다. 먼지들조차 정지된 것 같다.

"넌 네 이름이 마음에 드니?" 잠시 후 그가 조용히 묻는다.

"제 이름이요?"

"그래, 마트료나라는 이름."

"아뇨, 싫어요. 아빠가 지어주신 이름인데, 전 제가 왜 그 이름
을 써야 하는지 모르겠어요. 마트료나는 우리 할머니의 이름이
었대요. 하지만 그분은 제가 태어나기도 전에 돌아가셨어요."

"내가 다른 이름을 지어주마. 두샤." 그는 그 이름을 종이 위
에 써서 보여준다. "마음에 드니?"

아이는 대답하지 않는다.

"파벨에게 정말로 무슨 일이 있었던 거야?" 그가 말한다. "너
는 알고 있니?"

"제 생각에는…… 제 생각에 파벨은 자신을 포기했던 것 같
아요."

"뭘 위해 자신을 포기했단 말이냐?"

"미래를 위해서요. 자기가 순교자가 될 수 있도록 말이에요."

"순교자라고? 순교자가 뭔데?"

아이는 망설인다. "미래를 위해 자신을 포기하는 사람이죠."

"핀란드 여자도 순교자였니?"

아이가 고개를 끄덕인다.

그는 파벨도 마지막에는 그렇게 도식적으로 얘기하는 데 익숙해져 있었는지 궁금하다. 파벨이 죽은 게 차라리 잘된 일인지도 모른다는 생각이 처음으로 든다. 그는 그런 생각을 하며 그걸 부정하려는 생각도 없이 정면으로 응시한다.

전쟁. 늙은이 대 젊은이, 젊은이 대 늙은이의 전쟁.

"이제 돌아가렴." 그가 말한다. "내겐 할일이 있거든."

그는 다음 장의 제목을 '아이'라고 붙이고 글을 쓴다.

어느 날, 그의 이름과 주소가 말끔한 블록체로 쓰인 편지 한 통이 온다. 아이가 그것을 수위에게서 건네받아 그의 방에 있는 거울에 기대어놓는다.

"너, 저 편지를 누가 보냈는지 알겠어?" 아이와 단둘이 있게 되었을 때 그가 무심하게 묻는다. 그리고 아이에게 마리아 레비야트킨에 대해 이야기해준다. 그는 어떻게 마리아가 오빠인 레비야트킨 대위를 창피하게 만들었으며, 신분을 밝힐 수 없는 남자가 자기에게 청혼했다고 떠들고 다니면서 트베리의 웃음거리가 되었는지 얘기해준다.

"그 편지는 마리아한테서 온 거예요?" 아이가 묻는다

"기다리면 알게 될 거야."

"하지만 왜 사람들이 그녀를 비웃었죠? 어째서 누군가가 그녀에게 청혼하면 안 되는 거죠?"

"마리아가 바보였으니까. 바보들은 결혼을 해서는 안 된다고 생각했던 거지. 바보들이 결혼하면 바보 아이들을 낳을 것이고, 그 바보 아이들은 다시 바보 아이들을 낳을 테고, 그렇게 되면 온 세상이 바보들로 가득찰 것이라고 생각했기 때문이야. 전염병처럼 말이야."

"전염병이라고요?"

"그래, 내가 이 이야기를 계속해주길 바라니? 그 일은 모두 내가 지난여름, 숙모를 찾아갔을 때 있었던 일이야. 마리아와 그녀의 가상 구혼자에 대한 얘기를 듣고 그것에 관해 뭔가를 하고 싶었거든. 나는 우선 당당하고 멋있게 보이도록 하얀 양복을 맞췄어."

"이 양복이요?"

"그래, 이 양복이야. 이게 준비됐을 때쯤 사람들은 모두 무슨 일이 벌어지고 있는지 알았어. 트베리에서는 소식이 빠르게 퍼지거든. 나는 그 양복을 입고 꽃을 한 다발 사서 레비아트킨의 집을 찾아갔지. 대위는 어리둥절해했지만 그의 여동생은 그렇지 않았어. 그녀는 결코 믿음을 버린 적이 없었거든. 그때부터 나는 계속 그들을 찾아갔어. 그녀를 데리고 둘이서만 산책을 나간 적도 있었어. 내가 페테르부르크로 떠나기 전날에."

"그래서 당신이 줄곧 그녀의 구혼자였다는 말인가요?"

"아냐, 그런 게 아니었어. 구혼자는 그녀의 꿈에 불과했었지. 바보 같은 사람들은 꿈과 현실의 차이를 몰라. 그들은 꿈을 믿지. 그녀는 내가 꿈이라고 생각했어. 내가, 그러니까, 꿈처럼 행동했거든."

"돌아가서 그녀를 만나실 거예요?"

"만나지 않을 거야. 사실대로 말하면, 그럴 수 없어. 만약 그녀가 나를 찾아오면 넌 그녀를 들여보내서는 안 돼. 내가 하숙집을 옮겼는데 그 주소를 모른다고만 얘기하면 돼. 그게 아니라면 틀린 주소를 가르쳐주든지. 그냥 아무 주소나 하나 만들어서 말이야. 그녀를 보면 바로 알아볼 수 있을 거야. 키가 크고 야윈데다 이는 툭 튀어나오고 늘 미소를 짓는 사람이란다. 사실, 그녀는 일종의 마녀라고 할 수 있지."

"그녀가 편지에 그렇게 썼나요? 여기 온다고요?"

"그래."

"하지만 왜……"

"내가 왜 그렇게 했느냐고? 장난이었어. 시골의 여름은 따분하거든. 얼마나 따분한지 넌 모를 거야."

단 한 단어도 고치지 않고 그 장면을 쓰는 데 십 분도 걸리지 않는다. 최종 원고에서는 더 완전한 형태의 이야기가 될 것이다. 하지만 지금으로서는 이것이면 충분하다. 그는 탁자 위에 두 장의 원고를 놓고 일어선다.

이것은 아이의 순진함에 가하는 폭력이다. 절대 용서받을 수 없는 행위다. 이렇게 함으로써 그는 어떤 한계를 넘어버렸다. 이제 하느님이 말을 해야 할 때다. 하느님은 이제 더이상 침묵하고 있을 수 없다. 아이를 타락하게 만드는 것은 하느님에 대한 폭력이다. 그가 만든 장치는 활 모양을 그리며 용수철처럼 휘었다가 덫처럼 닫힌다. 하느님을 잡기 위한 덫.

그는 자신이 무슨 일을 하는지 안다. 동시에, 하느님과 누가 더 교활한지 싸우는 동안 그는 제 자신도 아니고 어쩌면 제정신도 아니다. 그는 어딘가에 서서 자신과 하느님이 서로의 둘레를 빙글빙글 도는 모습을 지켜본다. 그리고 시간도 거기 멈춰 서서 그 모습을 지켜보고 있다. 시간이 정지되어 있다. 추락하기 직전, 모든 것은 정지되어 있다.

나는 내 영혼 속의 내 자리를 잃었다. 그는 이렇게 생각한다.

그는 모자를 집어들고 하숙집을 나선다. 그는 자기 모자를 알아보지 못하고 자신이 누구의 신발을 신고 있는지도 모른다. 사실 그는 자기 자신에 관해 아무것도 알아보지 못한다. 만약 그가 지금 거울을 들여다본다면 누군가 다른 사람의 얼굴이 그 속에서 불쑥 나타나 그를 다짜고짜 쳐다봐도 놀라지 않을 것이다.

그는 모두를 배반했다. 그는 배반이 더 깊어질 수 있다는 것을 알지 못한다. 만약 배반의 맛이 식초 같은지 아니면 쓸개즙 같은지 알고 싶다면 지금이 기회다.

그러나 그의 가슴에 전혀 무게가 느껴지지 않는 것처럼, 그의 입에는 아무 맛도 느껴지지 않는다. 사실 그의 가슴은 완전히 비어 있다. 그는 이런 상태가 될 거라는 걸 예전에는 미처 알지 못했다. 그러나 그가 어떻게 알 수 있었겠는가? 고통이 아니라 고통의 무딘 부재. 마치 전쟁터에서 총을 맞고, 피를 흘리고, 그 피를 보면서도 고통을 느끼지 못하고, 내가 이미 죽었나? 하고 생각하는 군인 같다.

그에게는 그것이 그가 지불해야 하는 엄청난 대가처럼 보인다. 사람들이 책을 쓰라고 그에게 많은 돈을 준대요. 그 아이는 죽은 아이의 말을 반복하며 이렇게 말했다. 그들이 말하지 못한 것이 있다. 그것은 그가 그 대가로 자신의 영혼을 포기해야 했다는 것이다.

이제 그는 그것을 맛보기 시작한다. 쓸개맛이다.

존재의 중추신경을 건드리는 작가

쿳시의 소설은 언뜻 보면 아주 단순해 보인다. 길이도 약간 긴 중편소설 정도일 뿐 아니라 문장도 단문이 많고 단문이 아닌 경우에도 단문에 준하는 것이 대부분이다. 그런데 잘 들여다보면, 그 단순성 밑으로 고도로 복잡하고 다층적인 면이 드러난다. 쿳시에게 세계 최초로 부커상 2회 수상이라는 영광을 안겨준 『추락Disgrace』도 그렇고, 이 작품 『페테르부르크의 대가The Master of Petersburg』도 마찬가지다. 들여다보면 들여다볼수록, 수많은 의미의 층들이 드러난다. 그래서 쿳시의 소설은 천천히 음미하면서 읽어야 제맛이 드러난다. 시제가 대부분 현재시제로 되어 있다는 것도 이 소설을 천천히 읽어야 하는 이유다. 쿳시만큼 현재시제의 효과를 극대화하여 활용하는 작가도 드물다.

이 소설은 러시아의 문호 도스토옙스키가 주인공으로 등장한다는 점만으로도 이색적이다. 도스토옙스키가 등장인물이라는 것은 이 소설이 어느 정도 역사적 사실에 근거해 쓴 작품일 수 있다는 것을 암시한다. 그렇다면 이 소설은 얼마나 역사적 사실에 부합할까?

이 소설이 시간적 배경으로 삼고 있는 1869년은 도스토옙스키가 창작의 절정기에 이른 시기였다. 도스토옙스키의 걸작 중 하나인 『백치』는 1868년에 출간되었고, 또다른 걸작인 『악령』은 1871년에 연재하기 시작해 이듬해에 완결되었으니, 1869년은 그 중간쯤인 셈이다. 『페트르부르크의 대가』의 배경인 1869년에 있었던 네차예프 사건은 도스토옙스키의 『악령』 집필에 결정적인 영향을 준 사건이다. 네차예프 사건이란 당시 모스크바의 페트롭스키 대학에 다니던 네차예프가 5인조 비밀결사조직을 만들어 기존 사회질서를 전복하려는 과정에서 그 조직의 일원이었던 이바노프가 조직에서 빠져나가려 하자, 당국에 밀고할 우려가 있다는 이유로 그를 살해한 사건을 가리킨다. 이 사건은 『악령』에서 벌어지는 질풍노도와 같은 인간 드라마에 결정적인 불씨를 제공해준 중요한 사건이었다.

『페테르부르크의 대가』는 네차예프 사건을 소설의 중요한 모티프 중 하나로 활용하고 있다는 점에서 어느 정도 역사적 사실에 부합한다. 또한 이 소설은 도스토옙스키가 빚쟁이들에 쫓겨 외국 생활을 해야 했고 간질로 고통을 당했으며, 창작활동으로 정신상태가 매우 불안했다는 것을 부각시키고 있다는 점에서도 어느 정도 사실에 부합한다. 그리고 이 소설은 도스토옙스키가 『죄와 벌』『카라마조프가의 형제들』『악령』 등에서 다룬 바 있는 굵직하고 중요한 주제들을 형상화하고 있으며, 『악령』에 나오는 스타브로긴을 구체적으로 언급하고 있다.

그러나 역사적 사실과 다른 부분도 많다. 쿳시의 소설에 나오는 것과 달리, 도스토옙스키는 1869년에 빚쟁이들을 피해 드레스덴에 가 있었고, 네차예프 사건의 전말은 이바노프의 친구이자 그의 부인 안나의 남동생한테서 전해 들었다. 또한 도스토옙스키의 의붓아들은 그의 생전에 죽지도 않았으며, 네차예프 사건과 관련된 바도 없었다. 그럼에도 불구하고 쿳시의 소설에는 그가 죽은 의붓아들을 찾으러 러시아로 돌아오고, 네차예프와 직접 만나 논쟁까지 벌이는 것으로 그려지고 있다.

그렇다면 이 소설에서 쿳시의 관심이 역사적 사실의 복원에 있지 않다는 것은 분명해진다. 문학이 역사의 시녀 역할을 해서는 안 된다는 것이 쿳시의 일관된 신념이다. 그는 모든 소설을 "실제의 역사적 힘들과 상황들"에 대한 표현으로 읽고자 하는 경향, 즉 소설을 정치담론이나 역사담론의 공간으로 내모는 문화적 현실에 이의를 제기한다. 그에 따르면, 소설이란 그렇게 천편일률적으로 재단해서는 안 되는 것이고 "자체의 패러다임과 신화를 전개하며, 역사의 신화적 상태를 보여주는 방향으로도 나아갈 수 있어야 한다."

이처럼 쿳시의 말을 인용하는 것은 우리가 『페테르부르크의 대가』를 읽을 때 역사적인 면에 지나치게 비중을 두면 이 소설의 진면목을 제대로 이해할 수 없게 된다는 점을 지적하기 위해서다. 쿳시의 소설 공간에는 역사와 허구가 어우러져 있다. 이는 포스트모더니즘 계열의 소설에서 찾아볼 수 있는 특성일 것이다. 결국 이 소설의 궁극적인 관심사는 역사적 사실의 복원이 아니라 작가의 창작 행위에 관한 것이다.

작가는 어떤 과정을 거쳐 창작을 하는가? 소설과 역사의 역학 관계는 어떤 것인가? 창작윤리는 어떤 것인가? 소설을 쓰기 위해서라면 어떤 행위도 할 수 있는가? 작품만 좋으면 작가의 개인적인 삶은 어떠한 것이든 정당화될 수 있는 것인가?

쿳시는 도스토옙스키를 주인공으로 설정하고 이러한 문제들에 대해 깊이 사유하고 있다. 쿳시와 같이 자기 반영적인 소설을 쓰는 작가가 소설 속에서 그의 전문분야인 창작과 관련된 윤리의 문제를 들고 나오는 것은 새삼스러운 일은 아니다. 그런데 그가 들고 나오는 결론들이 우리 마음을 편하게 만들지는 않는다. 작가의 글쓰기는 누군가에 대한 사랑이나 자유에 대한 희구가 아니라 영혼의 고갈 상태와 근원적인 죄의식, 여타 순수하지 못한 욕망에서 비롯된 것일 수 있다. 적어도 이 소설에서는 그렇다. 도스토옙스키가 페테르부르크에 머무는 것은 아들을 잃은 슬픔 때문이라기보다는 새로운 소설의 소재가 될, 그의 아들이 남긴 서류를 찾기 위해서다. 아니, 그것보다 복잡한 다른 이유들이 더 있다. 그는 넘지 말아야 할 선을 넘는다. 그는 아들의 하숙집 주인과 관계를 맺는데, 그것은 어디까지나 그녀의 어린 딸에게 다가가기 위한 수단에 불과하다.

그는 선과 악, 진실과 허위, 정상과 비정상, 쾌락과 고통을 가르는 선을 넘나든다. 소설을 쓰기 위해서라면 그가 이 세상에서 하지 못할 짓이란 없다. 그는 파우스트가 자신의 욕망을 실현하기 위해 영혼을 팔았듯, 글을 쓰기 위해서라면 죽은 아들 파벨도 팔 것이며 자신이 아는 모든 사람들도 팔 것이고, 자신의 영혼도 팔 것이다. 그래서 글을 쓴다는 것은 배반하는 것이고, 변절하는 것이다. 그는 펜이 춤추는 대로 진실을 왜곡할 수도 있고, 아이들을 어두운 곳으로 데리고 갈 수도 있고 악마와 거래를 할 수도 있다. 그의 영혼에 균열이 생기는 것도 무리는 아니다. 결국『페테르부르크의 대가』의 결말에 이르면 도스토옙스키는, 자신이 창조한 이반이나 스타브로긴의 경우처럼 헛것을 보게 된다. 아니, 그것은 더이상 헛것이 아니라 현실이다. 그것은 파벨도 아니고 네차예프도 아니며, 그리스도도 아니고 진실도 아니다. 그것은 악마다.

이렇게 보면, 창작 행위는 순수한 게 아니라 불순한 행위일 수도 있다. 궁극적으로 보면 비윤리적인 행위일 수도 있다. 그렇다고 쿳시가 모든 창작 행위를 이런 식으로 본다는 것은 아니다. 그러나 그는 창작 행위가 행복한 영감에 관련된 것이라기보다는 고통스럽고 비극적이고 때로는 악마적인 것일 수 있다는 사실을 아는 사람이고, 그것을 소설공간에서 사유할 줄 아는 작가다. 그만큼 성실하고 치열한 작가라고나 할까.

『페테르부르크의 대가』의 스토리가 극명하게 보여주는 것처럼, 쿳시는 어떠한 경우에도 타협하지 않는다. 이 소설은 등장인물의 현실과 정신상태를 한 오라기의 감상도 없이 바라보는 쿳시의 예리한 눈을 적나라하게 보여준다. 그가 "존재의 중추신경"을 건드리고, "뼛속까지 파고드는" 진실을 이야기한다는 네이딘 고디머의 말은 정곡을 찌르는 말이다. 소설을 "사유의 한 방식"으로 여기는 쿳시는 자신의 인식의 지평 안에 있는 것은 무엇이든 헤집어보고 회의하고 의심한다. "종달새처럼 하늘로 솟아, 독수리처럼 높은 곳에서 바라보는 그의 상상력"(고디머)에는 섣부른 감상이 자리잡을 여지가 없다.

나는 쿳시에게 도스토옙스키에게서 어떤 영향을 받았는지 질문한 적이 있었는데, 그의 답변은 간단명료했다. "나는 성실성에 대한 도스토옙스키의 비판에서 많은 것을 배웠습니다." 그렇다. 도스토옙스키의 문학이 갖고 있는 특성들은 수없이 많겠지만, 쿳시는 한 가지를 무서울 만큼 철저하게 물고 늘어지는 집요함을 도스토옙스키에게서 많이 배운 듯하다. 도스토옙스키가 그랬던 것처럼, 쿳시는 그것이 성실성이든, 사랑이든, 슬픔이든, 욕망이든, 신이든, 또는 글쓰기 행위이든 여지없이 해체하고 만다. 이것이 쿳시 소설의 특성이자 본령이며 강점이다. 쿳시가 성실하다는 것은 바로 이 점을 두고 하는 말일 것이다.

『페테르부르크의 대가』는 쿳시의 소설 중 내가 가장 좋아하는 소설이다. 사족을 하나 달자면, 쿳시도 소설 속의 도스토옙스키처럼 비극적으로 아들을 잃은 적이 있다. 그 비극적 사건이 이 소설의 형상화에 어떤 영향을 미쳤는지는 아무도 모른다. 나는 이런 말을 하면서 작가의 사생활의 일단을 주책없이 활자화하고 있다는 점에서 일말의 죄의식을 느낀다. 쿳시도 그것을 원하지 않았을 것이고 나 역시 그렇다. 그러나 소설이란 장르가 자전적인 요소를 포함하기 마련이라면, 그의 개인적인 비극이 미미하게나마 이 소설 속에 스며들어 있을 가능성은 얼마든지 있다. 이런 생각을 했기 때문인지, 이 소설을 다시 읽고 번역하며 깊은 감동을 받았다. 물론 그 감동은 내러티브 충동이 강한 다른 작가들의 소설을 읽을 때 받는 그런 감동과는 다른 차원의 것이었다. 데이비드 애트웰은 쿳시를 가리켜 "지적인 힘과 균형적 스타일, 역사적 비전과 윤리적 통찰력을 독특한 방식으로 통합"시킨 독창적인 작가라고 했다. 이 소설을 읽고 번역하며 다시 한번 그의 말에 동의하게 되었다.

『추락』을 번역하면서 그랬던 것처럼, 이 소설을 번역하면서도 쿳시의 도움을 많이 받았다. 그는 파리와 시카고, 케이프타운을 오가는 바쁜 일정 중에도, 내가 여러 차례 이메일을 통해 질문한 것들에 친절하게 답변해주었다. 이 자리를 빌려 고마운 마음을 전한다.

그러나 간단하면서도 존재의 심금을 뚫고 들어가는 문장의 맛이, 그리고 그 맛과 어우러져 있는 사유의 깊이가, 번역하는 과정에서 얼마나 손실되었을지 생각하면 마음이 무겁다.

왕은철

첫 만남과 『페테르부르크의 대가』

다음은 이십 년 가까운 세월 동안 이어진 쿳시와의 소중한 인연을 돌아보면서, 내가 번역자이자 연구자로서 그의 소설에 대해 어떻게 생각하는지 소회를 밝히는 글이다. 이 글은 사실, 쿳시의 소설 번역과 관련된 글을 써달라는 청탁을 받고 쓴 에세이다.* 이것을 '옮긴이의 말' 뒤에 군이 덧붙이는 것은 『페테르부르크의 대가』와 다른 소설들을 이해하는 데 일말의 도움이 될 수 있지 않을까 하는 생각에서다.

앞에 있는 '옮긴이의 말'이 쓰인 것이 내가 쿳시를 만난 지 삼

---

* '첫 만남'이라는 제목으로 발표된 이 에세이의 서지사항은 다음과 같다. 『Axt: Art & Text』 no. 011 (2017. 05. 06), 106~113. 첫 단락을 생략하고 부정확한 정보를 보완해 옮겨 싣는다.

년 후인 2001년 2월이었고, 지금 여기 옮겨놓는 에세이가 쓰인 것이 2017년 5월이었다. 그사이 쿳시는 노벨문학상을 수상했고 남아프리카공화국을 떠나 오스트레일리아로 이주했다. 내가 1998년에 처음 만났을 때 오십대 후반이던 그는 이제, 칠십대 후반이 되었다. 2012년에 영국 요크시에 위치한 성 메리 대성당 앞에 있는 찻집에서 만났을 때, 그의 얼굴에는 세월의 무게가 아름답게 얹혀 있었다.

* * *

쿳시를 생각하면 거의 언제나 그와 처음으로 만났을 때가 떠오른다. 마치 거기에 작가와 번역자의 관계를 포함한 모든 것의 열쇠가 있는 것처럼, 그를 처음 만났던 일이 선명하게 떠오른다.

내가 그를 처음 만난 것은 1998년부터 1999년까지 만 이 년 동안 남아프리카공화국 서남단의 케이프타운에 있는 케이프타운 대학 영문과의 객원교수로 가 있을 때였다. 그는 당시 영문과 교수로 남아프리카공화국과 미국을 오가면서 반년은 케이프타운 대학에서, 반년은 시카고 대학에서 가르치고 있었다. (나는 처음 일 년은 한국연구재단의 전신인 한국학술진흥재단의 해외파견교수로 그곳에 있었고, 그다음 일 년은 케이프타운 대학의 포스트닥터 펠로로 선발되어 그곳에 있었다.)

내가 케이프타운 대학에 둥지를 튼 지 두 달쯤 되었을 때였다. 한국의 어느 잡지사에서 남아프리카 작가들을 인터뷰해줬으면 좋겠다는 부탁도 있고 해서, 나는 연구실에 있는 쿳시에게 전화해 점심식사를 같이하겠느냐고 제안했다. 나중에 알고 보니, 그는 누군가와 식사를 같이하거나 어울리는 경우가 거의 없는 사람이었다. 그만큼 사적인 사람이었다. 이는 그가 2003년, 노벨 문학상을 수상했을 때도 언론과 제대로 된 인터뷰 한 번 하지 않은 것을 보면 단적으로 알 수 있다. 세계의 독자들이나 학자들이 그의 사적인 면에 대해 잘 알지 못하는 것은 그러한 연유에서다. 여하튼 그는 나의 당돌한 제안에 흔쾌히 응했다. 우리는 도서관 귀퉁이에 붙은 작은 카페에 들어가 병아리콩으로 만든 후무스 샌드위치를 주문했다. 가난한 채식주의자 학생들이 이용하는 그 카페는 그가 선택한 장소였다. 나중에 알고 보니, 그는 채식주의자였다. 『추락』과 『엘리자베스 코스텔로』에 나오는 동물 이야기는 그의 채식주의와 무관하지 않다.

그는 말이 없었다. 어색했다. 나는 그가 말을 해주기를 기다렸다. 어쩌면 그도 내가 말을 해주기를 기다리고 있었을지 모른다. 나중에 들어 알게 된 사실인데, 그는 말이 없기로 유명한 사람이었다. 아니, 유명한 정도가 아니라 전설적인 인물이었다. 그와 동창이면서 후에 나와 가깝게 지낸 제프리 헤어스네이프 교수가 쿳시와 케이프타운 대학에 같이 다닐 때 있었던 일화들을 얘기해줬는데, 정말이지 그는 젊었을 때부터 괴팍하다고 생각될 정도로 과묵한 사람이었다. 어떤 부부는 다른 사람들과 함께 그를 초대했다가 그가 처음부터 끝까지 대화에 끼지 않고 침묵을 지킨 탓에 나중에 부부싸움까지 했었다고 한다. 그러한 개인적 특성을 알 리가 없는 내가 그의 침묵에 당황한 것은 당연했다. 우리 사이에 어색한 침묵이 길게 이어졌다. 그가 말을 하지 않으니 어쩔 수 없이 식사를 청한 내가 그 공백을 메울 수밖에 없었다. 그의 소설에 관한 얘기를 해야 할 것 같았다. 나의 입에서 이런 말이 튀어나왔다.

"대부분의 학자들은 『야만인을 기다리며』『마이클 K』『포우』『철의 시대』와 같은 소설들을 좋다고 하는데, 나는 『페테르부르크의 대가』가 가장 좋습니다. 거기에는 다른 소설들에 없는 뭔가가 있는 것 같습니다. 깊은 여운이 남는 소설입니다. 그 이유를 알 수 없고 딱히 설명할 자신도 없지만, 그 소설을 읽고 가슴이 먹먹해졌습니다. 사람들은 그렇게 생각하지 않지만, 나는 그 소설이 당신의 소설 중 가장 좋다고 생각합니다."

말해놓고 보니 당황스러웠다. 내가 들어도 해괴한 말 같았다. 더 적절한 말을 할 수도 있었을 텐데, 괜한 소리를 했지 싶었다.

그래도 내 말은 진심이었다. 나는 그가 발표한 소설들 중 처음 두 소설, 즉 『어둠의 땅』과 『나라의 심장부에서』를 빼면 논의되는 빈도가 상대적으로 덜하고 주요소설로 평가받지 못하는 『페테르부르크의 대가』를 읽고 정말이지 감동을 받았다. 아니, 감동이라기보다는 마음이 아렸다고 하는 편이 더 적절한 표현일 것이다. 사실, 그런 말을 하려고 했던 것은 아니었다. 어색함을 무마하려고 하다보니, 나도 모르게 내 입에서 그런 말이 튀어나왔을 뿐이다. 그런데 그의 반응은 의외였다.

"그 말을 들으니 기분이 좋네요. 사람들이 내게 '첫 만남' 이후로 변변한 작품을 쓰지 못한다고 비난하는 것만 같았는데, 당신이 그 소설을 읽고 좋게 평가해주니 좋네요."

그 소설은 지금도 그의 소설 중 내가 가장 좋아하는 소설에 속한다. 비평가들은 아직도 그 소설을 그의 최고 작품으로 인정하지 않지만, 나는 여전히 그 소설이 최고라고 생각한다. 나는 그 소설을 생각하면 거의 자동적으로, 처음 읽었을 때 가슴이 저렸던 느낌을 떠올린다. 도스토옙스키가 등장하여 의붓아들이 죽음에 이르게 된 경위를 추적하는 스토리는 묘하게 마음을 흔드는 힘을 갖고 있다. 나중에 알고 보니, 쿳시는 『페테르부르크의 대가』가 출간되기 육 년 전인 1989년에 스물두 살이었던 아들을 잃었다고 했다. 그런데 나는 그러한 사실을 전혀 알지 못하고 그 소설을 읽었으면서도, 거의 본능적으로 그 안에 내재된 슬픔을 느꼈던 것처럼 보인다. 이 소설이 러시아를 배경으로 하고 있을 뿐만 아니라 슬픔의 감정을 안으로 삭이고 누르고 위장하기 때문에 작가의 삶과 그것을 연결시키는 것이 거의 불가능하지만, 그럼에도 불구하고 개인적인 슬픔의 결이나 흔적을 나도 모르게 감지한 것이 아닐까 싶다. 이것은 내가 그의 소설을 읽으며 웨인 C. 부스와 시모어 채트먼이 말한 "내포된 작가"를 만났다는 말이 될 수도 있겠다. 우리의 독서체험이 우리에게 그러한 경험을 가져다주지 않던가. 어디에도 드러나 있는 것 같지 않지만, 그럼에도 불구하고 어딘가에 자리를 잡고 있는 작가의 모습이나 풍모나 숨결이 느껴지는 지점이 있지 않던가. 그것은 작가의 자아와 만나는 순간일 것이다. 나는 쿳시의 소설을 읽을 때마다 매번, 공유하는 점이 없지 않으면서도 매번 달라지는 그의 자아와 만난다. 그리고 그의 소설을 번역하는 일은 그 낯선 자아들과 한동안 같은 공간에 머물면서 그를 환대하는 일이다.

내가 『페테르부르크의 대가』에 관한 것 말고 무슨 얘기를 얼마나 더 했는지 지금은 기억나지 않지만, 나와 그는 그 만남을 계기로 가까워졌다. 별말을 한 것도 아닌데 가까워졌다. 인터뷰를 허락하지 않기로 유명한 그가 내게 인터뷰를 허락한 것도 그 만남을 통해서였다. 그가 내게 인터뷰를 허락한 것은 캠퍼스에서 화제였다. 나처럼 객원교수로 와 있던, 베시 헤드가 전공인 핀란드 여성학자의 인터뷰 요청마저 거절했던 그가 내게 너무 상반된 태도를 취하는 것이 사람들에게는 놀라운 모양이었다. 그 무렵, 나는 그의 소설을 번역하기 시작했고 지금도 그의 소설을 번역하고 있다. 1999년, 그에게 세계 최초로 부커상을 두 번 수상하게 해준 『추락』을 번역한 것도 케이프타운 대학에 있을 때였다. 나는 모르는 것이 있으면 책을 들고 이층에 있는 그의 연구실로 올라갔다. 특히 네덜란드어가 남아프리카에 정착하는 과정에서 변형된 아프리칸스어는 낯선 언어여서 그의 도움을 받고 싶었다. 그가 아프리칸스어를 발음하면서 억양과 뉘앙스에 대해 설명해주는 모습이 아직도 뇌리에 생생하다. 사람들이 생각하는 것과 달리, 그는 따뜻한 사람이었다. 『어둠의 땅』에서 시작하여 『어느 운 나쁜 해의 일기』에 이르는 소설들이 그의 따뜻한 도움을 받아가며 번역되어 나왔고, 이후로도 여러 권의 소설들이 출판을 기다리고 있다. 내가 번역한 소설 중 그의 도움을 받지 않은 것은 정말이지 단 한 권도 없다. 놀라운 인연이 아닐 수 없다. 내가 그의 소설 번역에 공을 들인 것은 그의 소설이 갖고 있는 놀라운 성취 때문이기도 하지만, 더 중요하게는 그와의 인연을 소중하게 생각하기 때문이다. 또한 내가 그의 소설에 관한 학문적인 글을 더 쓸 수 있었음에도 번역에 더 많은 시간을 할애

한 것은 나의 글이 그의 소설이 갖고 있는 다층적인 의미망을 축소시킬 것을 우려해서였다. 듣기에 따라서는 별스러운 이유도 다 있다 싶겠지만, 이것은 사실이다. 나는 지금까지 쿳시에 관한 여덟 편의 논문을 썼는데, 그보다 두 배, 아니 세 배 이상으로 더 쓸 수 있었음에도 바로 그러한 이유에서 자제했다. 그러나 내가 이후로 그의 작품에 관한 글을 쓰게 된다고 해서, 그에 대한 존경심이 전보다 덜하다는 의미는 아닐 것이다. 지금까지는 존경심에서 쓰지 않았지만, 이후로는 존경심에서 쓰게 될지도 모르니까 말이다. 이렇게 궤변을 늘어놓을 정도로 나는 그의 소설을 높게 평가한다. 나는 그를 번역하면서 그에 대한 존경심이 더 깊어졌다.

나는 지금도 그와의 첫 만남을 자주 떠올린다. 그 만남을 계기로 내 마음속에 그에 대한 하나의 이미지가 들어선 것처럼 보인다. 내게는 그의 과묵함이 그의 소설이 전반적으로 갖고 있는 과묵함과 별개의 것이 아니다. 그의 소설은 다른 작가들의 것에 비하면 길이가 때로는 반에 불과하고 길어도 삼분의 이가 채 되지 않는다. 길이만 짧은 게 아니라, 그가 구사하는 문장들은 도무지 장식이라는 것을 모른다. 그의 소설들은 초기에 비해 뒤로 갈수록 더 간단하고 더 명료하고 더 수식이 없는 문장을 구사한다. 그래서 그러한 문장들을 통해 드러나는 것이 절제되고 헐벗고 황량한 풍경임은 너무나 당연해 보인다. 그의 소설을 통해 드러나는 미학이 있다면, 그것은 풍요의 미학이 아니라 결핍의 미학이다.

나는 그의 소설과 산문 스타일이 남아프리카 내륙에 있는 카루karoo의 풍경을 닮았다고 생각한다. 카루는 산San족의 말에서 유래한 '갈증의 땅'이라는 의미의 말로, 남아프리카의 삼분의 일을 차지하는 반半 사막을 일컫는다. 남아프리카의 남서부 내륙에서 중부 내륙에 걸쳐 있는 이 거대한 땅은 적게는 50밀리미터에서 많아야 250밀리미터에 불과한 연중 강수량, 극심한 더위와 추위가 교차하는 날씨, 구름 한 점 없는 하늘, 건조한 공기로 인해 사람들이 살기에는 적절하지 않지만, 그럼에도 불구하고 사람들이 삶을 살아온 곳이다.

케이프타운 대학 영문과에 있던 또 다른 유명작가 안드레 브링크는 나에게 카루를 "존재와 영혼이 발가벗겨지는 경험을 하게 되는 곳"이라고 말한 적이 있는데, 내가 남아프리카공화국에 있을 때 가장 즐겨 찾던 카루는 정말로 그런 느낌으로 다가왔다. 풍요로움이라고는 찾아볼 수 없는 삭막한 풍경 속에 있으면 나의 자아가 껍질을 벗는 것 같았다. 아니, 나 자신만이 아니라 모든 것들이 껍질을 벗고 본래의 모습을 드러내는 것 같았다. 묘한 느낌이었다. 나도 모르게 삶의 근원으로 돌아가 자연의 일부가 되는 것 같았다. 쿳시는 유년 시절을 그런 곳에서 보냈고, 그것은 그의 문학의 원천이 되었다. 그래서 나는 쿳시의 산문 스타일이 메마르고 건조하고 황량한 카루를 닮았으며, 그의 소설들이 침잠해 있는 미니멀리즘이 카루에서 기인한 것이라고 생각한다. 내가 쿳시의 소설에서 느끼는 아름다움은 그러한 아름다움이다. 아름다움을 표방하지 않는 것에서 느끼는 숭고함이라고나 할까. 진실을 추구하는 무자비함에서 느끼는 숭고미라고나 할까.

카루에 대한 그의 사랑은 잘 알려져 있다. 그는 이렇게 말한 적이 있다. "나는 정말이지, 사람들이 평생에 단 하나의 풍경하고만 사랑에 빠질 수 있다고 믿습니다. 많은 곳들을 감상하고 즐길 수는 있겠지만, 자신의 뼛속으로 느끼는 곳은 오직 하나뿐입니다." 카루는 그에게 논리가 아니라 느낌과 감정, 즉 사랑의 대상이라는 말이다. 그는 『소년 시절』에서 그가 자주 찾아갔던 카루의 농장 풍경을 이렇게 묘사한다. "농장은 새들의 샘이라는 의미로 푸얼폰테인Voelfontein이라 불린다. 그는 그곳의 돌멩이 하나, 수풀 하나, 풀잎 하나, 그리고 그곳에 그런 이름이 붙게 한 새들을 사랑한다. 땅거미가 지면, 수천 마리의 새들이 샘 주변에 있는 나무에 앉아 서로를 부르고 속삭이고 깃털을 파닥이고 밤을 날 준비를 한다. 그가 사랑하는 것처럼 다른 사람이 농장을 사랑할 수 있을까." 단언컨대, 그의 문학세계를 통틀어 카루에 대한 공개적인 사랑의 표현보다 그의 감정을 더 곧이곧대로 드러낸 곳은 없다. 카루에 대해 얘기할 때, 그의 청교도적인 과묵함은 어딘가로 사라지고 만다. 청교도 같은 작가의 입에서 나오는 놀라운 고백의 눈부신 순간이다. 카루는 그에게 "지구상에서 자신의 태생지로서 정의하고 상상하고 구성했던constructed 유일한 곳"이다. 그렇다고 그가 카루의 풍경을 낭만화하고 있다는 말은 결코 아니다. 그는 카루에 대한 사랑을 고백하면서도, 세상으로부터 차단되어 홀로 존재하는 것 같은 황량한 카루마저도 백인 식민주의자들이 원주민들을 노예화하고 비인간화한 식민역사에 속절없이 오염되어 있다는 것을 잊지 않는다. 그는 카루에 대한 아낌없는 사랑과 헌신을 말하면서도, 자신이 그러한 식민주의자들의 후손이라는 사실을 잊지 않는다. 카루는 그의 것이기 전에 산족의 것이었다. 그래서 카루는 그의 것이면서도 그의 것이 아니다. 바로 여기가 그의 문학의 태생지이고, 그의 문학을 관통하는 복잡한 감정의 진원지이다. 그리고 바로 여기가 자신의 문학을 "타자, 즉 틈, 도치된 것, 베일에 가려진 것, 어두운 것, 묻힌 것, 여성적인 것, 타자성을 읽어내는 데 있다"고 정의한 윤리성의 발원지이다.

나는 그가 카루를 닮은 산문 스타일을 만들어냄으로써 유럽인들의 언어로는 도저히 담아낼 수 없는 아프리카의 풍경을 담아내고, 궁극적으로 그 풍경 너머의 역사까지 담아내는 데 성공했다고 생각한다. 그는 백인들의 글쓰기를 가리켜 "그것을 반영하고 얘기하는 언어를 찾을 때까지 아프리카의 풍경은 낯선 것이고 침투할 수 없는 것으로 남아 있을 것"이라고 말한 적이 있는데, 그는 카루를 닮은 산문 스타일에서 자기에게도 맞고 남아프리카공화국 풍경에도 맞는 언어를 찾아내는 데 성공한 것처럼 보인다.

이처럼 나는 카루를 닮은 그의 문학을 좋아한다. 카루를 닮아 장식도 없고 과장도 없이 조용히 진실만을 파고드는 스타일을 좋아한다. 그리고 자신을 내세우지 않는 카루의 풍경처럼, 인간의 고통 앞에서, 아니 인간을 포함한 모든 피조물들의 고통 앞에서, 자신의 문학이 하찮은 것일 수밖에 없다고 고백하는 그의 따뜻함과 겸손함과 건조함을 좋아한다.

신기하게도, 나는 이 모든 것들을 쿳시라는 타자와의 첫 만남에서부터 이미 감지했던 것만 같다. 고백하건대, 나는 그를 읽고 만나고 번역하고 가르치면서 문학에 대한 생각이 바뀌고 넓어졌다. 이런 의미에서 그는 지난 이십 년 동안 나의 스승이나 다름없었다. 나와 함께 후무스 샌드위치를 먹던 낯선 작가가 이제는 나의 이름을 불러주고 나를 반가워하는 스승이 되었다.

* * *

여기까지가 내가 잡지사의 청탁으로 쓴 에세이다.

나는 2000년대 초반에 번역해 출간한 『페테르부르크의 대가』의 원고를 최근에 보완하고 수정하면서, 내가 이 소설을 참 좋아한다는 사실을 새삼 깨달았다. 처음 읽었을 때 가슴을 아리게 했던 소설은 여전히 그 힘을 잃지 않고 있었다. 나는 이 소설을 이번에 다시 읽으면서 U2의 〈With or Without You〉라는 노래를 처음 들었을 때 느꼈던 애절함을 떠올렸다. 무엇이 내 마음속에서 쿳시의 소설과 U2의 노래를 겹치게 만들었는지 모르지만, 여하튼 그랬다. 원고를 보완하고 수정하는 과정에서 이탈리아에 가 있는 작가에게 몇 가지 질문을 해야 했는데, 나는 그로부터 답변을 받고 고마움을 전하면서, 이 소설을 이번에 다시 읽고 번역문을 수정하며 이상하게도, U2의 노래를 처음 들었을 때와 흡사한 느낌을 받았다고 그에게 말했다. 얼토당토않은 비교일지 모르지만, 나로서는 그만큼 여운이 길게 남는 멜랑콜리한 작품이라는 표현이었다.

이토록 놀라운 소설을 쓴 작가를 존경하지 않는 건 불가능한 일이다. 적어도 내게는 그렇다. 막노동에 가까운 번역이 더러 위안이 되기도 하는 것은 바로 이러한 느낌을 받을 때이다.

왕은철

지은이 **J. M. 쿳시**
1940년 남아프리카 공화국 케이프타운에서 태어났다. 1974년 『어둠의 땅』으로 데뷔했고, 1977년 두번째 소설 『나라의 심장부에서』로 남아프리카 최고 문학상인 CNA상을 받았으며, 1980년 『야만인을 기다리며』로 세계적 명성을 얻었다. 『마이클 K』와 『추락』으로 부커상을 두 차례 수상했고, 에트랑제 페미나상, 예루살렘상 등 많은 상을 받았다. 2003년 노벨문학상을 수상했다. 그 밖의 주요 작품으로 소설 『철의 시대』『슬로우 맨』, 자전적 소설 3부작 『소년 시절』『청년 시절』『서머타임』이 있다.

옮긴이 **왕은철**
전북 대학교 영문과를 졸업하고 펜실베이니아 클래리언 대학과 메릴랜드 대학에서 각각 영문학 석사와 박사 학위를 받았다. 〈현대문학〉을 통해 문학평론가로 등단했으며 유영번 역상, 전숙희문학상, 한국영어영문학회학술상, 생명의신비상 등을 수상했다. 현재 전북 대학교 영문과 교수로 재직중이다. 『피의 꽃잎들』『마이클 K』『연을 쫓는 아이』 등 40여 권의 역서가 있으며, 『문학의 거장들』『J. M. 쿳시의 대화적 소설』『애도 예찬』『타자의 정치학과 문학』『트라우마와 문학, 그 침묵의 소리들』 등의 저서가 있다.

문학동네 세계문학
페테르부르크의 대가

초판인쇄 2018년 3월 12일 | 초판발행 2018년 3월 22일

지은이 J. M. 쿳시 | 옮긴이 왕은철 | 펴낸이 염현숙
책임편집 정혜림 | 편집 홍유진 이현정 | 모니터링 이희연
디자인 김현우 이원경 | 저작권 한문숙 김지영
마케팅 정민호 정진아 함유지 김혜연 강하린 | 홍보 김희숙 김상만 이천희
제작 강신은 김동욱 임현식 | 제작처 한영문화사(인쇄) 신안문화사(제본)

펴낸곳 (주)문학동네
출판등록 1993년 10월 22일 제406-2003-000045호
주소 10881 경기도 파주시 회동길 210
전자우편 editor@munhak.com | 대표전화 031) 955-8888 | 팩스 031) 955-8855
문의전화 031) 955-3576(마케팅) 031) 955-8861(편집)
문학동네카페 http://cafe.naver.com/mhdn | 트위터 @munhakdongne

ISBN 978-89-546-4680-2 03840

www.munhak.com